ВИКТОРИЯ ПЛАТОВА

ВИКТОРИЯ ПЛАТОВА

КУКОЛКА ДЛЯ МОНСТРА

РОМАН

МОСКВА
АСТРЕЛЬ
АСТ

УДК 821.161.1-312.4
ББК 84(2Рос=Рус)6-44
П37

Оформление обложки:
Ирина Сальникова (С.: Детектив (м)),
дизайн-студия «Графит» (С.: Детектив (У))

Платова, В. Е.
П37 Куколка для монстра : роман / Виктория Платова. — М.: Астрель: АСТ, 2008. — 509, [3] с.

ISBN 978-5-17-029956-0 (АСТ) (С.: Детектив (м))
ISBN 978-5-271-11361-2 (Астрель)
ISBN 978-5-17-048146-0 (АСТ) (С.: Детектив (У))
ISBN 978-5-271-18672-1 (Астрель)

...Женщиной, потерявшей память, легко манипулировать. Сделать из нее идеальную машину для убийства — сложнее, но и это возможно. Невозможно лишь заставить ее не думать о том, какой она была раньше, кем она была. Кого любила и кого потеряла. Что, если человек, которого она должна убрать, был ей когда-то дорог?.. Блуждание по лабиринтам собственного померкшего сознания с оружием в руках — опасное дело, ведь свет может вспыхнуть в любую минуту. И что она увидит тогда?

«Куколка для монстра» — вторая книга о приключениях Евы, героини популярного телесериала «Охота на Золушку».

УДК 821.161.1-312.4
ББК 84(2Рос=Рус)6-44

Подписано в печать 19.09.2007. Формат 70х90/32. Усл. печ. л. 18,72.
Гарнитура Литературная. Печать высокая. С.: Детектив (м). Доп. тираж 5000 экз. Заказ № 1936.
С.: Детектив (У). Доп. тираж 7000 экз. Заказ № 1907.

Общероссийский классификатор продукции
ОК-005-93, том 2; 953000 — книги, брошюры
Санитарно-эпидемиологическое заключение
№ 77.99.60.953.Д.007027.06.07 от 20.06.2007

После комы. День третий

Я не могу опознать его. Я не могу опознать ее.

Я никогда не видела этих лиц. Так же, как и лица человека, который показывает мне одни и те же фотографии, — их ровно одиннадцать (какое облегчение — в прошлой жизни, которая навсегда отрезана от меня, я умела считать, во всяком случае до одиннадцати). Но ни одна из этих фотографий ничего не говорит мне...

Впрочем, на меня нельзя положиться.

Я не могу опознать даже себя.

Кто я?..

После комы. День пятый

Я не могу опознать его. Я не могу опознать ее.

Женщина на фотографиях мертва. Короткие черные волосы, такая же черная кровь, которая залила ей лицо. Лицо чересчур спокойное для автокатастрофы. Лицо чересчур красивое, чтобы быть настоящим.

Мужчина на фотографиях жив. Он похож на ласку. Или на хорька — из тех, что отираются на плечах занюханных хиппи (откуда я знаю про занюханных хиппи?). Откуда я знаю, что существуют ласки и хорьки и что мужчина, изображенный на снимках, похож именно на них, а не на гризли или опоссума? Я занималась зоологией? Или случайно посмотрела видовой фильм, сидя на кухне и перебирая подгнившие яблоки?..

Если я знаю, что такое «кухня» и что такое «подгнившие яблоки», то почему, черт возьми, я не знаю, кто такая я сама?!

Мужчина на фотографиях, должно быть, знал. Но он погиб в катастрофе, так же как и женщина с короткими черными волосами. Возможно, все другие, знавшие меня, умерли еще раньше, или так же потеряли память, или эмигрировали из страны — ко мне никто не приходит. Никто, кроме этого парня с фотографиями. Фотографии одни и те же — человек, похожий на ласку.

Два снимка вызывают во мне глухой протест (откуда я знаю, что такое «протест»?); еще три — здоровый скепсис (откуда я знаю, что такое «скепсис»?). И только на одном, любительском, без дешевой вспышки — ласка так хороша, что я, не раздумывая, переспала бы с ней.

Переспать. Как мило. Кажется, я знаю, что такое «переспать», но это знание не касается меня, как и все остальные знания.

Я знаю, что где-то должен быть Бог, и вот он уж, действительно, не похож ни на хорька, ни на опоссума.

Я даже знаю, что существуют два вида гильотин: один — для подрезки сигар, а другой — для головы Марии-Антуанетты. Бог существовал задолго до Марии-Антуанетты, он наверняка видел, как ее голова скатилась в корзину...

Кто я?..

После комы. День седьмой

Я не могу опознать его. Я не могу опознать ее.

Была ли я любовницей мужчины? Была ли я подругой женщины? Была ли я их случайной попутчицей, севшей в машину за пятнадцать минут до катастрофы или за двадцать минут до мокрого снега (в ту ночь шел мокрый снег, слава богу, я знаю, что такое «снег»). *Была* ли я причиной катастрофы или ее следствием? Кстати, он говорит, что следствие все еще идет, — этот парень, который приносит мне одни и те же фотографии. У меня даже сняли отпечатки — теперь все десять пальцев, включая мизинцы, могут смело фигурировать в суде. Но у меня стопроцентное алиби, если двухмесячную кому и последующую за этим амнезию можно считать алиби.

Мне не хочется расстраивать его, мне не хочется говорить ему, что как раз алиби у меня нет... Иначе я никогда не была бы осуждена. А я осуждена и отбываю наказание в одиночной камере своего беспамятства.

...Сегодня дежурная сестра принесла цветы.

Сегодня я опять не вспомнила ничего, кроме названия цветов, — *гвоздики...* Я даже не знаю, нравились ли мне гвоздики, когда я была собой и все знала о себе. Мне *нынешней* они не нравятся. Но я ничего не сказала сестре — она так добра ко мне. Ее зовут Анастасия... А как зовут меня?

Кто я?..

Часть первая

АННА

* * *

...— У вас появился поклонник? — Это была ревнивая заинтересованность оперативного работника, не больше. Он даже не пытался скрыть ее, этот мой постоянный утренний собеседник. Вот и теперь он рассматривал уже успевшие мумифицироваться лепестки ничего не значащих цветов с точки зрения улики, недостающего звена, вытянув которое, он наконец-то загонит меня в угол... Все эти восемь дней — с тех пор, как я пришла в себя, очнулась в логове капельниц — он пытался загнать меня в угол. Все для него было блефом — и мое беспамятство, и гвоздики, принесенные молоденькой медсестрой

Если бы из-под его дешевого свитера так настойчиво не лезли милицейские погоны (почему-то мне казалось, что он лейтенантишко-неудачник, не больше, — такие ретивые типы редко дослуживаются даже до майора), я бы обязательно ответила ему расплывчато-кокетливым тоном: «Да, поклонник, почему нет, в этой образцово-показательной клинике самый широкий спектр поклонников — от ведущего нейрохирурга с самым распространенным грузинским отчеством до чемпиона Европы по греко-римской борьбе, который зализывает здесь последствия черепно-мозговой травмы...»

Но эти невидимые погоны (я надеялась не увидеть их никогда) так раздражали меня, что я сказала просто:

— Не стоит обольщаться на мой счет. Это всего лишь дежурная медсестра. Надеюсь, что ее невинный жест не будет преследоваться в судебном порядке.

Он хмуро посмотрел на меня:

— «Невинный жест», надо же! Для только что вышедшей из комы дамочки вы неплохо справляетесь с речью. А как насчет всего остального?

Я уже знала, что такое *все остальное* — чертовы одиннадцать фотографий, которые он через минуту бросит мне на одеяло. Я знала и все равно ждала их — и это было единственным, чего я по-настоящему ждала. Может быть, я наконец-то увижу что-нибудь новое на зернистом, плохо пропечатанном заднем плане — что-нибудь, что поможет мне вспомнить этого человека, а вместе с ним — и себя...

Но мой лейтенантишко-неудачник не торопился с очередной экскурсией по фотографическому глянцу.

— А зачем она принесла вам цветы?

— Не знаю. Думаю, просто так. Кто вы по званию?

Он коснулся жестких полуживых лепестков такими же жесткими пальцами, машинально оборвав один из них, — и я вдруг подумала о том, что в детстве, с тем же машинальным наслаждением, он обрывал крылья бабочек... Наверняка в его детстве были бабочки. Про себя я ничего не могла сказать наверняка.

Я не помнила своего детства, как не помнила всего остального.

— Эти цветы называются гвоздиками. Вы знаете, что такое «цветы»? Вы знаете, что такое «гвоздики»?

— Да.

В его глазах вдруг вспыхнул охотничий азарт — если я знаю, как называются цветы, то логично предположить, что мне известно и собственное имя.

Мне не известно собственное имя.

Я терпеливо внушаю ему это каждое утро. Но он не верит мне. Ни его мутные зрачки фокстерьера (фокстерьер — собака, я знаю это точно), ни жалкие милицейские погоны, которых я никогда не видела, не верят мне. Амнезия, синдром Корсакова — все это для него уловки хитрой дамочки (кстати, сколько мне лет и выгляжу ли я дамочкой?..); амнезия, синдром Корсакова — все это для него лишь движущая сила латиноамериканских мыльных опер, не более...

Стоп.

Ты знаешь, что такое мыльные оперы, дамочка под капельницей, поздравляю! Что еще ты знаешь — не о мыльных операх, а о себе?

Ничего, ничего, ничего больше.

— Кто вы по званию?

— Капитан.

Вот как, стало быть, я ошиблась. Не лейтенантишко-неудачник, а капитанишко-неудачник. Никому другому не поручили бы такой безнадежный случай, как я.

Я — безнадежный случай.

Я безнадежна. Это все, что я могу сказать о себе.

Я безнадежна, а его зовут Константин Лапицкий, — во всяком случае, именно эта фамилия вписана в его удостоверение, которое я даже толком не рассмотрела. Имя идет ему. Людям вообще идут имена.

Но только я могу понять это. Потому что собственного имени у меня нет. Я надеюсь, что *пока*. Я все еще надеюсь вспомнить — и именно поэтому жду каждого утра с капитаном Лапицким. У капитана тонкие решительные губы и сколотый передний зуб, придающий ему сходство с узкотелым хищным зверьком — если вспомнить человека, снятого на фотографиях, то можно прийти к выводу, что фауна правоохранительных органов не очень разнообразна...

— Сходите к дантисту, — сказала вдруг я опостылевшему за неделю капитану. — Вам нарастят недостающую часть зуба, вы женитесь на дочери вашего начальника, получите новое звание и перестанете таскаться ко мне, как на работу.

— Сейчас моя работа — это вы. — Он даже не обиделся, он оказался терпелив. Далеко пойдет, так что я, кажется, ошиблась насчет перспектив его карьерного роста. — Не будем откладывать.

Я прикрыла глаза. Одиннадцать фотографий, он лишь иногда меняет их порядок, в надежде, что пасьянс сложится — чем черт не шутит. Поздравляю, «пасьянс» — новое слово в моем лексиконе. Интересно, какие еще открытия меня ждут? Мария Стюарт — не Мария-Антуанетта, но именно она раскладывала пасьянсы... Кажется, именно за это ей отрубили голову. А впрочем, я не помню... Но зато помню названия карт — от двойки до туза и все четыре масти...

— Пики, черви, бубны и кресты. Или вам больше нравится, когда их называют трефами?

— О чем это вы?

— Ни о чем... Давайте сюда ваши фотографии.

...Но сегодня это были совсем другие фотографии. Первым в стопке лежал польский актер Збигнев Цыбульский.

— Знаете этого человека? — невозмутимо спросил капитан, психолог чертов, доморощенный Иуда.

— Да. Это актер. Польский актер. Он носил очки, белый шарф и погиб. Кажется, в конце шестидесятых...

— В шестьдесят седьмом, если быть совсем точным. — Он удовлетворенно хмыкнул. — А сейчас какой год, вы знаете?

Я молчала. Действительно, какой сейчас год?..

— Избирательная у вас память, как я посмотрю. —

Капитан остался профессионально вежливым, хотя больше всего ему хотелось съездить мне по физиономии.

По лицу, которого я даже не видела.

Эта мысль вдруг обожгла меня — я еще не видела *своего лица*. Может быть, все дело в этом? Я увижу свои собственные, только мне принадлежащие глаза и складки у губ (почему я уверена, что у моих губ обязательно должны быть складки?) — и наконец-то вспомню себя.

— Мне нужно зеркало. У вас есть зеркало?

— Нет... Но если вы хотите...

Хочу ли я? Его тон не мог обмануть меня: в присутствии представителя власти любой флирт с зеркалом смахивал бы на опознание. А для опознания необходимы как минимум еще двое — я когда-то читала об этом? Видела в кино? Или мне приходилось принимать в этом участие?.. И вдруг на этом опознании я приму себя за кого-то другого?..

— Нет, пожалуй, нет... Не нужно.

— Тогда продолжим.

Он пододвинул мне оставшиеся снимки — небрежным жестом, в котором чувствовалось едва скрытое напряжение (за восемь дней я изучила этот жест). И я знала, что сейчас увижу: женщину, установить имя которой не могут (так сказал капитан). И человека по имени Олег Марилов. Капитан назвал его имя только на третий день, когда потерял надежду услышать его от меня.

Это имя мне ничего не говорило. В моей опустевшей, как город в период летних отпусков, голове не было ни одного имени, связанного с прошлой жизнью. Збигнев Цыбульский не в счет, вряд ли он имеет какое-то отношение ко мне... Я взяла в руки принесенные фотографии мужчины — и не увидела ни одной из тех, которые мне показывали раньше. Те — вчерашние, позавчерашние, любительские, профессиональные, снятые со вспышкой и без — были полны жизни. Во всяком случае, человек, изображенный на них, был жив. В отличие от женщины, которую я видела на снимках только мертвой.

Но на этих снимках и он был мертв. Видимо, их сделали сразу же после катастрофы: искореженная груда металла, бывшая когда-то машиной; искореженная груда плоти, бывшая когда-то человеком. Мертвая женщина выглядела лучше.

— Кто это? — бессмысленно спросила я, хотя уже знала — *кто*.

Капитан молчал, и это было молчание разочарованного человека — видимо, он надеялся, что эти жестокие снимки встряхнут за плечи мою атрофированную память, надают ей по щекам, заставят вспомнить.

Он все еще надеялся.

Надежда не оставляла его, пока я безучастно перебирала снимки.

— Нет, я не знаю его. Я не помню... Это имеет какое-то отношение ко мне?

Он вынул из папки еще одну стопку фотографий — и снова на них, освещенная тем же заревом катастрофы, женщина. Но не та, снимки которой он показывал мне все это время. В беспомощном изгибе ее фигуры все еще теплилась жизнь.

— Кто это? — бессмысленно спросила я, хотя уже знала — *кто*.

— Это вы. Третья участница драмы. Вы живы. Поздравляю.

— Я. Ну да. Я... Может быть. Но чего вы хотите от меня?

Он нагнулся ко мне — впервые за восемь дней он оказался так близко; от него исходил резкий запах дешевого одеколона.

Откуда я знаю, что это — дешевый одеколон?..

— Я хочу, чтобы ты все рассказала мне.

— Я ничего не помню. Я ничем не могу вам помочь.

— Я не верю тебе. Может быть, ты начиталась дурацких книжек по психиатрии, попрактиковалась на периферии и теперь водишь меня за нос. Знавал я таких умников. Некоторые накалывали не одну экспертизу. Вот только со мной такие номера не проходят. Я вижу тебя насквозь.

— Тогда, может быть, вы скажете мне, кто я такая?

— Никто. — Он сказал это со сладострастием, пригвоздив меня к больничной койке. — Никто.

Мгновенная боль пронзила меня. Я — никто. И все, что у меня есть, — только эта больничная койка и клетка казенной палаты, украшенная букетиком дешевых цветов. Таких же дешевых, как и одеколон капитана Лапицкого. Это было слишком, и я выдохнула ему в лицо:

— Это неправда. Этого не может быть. Кто-то же должен знать меня. Кто-то ёще, кроме этих снимков. Не смейте больше приносить их мне.

— Что же ты сделаешь? Пожалуешься прокурору? Напишешь заявление? Вот только от чьего имени ты напишешь заявление, а?!

— Замолчите.

Но его уже невозможно было остановить.

— Никто. Ты никто. Как тебе нравится такая перспектива?

— Я хочу поменять следователя.

— Пиши заявление. Только не забудь подписаться. Своим настоящим именем. Мне наплевать, каким оно будет. Согласна?

Я медленно собрала все фотографии, сложила их в аккуратную стопку и швырнула ее в лицо капитану. И тут же поняла, что все это время хотела сделать это — бросить ему в лицо жизнь, которую он хотел навязать мне и которая не имела ко мне никакого отношения. Уголок одного из снимков ударил его по щеке — я видела, как он поморщился от боли.

— Я сейчас уйду, — тихо сказал он, но я знала, что это всего лишь уловка, обходной маневр; что он никогда не покинет поле боя вот так, за здорово живешь. — Я сейчас уйду, но боюсь, что больше к тебе никто не придет. Тебя даже некому будет забрать из клиники, если ты останешься жива. Или из морга, если надумаешь умереть. Так что будем считать, что я пока единственный человек, который в тебе заинтересован.

— Почему?..

То, что он сделал потом, можно было расценить как жест особого расположения, если бы не огонь ненависти, который полыхал в его глазах. И эта ненависть была направлена даже не на меня конкретно, а на него самого. Он так и не смог стать хозяином ситуации. Не смог, хотя и пытался.

Капитан крепко обхватил мой подбородок жесткими пальцами (бедные цветы, которых он касался, — им тоже, должно быть, пришлось несладко!). Теперь мое лицо покоилось в его руке, как холодная рукоятка какого-нибудь табельного оружия.

Другой рукой он, не глядя, вытащил из середины стопки снимок и придвинул ко мне. Глянцевая поверхность фотографии мгновенно запотела от моего прерывистого дыхания.

Документально зафиксированная смерть нависла надо мной. Так близко, что я не могла разглядеть ее. Смерть вообще невозможно разглядеть, если она подходит слишком близко.

— Ты видишь? Это все, что осталось от моего друга. От моего лучшего друга. Мне казалось, что я знал о нем все.

— Все знать невозможно. — Странно, как можно дослужиться до капитана и не понимать таких прописных истин.

— Хорошо. — Он нехотя согласился. — Все знать невозможно, ты права. Но ничто не мешает знать *всех*. Мы много лет проработали с ним в одной связке. Я знал его женщин. Все они были похожи друг на друга: маленькие натуральные блондинки с большой грудью, обязательно близорукие — минус четыре по зрению, никак не меньше. Ему нравилось, как они прищуриваются, прежде чем сказать ему, что останутся на ночь. Это его умиляло. Ты не похожа ни на одну из них. Ты — не одна из них. Ты не в его вкусе. Тебя бы он не взял даже в качестве осведомительницы.

— А ту, другую?

— Мне бы тоже хотелось с ней побеседовать, но она уже ничего не скажет. У меня осталась только ты.

— В качестве случайной попутчицы я бы вас не устроила? — За восемь дней я уяснила для себя обстоятельства дела: мокрое предзимнее шоссе, машина, снесшая ограждение, два трупа, одна чудом оставшаяся в живых пассажирка, благополучно потерявшая память — и об аварии, и обо всем остальном...

Капитан грустно покачал головой:

— Этот вариант устроил бы меня. Вы даже представить себе не можете, как бы он меня устроил. — Он наконец-то выпустил мое лицо из ладони, отодвинулся: сразу же появилась дистанция, а вместе с ней вернулось и устало-вежливое «вы». — Но есть маленькая проблема: никто не знает — кто вы. Никто не делает попыток вас найти. Нигде нет даже упоминания о вас. При вас не нашли ничего, что хоть как-то могло объяснить ваше существование. Только отпечатки пальцев.

— Это была неприятная процедура. Хотя, надо признать, что работаете вы оперативно.

— Мы работаем оперативно. Знаете, мне бы очень хотелось найти ваши пальчики еще где-нибудь. Это бы многое объяснило.

— Где, например?

— Например, в одном симпатичном доме. В доме, где произошло *тройное убийство*.

— Убийство?..

Кажется, я знаю, что такое «убийство».

Убийство Кеннеди, убийство кротких морских котиков в высоких широтах, убийство доктора Джекила мистером Хайдом... Или это было самоубийство? Или это был несчастный случай?.. Во всяком случае, все это всегда заканчивается одинаково. То, что по неведению называют душой, бросается вон без оглядки, оставляя после себя бесполезные проломленные головы, стоячие лужи крови, разорванные, как подгнившая пряжа, сухожилия: их состояние произвольно, как комбинация игральных костей...

Игральные кости — залитые краской дырки от единицы до шестерки. Краска держится прочнее, чем кровь в подготовленном для убийства теле. Я играла в кости или прочитала о них в дешевых романах?.. О Кеннеди я тоже читала? Во всяком случае, доктор Джекил и мистер Хайд похожи на все буквы, которые я знаю. Сколько букв и какого языка я знаю?..

Это переводная литература. Перевод с английского, на котором убили Кеннеди. А смерть происходит оттого, что внутренностям всегда стыдно и страшно показаться на свет, уж слишком мрачный вид они имеют. Такой же, какой имела я, — почему я думаю именно так? — я ведь еще не видела себя. Я видела только фотографии мертвого друга капитана Лапицкого, фотографии мертвой женщины, на которых меня нет. А существуют ли фотографии, на которых я есть?

— ...Кажется, я знаю, о чем вы говорите, — сказала я капитану.

— Вот и отлично. — Он заметно оживился. — Если вы готовы... Я имею в виду, если вы чувствуете себя достаточно хорошо, мы можем снять показания прямо сейчас.

— Показания?..

Неожиданный поворот. Я готова порассуждать о превратностях жизни на свету разорванных внутренних органов, но давать показания по этому поводу... Я не патологоанатом.

Слава богу, я не патологоанатом, я знаю это точно. Никаких познаний о строении хрупкого человеческого тела.

Тогда *кто я?*

Он ничем не может помочь мне, этот капитан, он знает обо мне не больше, чем я сама, — отпечатки пальцев не в счет, они ничего не скажут, во всяком случае — мне. Но ведь он чего-то хочет от меня, иначе, зачем тогда весь этот разговор о тройном убийстве?

— Какого рода показания? — я смотрю на него невинным взглядом страдающей амнезией. Черт возьми, я действительно страдаю амнезией, не стоит об этом забывать. Если не помнишь всего остального... — Показания о несчастном случае на шоссе?

— Это было все, что угодно, только не несчастный случай. У нас еще будет время поговорить об этом. И вам нужно хорошо подготовиться, чтобы выглядеть убедительной.

Он снова терпелив и снова ищет лазейку в высоком

глухом заборе моей памяти, он собирается подкинуть в нее кое-что — кое-что из того, чего я еще не видела. Он извлекает на свет еще одну тоненькую пачку фотографических вещественных доказательств. И я рассматриваю их — вынуждена рассматривать по правилам игры, которые навязал мне капитан.

...Три варианта трех разных тел; я даже не пытаюсь сосредоточиться на лицах убитых, все они кажутся мне на одно лицо. Я безучастно отмечаю про себя, что у одного из трупов — аккуратная дырка в голове, у двух других разворочена грудь, раны беспорядочные, насколько я могу судить...

Насколько точно я могу судить?

— Ничего не можете сказать по этому поводу? — спрашивает у меня капитан.

— Отвратительное зрелище.

— И больше ничего? — ноздри его вибрируют.

Я могла бы сказать о том, что большое количество крови делает людей невыносимо грязными, их тела хочется сунуть под душ, и тогда — может быть — все образуется. Но я понимаю, что он ждет от меня совсем другого, и потому молчу.

— Значит, и этих людей вы не знаете? — он продолжает настаивать.

— Нет.

— Что ж, очень жаль... Если что-нибудь вспомните... Вот номер моего телефона, — он вынимает из кармана заранее приготовленную визитку сомнительного качества и сует ее мне. Не глядя на нее, я машинально кладу визитку в карман халата. Чтобы тотчас же забыть о ней.

...Ничего, ничего не шевелится в стоячей мутной воде моего полумертвого мозга. Никаких зацепок, почему, черт возьми, у всех этих милицейских фотографий такое отвратительное качество?.. И все равно, я никогда не видела этих людей. Проклятый капитан, его присутствие изматывает меня, его фотографии убивают меня снова и снова; его каждодневное присутствие не дает мне забыть о себе... Это он, он во всем виноват...

— Уходите! Уходите, вы, милицейская ищейка!!! Уходите, слышите!..

Я бросила в него банку с цветами; я даже не помнила, как дотянулась до них, вырвавшись из цепких объятий каких-то трубок, которые сковывали меня. Вырвавшись из мерцающего света каких-то медицинских приборов, которые исподтишка все еще следили за мной...

Кажется, я потеряла сознание.

* * *

...Когда я пришла в себя, капитана в палате не было.

А на стуле, на котором еще совсем недавно сидел он, расположилась медсестра, птичка на жердочке. Та самая, что принесла мне цветы.

Кажется, ее зовут Анастасия. Настя. Я уверена в этом. Одно из немногих имен, в которых я уверена.

Несколько секунд я рассматривала ее, прикрыв глаза, — ничего особенного, это лицо вполне могло быть и моим собственным: я так же могла бы шевелить пухлыми легкомысленными губами, читая книгу.

А она читала книгу, птичка на жердочке. Книгу, слишком внушительную для ее легкомысленных губ.

Почему я знаю все про книги, губы и птичек на жердочке — и не знаю самого главного?.. Почему никто не хочет помочь мне?

— Что вы читаете? — тихо спросила я у медсестры.

От неожиданности она выронила книгу.

— Как вы себя чувствуете? — В ее голосе было больше участия, чем в голосе ведущего нейрохирурга с непроизносимым грузинским отчеством, и намного больше, чем в вибрирующих ноздрях капитана Лапицкого.

— Отвратительно. Гораздо лучше я чувствовала себя, когда была без памяти. — Что я говорю? Я ведь и сейчас без памяти, но не стоит об этом думать, иначе можно просто сойти с ума. — Так что вы читаете?

— Вообще-то, эта книга для вас. Я принесла ее для вас.

Я совсем забыла, что мне уже можно читать, мне можно есть яблоки, очищенные от кожуры; мне можно общаться с врачами и представителями закона; мне скоро можно будет выходить на воздух — прямо под небо, которое я вижу в окно своей палаты каждый день.

— Мне не хочется читать. Но все равно спасибо. Вы очень добры.

По лицу медсестры пробегает тень застенчивого удовлетворения. Вместе со стулом она пододвигается к моей постели, заложив страницу книги забинтованным пальцем.

— Вы порезались? — так же участливо, как полминуты назад она, спрашиваю я.

— Пустяки. Просто собирала стекла...

Должно быть, это стекла от банки, в которой стояли цветы. Я смотрю на ту часть застеленного линолеумом пола, которая видна с моего места, и вижу еще не просохшее пятно и болтающийся в нем мертвый лепесток гвоздики.

— За цветы тоже спасибо.

— Их пришлось выкинуть. Но я принесу еще, если они вам нравятся.

— Мне они нравятся. — Невозможно сказать ничего другого этой птичке на жердочке. — Не уходите. Посидите со мной.

Она никуда и не собиралась уходить — это было видно по ее лицу. Она была единственной, кто проявлял ко мне чисто человеческое участие. В этом участии не было профессионального любопытства врачей и оперативников; скорее — сострадание. С другой стороны, сострадание — это то же любопытство, но совсем иного рода. Оно может подразумевать и цветы, и книги, и даже забинтованный палец...

Несколько минут мы молчали, она разглядывала меня, а я — ее.

— Сколько вам лет? — спросила я.

— Двадцать один.

Интересно, мы ровесницы или я старше? Скорее всего, старше...

— А я? — Мне давно хотелось задать этот вопрос: — На сколько выгляжу я?

Она пожала плечами. Она не разбиралась в возрасте. Или просто жалела меня.

— Не знаю. Вам может быть двадцать. Или тридцать. Болезнь обычно меняет человека.

Очень дипломатично.

— Вы давно здесь работаете?

— Два года.

— И что, часто здесь бывают такие безнадежные случаи, как я?

— Бывают. Здесь все бывает. Поверьте, вы не самый безнадежный случай.

— А что говорят обо мне врачи? Я... Есть надежда, что все когда-нибудь станет на свои места?

— Конечно, — медсестра оживилась. — Вы только не волнуйтесь. Совсем не обязательно стараться вспомнить. В том смысле, если это доставляет вам постоянную боль... Лучше расслабиться, закинуть руки за голову и плыть по течению. Обязательно куда-нибудь приплывете.

— Что? Что вы сказали?

Неожиданно, в самой глубине моей заснувшей души тенью мелькнула смутная, смазанная картинка — руки, закинутые за голову. Они покоятся на затылке. Это *мой* затылок и *мои* руки, запутавшиеся в *моих* волосах. Длинные волосы сменяются короткими, но мне кажется, что это не последнее и не самое главное изменение. Что-то происходило со мной в прошлой жизни, что-то заставило сменить длину волос — пронзительная, как молния, мысль мгновенно исчезает, так ничего и не высветив...

— Что с вами?! — Я слышу голос медсестры Насти. — Вы побледнели... Вы что-то вспомнили?

Ее рука касается моей, обнадеживающе обхватывает мою взмокшую ладонь: жест дружеского участия и острое желание стать единственной свидетельницей пробуждения сознания — все смешалось...

— Нет... Я не могу. Я не могу вспомнить...

— Тогда не стоит и пытаться, я же говорила вам. Все должно произойти само собой, если верить нашим врачам.

— А им можно верить?

— Вполне. У нас отличные специалисты. Вы можете на них положиться. Вы можете проснуться однажды утром и все вспомнить. Вы можете выпить стакан воды и все вспомнить. Вы можете увидеть носки чьих-то ботинок и все вспомнить. Вы можете услышать какую-нибудь мелодию и все вспомнить...

— Какую мелодию? — я с надеждой посмотрела на нее.

— Лично мне нравится Энио Мориконе... Эта тема из «Однажды в Америке». Вам нравится этот фильм?.. А книгу я действительно принесла вам.

— Спасибо. — Я наконец-то сжалилась над наивной маленькой медсестрой. — Давайте сюда вашу книгу.

...Ничто не могло ударить меня больнее — книга называлась «Тайна имени». Самое актуальное название в моем положении.

— Ну, и что я должна с ней делать? Прочитать от корки до корки?

— Вы можете найти имя, которое вам понравится. Которое вам подойдет. — Медсестра постаралась быть убедительной, насколько вообще может быть убедительным младший медицинский персонал. — Не исключено, что именно выбранное имя окажется вашим.

— Обычно человеку не нравится его собственное имя. Впрочем, меня бы устроило любое. Любое, только бы оно оказалось настоящим.

— Давайте просто посмотрим, — она уговаривала меня. Легкомысленные губы уговаривали меня. Я впервые за восемь дней заметила, что глаза у нее разного цвета: один — зеленый, а другой — карий...

— Как вы себе это представляете? Вы будете зачитывать имена вслух, а я должна постукивать хвостом на подходящее для меня сочетание букв?

— Примерно так, — она легко засмеялась. У нее был хороший смех. Я улыбнулась ей в ответ. — Можно начинать?

— Валяйте.

Она склонила голову над книгой, забинтованный палец пробежался по оглавлению. Все имена были расположены в алфавитном порядке, начиная с древнееврейских и древнегреческих; их носили миллионы женщин, которые прожили свою жизнь иначе, чем я. Их любили, их насиловали, их завоевывали; они рожали детей и давили виноград. Я знала о них все — и ничего конкретно. Я знала обо всем все — и ничего конкретно, и это сводило меня с ума. Холод пронизывал трубы моего позвоночника, заставлял их гудеть, как орган: должно быть — почти наверняка — я несколько раз прошла мимо своего собственного имени и так не узнала его, как не узнала всех мертвых людей на фотографии...

Всё бесполезно.

— Хватит. Прекратите, — почти приказала я Насте.

— Хорошо. Если хотите — я уйду. Если так вам будет легче.

— Мне не будет легче в любом случае... Почему вы принимаете во мне такое участие, Настя?

Ее лицо сморщилось от жалости и сразу постарело на несколько лет. Даже глаза показались мне одинакового цвета: один стал темнее, а другой — светлее. Забавно, должно быть, иметь девушку с разными глазами. Интересно, что думает по этому поводу ее муж? Или ее парень...

— Не знаю. Я не умею объяснить, я только чувствую... Вы просыпаетесь утром или ночью совсем одна, в палате, в которой даже толком не закрываются двери... А в коридоре целую ночь горит свет... Я, например, вообще не могу спать при свете. Когда-то давно, еще в восьмом классе, я подцепила воспаление легких. Жутко неприятная болезнь, особенно если учесть, что ничего выдающегося с тобой не происходит. В больнице я тоже просыпалась по ночам и думала о разных вещах. О том, что полностью завалю алгебру. Больше всего почему-то я боялась алгебры, ну, как живого человека, который может мне чем-то угрожать... Потом я думала о маме. По сравнению с алгеброй это было безопасно. Потом — о своей собаке. У нас была замечательная собака, колли, она умерла от рака. Но тогда еще она была здорова, и я думала о ней, я очень ее любила... Потом о парне, который мне ужасно нравился, — он единственный не дразнил меня за разные глаза... А вы? О чем думаете вы? Вы пытаетесь кого-то вспомнить — и у вас ничего не получается. — На глазах Насти показались быстрые легкие слезы. — Значит, нужно, чтобы кто-то был рядом с вами... Чтобы вы не думали, что вы совсем-совсем одни...

— Можно я вас поцелую, девочка? — вдруг сказала я, и сердце мое сжалось от благодарности к медсестре.

Настя наклонилась, и я поцеловала ее в беззащитно-нежную щеку — единственный человеческий порыв за восемь дней кошмара; единственное, что оказалось в моем беспросветном настоящем.

— Все будет хорошо. Вы мне верите? — серьезно сказала она.

— Верю. Только я не одна. Кроме вас меня навещают разные серьезные люди. Похоже, что у них накопились вопросы ко мне.

— Я знаю. Мне не нравится этот тип. Чего он хочет от вас?

Я вспомнила фотографии, которые мне показывал капитан Лапицкий; чего они от меня хотят — хороший вопрос. Чего хотят от меня трупы на снимках? Или они не могут простить мне, что я оказалась жива?.. Как только я вспомнила о крови на фотографиях, у меня разболелась голова. Если верить капитану, я была каким-то образом причастна к убийству. Вот только в роли кого я выступала? Куда и откуда шла женщина, которую капитан представил мне как меня самое?

— У вас есть зеркало, Настя? — Дважды за сегодняшний день я попросила зеркало. И если струсила в первый раз, то теперь не собиралась отступать.

— Да. От пудреницы. Вас устроит? Вы ведь хотите посмотреть на себя, правда?

Правда, правда, девочка.

Настя вытащила из кармана халата пудреницу и протянула ее мне:

— Знаете, — бесхитростно сказала она, — я ношу зеркало в кармане уже неделю. Очень неудобно, у меня в пудренице защелка ненадежная... Но я ждала, что вы попросите зеркало. Я думала, вы сделаете это в первый день, как только придете в себя... но вы попросили только сейчас. Даже странно.

Действительно странно. Я вдруг поймала себя на этой мысли — почему я попросила зеркало только сегодня? Ни одна нормальная женщина так бы не поступила, она бы начала жизнь после комы с обнюхивания себя. Неужели в прошлом мне было так наплевать на свою внешность, неужели я так боялась ее? Или была так в ней уверена? Или не хотела иметь ничего общего с собой, сбросить ее, как змея сбрасывает кожу?..

— Скажите, Настя, я очень некрасивая? — спросила я у медсестры, вертя в руках пудреницу и не решаясь взглянуть в нее.

— Я не знаю... — Видимо, она была слишком молода, чтобы соврать мне. — Очень трудно определить сразу. Иногда вы кажетесь мне красивой. Когда не думаете о том, кто вы. Или когда вы не приходили в себя целых два месяца. Я видела вас. И думала — как жаль, что такая красивая женщина может умереть...

Я щелкнула замочком пудреницы и отчаянно-смело поднесла маленькое, запорошенное мелкой терракотовой пылью зеркальце к глазам. Сердце мое отчаянно колотилось — «возвращение памяти, возвращение прежней жизни может произойти внезапно». А хочу ли я знать о своей прежней жизни? Что, если глаза в зеркале скажут мне такое, о чем я предпочла бы никогда не узнать?

Но отступать было глупо — Настя, не отрываясь, смотрела на меня: будь ее воля, она бы сама влезла в зеркало, чтобы ничего не пропустить.

Ты слишком плохо думаешь о ней. Посмотри-ка лучше на себя... Ты делаешь это впервые за два месяца, и неизвестно, что тебя ждет...

Ничего необычного.

В зеркале не оказалось ничего необычного. Оно было слишком маленьким, чтобы вместить мое лицо целиком: я увидела лишь глаза и часть носа — до тонких ноздрей. Его восковые крылья свидетельствовали лишь о долгом заточении в четырех стенах, не больше. Я провела по нему пальцем и прижала ноздри к выпятившимся губам — только для того, чтобы ощутить мой собственный запах, слишком ненадежный для того, чтобы что-то вспомнить. Я проделывала это неоднократно, наедине сама с собой; теперь — совершила то же самое в присутствии зеркала...

Ни запах, ни кожа никого мне не выдали.

Оставались только глаза, в которые я все еще боялась взглянуть. Я вдруг поймала себя на мысли: если бы они были такими же разными, как у медсестры Насти, мне было бы намного легче. Маленькая деталь, по которой кто-то может опознать меня, вызов симметричной природе человека.

...Но глаза были самыми обычными, только цвет был мутно-неопределенным — должно быть, оттого, что я слишком долго пребывала в беспамятстве. Свет не проходил в их глубину.

Или это они не выпускали свет из меня?

Они тоже стоят на страже. Все против меня. Вот и отлично.

Я вдруг отбросила жалкую чужую пудреницу в сторону, приподнялась и ухватила ничего не подозревающую медсестру за лацканы накрахмаленного халата. Но от этого мне стало только хуже. Выпустив гремящую, как жесть, ткань, я протянула Насте свои открытые ладони.

— Скажи мне, пожалуйста, чьи это руки?! Чьи они? Кому они принадлежат на самом деле?! И эти глаза? — Я изо всех сил ударила себя по глазам. — Что они видели раньше?! Скажи мне, что? Я больше не могу... Не могу так... Не могу, не могу...

Она крепко обняла меня за плечи, встряхнула и снова прижала к себе:

— Ну, успокойся, успокойся, прошу тебя... Прошу тебя... Все будет хорошо, нужно только подождать... Все обязательно вернется, вот увидишь... Ты проснешься и вспомнишь... Или вспомнишь просто так...

Ее руки очень хотели успокоить меня — и не успокаивали. Никто, никогда не сможет меня успокоить. «Никто» и «Никогда» — это единственные слова, которые принадлежат мне по праву.

— Все-все. Все в порядке. — Мне стало стыдно за глупую, но неизбежную истерику, я молча высвободилась из рук медсестры. — Простите меня.

— Ничего. Хотите сигарету?

Сигарета. Это что-то новенькое. Я даже не думала о куреве (откуда только это слово — «курево»?), ни разу об этом не вспомнила...

— Хочу. Давайте сюда ваши сигареты.

Настя вытащила из карманов, казавшихся бездонными, целую россыпь сигарет. Удобно устроившись у меня в ногах, она аккуратно разложила сигареты перед собой — ни дать ни взять маленькая девочка с фантиками...

— Какие предпочитаете? — весело, даже чересчур весело спросила она.

— Все равно. Я даже не знаю, курила ли я когда-нибудь раньше.

— Вот сейчас и узнаем. — Насте очень хотелось поддержать меня. — Во всяком случае, одной вашей тайной станет меньше. Выбирайте — есть «Мальборо»,

«Житан» для особо продвинутых и «Беломор» для особо стильных...

— Даже не знаю.

— Или вот еще — гордость коллекции. Очень крутые сигареты, такие не продаются, их презентуют нашему Теймури в знак особой благодарности за удачно склеенные черепа. Я даже названия не могу прочесть. Берите...

— Теймури — это кто? — Я осторожно, двумя пальцами, взяла длинную тонкую сигарету и поднесла к лицу: ореховый запах мог бы пообещать мне что угодно.

— Наш ведущий нейрохирург. Мировой мужик. Это он вас собрал. Давайте я вам прикурю...

Настя щелкнула зажигалкой.

Ничего себе испытание. Я осторожно затянулась и тотчас же закашлялась. Очарование легкого орехового запаха сразу ушло, но я мужественно продолжала вдыхать дым и спустя минуту почувствовала себя лучше.

— Ну, как? — спросила Настя, испытующе глядя на меня.

— По-моему, неплохо. По-моему, я была заядлой курильщицей. — Я позволила себе улыбнуться, ведь еще никто не запрещал мне маленькие радости.

Голова с непривычки кружилась, я даже почувствовала легкое опьянение и стала исподтишка наблюдать за Настей, которая искусно выпускала дым через ноздри.

— Здорово у тебя получается, — одобрила я. — Теперь будем курить вместе...

— Я не против.

Мы рассмеялись, довольные друг другом.

— А теперь расскажи мне об этом твоем нейрохирурге. — Должно быть, это тот самый врач с труднопроизносимым грузинским отчеством. Отчество было первым, что я не запомнила, но имя оказалось вполне ласковым, похожим на неумелую, но старательную трель флейты — «Теймури»... За неделю я уже несколько раз общалась с ним — обстоятельные разговоры с умолчанием диагноза и риторическими вопросами; невинные, на первый взгляд, ловушки — то, чего я боялась больше всего

— Потрясный мужик! Умница и красавец, и потом, такая борода! Тебе нравятся бородатые грузины?

— Не знаю... — Я, действительно, не знала.

— Первые полгода я пыталась его закадрить, но он неприступен, как витязь в тигровой шкуре. Ты почему улыбаешься?

— Не знаю... Твой витязь в тигровой шкуре, ты сама, этот дурацкий капитан из органов — круг знакомых растет, мне пора заводить записную книжку, ты не находишь?

Я легкомысленно произнесла это и тотчас же осеклась: тогда в эту же записную книжку стоит внести и погибшего Олега Марилова. И погибшую женщину, имени которой не знаю. Была ли у меня в прошлой жизни записная книжка? И если да — то кто в ней отирался?

...Додумать я не успела — дверь палаты резко распахнулась, и на пороге, как будто материализовавшись из Настиного необязательного трепа, появился высокий бородатый человек в халате нараспашку.

Я уже видела его — в самый первый день, когда пришла в себя, и потом. Видела смутно, как сквозь пелену, как сквозь слюдяное оконце дома, в котором я никогда не была. Он приходил ко мне нечасто, во всяком случае реже, чем другие врачи (все они были для меня на одно лицо). Но оставался надолго — особенно в первые дни.

Нейрохирург мгновенно оценил обстановку — мизансцена была еще та: медсестра и пациентка, расположившись в непосредственной близости друг от друга, самозабвенно курят сигареты.

— Привет, девчонки, — хмуро сказал он. — Это что еще за посиделки?

Настя густо покраснела — то ли от смущения, то ли от еще не до конца изжитой влюбленности. Но, несмотря на румянец, она спокойно затушила сигарету и вполне независимо произнесла:

— Так виделись уже, Теймури Шалвович.

— Ты, я смотрю, времени зря не теряешь, приобщаешь пациентов к здоровому образу жизни. Смотри, уволю без выходного пособия.

— Давайте-давайте, посмотрим, где вы еще таких дур найдете с вами работать... А будете третировать — в онкологию уйду, на спокойное место.

— Ну-ка, брысь отсюда, твое дежурство кончилось, домой пора, баиньки.

У врача был акцент, сильно смахивающий на его бороду, — такой же густой и мягкий.

— Уже ушла, — сказала Настя, не двигаясь с места.

Теймури прошелся по палате, подошел к окну и так и остался стоять там, покачиваясь с пятки на носок. Теперь я видела только его спину, обтянутую почти щегольским халатом, и буйно заросший затылок.

— Ты еще здесь? — спросил наконец он.

— А вы как думаете?

— Думаю, что вора я все-таки поймал. Ясно теперь, кто крадет у меня сигареты. Еще раз застукаю — голову откушу, клептоманка.

— Самому же пришивать придется, — с готовностью ответила Настя, а мне только оставалось следить за тем, как упругий теннисный мяч их необязательного и привычного диалога перескакивает с поля на поле.

— Ладно, пошутили и хватит. Мне нужно осмотреть нашу пациентку. Твое присутствие необязательно. И еще один совет на сон грядущий — в следующий раз можешь принести коньяк. Только покупай его за свой счет...

Настя нехотя встала, ободряюще сжала мне плечо:

— Держитесь. До завтра. Я обязательно загляну.

...Спустя секунду мы остались в палате одни.

Теймури по-прежнему стоял возле окна, не оборачиваясь. Он даже начал что-то тихонько насвистывать. Черт возьми, даже свистел он с акцентом!..

— Обещали холодный февраль. Опять обманули. Как вы себя чувствуете?

— Что я должна сказать? — Его затылок вдруг стал меня раздражать.

— Правду.

— Все требуют от меня какой-то правды. Я не знаю, что такое правда.

— Я вам верю. И все-таки, как вы себя чувствуете?

— А как бы вы чувствовали себя на моем месте? — Мне вдруг захотелось, чтобы он повернулся, подошел бы к моей постели. — Помогите мне, пожалуйста... Вы же можете мне помочь...

Он услышал, он отошел от окна, уселся на стул и стал методично раскачиваться на нем, сунув руки в карманы. Некоторое время мы молчали — я думала о том, как, должно быть, он устает каждый день вытаскивать такие безнадежные случаи, как я; как, должно быть, он устает *не* вытаскивать такие безнадежные случаи, как я... И что бы он сказал себе, если бы я умерла? И что бы он сказал другим, если бы я умерла?..

Я гоняла одни и те же мысли по кругу, как взмыленных цирковых лошадей, пока не заметила, что стул под Теймури перестал раскачиваться, — грозный бородатый нейрохирург спал.

Очень мило.

Он спит, а я даже не могу подняться, чтобы разбудить его. А почему, собственно, я не могу подняться?

Я села на кровати, осторожно высвободила ноги из-под одеяла — смелее, смелее — и спустила их на холодный линолеум. Холодный линолеум — значит, тело, в отличие от меня самой, прекрасно помнит, что существует холод. Значит, должно существовать тепло и много других вещей... Значит, можно встать и уйти.

Никуда ты не уйдешь.

Для тебя даже не предусмотрено никакой обуви — и намека нет на стоптанные больничные тапочки. Но — если бы они и были — куда бы ты пошла?.. Но я все-таки сделала первый шаг по казенной медицинской тверди — он дался неожиданно легко — и осторожно потрясла спящего Теймури за плечо.

Он мгновенно открыл еще не успевшие провалиться в сон глаза:

— Что?

— Ничего. Вы, кажется, заснули.

— Простите. Устал. Зачем вы встали? Ложитесь-ка обратно и не смейте высовывать нос из-под одеяла до моего особого распоряжения.

— Не разговаривайте со мной, как с идиоткой. — А, собственно, ты и есть идиотка, жалкое многолетнее растение, вывороченное с корнем...

— Простите...

— Что со мной будет, доктор? — Я перевела тему, мне не хотелось, чтобы он извинялся передо мной.

— Подождем. Подождем. В вашей ситуации нужно только ждать.

— Сколько?

— Я не знаю, — искренне сказал он.

— А если не произойдет ничего такого, — слова давались мне с трудом, но все-таки я произнесла их, — если я ничего не вспомню. Что тогда?

— Вы производите впечатление умного человека. — Вот как! Лучший комплимент, который мне пришлось выслушать в этих стенах. — Мозг в целом не поврежден, заявляю вам это ответственно как нейрохирург. А амнезия — вещь прихотливая и до конца неизученная... В вашем случае, как мне кажется, это скорее психологический фактор. Могло случиться, что вашей психике почему-то просто не хватило запаса прочности, она сломалась, как игрушка, отказалась вам служить. Такое тоже бывает.

— Но кто-то же может ее починить, — я не хотела отпускать врача, я все трепала и трепала его за холку, — кто-то же может помочь мне...

— Окрепните немного и вами займутся психиатры. Вам снятся сны?

Вопрос застал меня врасплох. Снятся ли мне сны? Я вдруг поняла, что ни разу — с тех пор, как пришла в себя, — не видела ни одного сна. Ни одного намека даже на легкую цветную рябь — сплошная чернота, сплошной провал.

— Нет. Я не вижу снов.

— Тогда караульте их, позвольте им подойти близко. Если что-то появится — будем считать это маленькой победой. А сейчас сойдемся на том, что ваша психика просто взяла тайм-аут. Позволю себе повториться — никаких серьезных повреждений нет. В медицинском плане ваш случай даже трудно классифицировать. — Он нагнулся ко мне: — Мне кажется, что вы так сильно хотели забыть что-то в своем прошлом, что даже подбили на это свой собственный организм, сделали его соучастником...

— О чем вы говорите?! — Я с ужасом смотрела на Теймури. — В чем вы подозреваете меня?

Боже мой, боже мой, — капитан Лапицкий, ужасающие фотографии; трупы, кружащие, как стервятники, над моим беспамятством, — неужели все это действительно связано со мной, и сейчас этот милый, немного циничный грузин предъявит мне обвинение?..

Но он не предъявил обвинения, он просто попытался лениво успокоить меня. Скорее всего, Теймури был болезненно-честолюбив, как все южане (не была ли война между Севером и Югом войной честолюбий? Какие только мысли не забираются в опустевшую голову, — но хоть обрывок мировой истории тебе известен...). Выйдя из комы, я вышла и из-под его опеки. И перестала представлять для него интерес — так, отработанный материал, уже прошедшая головная боль. Настолько прошедшая, что можно случайно забрести ко мне в палату и даже прикорнуть на минутку на стуле по этому поводу...

— Да ни в чем я вас не подозреваю. Это не моя компетенция, успокойтесь. — Он не хотел задеть меня и все же задел: наверняка он знает, что ко мне ходит этот мрачный капитан из органов; наверняка они даже говорили обо мне.

— Вы говорили обо мне с капитаном?

— Каким капитаном?

Нет, врать он положительно не умеет, мне показалось, что даже борода у него вспыхнула.

— С тем, что ходит ко мне, как на работу.

— Я прав, вы действительно умны, — Теймури помедлил, подбирая слова. — Умная девочка. Мы действительно говорили, и довольно откровенно.

— О чем?

— О том, что судебно-медицинской экспертизы вам не избежать. Я пытался убедить его, что вы действительно страдаете амнезией... Насколько профессионально я могу судить...

— Вы сами-то в это верите? — перебила я его.

— Да, — серьезно ответил Теймури. — Да. И природа вашей амнезии — в защитной реакции психики, которая не хочет быть разрушенной... Не волнуйтесь, этого я не сказал, вы мне симпатичны... И потом, за те два месяца, что вы были в коме, я привык к вам, — он обезоруживающе улыбнулся. — Как к жене привыкают. Грузинские мужчины очень привязчивы... Но это так, беллетристика. Кстати, о беллетристике — что это вам притащила наша сумасшедшая медсестра?

Не дожидаясь ответа, он взял книгу, оставленную Настей, повертел в руках; потом беспечно полистал, не углубляясь в содержание:

— Решила принять участие в вашей судьбе, девчонка! Гоните ее в шею, если будет надоедать. И мой вам совет — не стоит курить. Насчет коньяка я тоже пошутил. Когда-нибудь выпьем с вами хорошего грузинского вина...

— Когда? Когда станут известны результаты судебно-медицинской экспертизы?..

Он постарался сохранить невозмутимость и сделал вид, что пропустил мое замечание мимо ушей.

— Я уезжаю. Всего лишь на три недели. Домой, в Грузию. Еще два месяца назад должен был уехать. Но вы казались мне тяжелым случаем, я не мог вас оставить... Теперь вы пришли в себя и...

— И больше не кажусь вам тяжелым случаем.

— Во всяком случае, в чувстве юмора вам не откажешь... Думаю, что за три недели ничего не произойдет.

— Ну, если до сих пор ничего не произошло.

— Вы действительно хорошо себя чувствуете? — он пристально смотрел на меня. — Никаких необычных ощущений? Что-то вроде тошноты или чего-нибудь подобного?

— По-моему, я стоик и на такие вещи стараюсь не обращать внимания. — Не стоит раскисать перед этим вальяжным баловнем судьбы. — А что?

— Нет, ничего... Когда приеду — у нас будет время поговорить... Есть одно обстоятельство, очень важное... Но вы к нему не готовы — вы еще слишком слабы. И останетесь в клинике ровно столько, сколько понадобится. Я обещаю вам, что с вами ничего не случится. Вы мне верите?

— Да. Тем более, что ничего другого мне не остается. Вы выглядите очень усталым...

Теймури попытался улыбнуться мне, нагнулся к кровати, осторожно укрыл меня одеялом до самого подбородка и посмотрел мне в глаза:

— Как же все-таки вас зовут, хотелось бы мне знать...

— Мне тоже, представьте себе, — сказала я, и впервые эта мысль не доставила мне боли. — Вы очень странно действуете на меня. Я действительно чувствую себя в безопасности с вами... Как будто мы давно знакомы.

— А мы, действительно, давно знакомы, — Теймури был серьезен. — Целых два месяца. Я же говорил, что успел привязаться к вам. Мы продолжим эту тему после моего приезда.

— Да-да... Должно быть, трудно общаться с человеком, у которого даже нет имени?

— Я тоже думал, что трудно. Но оказалось — легко...

* * *

...Настя по-прежнему приносит мне книжки. Теперь это совсем другие книжки — «беллетристика», как сказал бы уехавший Теймури; или нет — «бэлэтрыстика», именно так, с грузинским акцентом, презрительно-оценочный вариант... Яркие обложки захватаны нетерпеливыми наивными руками, мягкие переплеты надорваны, и обязательно не хватает нескольких страниц в начале. Иногда в конце — но мне плевать. Если финал не вырван с мясом, я вполне обхожусь им однйм. Все книжонки похожи друг на друга, имена авторов и имена героев меняются местами без всякого ущерба для действия; единственное, что привлекает меня, — почти животный жизнерадостный идиотизм ситуаций. Но нужно отдать им должное — всем этим картонным героинькам: с утра им еще удается убедить меня в фальшивой мысли, что все будет хорошо. Вечера проходят тяжелее — в ожидании снов, которые не наступают. Я бесцельно шляюсь по пустынным коридорам своей стерильной памяти, надеясь натолкнуться хотя бы на что-нибудь: никакого мусора, в котором можно порыться и что-то выудить для себя; никакой смятой жести, никаких обрывков воспоминаний.

У меня нет привычек.

У меня нет пристрастий.

У меня нет любимых сигарет. У меня нет любимых блюд, хотя, объективности ради, нужно отметить, что кухня клиники не блещет разнообразием. У меня нет любимого времени суток; мне все равно, как спать — на животе или спине, со светом или без. Медицинские процедуры не раздражают меня; электроды, обсевшие мою бедную голову, как пиявки, не раздражают меня; даже капитан Лапицкий — самая большая, самая вдохновенная пиявка — не раздражает меня... Он по-прежнему приходит ко мне почти каждый день, изматывая повторяющимися вопросами. Он все еще расставляет мне силки и ловушки, в которые я не попадаю. Приманки, лежащие в них, безотказно действуют на любого нормального человека, но меня не привлекают. Я равнодушно обнюхиваю их и бреду мимо.

Но я знаю, что где-то должен быть конец пути.

Что будет ждать меня там?

Закрытая психиатрическая больница для неопознанных преступников? Закрытая психиатрическая больница для неопознанных жертв? А если я все-таки опознаю себя или меня все-таки опознают другие?

Я так устала бояться произошедшего со мной, что согласна на любой исход, — только бы он был определенным, только бы он назвал мое *настоящее* имя. А если этого не случится — успею ли я обрасти привычками, привязанностями и любимыми сигаретами до того, как сойду с ума окончательно?..

Никто не может ответить мне ни на один вопрос — так почему же все требуют каких-то ответов от меня? Мне не нравится эта игра.

* * *

...Сегодня он изменил себе первый раз — капитан Лапицкий.

Я, как всегда, ждала его с утра — обычное время для утомленного правосудия, — но утром он не явился. Я даже не смогла по-настоящему обрадоваться этому, хотя ежедневная игра в вопросы и ответы утомляла меня. Так утомляла, что я всерьез начала подумывать о том, чтобы облегчить ему работу, признаться во всех смертных грехах. Сказать то, что он так хочет от меня услышать. Подтвердить любые снимки, любые убийства и взять на себя что-нибудь еще, если это доставит ему удовольствие. Эта мысль пришла мне в голову совсем недавно и даже развлекла меня. Почему нет — тем более, что капитан успел рассказать мне о своем друге Олеге Марилове множество маленьких милых историй. Я догадывалась, что он делает это, следуя четким инструкциям относительно моего диагноза: даже случайно упомянутая фраза, даже ничего не значащая деталь могли вернуть мне память.

Может быть, женщина, сидевшая со мной в машине и погибшая, была моей подругой? Может быть, она была моей соперницей? Кого из нас выбрал Олег для ближайшей ночи? И выбрал ли он кого-нибудь, ведь ему нравились блондинки?.. Была ли случайной попутчицей я? Была ли случайной попутчицей она? Я стараюсь не думать об этом: все во мне вызывает зависть — и ее красота, и ее конец...

Но я с удивлением обнаруживаю, что часто думаю о мужчине, с которым была рядом во время катастрофы, — неожиданно это придало моей нынешней жизни какой-то смысл. Во всяком случае, он был единственным реальным человеком, о котором я могла судить. Я вдруг поняла, что не одобряю влечения погибшего к подслеповатым блондинкам, подержанным иномаркам и здоровому образу жизни. А вот его страсть к черно-белым американским детективам пятидесятых годов мне импонировала.

Именно с фильмами происходили странные вещи. Почему-то именно о кинематографе я знала больше всего. Возможно, я была старой девой, обожающей утренние киносеансы для пенсионеров. Я набрела на кино, гнездившееся в моей голове, случайно. И теперь развлекалась тем, что целыми днями прокручивала в воображении самые разные ленты, отдавая предпочтение черно-белым американским детективам пятидесятых годов. Может быть, мы сошлись с погибшим оперативником именно на этой почве и посещали один и тот же кинотеатр повторного фильма...

Кино — это зацепка. Сегодня я скажу об этом капитану, пусть порадуется.

Но сегодня утром капитан Лапицкий не пришел.

Я почувствовала легкий укол сожаления по этому поводу. Призрак судебно-медицинской экспертизы витал в воздухе, но капитан ни разу не позволил себе заговорить об этом.

Более того, в последнее время наши отношения даже можно было назвать дружескими. Во всяком случае, прежде чем начать изматывающие душу допросы (они всегда проходили под видом непринужденных бесед, но не могли обмануть ни его, ни меня), он вполне искренне спрашивал о моем самочувствии. А однажды (это было верхом галантности) спросил, нравятся ли мне пожарские котлеты.

Я понятия не имела о пожарских котлетах, о чем и сообщила ему с милой улыбкой. Я вообще старалась почаще ему улыбаться.

Наивная дурочка, потенциальный кандидат в психушку.

Но только не для него. Однажды он задержался у меня дольше, чем обычно. В тот день впервые выглянуло солнце, слишком яркое для февраля (я уже знала, что сейчас — февраль, а все произошедшее со мной относилось к декабрю). Оно осветило стерильные стены палаты, и я даже отпустила несколько жизнерадостных реплик по этому поводу. Жизнерадостных и вполне осознанных: конец зимы, весна, потом будет лето — неизменный, никогда не меняющийся цикл. Никому в голову не придет роптать на него, остается принять как должное. Эти вздорные рассуждения вызвали у капитана странную реакцию — по его лицу пробежала тень, он нахмурился и начал сосредоточенно потирать переносицу. Почти так же, как Мэй Уэст в каждом эпизоде на закате карьеры.

Холеная бездарная актриса, потерявшая чувство времени.

Меня удивляла моя осведомленность в кино, но еще больше удивляла осведомленность капитана. Возможно, он заразился ею от своего покойного друга, возможно, специально изучал его пристрастия — во всяком случае, клуб любителей старых фильмов разрастался... Почесывание переносицы означало — «я все равно загоню тебя в угол, чего бы мне это не стоило». Вот и теперь, почесывая переносицу, освещенную солнцем, он сказал мне: «Черт возьми, вы ведь совсем не тот человек, каким хотите казаться. Вас не ухватишь. Пока не ухватишь. Сложная штучка. Но вы у меня заговорите и не только о смене времен года...»

А сегодня утром он не пришел...

Ничего особенного, только легкий укол сожаления и наивная вера в то, что меня оставили в покое. Значит, вместо утомительных пустых бесед можно попытаться заснуть и наконец-то увидеть сон. Завтра — Настино дежурство, еще несколько книжек в мягких переплетах, которые я возвращаю ей непрочитанными... А потом приедет Теймури. Я скучала по уехавшему грузину. Когда он вернется и проведет со мной хотя бы один нейрохирургический допрос с пристрастием — все станет на свои места...

...Я провела ничего не значащий обычный день в своей палате. Я даже никуда не выходила, хотя с некоторых пор мне были разрешены короткие прогулки. Их легко можно было превратить в длинные — с отъездом Теймури я избавилась от назойливой опеки медперсонала. Нет, она никуда не ушла, постоянные напряженные процедуры напоминали о ней, да и любопытные взгляды коллег Теймури — тоже. Я относила это к своей амнезии. И в то же время — я перестала быть коматозницей. Я перестала быть тяжелым случаем.

Но первое посещение запущенного зимнего парка клиники произвело на меня тягостное впечатление. Сырой воздух так кружил мне голову, что, если бы не Настя — верная Настя! — которая поддерживала меня, я бы упала.

Я помнила этот запах сырости близкой весны!

Я не знала, к чему конкретно он относится, я просто помнила и все. И это раздавило меня — оказывается, ни одно ощущение не было забыто. Я разглядывала стволы деревьев и *знала,* какие они на ощупь. Я знала вкус ноздреватого рыхлого снега, я знала запах прелой листвы под этим снегом — вот только вспомнить, когда конкретно я столкнулась с ними, было невозможно. И именно это сводило меня с ума — упоминание обо всем и ни о чем одновременно. Собственная палата, которая ни с чем у меня не ассоциировалась, казалась куда более безопасной. И я решила оставаться в безопасности.

Но вечером, — оказавшимся страшно непохожим на другие вечера, — стало ясно, что никакой безопасности в ближайшем будущем меня не ожидает.

...Он появился внезапно, мой капитан. Я даже успела подумать о том, что наши утренние встречи из высших соображений начальства капитана Лапицкого перенесены на более позднее время: в сумерках всегда притупляется жгучее чувство выйти сухим из воды, они располагают к убийственным откровениям. Логика вполне в духе карательных органов, насколько я могу судить... Я не была готова к подобным сменам тактики и собиралась прямо сказать об этом капитану, когда он бросил на мою койку ворох каких-то тряпок.

Ни следа от обычной утренней галантности.

— Одевайтесь, — сказал он тоном, не предвещающим ничего хорошего.

— Зачем? — трусливо спросила я. И поняла, что все наши дружеские посиделки ничего не стоили перед его короткой репликой.

— Ничего страшного, — он попытался успокоить

меня, он уже сожалел о жестком тоне, — просто съездим в одно место и все... Возможно, кое-что из этого получится. Вы ведь хотите знать правду о себе?

— Мне не во что одеться. — Наивная уловка, если учесть принесенное капитаном.

— Одевайтесь, здесь вполне приличные вещи.

— Это не моя одежда.

— Это *ваша* одежда. Она пострадала в аварии меньше вас. Так что одевайтесь.

— Отвернитесь, — единственное, что я нашлась сказать ему, — я все-таки женщина.

Капитан хмыкнул:

— Вы все-таки женщина, но уж поверьте, не первая, чьи прелести я видел. Я не отвернусь.

— В интересах следствия?

— Именно в интересах следствия.

Конечно же, все, что он делал, было в интересах следствия.

Я спустила ноги с кровати, еще до конца не осознав того, что мне сейчас предстоит: облачиться в потрепанную шкурку своей прежней жизни. Очная ставка в присутствии официального свидетеля — разве это не волнующий момент?..

...Джинсы, рубашка, свитер, ботинки — все действительно было в приличном состоянии, во всяком случае на первый взгляд. Но этому не стоит доверять — я и сама на первый взгляд в приличном состоянии. Только внимательно рассмотрев вещи, я заметила наспех зашитые дырки и совсем уже неразличимые бурые пятна. Нет, я не могла носить этих вещей, они мне не нравятся. Ни одна женщина не наденет то, что ей не нравится. Эти шмотки подошли бы той, погибшей, с короткими черными волосами, это как раз в стиле ее бесшабашной и мгновенной смерти... Остановись, остановись, это твое воображение разыгралось. В последнее время я пользовалась им по поводу и без повода, катала его, как китайские шары в руках... Несколько оторванных пуговиц на рубашке, несколько спущенных петель на свитере, вырванный язык замка на джинсах... И никакого запаха, который бы выдал в них долгое присутствие человека. Вещи были абсолютно стерильны.

— Вы их в автоклаве выпаривали? — спросила я, оттягивая момент облачения.

— Вроде того, — равнодушно сказал капитан.

— А до этого?

— Проходили в качестве вещдоков.

Я сунула палец в дырку на рукаве свитера:

— Я это не надену.

— Ничего другого предложить не могу, — капитан начал терять терпение. — Нету у нас денег вам новую одежонку справлять.

Я подчинилась. Ничего другого мне не оставалось. Я даже не стеснялась своего бледного, усохшего за время болезни тела. Только грудь победно возвышалась над этим кладбищем ребер и почти атрофированных мышц. Краем глаза я заметила, что капитан пристально посмотрел на меня, — черт возьми, вот и первая, чисто мужская оценка. Капитаны, даже работники органов, — тоже люди, кто бы мог подумать... Взгляд его скользнул выше, и я пошла за ним как привязанная. Эта дорога привела меня к нескольким шрамам под ключицами — видимо, мою грудную клетку все-таки потрошили.

Так же, как и голову...

— Не нужно на меня пялиться, — сказала я, прикрываясь рубашкой.

Он неожиданно покраснел:

— Я не пялюсь, с чего вы взяли? Тоже мне, царица Савская!..

— Здесь нет белья, — я наконец-то взяла себя в руки.

— О, черт! — он досадливо сморщился. — Ладно, без белья обойдетесь. Не на прием едем.

— А куда?

— Увидите.

— Следственный эксперимент? — спросила я только для того, чтобы что-то спросить.

— Вы — моя сплошная головная боль, — глаза его заметались загнанными зверями. — Меньше будете знать — крепче заснете.

— Я и так сплю крепко. Спасибо.

Я медленно одевалась. Наверное, это можно было назвать одеванием только в первом приближении. Я примеряла на себя свою прошлую жизнь, но даже это не вызвало у меня никаких эмоций, кроме легкой тошноты. Впрочем, на тошноту я старалась не обращать внимания — в последнее время ее приступы мучили меня довольно часто. Но я старалась справиться с этим... Ничего другого не оставалось.

Рубашка и штаны болтались на мне, как на палке: за время болезни я сильно сдала, как оказалось.

— Меня нашли без ремня в штанах? — спросила я у капитана, поддерживая джинсы.

— Светлая головка, — похвалил меня капитан. — Ремень затерялся в недрах управления.

— Жаль-жаль... Может быть, этот ремень был вашим единственным шансом. Той зацепкой, которая вернула бы мне память. Халтурите, капитан! А впрочем, носите на здоровье.

— Пошевеливайтесь, — капитан Лапицкий скрипнул зубами.

Это было похоже на сдержанное хамство, и я решила не оставаться в долгу. Я поставила перед собой ботинки и невинно посмотрела на капитана, склонив голову набок и шевеля пальцами ног. Пальцы были хорошей формы, нужно признать. Хоть это радует, если учесть, что о носках капитан не позаботился так же, как и о белье.

— Ну, что еще не слава богу? — раздраженно спросил капитан.

— Мне тяжело надеть ботинки. Помогите мне.

— В смысле?

— Помогите мне надеть. — Я не собиралась отступать. Пора поставить милицейского хама на место. Пусть потрудится.

Капитан смотрел на меня, ожидая подвоха.

— Мне просто трудно наклоняться, — успокоила я его. — Последствия травмы, знаете...

Ему ничего не оставалось делать, как подчиниться. Он присел передо мной на корточки, сунул в ботинки сначала мою правую ногу, а затем — левую. Потом поднял голову и посмотрел на меня.

— Теперь завяжите шнурки, — скомандовала я.

— Не многовато?

— Теряем время, капитан.

Когда он сделал и это, я пошевелила пальцами в ботинках. Довольно удобно.

— Теперь, надеюсь, все?

Он по-прежнему сидел передо мной на корточках, и я не смогла побороть искушение. Я сделала то, что хотела сделать все это время, — двинула ему носком ботинка в беззащитно выдвинутый вперед, лживо-раздвоенный подбородок, основную гордость их бесславного следственного управления, где воруют ремни жертв автокатастроф.

Удар получился не сильным, но унизительно-ощутимым. Капитан не удержался на ногах и плюхнулся на задницу.

— Теперь все, — констатировала я. — Считайте, что мы квиты, капитан.

— Сучка! — удовлетворенно сказал он, потирая ушибленный подбородок. — Ты у меня еще наплачешься, симулянтка!

Он подошел к двери, приоткрыл ее и осторожно выглянул в коридор. Тотчас же полоску приглушенного света из коридора перекрыла чья-то громоздкая фигура. Капитан о чем-то пошептался с коридорной тенью и обернулся ко мне.

— Ну, поехали. — Его лицо расплылось в предвкушении близкого реванша.

Только теперь я почувствовала опасность. Черт возьми, почему с такими предосторожностями он забирает меня из клиники, да еще вечером, когда нет никого из ведущих врачей?..

— Надеюсь, все согласовано с руководством клиники? — Я старалась сохранять спокойствие.

— Конечно. — Ни один мускул не дрогнул на его лице, и это убедило меня в том, что он лжет. — Пойдемте, нам уже пора.

— Я никуда не пойду. Только в присутствии врача...

Капитан легко поднял меня с кровати, легко подтолкнул к двери и злорадно шепнул мне в затылок:

— Пойдешь, никуда не денешься. Или ты думала, что я до второго пришествия буду с тобой вошкаться?

...Мы вышли в полуосвещенный по причине позднего времени коридор. Где-то, в самом конце, маячила тяжелая фигура напарника капитана. Я нарочно шла медленно, цепляясь глазами за плотно прикрытые двери палат: в одной из них лежит чемпион Европы по грекоримской борьбе, я даже знаю, где именно... Его помощь сейчас бы не помешала.

— Передвигай ноги поживее, — шепнул мне в спину капитан.

— Не могу. Ботинки жмут...

Неожиданно руки капитана настигли мои плечи, сжали их, и я оказалась прижатой к стене.

— Если ты не заткнешься, если не перестанешь ныть, — хрипло прошептал он, — то времена, проведенные в коме, покажутся тебе райскими кущами. Эти ботинки не могут тебе жать, потому что это *твои* ботинки. Ты поняла?

— Отпусти меня, сволочь, — снова этот жуткий приступ тошноты, с которым все труднее справляться, снова ощущение невесомой тяжести в животе от близкого лица капитана, — иначе так врежу по яйцам, что не обрадуешься!

— А ты, оказывается, не все забыла. — Он все-таки отпустил меня, и мы продолжили бесконечный путь по бесконечному коридору.

...Сейчас будет поворот направо, черный ход, который закрывается только на ночь, потом пост дежурной медсестры, возле которого я постараюсь задержаться. Перспектива ехать куда-то с капитаном, на ночь глядя, никак не прельщала меня: я помнила, как воровато, как плотно он закрыл дверь моей палаты... Самого же капитана, видимо, не прельщала встреча с дежурной медсестрой. Хотя сегодня — я знала точно — дежурила Эллочка Геллер, милейшее существо с курчавыми висками и тихой влюбленностью в Питер — город, в котором она никогда не была. Я даже знала, что сейчас читает интеллигентная близорукая (вполне во вкусе Олега Марилова) Эллочка, — «Вверх по лестнице, ведущей вниз» Бэл Кауфман...

А дальше случилось то, о чем я смутно подозревала, — капитан легонько подтолкнул меня к оказавшейся незапертой двери на черную лестницу. Мы быстро спустились вниз и, спустя минуту, оказались в парке клиники, прямо посередине смутного февральского неба.

Капитан уверенно вел меня по только ему известному маршруту. Я еще цеплялась взглядом за черные силуэты деревьев, которые видела при свете дня, — эта территория уже была помечена мной. Сейчас будет частокол ограды, а за ней — город, который я помню только по названию...

Мы вышли из парка клиники через маленькие ворота, о существовании которых я даже не подозревала. Капитан, несмотря на непроглядную тьму, вел меня уверенно — видимо, он неплохо подготовился к сегодняшней ночной мистерии.

— Это похищение? — спросила я у него.

— Что-то вроде. — Даже в темноте я чувствовала его надменную, острую, как лезвие ножа, улыбку.

...Несколько раз зажглись и погасли фары — нас уже ждали.

Капитан ласково втолкнул меня в машину, где сидели еще двое. Одного я сразу же узнала по глыбообразным расплывшимся плечам — тот самый силуэт в проеме дверей моей палаты. Еще один тип, похожий на всех типов, отирающихся в салонах машин в ночное время, сидел за рулем.

— А вот и мы, — по-домашнему промурлыкал капитан Лапицкий. — Трогай, Виталик. По трассе и к Бронницам.

Черт возьми, что это еще за Бронницы? Материк, глубоководная впадина, железнодорожная станция, запавшая за подкладку магистральных путей, место моего рождения, место смерти Олега Марилова?.. Этот вариант показался мне самым приемлемым. Они решили устроить следственный эксперимент, совсем как в безмозглых книжках, которыми снабжала меня Настя. Вот только какой смысл везти меня туда ночью, когда мрак шоссе благополучно совпадет с мраком в моей памяти?..

— Все экспериментируете, капитан? Только этот ваш следственный эксперимент — полная дешевка, — прокомментировала я с невесть откуда взявшимся веселым энтузиазмом.

— Заткнись, — посоветовал мне капитан. — Еще успеешь наговориться.

Машина резко рванула с места, и спустя несколько минут мы уже мчались по пустынной трассе. Капитан сидел рядом со мной, я видела его хищный профиль в свете фар одиноких встречных машин. В смазанной пляске огней, остающихся далеко позади. Этот профиль не предвещал для меня ничего хорошего. Он хранил верность погибшему другу. В своем подозрительном, извращенном милицейском воображении он придумал для себя историю обо мне. Историю, в которой я была причиной смерти его друга, не более.

Не более, но и не менее. Меня было за что ненавидеть. Та женщина, погибшая вместе с Олегом в катастрофе, не в счет. С мертвых все взятки гладки.

В полном молчании мы скоротали полчаса на стылой трассе, пока наконец машина не остановилась. Шофер Виталик подогнал ее к самому кювету, заглушил мотор и так и остался сидеть с прямой спиной, в полном молчании.

— Ну, идем, — сказал мне капитан. — Сейчас посмотришь, где все произошло. Ботинки не жмут?

— А вы, я смотрю, зуб вставили. — Я заметила это еще в палате, когда оскалившийся капитан потирал подбородок, стараясь снять легкую боль от моего удара. — Поздравляю, очень симпатично.

— Идем, — он протянул мне руку.

Сейчас я выйду из машины и, возможно, все узнаю о себе. Меня прошиб пот — затея капитана уже не казалась безмозглой.

...— Это здесь, — сказал он, когда мы выбрались из автомобиля, пересекли шоссе и оказались на противоположной стороне.

— Мы ехали в Москву? — спросила я. Это место ничего не говорило мне.

— Да. Видишь эту эстакаду? Он врезался в бетонное ограждение... Трасса была скользкой, к тому же пошел снег... Ты сидела рядом с ним? Или рядом с ним сидела она? — не глядя на меня, спросил он.

Даже здесь, на месте гибели друга, он пытался в чем-то уличить меня. Я пожала плечами:

— Я же говорила вам, я ничего не помню.

— Да-да, я знаю. — Он старался не раздражаться, но у него это плохо получалось. — Ты ничего не помнишь. Твоя башка забита всякой всячиной, как старый чердак, но главного ты не помнишь, черт возьми! Я даже не знаю, как к тебе обращаться, потому что не знаю, как тебя зовут... Неестественно, чтобы у человека не было имени, а тебе даже в голову не приходит взбунтоваться по этому поводу...

— Бессмысленно бунтовать по этому поводу, — тихо сказала я, — я просто надеюсь... Вы ведь надеетесь, что дослужите до майора?

— Больше всего я надеюсь на то, что все-таки узнаю, кто ты.

— Зачем? — Я внимательно рассматривала парапет эстакады, надеясь найти там следы катастрофы, в которую попала. — Ведь то, что случилось два месяца назад, — несчастный случай, только и всего. Вы понимаете? Произошел несчастный случай, и ваш друг погиб. Никто не виноват.

— Почему ты так упорно пытаешься убедить меня в том, что произошел несчастный случай? — Он продолжал испытывать меня. — Ты слишком категорична для человека, потерявшего память. Или ты забыла, о чем я говорил тебе? Или ты придерживаешься линии людей, которые хотели бы выдать это за несчастный случай? Может быть, ты сдашь мне этих людей, и я обещаю провести дело с минимальными потерями для тебя.

— Каких людей?

— Тех, кто были в машине, которая преследовала вас.

— Я ничего не помню.

— Удобная позиция. Мужчина, который ничего не скажет, потому что мертв, и женщина, которая ничего не говорит, потому что, видите ли, у нее не все в порядке с головой. Но ты не учитываешь одной вещи. У наших экспертов башка варит, и установить, что вас преследовали, не составило большого труда.

Я молчала. Мне нечего было сказать.

— Тормозной путь — не ваш, нет... Машины, которая шла за вами. И вмятина на правом крыле. На правом, хотя ваша машина ударилась лбом и *именно этой вмятины* именно в этом месте не должно было существовать. Но даже не это главное. В вас стреляли. Это несложно было определить. У Олега было несколько скользких дел, каждое из которых неприятно пахло. У меня есть версии, и ты легко вписываешься в любую из них, уж прости. Думаю, если бы Олег был один, он бы смог уйти от кого угодно. Он классный водила... Был классным водилой, — поправился капитан. — Тебе только нужно сказать, кто преследовал вас.

Я устала. Я опустилась на мокрые камни эстакады и закрыла глаза.

— Я не знаю. Неужели вы не можете понять, что мне гораздо тяжелее, чем вам. И что в моей нынешней ситуации я предпочла бы участь вашего друга.

— Участь моего друга... Очень хорошо. Вот здесь вас

и нашли, запаянных в груду металла. Он умер сразу. Та, другая, тоже умерла сразу. А вот тебе не повезло.

— Да. Я им завидую. — Сейчас, здесь, посреди пустого шоссе, это было правдой.

— Вы действительно не узнаете этого места? — Его тупая настойчивость клонила меня в сон, несмотря на пронизывающий ночной холод.

— Нет. Я замерзла.

— Пойдемте в машину, там бутерброды и кофе, — бесцветным голосом сказал капитан, но остался стоять.

Не дожидаясь его, я отправилась к машине.

— Эй! — он нагнал меня в два прыжка и, задыхаясь, бросил: — Я все равно не верю тебе. Даже если бы все врачи мира выстроились передо мной в очередь и начали убеждать меня белым стихом или каким-то там гребаным верлибром, что ты не знаешь, что творишь, и не помнишь, что творила, — я бы и тогда им не поверил...

— Белый стих и верлибр — одно и то же, — равнодушно заметила я. Мне было совершенно все равно, что еще он мне скажет. — А вы — просто полный кретин. Даже странно, что я села в машину человека, который был вашим другом...

Я почувствовала его жесткие руки на своем затылке, они ухватили меня за шиворот, как нашкодившего щенка, с единственной целью — утопить меня в целях высшей справедливости.

— Не нужно испытывать милицейского терпения, — бросил он моему затылку. — Обычно это неважно заканчивается. А для тебя может кончиться совсем плохо.

— Отвезите меня обратно, — равнодушно ответила я. — Неужели вы не видите, что мне нечего вам сказать?

Он ослабил хватку, а потом и вовсе отпустил меня. Приступ ярости прошел так же внезапно, как и начался.

— Хорошо. Черт с тобой. Хорошо.

Мы вернулись к машине.

Водитель Виталик меланхолично крутил ручку настройки автомагнитолы — ни одна из радиостанций, похоже, не удовлетворяла его. Второй (кажется, его звали Вадим) так же меланхолично жевал бутерброд с сыром. Оба с любопытством воззрились на нас.

— Ну что, шеф? — с развязной почтительностью промурлыкал Виталик, остановившись наконец на растрескавшемся от времени голосе Ива Монтана. — В порядке?

— В полном, — капитан поморщился. — Трогаем.

— Согласно утвержденному оперативному плану? — не унимался Виталик, скосив на меня прозрачный от дерзости взгляд.

— Согласно, — коротко ответил Лапицкий. Провал плана с местом катастрофы у эстакады сделал его немногословным.

— Понял. — Виталик завел машину, и спустя несколько секунд мы уже мчались по шоссе.

Но не в сторону Москвы, нет.

С каждой минутой мы отдалялись от нее, а вместе с ней и от клиники. От моей маленькой палаты с полом, покрытым прохладным линолеумом. Я даже вспомнила узор на линолеуме — чередующиеся квадраты, созданные для игры в классики...

Интересно, играла ли я в детстве в классики?

И где прошло мое детство?.. Странно, что я еще не думала об этом. О каких вещах я не успела подумать?

Не успела подумать, лежа в больничной койке, моем единственном ненадежном убежище на сегодняшний день... Эти люди, которые вполуха слушают Монтана и жуют плебейские бутерброды с толстыми ломтями сыра, — эти люди могут сделать со мной все, что угодно. И никто, никто не защитит меня...

Возможно, меня защитило бы воспоминание об отце, если бы я помнила его... Возможно, меня бы защитило воспоминание о матери, если бы я помнила ее... Тогда можно было бы смело сунуть сжатый кулак в рот и прошептать: «Мамочка, помоги мне, пожалуйста...» Но даже этой, обязательной для всех малости я была лишена. В моей нынешней жизни было только два человека, проявивших во мне участие, — медсестра Настя и Теймури, который обещал мне вино и сны... Но Теймури сейчас в Грузии, он ничем не может мне помочь. И Настя в ее всегда восхитительно мятом халате ничем не может мне помочь.

Есть от чего прийти в отчаяние.

— Куда вы меня везете? — спросила я у Лапицкого, стараясь не разрыдаться.

— Заедем в одно местечко, — расплывчато пояснил капитан. — Много времени это не займет. Отметимся — и сразу назад, в теплую больничную коечку.

— Не самое подходящее время для визитов. — Держать себя в руках становилось все труднее. Но больше всего я боялась сломаться в присутствии этих людей.

— А она у вас разговорчивая, — вклинился в разговор водитель Виталик. Голос его звучал с веселым равнодушным одобрением: — Вы бы нас познакомили, герр капитан. Все-таки столько времени вместе провели с симпатичной дамочкой, а я даже не знаю, как ей кофе предложить.

— Я бы и сам познакомился, да она не колется. Ни имени, ни номера телефона не выдает. С родителями не знакомит. Как зовут ее собаку, понятия не имею. В общем, тяжелый случай для возможных поклонников, — лениво ответил капитан. Он не забыл слова «кретин» в свой адрес и решил отыграться за унижение на эстакаде, ясно.

— Может, вы не на той козе подъехали, герр капитан, а? — не унимался Виталик. — Может, вы вообще не в ее вкусе? Может, я бы ей больше понравился...

— За дорогой следи, Казанова! — поморщился капитан. — И не гони так, а то к праотцам отправимся раньше времени.

— Не-а... К праотцам скучно. Ни тебе кровищи, ни тебе терпил, ни тебе расчлененки. Одни ангелы законопослушные с инвентарным номером на крыльях, двинуться можно...

Странно, но этот циничный треп даже не задел меня. Я сидела на заднем сиденье рядом с капитаном и прислушивалась к себе. Это началось еще тогда, когда я пришла в себя, — я вернулась из небытия с ощущением набегающих волн в самой глубине живота; приливы чередовались с отливами, они не зависели ни от времени суток, ни от полной луны, они жили во мне постоянно. Я привыкала к ним и не могла привыкнуть. Это было похоже на легкое головокружение, на маленькую карусель в самой сердцевине организма: деревянные облупленные лошадки и олени со сломанными рогами, мерно покачивающиеся в такт моим бредущим по кругу мыслям.

Вот и сейчас — отлив, который обнажит подгнившие остатки снастей, забытых на самом дне моего измученного болезнью тела...

— Остановите машину, — слабеющим голосом попросила я. — Я неважно себя чувствую.

Виталик вопросительно повернулся к капитану — я впервые увидела его смазанный, нерезкий, почти женский профиль. Мужчины с таким профилем вынуждены всю жизнь самоутверждаться, гонять по шоссе с предельной скоростью и отбивать жен у своих лучших друзей...

Были ли в моей прошлой жизни такие мужчины?..

— Тормозни, — бросил капитан, — а то еще кони двинет, отвечай потом за нее... Не разгребемся.

Виталик послушно остановил машину, и я почти вывалилась из нее, хватая ртом загустевший от холода февральский воздух. Капитан вышел вслед за мной, остановился в отдалении и закурил.

— Можно сигарету? — Я пришла в себя настолько, что даже почувствовала неловкость оттого, что эти враждебные мне люди стали свидетелями моей слабости.

— А вам можно? — проявил запоздалое участие капитан.

— Мне все можно, — взяла на себя смелость установки диагноза я.

— Без фильтра, — неожиданно смутился он.

— Один черт. Валяйте без фильтра.

Капитан протянул мне сигарету и щелкнул зажигалкой. Я затянулась и тотчас же решила, что с сигаретой без фильтра я погорячилась: в рот сразу же набились кислые крошки табака, и запершило в горле. Я судорожно сплюнула и отбросила сигарету в снег. Капитан с интересом проследил за траекторией ее полета и одобрительно покачал головой:

— И правильно. Вот Олег вообще никогда не курил. Был адептом здорового образа жизни. Так и погиб, а ни одной сигареты не выкурил. Таким вот образом обстоят дела. А я дымлю как паровоз. Бросать надо.

— Да.

— А как это — ничего про себя не помнить? — вдруг совсем по-детски спросил он и с любопытством посмотрел на меня.

Вопрос застал меня врасплох — я и сама не знала, как ответить на него.

— Кое-что я помню... Или думаю, что помню.

— Что? — капитан внутренне подобрался.

— Ну, например, мне нравятся старые американские черно-белые детективы. Так же, как вашему другу.

— И все? — разочарованно вздохнул капитан.

— Да.

— А все-таки — что значит не помнить ничего, кроме черно-белых детективов?

— Не знаю... Это... Это как будто быть женой Синей бороды. Открыты все двери, кроме одной, в которую до смерти хочется попасть. А можно не попасть до самой смерти... Тебе нужна только эта дверь, и можно сколько угодно биться в нее головой. А где чертов ключ — неизвестно...

Почему я вспомнила вдруг о Синей бороде? И не к нему ли везет меня капитан Лапицкий?

— Куда мы все-таки едем? — Э-э, детка, тебе нужно научиться справляться с отчаянием, иначе ты просто сойдешь с ума.

— Чертов ключ искать, — серьезно глядя на меня, ответил капитан.

* * *

...Этот маленький уснувший дачный поселок ни о чем не говорил мне. Еще одно место, которое ни о чем мне не говорит.

Виталик легко ориентировался в непроглядной тьме каменных и деревянных заборов — чувствовалось, что здесь он был не раз. В салоне машины царило напряженное молчание — я даже не заметила, как оно сменило необязательную, немного нервную болтовню водителя и капитана.

Я ждала конца этого ночного пути, и он наступил.

— Приехали, герр капитан, — скромно возвестил об этом Виталик и заглушил мотор.

— Совсем тебя стажировка в Германии испортила,

дурила, — мягко пожурил подчиненного капитан. — Сколько раз просил, прекращай эти свои бундесовые штучки...

— Можно, конечно, в русском стиле — «мин херц», — не унимался водитель, — но это уже нарушение субординации.

— Посидите пока, — вежливо обратился ко мне капитан. — Сейчас за вами придут.

Лапицкий и Виталик вышли из машины, и их тотчас же поглотила ночь. Я осталась сидеть в салоне автомашины с равнодушным, как сфинкс, оперативником. Минуту я наблюдала за его неподвижным тяжелым затылком. Подобные затылки обычно намертво привязаны к коротким борцовским стрижкам (господи, откуда такие мысли о стрижках? Может быть, я невинная племянница заведующего мужским залом какой-нибудь провинциальной парикмахерской?)...

Я все смотрела и смотрела на этот затылок — бессмысленно-долго, как смотрят на дождь. И лишь когда под жесткой скобкой волос оперативника проступили контуры родимого пятна, поняла, что привыкла к темноте, что ночь перестала сопротивляться глазам.

Самое время осмотреться.

...Виталик подогнал машину вплотную к прочному основательному забору. Наискосок от меня чернела железная дверь, ощетинившаяся видеокамерой. Неужели именно так выглядят конспиративные особняки следственного управления? Я приоткрыла дверцу машины.

— Вам же сказано было — сидеть, пока за вами не придут, — едва слышно пробубнил оперативник. Очевидно, он стеснялся своего голоса, несерьезно-тонкого для такого внушительного затылка. — Закройте дверь.

Пришлось повиноваться. Но на секунду, перед тем

как захлопнуть дверцу, я услышала лай и басовитое поскуливание за забором.

Собаки. Только этого не хватало. Я поймала себя на том, что составляю перечень пород собак. Самыми симпатичными мне казались ризеншнауцеры. Интересно, любила ли я ризеншнауцеров, когда была собой?.. И вообще, существует ли кто-то, кого я любила? Эта мысль вдруг пронзила меня острой горечью; нет, черт возьми, лучше думать о собаках.

...Когда я дошла до ирландского сеттера, появился капитан Лапицкий.

— Идемте, — сказал он и придержал меня за локоть, помогая выбраться из машины.

Спустя несколько секунд мы уже были возле железной двери. Мутный зрачок видеокамеры следил за нами — я почти физически ощущала это бесцеремонное разглядывание. Неожиданно я почувствовала, что покрываюсь испариной, — этот механический оценивающий взгляд был странно знаком мне. Гораздо более знаком, чем глаза всех тех, кто общался со мной в последнее время... Как будто он сопутствовал мне всю жизнь в самых разных местах. Я даже зажмурилась от близости разгадки: стоит только напрячь позвоночник, вытянуть шею — и шрамы на ключицах вытянутся в тонкую линию, и я обязательно что-то вспомню...

Нет, черт возьми, нет. Я свернула не в тот проход, и лабиринт закончился тупиком. Да и наваждение видеокамеры исчезло, не успев укрепиться в сознании.

— Нет, нет, я не могу вспомнить...

— Что — «вспомнить»? — капитан странно оживился. — Что-то кажется вам знакомым?

— Не знаю... Нет.

— Звоните, — почти приказал мне капитан, подбородком указывая на кнопку звонка.

Я подняла руку и сильно надавила на черную блестящую пуговицу. Сразу же автоматически щелкнул засов. Капитан галантно толкнул дверь, она приоткрылась. В образовавшуюся щель я увидела, как какая-то женщина в старом пуховике загоняет в дом двух собак.

Кажется, это были ротвейлеры... Когда несколько минут назад я перебирала породы, я даже не вспомнила о них. Теперь это показалось мне странным — я вдруг почувствовала, что именно эту злобную, в рыжих подпалинах породу должна была вспомнить прежде всего. Но почему, почему, господи?..

И снова пот заструился по моему заиндевевшему от предчувствия позвоночнику, и я почувствовала такую слабость в коленях, что уцепилась за руку капитана.

— Вам плохо? — спросил у меня капитан. Но теперь в его голосе не было и следа участия. Он изучал, препарировал мои реакции; более того, он находил их вполне естественными, он как будто *ждал* их. Это ожидание предполагало знание. Знание, которого я была напрочь лишена.

Нельзя давать ему повод торжествовать.

— Зачем вы приносили мне тогда фотографию Цыбульского? — совершенно невпопад спросила я только для того, чтобы не молчать; только для того, чтобы не слышать приглушенного неистового лая собак в доме.

— А мне он вообще очень симпатичен. Белый шарф, очки, настоящий интеллектуал в настоящем времени. Вам нравятся шестидесятые?

Я пожала плечами.

— Но актера-то помните?

Я повернулась к нему, переступила с пяток на носки, стоя прямо в середине расчищенной от снега дорожки:

— Капитан. Я *не помню, а знаю.* В этом вся разница. Я знаю многое, но не помню ничего...

— А мне нравится этот поляк, — Лапицкий пропустил мое откровение мимо ушей, — он стильно играл работников моей профессии и всегда справлялся с такими дамочками, как вы.

Кто бы мог подумать, что милицейские дуболомы апеллируют к слову «стильно» и у них тоже есть маленькие сентиментальные слабости...

— Не называйте меня дамочкой.

— Могу называть девушкой, но это предполагает более близкое знакомство и совсем другие обстоятельства встречи.

— Я вас ненавижу, — устало сказала я.

— Радостное совпадение наших чувств. Можно хоть сейчас под венец, — не остался в долгу капитан.

Мы поднялись по ступенькам крыльца, и Лапицкий толкнул дверь. Она с трудом поддалась и открылась только наполовину. Лай собак стал невыносимым. Капитан протиснулся первым и уже из-за двери сказал мне:

— Смелее!

Я последовала за ним и у самого порога наткнулась на что-то мягкое, лежащее на полу. Это было так неожиданно, что я не смогла удержаться на ногах и оказалась в комнате на полу, больно ушибившись коленкой. Впрочем, я тотчас же забыла о боли — возле двери лежало неестественно скорчившееся тело человека. Оно и загораживало проход в дом. Я не успела ничего сообразить, когда прямо надо мной раздался спокойный голос капитана:

— Не ушиблись? Вставайте.

Нет, это не было телом, скорее — большая, почти в человеческий рост, небрежно собранная, тряпичная кукла. Она вдруг странно испугала меня, внушила почти мистический ужас. Сидя на полу и держась за ушибленное колено, я не могла оторвать взгляда от плохо простроченного шва, делившего ее голову на две части.

— Что это? — одними губами спросила я.

Никто не ответил мне, хотя в комнате, кроме капитана, еще были люди: шофер Виталик и женщина в расстегнутом пуховике — именно она загоняла собак... Женщина сидела в глубоком кресле, закинув ногу на ногу, и со жгучим любопытством наблюдала за мной... Потом хмыкнула, тряхнула крашенными перекисью волосами и достала из кармана мятую пачку сигарет.

Сейчас она закурит. От этого вдруг разболелась голова. Я опустилась на пол и обхватила виски руками. Вставать мне не хотелось. Я даже не знала, сколько времени прошло.

— Иди, помоги мне поднять ее, — властно сказал капитан Виталику.

Шофер беспрекословно подчинился. Вдвоем они попытались оторвать меня от пола, за который я цеплялась, как за последнюю надежду. Если бы у меня хватило сил, я бы забилась в какую-нибудь щель и пролежала там до конца времен. Лицом вниз и с тонкими горячими иглами в шейных позвонках...

— Ты смотри, упирается, — ленивым кошачьим голосом промурлыкал Виталик. — А тяжелая какая, кто бы мог подумать... Никогда не буду носить ее на руках, если женюсь...

— Заткнись и делай свое дело, — процедил капитан.

— Да какие у меня дела, — не унимался Виталик, — делов у меня, как у барабанщика в струнном оркестре.

Когда они поставили меня на ноги, я почти теряла сознание. Только узкое тело шофера, обвившее мой позвоночник, как плеть, не давало мне уйти в блаженный мир небытия окончательно. И я вдруг доверилась этому телу, решила положиться на него — и сразу же почувствовала себя в безопасности. Знакомое ощущение, которое я тщетно пыталась вспомнить, — видимо, раньше, когда я была собой, я только то и делала, что полагалась на чужие тела...

Но ощущение безопасности сразу же прошло, стоило только Виталику повернуть меня лицом к капитану Лапицкому. Теперь я видела не только самого капитана, но и всю комнату. Отличная, основательно и со вкусом подобранная обстановка не могла сбить меня с толку — в этом доме уже давно никто не жил. Это было заметно по многим приметам, они сразу же бросались в глаза: пыль с палец толщиной на всех предметах, неряшливый запущенный пол, безвольно висящие на противоположной стене винтовки... Вещи опускаются и перестают за собой следить, когда их лишают хозяев... Впрочем, это не относилось к винтовкам на стене. Только они казались здесь на месте, как будто только сегодня были специально принесены в дом.

Может быть, именно для меня.

Капитан Лапицкий сидел на столе и вертел в руках маленький пистолет.

— Это браунинг, — пояснил капитан, перехватив мой взгляд. — Разбираетесь в оружии?

— Нет.

— Хорошая штука. Можно хранить в дамском концертном ридикюле. Бьет поточнее макарова...

— Именно, — подтвердил Виталик, — макаров — это лажа. Я бы вообще всех макаровых оптом отправил на Берег Слоновой Кости в качестве пламенного пролетарского привета аборигенам. Пусть из них кокосы сшибают...

Капитан поморщился. Видимо, Виталик портил ему всю игру.

Я, не отрываясь, смотрела на пистолет в руках Лапицкого: он завораживал меня, как магический кристалл.

— Хотите подержать? — спросил капитан, легко спрыгнул со стола и, не дожидаясь ответа, сунул браунинг мне в руку.

И почти тотчас же Виталик отпустил меня, мягко отскочив в сторону. Я бы не удержалась на ногах, если бы не невесомая тяжесть пистолета, которая удерживала меня, как якорь. Прошло несколько томительных секунд. Браунинг согрелся в моей руке, и я вдруг почти перестала замечать его. Нет, «замечать» было не тем словом, — я с ужасом поняла это.

Пистолет показался мне привычным. Не этот пистолет конкретно, а вообще пистолет. *Я имела к нему отношение.*

— Ну как? — улыбнулся прорезью губ капитан. — Приятная тяжесть?

И снова сотни игл впились мне в шею. И снова я увидела плохо простроченный шов, который делил голову манекена, лежащего на пороге, на две части.

— Смóтрите в правильном направлении, — одобрил меня капитан. — В декабре прошлого года, чуть больше двух месяцев назад, на этой даче произошел неприятный инцидент. Мелкая склока, в результате которой мы получили на руки три трупа...

— Двоих четвероногих друзей не считаем, — добавил Виталик.

Собаки, вяло подумала я, собаки. Значит, убили еще и двух собак. Но если их убили — почему они так лают? Может быть, кто-нибудь успокоит их?..

— Эти трупы — сплошная головная боль. Люди довольно уважаемые, каждый в своем бизнесе. Вы их знаете.

— Я никого не помню, — в отчаянии выдохнула я.

— Заметьте, я не сказал «помните». Я сказал — «знаете», — поднял палец капитан, он не забыл ничего из сказанного мной на эстакаде. — Вы их знаете, а если не знаете — должны помнить: я показывал вам их фотографии в клинике. Так вот, у двоих из них не было ни малейшего повода убивать друг друга. Они никогда не делили сфер влияния. Они никогда не пересекались. Даже если предположить, что один из них перешел дорогу другому, — они убрали бы друг друга чужими руками. Солидные люди, что и говорить. Итак, явного повода не было... Или все-таки был?

Я затравленно смотрела на капитана, я не могла понять, чего он от меня хочет.

— Фамилии Сикора и Кудрявцев вам ничего не говорят?

«Сикора» — какая странная фамилия... Нелепо быть убитым, имея такую фамилию...

— Нет, они ни о чем мне не говорят.

Капитан погрустнел.

— Жаль. Значит, ничего из окружающей обстановки не припоминаете?

— Нет.

— И никогда здесь не были? Ни намека на присутствие?

— Я не помню. Я ничего не помню. Оставьте меня в покое...

— При каких обстоятельствах вы оказались в машине майора Марилова? — капитан сжимал кольцо вопросов, и мне на секунду показалось, что оно сейчас сомкнется у меня на горле. Погибший Олег, любитель блондинок и старых фильмов, был майором, вот как...

— Не помню.

— Кто была женщина, которая ехала вместе с вами?

— Не помню.

— Вам что-нибудь говорит фамилия Сикора?
— Не помню.
— Вам что-нибудь говорит фамилия Кудрявцев?
— Не помню.
— При каких обстоятельствах вы оказались в машине майора Марилова?
— Не помню.
— Александр Шинкарев был связан с Сикорой?
— Не помню.
— При каких обстоятельствах вы оказались в машине майора Марилова?
— Не помню.
— Как звали вторую женщину в машине?
— Не помню.
— Сколько раз вы выстрелили из браунинга?
— Не помню.
— Вы стреляли из браунинга?
— Не помню...
— Меня зовут капитан Лапицкий. Повторите, — его голос был так резок и настойчив, что мне захотелось поднять пистолет и выстрелить прямо в самую сердцевину этого голоса...
— Капитан Лапицкий, — вместо этого послушно повторила я.
— Как зовут вас?
— Не помню.
— Сколько раз вы выстрелили из браунинга?
— Не помню, не помню, не помню...
— Кудрявцев и Сикора были убиты из одного пистолета. Того, что вы держите в руках. Вы стоите примерно на том же месте, с которого стреляли в Сикору. Покажите, как это было. Вы выпустили в него всю обойму?
— Нет! — вдруг закричала я.

— Значит, вы помните, что не убивали? Не стреляли из пистолета?

— Я не помню...

— Как вас зовут?

Я вдруг начала истерически смеяться — я смеялась и просто не могла остановиться. Как легко, оказывается, ответить на все вопросы... Нужно только не отвечать и все, прикрывшись универсальной формулой, как щитом. Так-то, Костя Лапицкий, капитанишко-неудачник, близок локоток, да не укусишь... С меня все взятки гладки, и любая судебно-медицинская экспертиза это подтвердит. Я подняла пистолет, наклонила голову к плечу и весело спросила у Лапицкого:

— Куда, говорите, я выпустила всю обойму? Вот в этого человека? — я указала пистолетом на манекен, лежащий на полу. — Проведем следственный эксперимент, или как там это у вас называется?!

— Проверка показаний на месте, — с ненавистью поправил капитан. Его лицо дробилось на несколько лиц, они парили надо мной, и в каждое хотелось выпустить пулю из незаряженного пистолета.

Незаряженного, я это знала.

— Костя, что ты делаешь? — Я впервые услышала голос женщины, резкий и прерывистый. — У нее же истерика, разве ты не видишь? Захотелось неприятностей на наши бедные головы? И так влезли по самую маковку...

— Иди лучше собак успокой. Я знаю, что делаю, — яростно рявкнул капитан.

— Правда, шеф, чего-то мы заигрались. — Виталик неожиданно принял сторону женщины. — Это же подсудное дело... Видишь, как заходится? Она еще ласты склеит здесь от нервного напряжения. А я из-за этой безмозглой личинки шелкопряда под статью идти не намерен...

— Все чистенькие, да? — капитан уже не считал нужным сдерживаться. Ярость ломала и корежила черты его лица: весь продуманный план рушился, я видела это, выглядывая из-за своего надежного щита. — Ты же видишь, она наверняка была здесь, она все помнит, только прикидывается, издевается над нами. Ведь ты помнишь, да?! — капитан снова перекинулся на меня.

— В кого стрелять, капитан? — с наслаждением спросила я. — Кого еще я отправила на тот свет?

— Да успокоит кто-нибудь этих чертовых псов или нет? — капитан явно потерял контроль над собой, и мне на секунду стало даже жаль его: бедный, заблудившийся во взрослой карстовой пещере мальчик...

— Иди и сам успокой, — устало сказала женщина. — Я к ним не подойду.

— Ну и сотруднички... С вами хорошо говно есть на пленэре, а не серьезными делами заниматься. Пошли вон отсюда, к собакам!..

И Виталик, и женщина с видимым облегчением подчинились. Но метнулись не в комнату к собакам, а к входным дверям, туда, где их ждала холодная и ясная февральская ночь. Я отдала бы душу, чтобы сейчас оказаться на месте любого из них... Они еще успели споткнуться о лежащую на полу куклу, а потом плотно прикрыли за собой дверь.

Я и капитан остались одни.

Одни, не считая истеричного лая собак.

Колени мои подломились, и я села на пол, опустив перед собой пистолет. Лицом к только что захлопнувшейся двери, к неправдоподобному муляжу человека, лежащему на пороге. Кем ты только не был, вдруг отстраненно подумала я о манекене, каких только имен ты не носил, как только тебя не убивали... А ведь в конечном счете, тебя убивали всегда, честная милицейская лошадка...

— Вставай, — беспощадно сказал мне капитан. — Вставай, чего расселась?

— Да пошел ты со своими психологическими экзерсисами, экспериментатор хренов. — Мне захотелось грязно выругаться — новое, совершенно неизвестное и пугающее своей дерзостью состояние: я знаю и такие слова, кто бы мог подумать. — У себя в курилке будешь выступать с такими заявлениями. Плевать мне на тебя, понял?

Нет, он не стал поднимать меня — он так и не решился ко мне прикоснуться: слишком велико было желание ударить, вмазать, врезать — я это видела. Но капитан не сделал ни того, ни другого. Он просто повторил все то, что за несколько секунд до этого сделала я: сел на пол, против меня, близко придвинувшись. И с силой раскрутил на полу браунинг, лежавший между нами. Мы следили за этим блестящим, бешено вращающимся волчком, как завороженные.

И когда он наконец-то остановился, капитан снова спустил всю свору гончих для последней королевской охоты. Эти гончие были поумнее ротвейлеров, запертых в соседней комнате. Они не лаяли почем зря. Они все пытались рассчитать.

— Если ты сама не попытаешься защититься, я не смогу защитить тебя. Может быть, и тогда ты защищалась?

— Не понимаю, о чем вы говорите.

— Ты была здесь... Ты сама косвенно это признала. Ну, давай, сделай один только шаг, и я обещаю помочь тебе. Это несложно — сделать шаг. Один маленький шажок в нужном направлении.

— Вы забыли добавить — в нужном вам направлении. Попробуйте обвинить меня.

— Я ни в чем не обвиняю тебя. Обвинять не так интересно, как может показаться на первый взгляд. Я печенкой чую, что ты как-то связана с этим домом и этими убийствами. Хотя бы и в качестве свидетеля, черт с тобой... Перестань запираться и все мне расскажи.

— Возьмите в свидетели собак. Может быть, они помогут вам больше.

— Это совсем другие собаки. Они только похожи.

Конечно, только похожи. Все это — только имитация, не совсем удачный спектакль со вводом второго состава. И собаки за дверью комнаты, в которой я никогда не была, и манекены были бездарными статистами... Да, именно манекены, потому что в комнате находился еще один, у стены с винтовками. Его я не заметила сразу, но это было уже не важно.

— Это совсем другие собаки, — снова повторил капитан, — а тем, настоящим, в свое время перерезали горло. Их хозяином и хозяином дома был Кудрявцев. Тебе о чем-нибудь говорит эта фамилия?

— Это он? — я показала подбородком в сторону второго манекена, старательно уложенного в позу, в которой, видимо, его и застигла смерть.

— Соображаешь, — капитан грустно улыбнулся. — Собак Кудрявцев взял в свое время в спецпитомнике. Он сам натаскивал их, он был большой специалист. И хватка у него была — будь здоров.

— В таком случае странно, что он не запасся бультерьерами, если уж вы заговорили о хватке.

— Ты и про бультерьеров знаешь... Ты все знаешь, — впервые по лицу капитана промелькнула грустно-понимающая улыбка. — Кто же ты все-таки?

— Я бы и сама хотела это вспомнить...

— Очень хочется тебе верить.

Он вдруг поднял руку и коснулся моей щеки; жест неопытного любовника, судя по влажным кончикам его пальцев. Их прикосновение не было неприятным, скорее — наоборот. Я прикрыла глаза и подумала о том, касался ли кто-нибудь моего лица так, как касается сейчас капитан... Могло ли у нас получиться что-нибудь при других обстоятельствах? В конце концов, он не так уж плох, этот Костя Лапицкий, если отбросить этот по-детски вероломный и бессмысленный следственный эксперимент...

Его пальцы по-прежнему изучали мое лицо, которое не помнило ни одного конкретного прикосновения ни одного конкретного человека. И только когда они, обогнув скулы, добрались до мочек ушей, я почувствовала смутное беспокойство: капитан затеял эту игру с лицом не просто так, он движется к конкретной цели. Этой цели я не знала, но внутренне подобралась. И все-таки он нанес удар неожиданно:

— Забавная вещь получается... Мой друг погибает в катастрофе. Как это произошло — пока опустим, не об этом речь. Но в его машине оказываются две женщины: одна — живая, другая — мертвая. Обе очень даже ничего, между прочим. Обе не в его вкусе. Две подружки, которых он решил подвезти из чувства сострадания к ближнему? Такой вариант может быть, вполне-вполне. Пока ничего криминального. Вот только потом случается эта авария. Олег был отличным водилой: в юности он даже грешил автогонками. Какой-то там гололед для него — дерьмо собачье. Но он с ходу влипает в эстакаду. Влипает только потому, что кто-то прижимал его. Но даже не в этом суть. Две женщины в машине — и ни одну никто не ищет, ни живую, ни мертвую. Никто не может их опознать. Для одной подержанной «Шкоды», разбившейся на шоссе, многовато, ты не находишь?..

— Чего вы от меня хотите? — Я наконец-то открыла глаза и увидела его лицо совсем близко — ни следа от влажной нежности неопытного любовника, только циничное торжество.

— Думаю, кто-то из вас оказался в машине Олега не случайно. Кто? Или вы обе там наследили?

— Я ничего не знаю.

Пальцы капитана коснулись мочек моих ушей и скользнули дальше. Наконец они удовлетворенно замерли.

— Не знаешь? Зато я знаю. Все так, как мне сказали. Они там есть, рубчики за ушами.

— Рубчики?

— Именно. Шрамы для непосвященных. Ты делала пластическую операцию.

— Пластическую операцию? — К этому я не была готова и ухватилась за плечи капитана, чтобы не шлепнуться на близкий пол. — Какую пластическую операцию?..

— Это у тебя нужно спросить — какую. Я был бы круглым идиотом, если бы не успел обнюхать всех твоих лечащих врачей — они-то подошли к тебе совсем близко, они хорошо изучили твою анатомию. Эти живчики мне и сказали, что твое лицо *полностью изменено*. Полностью. Если бы тебя не устраивал нос... Или форма глаз... Или губы... А ведь у тебя милые губы, приятной полноты, такие нравятся мужчинам, поверь мне... Но, похоже, тебя не устраивало в себе все. Так не бывает, а? Если, конечно, тебя зовут не граф Монте-Кристо... А как тебя зовут?

— Я не помню...

— Рубцы за ушами — их не видно, но можно определить на ощупь. — Кажется, он совсем не слушал меня, ослепленный своими собственными теориями. — До век я не добрался, прости, но там тоже должны остаться следы... Зачем ты изменила лицо?

— Я не знаю... Я ничего не знаю... Пожалуйста...

Он уже не слушал меня, он перехватил мои руки, все еще неосмотрительно лежавшие на его плечах, и повалил меня на пол — только для того, чтобы самому упасть рядом. Теперь мы лежали лицом друг к другу под неумолчный хрип собак, запертых в соседней комнате. Он по-прежнему больно ощупывал мое лицо, как будто хотел сорвать его. Ничего, кроме животного ужаса, я не чувствовала — все дело было во мне...

— Зачем ты изменила лицо? Кто ты? — Капитан уговаривал меня с ласковой ненавистью: — Давай, скажи мне... Что ты делала в этом доме? Скажи мне, что? Что произошло? Как ты оказалась в машине Олега? Как вы — ты и она — оказались в машине Олега? Вы ведь разбились в ту ночь, когда здесь произошли все эти убийства, с интервалом в час... Вы разбились на очень удобной трассе, ведущей прямиком из этого милого местечка. И почему я нашел в его бумажнике вот это?..

Он вытащил из кармана смятый листок, вырванный из записной книжки. Листок потерся на сгибе, его края обтрепались, буквы были расплывчаты и залиты выцветшей кровью, но я сумела прочитать, капитан заставил меня прочитать...

Одна из фамилий была написана достаточно крупно, задумчивым каллиграфическим почерком. Она была окружена целым выводком вопросов и стайкой других фамилий, поменьше. Их я так и не заставила себя разобрать, но эту все-таки прочитала.

Сикора.

— Ну, что скажешь? Совпадение, правда?

Я пыталась закрыть уши руками, но ничего не получалось — меня останавливал то ли глухой голос капитана, то ли эти рубцы от пластической операции, о которой я не имела ни малейшего понятия. А он с остервенением прижимал меня к себе и говорил, говорил... Совсем близко я видела его рот, забитый запахом дешевых сигарет.

— Я смотрю, сучка, тебя ничем не пронять! Тебе даже наплевать на то, что тебя не существует... Ну и черт с тобой, черт с тобой... Только учти, я не оставлю тебя в покое, я все равно тебя поломаю...

Неожиданно я почувствовала острую боль, которая взорвала мою несчастную голову. Боль шла волнами, от затылка к вискам, сметая все на своем пути, застилая глаза пеленой... А потом эта острая волна боли встретилась с другой волной — длинной и тихой, идущей из самой глубины живота... И когда они сошлись, сомкнулись надо мной, я почувствовала, что умираю. Тошнота, мучившая меня последний час, вырвалась наружу, и я уже почти не слышала крика капитана, обращенного ко всему пустому дому:

— Черт, она меня облевала... Черт возьми, остановит это кто-нибудь... Ах ты, дрянь...

...Я хотела прийти в себя и не могла. Не знаю, видели ли что-то мои закатившиеся глаза, — обрывки теней, обрывки разговоров... Собаки наконец-то успокоились, но и это не принесло мне облегчения. Я лежала на самой границе сознания и беспамятства и не могла сделать шаг ни в одну из сторон. Теперь их снова было трое. Инициативу взяла на себя женщина. Она упорно пыталась привести меня в чувство, все лицо мое было мокрым от воды, которую она непрерывно лила на меня.

— Доигрались, — все время повторяла женщина, — она же подыхает, не видите. Не могу понять, жива она или нет... Нужно увезти ее отсюда... Если довезем...

— Облевала меня, сволочь, — все время зло повторял капитан. — Специально это сделала... Лежит теперь и радуется.

— Ты что с ней сделал? — женщина снова вылила на меня порцию холодной воды.

— Может быть, ей нитроглицерину скормить? — вклинился Виталик. — У Вадика, кажется, есть...

— Своей покойной бабушке будешь скармливать... Увозим ее отсюда. Может, обойдется.

— Ты смотри, что сотворила... А я только свитер купил... Дай-ка ей по морде, Виташа, — с ледяным спокойствием сказал капитан. — Пусть в себя придет.

— Я бы с удовольствием. А вдруг и вправду помрет? — Виталик чувствовал себя в относительной безопасности.

И я, облитая водой, ни на что не реагирующая, чувствовала себя в относительной безопасности. Больше всего мне хотелось вернуться в состояние комы — теперь она была моим единственным пристанищем, единственным местом, где меня ждали... Голоса удалялись от меня, пока не исчезли совсем.

* * *

...Я пришла в себя от яркого света ламп. Он проникал сквозь веки, отражался и дробился в тусклом замызганном кафеле приемного покоя. Было холодно, и я почти сразу же вспомнила что сейчас февраль, что капитан Лапицкий заставил меня пройти через бессмысленное испытание, которое ничего не дало. Мне не хотелось думать, мне хотелось поскорее остаться одной. Сознание медленно возвращалось ко мне. Наконец оно прояснилось настолько, что я смогла открыть глаза.

Спиной ко мне стоял человек в белом халате. Я никогда не видела его спины, но голос, молодой и наглый, показался мне знакомым. Должно быть, это коллега Теймури, один из тех, кто два месяца возился со мной. Циничный воздыхатель Насти (все молодые врачи и ординаторы были циничными воздыхателями ее разных глаз, им ничего не стоило предложить ей совокупление на дежурной кушетке: я уже знала это, как знала невинные тайны своей маленькой медсестры).

Врач что-то выговаривал человеку, которого я не видела. Сосредоточься и слушай, может быть, почерпнешь для себя что-то новенькое...

— Да тебя распять нужно, старичок, — лениво перекатывал слова коллега Теймури, имени которого я не знала. — Чуть нам девицу не угробил. А мы, между прочим, с ней два месяца возились, кучу денег вбухали в любопытный медицинский случай. Есть за чем наблюдать... Хорошо, что наш абрек только через неделю приезжает, а то бы он тебя кинжалом заколол. Я не заколю — я добрый славянофил и кинжала у меня нет, только скальпель. Но придется донос на тебя строчить, подметную бумажонку твоему начальству. Пациентов из палат вынимаешь без согласования с руководством. А ведь это нигде не приветствуется...

Врач явно куражился, а его собеседник молчал. Я знала, кто был его собеседником, и сейчас была полностью на стороне человека в белом халате. Наконец-то я вернулась в свой призрачный дом, где домовые в неглаженных халатах всегда смогут защитить меня...

— Жить-то будет? — подавленно спросил Лапицкий.

Я тихонько повернула голову и увидела его. Он сидел на краю дерматиновой кушетки, сунув руки в колени. Свитера на нем не было, только старая клетчатая ковбойка с оторванной верхней пуговицей. Мне вдруг стало невыносимо жаль его. Должно быть, те же чувства посетили и врача.

— Жить будет, куда денется, — сказал он Косте смягчившимся голосом. — А за все остальное не могу поручиться.

— Мне нужно вытащить из нее кое-что. Кое-что, о чем знает только она.

— Да-а... То-то я смотрю, ты ретиво взялся за дело, старичок. Да она вряд ли тебе поможет. У нее амнезия. Укладывается это в твоей милицейской башке или нет? Столько же об этом говорили. Пошел бы в библиотеку, книжку об этом почитал, может быть, успокоишься.

— Я ей не верю.

— Твои проблемы. — Почему глубокой ночью люди так любят лениво поговорить ни о чем? — Слушай, а что это за вонь от тебя идет?

— Пациентка постаралась, — нехотя объяснил капитан. — Она же — подследственная. Она же — свидетель.

— Она же — валютная проститутка, — с удовольствием включился в игру врач. Он явно издевался над сыщиком. Даже я, лежа на стылой больничной каталке, понимала это. — Она же — укротительница тигров. Она же — владелица домашнего серпентария. Она же — первая женщина, построившая дирижабль. Она может быть кем угодно. Но тебе до этого не добраться, пока она сама не доберется... Пока не очнется. Пока будет больна. Она больна, понимаешь?

— Больна-то больна, а блюет как здоровая, — мстительно сказал капитан.

— А она и должна блевать, — загадочно произнес врач. — Вполне естественно в ее нынешнем положении. Мы с нашими хирургами из «травмы» даже ставки делали, что из всей этой ситуации получится. Любопытный медицинский эксперимент. И если ты нам его подгадил, старичок, в своем милицейском раже, то я тебе не позавидую. У нашего грузина приличные связи, а эта крошка ему нравится. Уж не знаю, в каком контексте. Ты спирт-то пьешь?

Капитан поднял голову и непонимающе посмотрел на врача.

— Спирт?

— Ну да. Может, хряпнем по мензурке за выздоровление владелицы домашнего серпентария? Тут от тоски по ночам загнуться можно, ненавижу я все эти ночные дежурства. Хорошо еще, что ты на меня нарвался, иначе были бы у тебя неприятности. А я добрый славянофил и кинжала у меня нет...

— А она? — Лапицкий повернул голову в мою сторону: на его лице застыло выражение позднего раскаяния. — Здесь останется?

— Еще чего не хватало. Сейчас переведем в палату. Оклемается, если ты, конечно, не применил к ней третью степень устрашения.

Вот как. Сейчас мой домовой, мой падший ангел с мензуркой спирта предаст меня и отправится пить с моим же инквизитором. Никогда еще я не чувствовала себя такой покинутой и одинокой...

* * *

...Они долго везли меня на каталке, два молчаливых, осатаневших от пустой холодной ночи санитара: маленький — с лицом херувима и большой — с лицом серийного убийцы. Видимо, они так опостылели друг другу, что за весь долгий путь не проронили ни слова. Как во сне я ощущала вибрацию грузового лифта и легкий, почти домашний запах неизвестных мне медикаментов. Я понимала, что возвращаюсь в свою палату, и никогда еще я не хотела так вернуться туда. Мне совершенно необходимо было остаться одной и подумать. Меня не пугал капитан Лапицкий, нет. Меня не пугали его странные товарищи, меня не пугали собаки, лай которых до сих пор стоял у меня в ушах. Гораздо больше я боялась самой себя — я не знала, чего от себя ожидать. Этот странный бессвязный разговор о пластической операции.... Сейчас я боялась поднять руку, чтобы не привлечь внимание санитаров, хотя больше всего мне хотелось сделать именно это. Нужно только добраться до палаты, и там все станет ясно...

...Наконец, они привезли меня в палату и аккуратно переложили на кровать. Видимо, врач что-то все же вколол мне — во всяком случае, я ощущала неестественную легкость в теле и неестественную тяжесть в голове. Уже оба санитара — большой и маленький — казались мне крупными птицами с одинаковыми застывшими глазами серийных убийц, оставалось надеяться, что они не применят ко мне силу.

Они не применили силу.

Спустя несколько минут после того, как херувим ловко подключил какой-то прибор, а серийный убийца заботливо подоткнул мне одеяло, я осталась одна. Попискивание осциллографа успокаивало, как настенные ходики, и я с трудом боролась с тяжестью в голове. Нельзя, нельзя дать забытью войти в меня и овладеть мной... Эта мысль преследовала меня все последнее время: я боялась проснуться с внезапно вернувшейся памятью, я боялась проснуться и забыть то, что уже знаю. Но услышанное сегодня ночью не укладывалось ни в какие рамки.

Пластическая операция, о которой никто из персонала не сказал мне. Может быть, это только блеф милицейского капитана, желание добиться показаний любой ценой? Я вспомнила его руки под мочками ушей и почти машинально повторила этот ищущий жест.

Так и есть. Он не соврал, этот чертов капитан.

Это были чуть заметные рубчики, выступавшие над поверхностью кожи, нежные на ощупь, похожие на неразвившиеся личинки. Как он сказал, этот веселый шофер: «Безмозглая личинка шелкопряда...»

У меня вдруг засосало под ложечкой, к горлу подступило уже знакомое ощущение тошноты, с которой невозможно было бороться. Веки!.. Капитан что-то говорил о подтяжках на веках. Я прижала руки к глазам — и ничего не обнаружила. Сжавшись в комок, я все еще надеялась, что тошнота пройдет, но она не проходила. Не хватало только, чтобы тебя вырвало на казенное одеяло, сказала я себе. Не хватало только, чтобы пришедшая на утреннее дежурство Настя нашла тебя беспомощной и замызганной...

Устав бороться с собой, я поднялась с кровати, легко оторвавшись от пуповины пластмассовых трубок, все еще связывающих меня. Они отделились с легким хрустом. Борясь с тошнотой, волнами в животе и головокружением, я спустила ноги с кровати.

В конце коридора должен быть туалет. Нужно дойти туда. Нужно дойти...

...Этот короткий путь занял гораздо больше времени, чем я предполагала. Но все-таки я добралась, сильная девочка, ничего не скажешь. «Девочка» — почему бы именно так не обратиться к себе, почему бы не сделать попытки полюбить себя, раз уж никого другого не остается?..

...Белый кафель, такой же, как в приемном покое; выложенный холодной плиткой пол. Довольно чисто и почти полностью отсутствует запах. Образцово-показательная клиника, ничего не скажешь.

Но не это занимало меня.

Зеркало.

Широкое зеркало перед умывальниками. Я даже на секунду забыла о тошноте и слабости в ногах и голове. Не маленькая пудреница медсестры, а холодная поверхность, дающая полное представление о том, как я выгляжу. Нужно только приблизиться, набрать в легкие воздуха и попытаться нырнуть в эти стоячие зеркальные воды. И снова у меня возникло ощущение, что все это уже происходило со мной. Оно наполняло мое существо непонятным страхом и непонятным торжеством: я уже стояла перед зеркалом и пыталась изучить себя.

Когда? Когда же это было, черт возьми?! И с чем это связано?

С чем связано это бледное лицо, эти брови — черное на белом; эти глаза, этот нос, эти губы, растрескавшиеся от тщетных вопросов? Эта линия плеч, перечеркнутая казенным халатом?.. То, о чем мне говорил сегодня капитан, может принести только дополнительные страдания: пластическая операция. Значит, перед тем как потерять память, я потеряла и свою собственную внешность... Может быть, именно поэтому никто не ищет меня? И я сама загнала себя в угол? Может быть, именно теперь я обречена видеть себя в каждой исчезнувшей женщине?..

Равнодушная поверхность зеркала была так соблазнительно близка, что я ударилась об нее головой. Это принесло такое облегчение, что я билась и билась своим ничего не помнящим измененным лицом, пока не потеряла сознание...

...— Боже мой... Боже мой! Что с вами?! — голос шел издалека, он разрывал кольцо беспамятства.

Я медленно приходила в себя — и от этого голоса, и от космического холода во всем теле. Я лежала на полу под умывальниками, а медсестра Настя аккуратно и самоотверженно поддерживала мою голову. Произошло именно то, чего я боялась больше всего: задранный халат, беспорядочно разбросанные ноги, отвратительный запах — меня все-таки вырвало...

— Зачем вы встали? — Настя прижимала меня к себе, она, кажется, не обращала внимания на всю неприглядность картины. — Зачем вы встали?! Запрокиньте голову, сейчас вам должно стать легче. Потерпите, пожалуйста...

— Ничего, все в порядке, — ответила я слабым голосом и даже попыталась улыбнуться. Ничего не получилось — улыбка оказалась вымороченной.

— Вы вся в крови. — От испуга Настя совсем забыла, что все последнее время, подкрепленное прогулками по февральскому парку и краденными у врачей и пациентов сигаретами, мы были на «ты».

Действительно, я и сама почувствовала это: лицо стянула невидимая засохшая пленка. И если Настя говорит, что это кровь, — ей нужно верить...

— Зачем вы встали, господи! — медсестра не могла успокоиться. — Хорошо еще, что я сообразила, где вас искать! Вы же могли умереть здесь! Ужасно... Вам же нельзя. Вам вообще нельзя нервничать! Полный покой... Вы еще очень слабенькая... Вы даже не знаете...

Бедная моя птичка на жердочке, это ты ничего не знаешь! Чтобы ты сказала о ночном похищении и поездке за пределы не только палаты и клиники, но и города (в душе моей неожиданно поднялась глухая ярость: этот проклятый капитан попробовал распорядиться мной так же, как и своими манекенами).

И пластическая операция!.. Я вспомнила о ней и застонала. Сама Настя интерпретировала этот стон посвоему. Не выпуская моей головы из рук, она приподнялась, смочила платок под струей, бившей из умывальника, и обтерла мне лицо.

— Сейчас должно быть легче, миленькая, — в ее голосе проскользнули интонации умудренной жизнью женщины. — Вы ведь не знаете главного...

Главного? Ошибаешься, Настя! Я знаю главное. Мне уже никогда не увидеть своего *настоящего* лица...

Я начала смеяться, ударясь затылком о кольцо Настиных рук. Я смеялась так безудержно, что она наконец-то по-настоящему испугалась. Я видела, как ей хочется надавать мне по щекам, чтобы привести меня в чувство. Но сделать этого она не решилась, а все прижимала и прижимала мою голову к твердой и острой груди.

— Вам, действительно, нельзя... Полный покой. И ни одной сигареты больше, клянусь! Вы ведь *ждете ребенка...*

Я сначала даже не поняла того, что сказала мне медсестра, лишь спросила машинально:

— Что?

— Я сама случайно вчера узнала, правда. Мне Катя проболталась, операционная сестра, мы с ней кофе пьем. Здесь кафешка рядом, там замечательный кофе по-турецки, его на песке готовят, знаете?.. У Катьки роман с нашим анестезиологом, — Настя целомудренно хихикнула. — Я, между прочим, всегда ей завидовала. Но мне операционная не светит, так и буду по палатам скакать... А все потому, что крови боюсь, в морге три раза в обморок падала. Меня даже хотели из медучилища отчислить.

— Что ты сказала? — Я попыталась сесть и вцепилась в Настю глазами.

— Вроде все в порядке. — Настя ощупала мою голову и не нашла никаких повреждений. — Только царапина на лбу... Слава богу, удачно упали...

— Что ты сказала о ребенке?! — последнее слово далось мне с трудом.

— Вы на третьем месяце беременности. Они вам пока специально не говорили, Теймури приказал. Чтобы не было лишних потрясений, у вас и так их предостаточно... Ой! — отпустив меня, Настя зажала себе рот рукой. — И я не должна была вам говорить. Но я случайно узнала, так что не считается... Павлик, анестезиолог, тоже хорош — Катьке проговорился. Ну, а она...

— Помоги мне встать. — Оставаться на холодном полу было невыносимо.

Она помогла мне подняться, не переставая болтать, — видимо, ей казалось, что это отвлекает меня от моего плачевного положения. Так, поддерживаемая медсестрой, я добрела до палаты. Она помогла мне лечь и накрыла одеялом до подбородка.

— Никаких фокусов, лежите смирно. А я сейчас позову кого-нибудь из врачей.

— Нет. Пожалуйста, нет. Мне уже лучше. Никого не надо. — Если сейчас появится кто-нибудь из этих экспериментаторов, которые наблюдали за мной и даже делали ставки (теперь мне стал пугающе ясен смысл ночного разговора дежурного врача с капитаном Лапицким), я просто не выдержу.

— Я посижу с вами. — Только этого не хватало! Я поморщилась, как от зубной боли.

— Нет. Хочу побыть одна. Ничего со мной не случится, обещаю вам.

— Вам правда лучше? — Настя недоверчиво посмотрела на меня.

— Да.

— И вы обещаете лежать смирно и без всяких фокусов?

— Да.

— Хорошо, — наконец решилась она. — Хорошо. Я заскочу к вам через часок.

Я так хотела остаться одна (сколько раз за последние сутки мне хотелось остаться одной?), что нетерпеливо прикрыла глаза. Мне нравилась Настя, мне, действительно, она нравилась, но сейчас даже ее присутствие было невыносимо.

Я едва дождалась, пока за ней закроется дверь палаты, быстро поднялась и подошла к окну. Подоконник был достаточно широк (почему я никогда не замечала этого?) — и чтобы усесться на нем, и чтобы, раскрыв заколоченные на зиму рамы, сигануть вниз.

Четвертый этаж.

Я выбрала первое. Забравшись с ногами на подоконник, я положила руку на живот и расплющила нос по стеклу.

Если бы я точно знала, что в прошлой жизни была умна, то сейчас просто сошла бы с ума. Но ничего такого я про себя не знала, а имела сейчас то, что имела: амнезию, пластическую операцию, полностью изменившую мое лицо, и ребенка в животе. Можно было отказываться верить чему либо в отдельности, но все вместе рождало во мне безусловную веру.

Это я, Господи. Ты, должно быть, давно потерял меня. В этом запущенном парке неизвестной мне клинике, неизвестного мне города, неизвестной мне страны. Да и так ли я верила в тебя, когда была собой. Собой — католичкой или православной. Чувствовала. Что снова начинаю гонять мысли по кругу, как взмыленных лошадей. А в центре круга находилась я сама с ребенком в животе.

Ребенок.

Откровение Насти было так внезапно и простодушно, что ему нельзя было не верить. Ну что ж, еще одно испытание в ряду других испытаний, тупо подумала я. И вдруг поймала себя на мысли, что никак не отношусь к этому ребенку, что он ничего для меня не значит. Я даже не знаю, хотела ли я когда-нибудь ребенка или нет. Был ли он желанным? Был ли моей единственной любовью отец этого ребенка? Или это последствия случайной связи, одной из многих возможных случайных связей. Банальный трах в чужой постели (медсестра Настя целомудренно хихикнула бы в этом месте). Если бы я только могла знать, если бы только могла...

Даже стекло не охладило мой горячий лоб. Я бы бежала отсюда, если бы знала — куда. Я бы осталась здесь, если бы знала — зачем. Впрочем, меня, скорее всего, оставят. Медицинский эксперимент, как же, как же... Я догадывалась о его сути: женщина лежит в коме, а в самой глубине ее чрева зреет плод. Выживет он или нет — чем не тотализатор, ставки принимаются в любое время. И если у тебя нет имени, и нет прошлого, и некому защитить тебя — то ты вполне можешь сойти за лабораторную крысу, за красноглазого кролика, за препарированную лягушку...

На том и стоит успокоиться.

И когда Настя через час заглянула в мою палату, я уже лежала в кровати, положив руки поверх одеяла: пай-девочка, просто загляденье.

— Как себя чувствуешь? — спросила Настя, попрежнему путаясь в «ты» и «вы».

— Уже лучше, — я ободряюще ей улыбнулась. — Только мутит немного.

— Это ничего, — воодушевилась Настя. — Обыкновенный токсикоз. Знаешь, что было с моей двоюродной сестрой? Ее просто наизнанку выворачивало. А ты молодец, держишься. Только знаешь что? Не говори никому, что я тебе сказала о ребенке... С меня тогда точно голову снимут.

Она сама принесла мне обед, от которого я, впрочем, отказалась. И даже просидела со мной до конца своей смены. Теперь я знала всю немудреную историю ее жизни, в которой было задействовано два десятка персонажей, не больше. Если учесть несостоявшегося жениха из прытких самовлюбленных ординаторов, почти мифическую тетку в Нюрнберге и недосягаемого грузина Теймури — ровно двадцать три человека. Боже мой, как я завидовала ей — ведь у меня не было даже этого. Только сама Настя, заменившая мне кормилицу, Теймури, заменивший мне мать, и капитан Лапицкий, заменивший мне все остальное... Насте не хотелось отпускать меня в мое всегдашнее одиночество, но и дежурство подходило к концу.

Выкурив все украденные сигареты, она наконец-то решила попрощаться.

— Знаешь, я теперь буду только послезавтра... Мало ли что. Я тебе свой домашний телефон оставлю, от дежурной сестры всегда можно позвонить. Сейчас принесу ручку и запишу.

— Не стоит, — сказала я. — Я и так запомню.

— Ну, тогда запоминай.

Она медленно проговорила телефон и заставила меня повторить его.

А потом еще о чем-то пощебетала со мной, покачиваясь на одной ножке у моей кровати, и снова заставила повторить номер. Я добросовестно повторила.

— Теперь я за тебя спокойна, — констатировала она, прежде чем исчезнуть за дверью.

И в ту минуту я даже предположить не могла, как моя маленькая птичка на жердочке была далека от истины...

* * *

...Катастрофа, которая как-то связана с домом, где произошло убийство, еще одна мертвая женщина, которую не могут опознать так же, как меня. Кома с последующей амнезией, ребенок — мальчик или девочка — которым я беременна. Весь вечер я перебирала все это, как четки, и ни на чем не могла остановиться. Все события, произошедшие со мной, могли иметь несколько взаимоисключающих объяснений: либо в прошлой жизни я была исключительно удачливой стервой (это даже тешило мое самолюбие), либо — исключительно удачливой простачкой (и это даже тешило мое чувство самосохранения). И весь вечер меня сверлила мысль, высказанная Теймури и гвоздем засевшая у меня в голове: «Мне кажется, что вы так сильно что-то хотели забыть в своем прошлом, что подбили на это свой организм, сделали его своим соучастником».

Соучастником. Термин в духе капитана Лапицкого. Может быть, он не так уж ошибается насчет меня, этот капитан?..

И только когда в незашторенное больничное окно вплыла полная луна, я позволила себе отключиться и не думать ни о чем. Полнолуние — не самое лучшее время для мрачных мыслей, они слишком легко превращаются в оборотней с волчьими клыками. Интересно, откуда я знаю про оборотней — наверняка, смотрела какой-нибудь фильмец в прокуренном кинотеатре повторного фильма. Сидя в середине зала с той женщиной, погибшей в катастрофе... Сидя на последнем ряду. Вот только с кем? С сентиментальным любителем блондинок и просроченных детективов майором Олегом Мариловым? Или с отцом будущего ребенка?..

Я вдруг обнаружила, что держу руку на животе, подчиняясь едва слышимому плеску живой волны. Но теперь эта волна шла не от ребенка, а от меня самой. Во всяком случае, ты теперь не одинока. Тебе есть для кого жить и кого защищать. И пока ты можешь спать спокойно.

— Спокойной ночи, — неожиданно нежно прошептала я и осторожно провела рукой по животу. — Надеюсь, ты слышишь меня. Конечно, слышишь.

...Они появились среди ночи. Я проснулась на секунду раньше их появления — может быть, во всем был виноват лунный свет, сочившийся сквозь веки. Может быть, подступившая к горлу тошнота, которая не оставляла меня даже во сне. И все равно я оказалась неготовой к этому тихому вороватому вторжению. Обычно никто не тревожил меня вот так, бесцеремонно, я слишком хорошо изучила нравы клиники за все то время, что находилась здесь. Но, может быть, нравы изменились... Во всяком случае, я не проявила особого беспокойства, когда эти двое бесшумно вкатили в палату каталку с жесткой дерматиновой обивкой и остановились рядом с кроватью. Оба ночных посетителя были в белых халатах, скорее всего — санитары. В мертвенно бледном свете луны их лица казались похожими друг на друга — одинаково усталыми и деловито-зловещими. Никогда раньше я не видела ни одного из них.

Несколько секунд они стояли и пристально разглядывали меня.

— Спит? — спросил один из них свистящим шепотом.

— Еще бы не спать, — так же тихо процедил второй. — Три часа ночи. Самый сон.

— Ну что, перекладываем?

— Может, разбудить?

— Давай так попробуем. А то возни не оберешься. Начнет расспрашивать про то да про се...

— Я не сплю, — кротко сказала я, разом прекращая их дискуссию.

Мой напрочь лишенный сна голос застал санитаров врасплох. Они синхронно хмыкнули и посмотрели друг на друга.

— Приказано отвезти, — после паузы сказал сторонник ранней побудки пациентов.

— В три часа ночи? — я все еще не проявляла беспокойства. — Куда можно везти больного человека в три часа ночи?

— Лечиться, — невпопад ляпнул мой собеседник.

— Говорил же, возни не оберемся, — вздохнул его напарник. — Но раз уж проснулись — добро пожаловать в больничный «мерседес». Спускайте лапки с кровати, прокатим с ветерком.

— Что это за ночное вторжение? Неужели нельзя все отложить до утра? — я позволила себе покапризничать.

— Приказано отвезти — и все, — тупо пробубнил санитар.

Его товарищ оказался оригинальнее. Во всяком случае, убедительней.

— Слушай, голубка, наше дело маленькое. Получили распоряжение от дежурного врача. Ему можешь устраивать истерики, а с нас что возьмешь? Мы — твари подневольные. И ты у нас не первая. Так что — вперед и с песней. Сама с места снимешься или тебе помочь?

— Отвернитесь, пожалуйста, мне нужно надеть халат.

Они терпеливо подождали, пока я оделась, но тут уже мне расхотелось отправляться куда-то на этом допотопном медицинском транспорте.

— Пожалуй, это лишнее, — надменно сказала я, кивая на каталку. — Я прекрасно могу дойти и сама.

— Сама до крематория дойдешь в свое время, — так же надменно ответил один из санитаров. — У нас здесь строго насчет распоряжений.

Мне оставалось только подчиниться.

Спустя минуту мы были уже в коридоре. За столиком дежурной сестры горел свет, но самой сестры не было. Я подумала о том, что сегодня наверняка дежурит

Машка Гангус: в отличие от сердобольной Насти, которая все время пропадала у меня, и Эллочки, которая все время исчезала где-то за суперобложкой Бэл Кауфман, практичная Машка предпочитала ночные приключения в одиночных палатах выздоравливающих автогонщиков. Их в отделении было двое, оба — с черепно-мозговыми травмами. И Машка, если верить Насте, находила это безумно романтичным. Ей вообще нравились мужчины с черепно-мозговыми травмами — они пили спирт, который Машка крала в невероятных количествах, особенно отчаянно...

Я забеспокоилась только тогда, когда мы благополучно миновали наше отделение, пустой этаж лабораторий и процедурных кабинетов и по застекленному переходу перебрались в то крыло клиники, в котором я никогда не была.

— Куда это мы направляемся? — спросила я у своих спутников.

Ни один из них не удостоил меня ответом.

...Я даже не подозревала, что клиника может быть такой огромной. Сейчас, ночью, она напоминала уснувший, утомившийся город. В нем существовали темные и светлые коридоры, хлопанье дверей, тихое позвякивание ведер и шприцев в автоклавах, чьи-то приглушенные голоса и территория абсолютно мертвой тишины. Несколько раз мы опускались и поднимались на грузовых лифтах. В последнем из них, тускло освещенном, я вдруг подумала о том, что могу затеряться в чреве клиники навсегда. И никто не найдет меня, и я никогда не узнаю, что кто-то все-таки меня искал...

Странно, но я даже не заметила, как кто-то из санитаров открыл своим ключом дверь пожарного выхода, и мы наконец-то оказались в длинном, похожем на кишку коридоре с целым рядом дверей. Они остановились возле одной из них, пятой по счету, и уверенно толкнули дверь.

Я оказалась в предбаннике операционной. Сквозь неплотно прикрытую дверь в саму операционную маячили потухшие глаза ламп. А из троих, присутствующих в комнате, я знала только одного — анестезиолога Павлика. Ни женщина, ни мужчина, которые лениво болтали с анестезиологом, были мне незнакомы. Они были незнакомы мне, но сразу же вызвали чувство стойкой антипатии. Чересчур красивая женщина с лицом преуспевающей стервы и чересчур основательный мужчина с неровной линией губ, вальяжно разлегшейся под внушительного размера носом. Мужчина курил трубку (дешевое пижонство), а женщина внимательно рассматривала какие-то рентгеновские снимки, отпуская по их поводу дежурные врачебные шутки. Все они были в светло-голубой хирургической униформе и таких же бахилах.

«Бахилы» — забавное слово. Как хорошо, что оно мне известно. Значит, не все потеряно...

— А вот и они, — приветствовал наше появление Павлик. — Все в порядке?

— Доставили в лучшем виде, — самодовольно сказал один из санитаров. — Сдаем с рук на руки.

Я вдруг поняла, чей голос слышала прошлой ночью, после безумной поездки с капитаном Лапицким.

Анестезиолог Павлик. Конечно, он мелькал у меня перед глазами с тех пор, как пришла в себя. Он был с Теймури, когда я увидела грузина первый раз. Но тогда анестезиолог не говорил ни слова, только удовлетворенно улыбался. Я отнесла это к его чрезмерной застенчивости и чрезмерному румянцу на щеках...

Вот только почему он околачивался в ту ночь в приемном покое в качестве дежурного врача? Обычно этот неблагодарный ночной хлеб не грызут специалисты его класса...

Но сам Павлик не дал мне додумать эту мысль до конца.

— Отлично, ребята. Вы свободны.

Дверь за санитарами закрылась, и мне почему-то показалось, что именно с таким звуком захлопывается мышеловка.

— Что происходит? — спросила я только потому, чтобы не думать о мышеловке.

Павлик вздрогнул, преуспевающая стерва оторвалась наконец от своих снимков, а чересчур основательный мужчина выпустил клуб особенно густого дыма.

— Все в порядке, — анестезиолог мгновенно взял себя в руки и даже похлопал меня по плечу.

— Почему меня привезли сюда среди ночи?

— Пациентам не стоит задавать вопросов, тем более таким склочным голосом.

Мужчина бесстыдно и внимательно рассматривал меня. Стерва же отозвала Павлика в сторону и начала что-то выговаривать ему. Из всего приглушенного разговора я разобрала только «люминал» и «ты же сама понимаешь, экстремальная ситуация».

Я попыталась сесть, и находящиеся в комнате люди никак не отреагировали на это, предоставив Павлику объяснение со мной.

— Не стоит волноваться, — попытался он утешить меня, по-прежнему никак ко мне не обращаясь, и я вдруг с острым любопытством подумала о том, как же они называют меня, девушку без имени, между собой. — Ничего такого не произошло.

— Ничего такого, что не могло бы подождать до утра? — настаивала я.

— Ничего страшного, — стушевавшись, уточнил Павлик.

— Не стоит ей ничего объяснять, — решительно прерывая наши пререкания, сказала стерва. — Время, время, мальчик мой. Никаких проколов быть не должно.

— Это связано с моим ребенком? — я почувствовала неизвестный мне доселе панический страх и даже попыталась прикрыть рукой живот.

Мой вопрос произвел эффект разорвавшейся бомбы. Лица у всех троих вытянулись, исказились и застыли как африканские ритуальные маски. Мужчина даже вытащил трубку изо рта и еще пристальнее посмотрел на меня: теперь к бесстыдству присоединилось выражение плохо скрытого разочарования.

— Шит, — тихо выругалась Стерва, выразительно глядя на Павлика.

И снова я узнала это слово: «дерьмо» на том самом развязном английском, на котором убили Кеннеди...

— Что-то с ребенком? — настойчиво повторила я. — Почему меня привезли в операционную?

Никто не отвечал. Секунды складывались в минуты, а в комнате висела гнетущая тишина. Первой пришла в себя женщина. Она подошла ко мне и участливо коснулась плеча.

— Давайте отложим тягостные объяснения до утра.

— Нет, — упрямо настаивала я. — Давайте объяснимся сейчас.

— Хорошо. Последние показания обследований малоутешительны. Необходимо срочное хирургическое вмешательство.

— Это связано с ребенком?

— Лара! — не выдержав, перебил женщину Павлик. — Лара, не стоит...

Но, кажется, меня больше не занимали ни холеная стерва Лара, ни анестезиолог Павлик. Я не отрываясь, смотрела на мужчину. В его лице, не слишком выразительном, но запоминающемся, была какая-то скрытая, враждебная мне сила. Его бесстрастные глаза всасывали меня, как две воронки, а легкая ухмылка, разрезающая губы — неровно, как тупой нож консервную банку, — лишала остатков сил.

— Не стоит беспокоиться, дорогая, — очень тихим голосом сказал он. — Верьте нам, все будет хорошо. Вы верите?

Я ничего не ответила. Не смогла ответить. Лицо мужчины дробилось за клубами сизого дыма, но теперь оно странно приблизилось ко мне — я даже могла различить маленькие колючие точки зрачков и несколько крупных оспин на правой щеке.

То ли от этих оспин, то ли от дыма — слишком ароматного, слишком приторного — я снова почувствовала приступ дурноты.

— Вы можете не курить? — слабым голосом попросила я.

Мужчина улыбнулся кончиками губ и аккуратно положил трубку в карман.

— Все будет хорошо, — снова повторил он. — Вы верите?

— Владлен, — обратилась к нему женщина. Все это время она тоже внимательно смотрела на меня. — Владлен, ей, действительно, плохо...

— Ничего страшного, — успокоил Владлен.

Он подошел ко мне. С его приближением дурнота стала невыносимой. Я прижала руку к горлу.

— Давайте, коллеги, — сказал он, — не будем терять время.

Его глаза парили надо мной, складывались в холодный мозаичный узор, завораживали.

— Если все готово, — спокойно сказал Владлен, глядя только на меня, — приступим.

...Все, что произошло потом, почти не отложилось в моей памяти. Много раз я пыталась восстановить картину происшедшего, но ничего не получалось. Свет операционных ламп сливался с холодным, нестерпимым блеском глаз Владлена, колол меня пустыми проемами зрачков... Павлик надел мне маску, и я почувствовала странное облегчение. А перед тем, как провалиться в небытие, услышала отличный джаз. Я не знала, к чему это относится, — звуки были сильными и настойчивыми.

Майлз Дэвис.

Меня не удивило то, что я узнала Майлза Дэвиса по первым аккордам (продвинутая девочка, ничего не скажешь, из всех музыкальных недоразумений предпочитаю джаз), — меня удивило его настойчивое присутствие в операционной.

Кому из троих может нравиться джаз?.. Кажется, мой уставший от беспамятства в предыдущие два месяца организм все еще сопротивляется наркозу...

Черный Майлз Дэвис торжествовал над всем остальным бледным миром.

И это было последним, что я услышала. Если не считать обрывка разговора между Владленом и Ларой, сразу же растворившимся в музыке:

— Твоя страсть к музыкальному сопровождению нас погубит, Владлен, — сказала Лара, деловито занимаясь моим обмякшим телом, которое никак не хотело идти на поводу анестезиолога и всех его профессиональных штучек. Вот только они этого не знали. — И твоя дурацкая жадность тоже. Не стоило нам светиться...

— Много разговариваешь, милая. Заткнись и занимайся инструментами.

— Все в порядке. Она отрубилась, — пергаментно прошелестел Павлик. Кажется, он отчаянно трусил. А «она» относилось ко мне.

— Не стоит так со мной разговаривать, Владлен. Все-таки мы все в одной связке.

— Мы, действительно, в одной связке. К сожалению для нас, если учесть, что этот кретин Павлик не умеет держать язык за зубами. От кого она узнала о беременности? Что, проболтался одной из своих шлюшек? — вопрос относился к Павлику. — Или сам уже умудрился с ней переспать, половой гигант?.. А вообще это не жадность, милая, а трезвый расчет. И обязательства перед клиентами. А если что нас и погубит, так это твоя неуемная страсть к рождественским турам в Париж на двоих.

— Что делать, Владлен, в Париж нужно ездить только вдвоем... С тем, кого ты любишь.

— Неужели ты любишь еще что-то, кроме браслетов на ноги и вшивых бриллиантов? Давайте приступать. Времени мало. Осталось шесть часов, а альфафэтапротеин — штука серьезная... И клиенты — штука серьезная. Очень серьезная штука...

* * *

...Я пришла в себя только в палате.

Нестерпимо светило солнце — оно могло бы показаться почти летним, если бы не резкие очертания голых макушек тополей в окне. Почему они так вытягиваются ввысь, эти тополя?.. И болеют ли они раком, как каштаны в Западной Европе?..

Мысли нехотя бродили в моей забитой остатками наркоза голове. Я с трудом восстанавливала события прошедшей ночи, но, как ни странно, не испытывала никаких эмоций. Скорее — облегчение.

Мне нужно верить, что все закончится хорошо. Верить — единственное, что мне остается.

Приступы тошноты, мучившие меня все последнее

время, прошли. Я забыла о них напрочь и теперь наслаждалась покоем. Абсолютным покоем.

Мертвым покоем.

Ощущение тихих плещущихся волн в животе ушло. Ушло вместе с побережьем, на котором — вместе со своим ребенком (мальчиком или девочкой) — я могла бы быть счастлива. Мы могли бы собирать там ракушки, изъеденные приливом, или искать куриных богов. Мы могли бы строить замки из белого песка... Я осторожно положила тяжелую непослушную руку на живот. И никто не ответил мне. Никто не ответил. Я не могла, не могла этого чувствовать — и все равно чувствовала...

Что же произошло ночью?

«Необходимо срочное хирургическое вмешательство...» Для кого необходимо?

Мне захотелось крикнуть, позвать кого-нибудь на помощь, но я не могла издать ни звука — неужели это последствия наркоза? И хотя меня больше не тошнило — нестерпимо заболел низ живота: наркоз наконец отпустил. Стараясь справиться с головокружением и болью, я села на кровати и откинула одеяло.

На простыне отчетливо проступили пятна крови...

Я поняла. Я все поняла.

Да, я всего лишь ничего не знающий о себе кусок мяса. Лакомый кусочек для усатого мясника на колхозном рынке. А они, эти милые хирурги в небесной униформе, они же не мясники!.. *Но неужели они все это сделали со мной?..*

Простынь не поддавалась моим слабым рукам, и я разорвала ее зубами. Меньше всего меня волновала боль. Подоткнув куском простыни низ, я заплакала...

Уже потом в палату ворвалась сдававшая дежурство и по этому случаю опухшая от спирта Машка Гангус. Она наорала на меня за разорванную простынь, тут же мимоходом по-бабски пожалела и посоветовала перцовую настойку, чтобы уже окончательно снять все последствия. Она же, беззлобно матерясь, принесла мне тампоны и вату. А чуть позже появился белый, как полотно, анестезиолог Павлик. Он что-то невразумительно объяснял мне, пряча глаза.

Но из всего, сказанного им, я поняла только одно — аборт был единственным выходом. Последствия аварии оказались необратимыми...

— Да, да, произошли патологические изменения, — послушно повторила я за анестезиологом. — Да, я все понимаю.

— С вами все будет в порядке, — пытался он успокоить меня.

— Да, я все понимаю... Я все понимаю...

— А вы молодец. Сильная женщина. Очень хорошо все перенесли. — Павлик не нашел ничего лучшего, чем попытаться подольститься ко мне. Или он сказал это от чистого сердца? Невозможно, невозможно всех подозревать. Я почувствовала легкий укол совести.

— Да, я все понимаю... Но почему там была музыка? Джаз, кажется, хотя я плохо разбираюсь...

— А-а, это... У нашего хирурга есть маленькие слабости. Он, например, очень любит слушать музыку во время операций. Это его вдохновляет.

— Вдохновляет на что?

Павлик вздохнул. Вопрос остался без ответа.

— Уходите. Уходите, мне нужно побыть одной, — я решила сжалиться над его крутыми опущенными плечами.

Хотя, на самом деле, жалеть нужно было только меня...

Несколько дней я провела как будто в забытьи — теперь уже ничто не интересовало меня.

...Настю, вышедшую на дежурство, просто подкосило известие об аборте. Она даже заплакала, сидя у меня в ногах. Я страшно удивилась: сначала ей, а потом — себе. Ей — потому что она плакала так горько. А себе — потому что ни разу еще так горько, так отчаянно не плакала, хотя поводов было предостаточно. Добрая отважная Настя пообещала мне все выяснить — очевидно, ей очень хотелось облегчить мои страдания.

То, что она узнала по каким-то своим, одной ей известным каналам, не принесло облегчения ни ей, ни мне. Она появилась в конце дня совершенно раздавленная, как всегда села у меня в ногах и надолго замолчала.

— Я ничего не понимаю, — наконец сказала она. — У меня небольшое образование, но все-таки медучилище. Я сумела достать твою карту и снимки. Никакого оперативного вмешательства не требовалось... Не должно было быть никакого аборта... Может быть, я просто тупая медсестра... Но... Мне очень жаль...

— Как ты достала карту? — я все еще не верила ей. Не хотела верить.

— Примерно так же, как достаю сигареты. Я просто украла ее. Стянула и посмотрела. Для меня это не составило большого труда, я ведь старая клептоманка... Но, может быть, я чего-то не поняла... Я поговорю с Павликом...

Но я так и не узнала, разговаривала ли она с анестезиологом. Я больше не увидела ее, как не увидела капитана Лапицкого после той сумасшедшей ночи.

И если исчезновение капитана даже обрадовало меня, то в день, когда моя медсестра не вышла на очередное дежурство, я почувствовала себя особенно несчастной. Я пыталась звонить ей, но телефон не отвечал. Появившаяся вместо Насти Эллочка Геллер, выглядывая из-за своего извечного книжного укрытия, робко спросила меня о том, как я отношусь к Джону Апдайку.

Я не имела насчет Апдайка никакого мнения, но нужную информацию получила: Настя Бондаренко (надо же, ее фамилия, оказывается, Бондаренко, а я даже не знала) заболела и взяла бюллетень...

Не самое лучшее время оставаться один на один с собой без всякой дружеской поддержки... Впрочем, поддержка пришла — но отнюдь не дружеская.

Я уже ничего не ждала от напрочь забытой жизни, когда меня нашел Эрик Моргенштерн...

* * *

...Сначала я даже не придала значения его появлению. Он незаметно проскочил в щель между завтраком и утренним обходом и так же незаметно просочился в палату. Уже потом, много позже, я поняла, что простодушная наглость Эрика всегда заставляла его идти по прямому пути. Этим путем никто никогда не шел, но в конечном итоге он оказывался самым выигрышным. Вот и сейчас — предчувствие утреннего обхода, как предчувствие Апокалипсиса. Более нелепого времени для личных посещений нельзя было и придумать.

Я даже не успела ни за кого принять его — уж слишком он отличался от всех, даже на первый взгляд. Тяжелый и в то же время подвижный подбородок; черты лица, предоставленные сами себе и живущие своей жизнью. Они мало заботились о синхронных действиях и смотрели на мир по-разному. Чрезмерно загеленные волосы, чрезмерно загеленные кокетливые баки. И даже на брови было вылито огромное количество геля. У Эрика был красивый, бесстыжий, четко очерченный рот и такие же бесстыжие темные глаза. В ушах торчали серебряные серьги — я насчитала три, не считая заблаговременно проколотых дырок. Два массивных перстня и легкомысленный браслет на смуглом запястье дополняли картину и придавали Эрику сходство с оседлым цыганом.

Или завсегдатаем ночных клубов сомнительного качества. Откуда я только знаю про ночные клубы?..

Эрик (уже потом я узнала, что его зовут Эрик) взгромоздился на стул и долго смотрел на меня не моргая. Полная цыганщина, но я уже привыкла к разным долгим взглядам по разным поводам и потому отреагировала спокойно, как пятнистая гиена на посетителей из-за сетки вольера в зоопарке.

— Черт возьми, ты здорово сдала, — удовлетворенно сказал он, дернул кадыком и сглотнул слюну. — Но все равно, такая же красотка.

Сначала я даже не поняла, к чему это может относиться. Скорее всего, ко мне. Но какое отношение ко мне может иметь этот оседлый цыган, этот брутальный мачо?..

— Все равно. Такая же красотка, Анна.

Несколько секунд мы молча смотрели друг на друга. Я вдруг смутно почувствовала, что, как только он произнес это имя, что-то начало меняться во мне: как будто камень, брошенный с горы, потянул за собой целую лавину.

— Анна? — едва разлепив губы, прошептала я. — Кто такая Анна?

— Ну, ты даешь, — сказал мне парень. — Тебя действительно крепко шарахнуло. Но теперь ты можешь быть спокойна. Твой молочный братец с тобой.

— Молочный братец?

— Ты что, старуха, действительно спрыгнула под откос? Это же я, Эрик!

— Какой Эрик? Я не знаю никакого Эрика.

— Ну-ка, открой свою прелестную пасть, нащупай

второй зуб после резца. Там должна быть пломба. А соседний, между прочим, фарфоровый, между нами, девочками. Две тонны баков на него угрохали. Видишь, вляпалась, чуть жизни не лишилась, а зуб ничего, целехонек. Это тебе Эдинька Вол ставил, отличная работа. Он, между прочим, тебе привет передавал. Я, конечно, морду чайником сделал — не знаю, где ты, пропала и все. Мало ли, у Эдиньки язык как помело, только в Пентагоне с таким языком работать на разведку «Моссад». Ну, не выпала пломба?..

Я машинально сделала то, о чем просил меня мой странный посетитель: нащупала языком зуб, второй после резца. Там, действительно, красовалась пломба. Откуда он это знает, если этого до последней минуты не знала я сама.

— Ну, как? — нетерпеливо поинтересовался Эрик. — Все на месте, душа моя?

— Да.

— Я бы мог поведать тебе о некоторых других милых кардинальных изменениях, но оставим это для можжевеловой водки и вечера при свечах. Ты ведь по-прежнему любишь можжевеловую водку? Я тут разжился, специально для тебя. Видишь, как старина Эрик любит свою непутевую Аньку. И не бросает ее, хотя задница у нас в любой момент может вспыхнуть.

— Ничего не могу сказать о можжевеловой водке, — тихо произнесла я, даже не вслушиваясь в его треп.

— Ты что, и вправду не помнишь?

— Нет.

— Надо же, — Эрик поморщился. — Никогда не думал, что после той бурной жизни, которую мы вели последние пять лет, ты вот так, за здорово живешь, выкинешь из своей прелестной головки Эрика Моргенштерна.

— Странная фамилия

— Обыкновенная немецкая фамилия. Тебе же она нравилась, Анна. Ты ведь даже хотела выйти за меня замуж из-за фамилии. Не помнишь, что ли?

— Я ничего не помню. И раз вы здесь, то должны это знать.

— А-а... Я тут навел справки аккуратненько. Сунул, кому следует, так что с тебя причитается... Но, честно говоря, думал, что ты просто пургу гонишь в своем стиле. После того, что натворила. Ты же хитрая бестия. Красивая хитрая бестия, хоть и сдала в этой собачьей клинике. Ну ничего, мы тебя быстро поправим.

— Значит, меня зовут Анна? — Я уже не слышала Эрика. Я уже не слышала всего того, что он говорил мне.

Анна, Анна... Боже мой, какое красивое, какое определенное имя. Я вспомнила книгу, которую приносила мне Настя, — «Тайна имени»... Там было это имя, в самом начале оглавления, но тогда я прошла мимо него...

— Анька, да ты с ума сошла! — Эрик хихикнул. — Откуда такой задумчивый пафос? Окстись, родная... Все документы у меня, но теперь они вряд ли тебе пригодятся. После всего, что произошло. Ладно, с этим мы что-нибудь придумаем. Теперь нужно выбраться отсюда. Ты как себя чувствуешь?

— Не очень.

— Все равно. Подлечим на нейтральной территории. Заодно и мозги вправим. Чего мне стоило тебя найти — отдельный разговор... Между прочим, ищу не только я, ты это учти и оцени мужество своего молочного братца.

— Кстати, как вы меня нашли? — Не стоит идти на поводу первого встречного только потому, что он назвал тебя по имени, которое ты так тщетно искала.

Эрик вытянул длинные ноги и забросил их на кровать — прямо на одеяло. Несколько секунд я созерцала его тяжелые рифленые подошвы; к одной из них приклеился беззащитный прошлогодний листок. Он неожиданно напомнил мне себя саму — пусть тебя унесет любой, возьмет и унесет...

— Как нашел, как нашел... А вот так — взял и пошел к северу через северо-запад. — Эрик лукаво посмотрел на меня и растянул в ухмылке свои бесстыжие губы.

— «К северу через северо-запад...» Это Хичкок.

— Верно, старуха, это Альфред Хичкок. Твой любимый хреновый режиссер. Ты мне им всю плешь выела. Но я человек терпимый, я даже все твои любимые видеокассеты сохранил. Перетащил к себе... И «К северу через северо-запад» тоже. А говоришь, что ни хрена не помнишь.

Я вдруг вспомнила, как все это время, лежа в бессонной больничной койке, перебирала старые фильмы. Они казались мне связанными с Олегом Мариловым. Но теперь выясняется, что и со мной они связаны тоже. Со мной и с этим странным молодым человеком. Это может убедить больше, чем пломба во втором от резца зубе. Да он и не хотел меня убедить, этот Эрик. Он просто нашел меня, и все.

— Почему же, помню, — медленно сказала я, — «Тридцать девять ступеней», «Веревка», «Спасательная шлюпка», «Окно во двор», «Марни», «Головокружение», «В случае убийства набирайте “М”»[1]...

— Вот-вот, последнее особенно актуально... Только стер я этот фильмец, извини, не чаял увидеть тебя в живых. А вместо него на кассету порнушку записал. Как раз в твоем стиле. Но все остальное в целости и сохранности. Будешь по вечерам семечки лузгать и Хичкока

[1] Фильмы Альфреда Хичкока.

своего смотреть, как бывало. Только с твоей хатой, как ты сама понимаешь, лажа. Будем жить у меня, как бывало, жопа к жопе...

— Я не понимаю... Вы что, пришли забрать меня?

— Нет, лишний раз на твою мумию полюбоваться. Ты для меня столько сделала, Анька, а Эрик, он ведь не гунн какой-нибудь, он добро помнит. Да что с тобой, я не узнаю тебя! Ну-ка, обними своего братца!..

Эрик сбросил ноги с кровати и потянулся ко мне загеленной головой. Мне ничего не оставалось, как обнять его за твердые податливые плечи. Бесстыжие губы ощупали мое лицо, и, кажется, остались им довольны. От Эрика пахло одеколоном, который показался мне знакомым. Неужели я все-таки знаю этого человека?.. Но даже если бы я не знала его — я бы пошла за ним куда угодно... Он оказался единственным, кто готов был предоставить мне твердую почву под ногами.

Анна. Мне нравилось имя Анна.

— Ну, как ты здесь подыхала, девочка моя? — отстранившись от меня, сказал Эрик. — Я ведь все два месяца тебя искал. Менты-то наверняка достают? Но ты молодец, выбрала верную тактику...

Он вдруг нахмурился, почесал подбородок, небрежным движением поправил четкую бровь и озабоченно прошептал:

— Надеюсь, жучков не повтыкали? Не очень-то они соображают, как я посмотрю. Или ты ввела их в заблуждение, умница моя?

Я вспомнила капитана Лапицкого. Возможно, он был не так далек от истины. Возможно, я ввела в заблуждение всех. И себя заодно.

— Похоже на то, — медленно произнесла я. — Похоже на то, что мне ничего не остается, кроме как поверить вам.

— Только прекрати обращаться ко мне на «вы», у меня от этого камни в почках ворочаться начинают. Последний раз на брудершафт мы пили пять лет назад, а после этого столько всего было... И чем быстрее мы свалим отсюда, тем будет лучше. И если твоя тыква получила брешь, то с моей все в порядке. А с ментами нужно прекратить всякие контакты. Ты их недооцениваешь, поверь мне. Они вполне способны вывернуть тебя наизнанку и докопаться до истины. А мы столько усилий и бабок потратили на то, чтобы все скрыть...

— Что скрыть? — я с испугом смотрела на Эрика.

— Тебя, душа моя, тебя... А посему нужно тихонько поменять место дислокации. Я приехал, чтобы тебя забрать.

— Меня уже можно выписывать?

— Господи, ну о какой выписке ты говоришь? Просто спускаешься вниз, в парк. Тебе ведь уже можно выходить... А я просто буду ждать тебя у решетки со стороны улицы. Там, где старые ворота. Ты знаешь, где старые ворота?

Я знала, где находятся старые ворота, хотя в февральской темноте они показались мне скорее калиткой. Они вели к той стороне улицы, на которой меня ждала машина капитана Лапицкого. Все повторяется с той лишь разницей, что сейчас я готова сама идти за Эриком. И идти добровольно. Но ничего этого я не сказала ему. Я только кивнула головой.

— Да, я знаю, где старые ворота...

— Неважно ты выглядишь, душа моя... Ни следа от былой красоты. Но ничего, это дело мы поправим. Только обещай меня слушаться.

— Я подумаю...

— Она еще собирается думать! Как только тебя не вытащили и не пришили! Твое счастье, что ты вовремя впала в кому... Сделаем так: я сейчас уйду, а ты минут через тридцать выйдешь воздухом подышать. Устроим операцию «Леди исчезает», как у твоего толстого любимца. Это вполне невинно, тем более — погода хорошая. Тебя никто ни в чем не заподозрит, если учесть, что идти тебе некуда, здесь все это знают. Ты ведь у нас крошка без памяти. Или я ошибаюсь?

— Нет.

— Это печально, но не смертельно. Жду с нетерпением. Машину хоть помнишь? Подержанный «Фольксваген-Гольф», уж извини. Твою-то продать пришлось, я ведь не думал, что ты останешься в живых. Целую и жду, душа моя...

Он еще раз с удовольствием поцеловал меня и исчез. Так быстро, что оставил после себя смутное ощущение нереальности происходящего. Скоро начнется утренний обход — меня вполне могут навестить. И я снова останусь в палате, совсем одна, даже не зная, что делать с этим своим именем — Анна... Если бы я могла — я бы бросилась за Эриком прямо сейчас... Но я все-таки выждала положенные полчаса, которые показались мне вечностью.

Пора уходить. Пора навсегда покинуть эту нору неизвестного мне зверя. Я почувствовала, что улыбаюсь, — это было похоже на сдержанное торжество победителя. Я больше никогда не вернусь сюда. Больше никто не будет делать ставок, больше никто не будет допрашивать меня и вертеть юркий браунинг перед носом. Сейчас я даже не придавала значения тому, что рассказал мне Эрик. Похоже, у меня была веселая насыщенная жизнь в обрамлении Хичкока. Пусть будет так...

...В коридоре я еще нашла в себе силы поболтать с Эллочкой. Теперь она читала какую-то канадку, кажется, Маргарэт Этвуд. У меня не было никакого представления о ней, но роман назывался многообещающе — «Постижение». Постижение — это то, что мне предстоит. Пользуясь Эллочкиным всегдашним расположением ко всему человечеству, я попросила телефон и снова набрала номер Насти. И снова никто мне не ответил... Ничего, я позвоню позже.

...Незамеченной я выскочила в парк через ту самую лестницу, по которой мы спускались с капитаном. Теперь на мне были только тапочки и халат — но я была свободна.

...В парке было ветрено и холодно. Я старалась идти спокойно — тихая прогулка заключенных, только и всего, — но у самых ворот ускорила шаг. Больше всего я боялась, что Эрик не дождется меня и уедет. Больше всего я боялась, что никакого Эрика не существует в застывшем февральском мироздании, что все это только игра моего расшалившегося в отсутствие памяти воображения...

Но Эрик существовал.

Я поняла это сразу, как только оказалась на улице. Видимо, он не совсем был уверен в том, что моя бедная голова помнит, как выглядит «Фольксваген-Гольф», и потому посигналил.

Я помахала ему рукой и спустя несколько секунд уже сидела в салоне. Эрик мгновенно сорвался с места, навсегда увозя меня от места моего заточения...

* * *

....В салоне было тепло, и все-таки я не могла согреться. Я прятала руки подмышками, а Эрик смотрел на меня в зеркало заднего вида с веселым осуждением. Наконец он сжалился надо мной и радостно промурлыкал:

— Что, замерзла, деятельница? Шубу возьми, она

в пакете, рядом с тобой. Твоя любимая, соболишко. Были не лучшие времена, но ее я не продал. Цени.

— Я ценю, — машинально ответила я и вытащила шубу из пакета. Шуба была чересчур роскошной, чтобы принадлежать женщине в больничном халате не первой свежести, но чем черт не шутит... Я завернулась в нее и подумала, что вполне могу себе понравиться.

Эрик оказался лихачом. Я не успевала даже рассмотреть улицы за стеклом, но это было не обязательным: я все равно не узнала бы их. С тем же успехом я могла оказаться на всех других улицах.

— Куда мы едем? — спросила я у Эрика, прислушиваясь к жизни внутри шубы.

Это была многообещающая жизнь выпавших волосков, оставшихся на подкладке. Каких-то терпких духов (принадлежавших, видимо, мне). Каких-то стойких одеколонов (принадлежавших, видимо, мужчинам, которые мне нравились). Небрежной полоски следа от помады (я сразу влюбилась в тон этой помады, хотя, наверное, уместнее было сказать не «сразу», а «заново»). В этой шубе запросто уместились все мои представления о гильотинах, занюханных хиппи, милицейских капитанах и породах собак... Не говоря уже об оседлом немецком цыгане Эрике, который весело пялился на меня в зеркало заднего вида.

— Все-таки, куда? — Впервые за все время выхода из комы мной овладело веселое бесшабашное любопытство. Уж теперь-то я обязательно получу ответы на все свои вопросы.

— Куда-куда... В жопу труда. Снял для нас маленькое гнездышко у Речного вокзала. Сама понимаешь, в нашем положении лучше отсиживаться, как потаскухам во время Олимпиады, за сто первым километром. Это, конечно, не Версаль, но полутороспальная кровать в твоем распоряжении... Я перевез кое-что из твоих вещей — так, по мелочи, но на первое время хватит. Пока не сделаем тебе документы — и привет семье...

— Какие документы? — я все еще не слышала Эрика.

Я не слышала ничего из его туманных намеков на некие обстоятельства, которые не были известны мне. Соболиная шуба, в которой не обидно умереть, и имя Анна, в котором уютно жить, мне нравились, но все остальное?.. Неужели за этим именем есть некая тайная двусмысленность?.. Я откинулась на сиденье и закрыла глаза: двусмысленность, почему бы и нет, ведь имя «Анна» одинаково читается слева направо и справа налево.

— Да, вижу, с башней у тебя, действительно, не слава богу. Сейчас приедем домой и поговорим...

Что ж, поговорим. Получим ответы на интересующие нас вопросы. После растительной жизни в клинике заднее сиденье машины Эрика казалось мне райскими кущами. А музыкой небесных сфер был его чуть гундосый, чуть хрипловатый, чуть развязный и невыносимо обаятельный голос...

— Какие сигареты я курила? — спросила я у Эрика, не открывая глаз.

— Слава богу, вспомнила... Они все в той же многострадальной сумке. Можешь достать и полюбоваться на свой пейзанский вкус.

Я выудила из сумки блок сигарет (видимо, у Эрика широкая душа, и мне это нравится, черт возьми!), надорвала его и только потом с любопытством рассмотрела вынутую пачку.

«Житан Блондз».

Совсем неплохо для начала. Я вдруг вспомнила Настю, которая приносила мне сигареты. Тогда мне очень хотелось взять «Житан»...

— Ты подкуришь? — спросила я у Эрика, выбив сигарету из пачки. И тут же поймала себя на том, что говорю с его интонациями. Похоже, информация о молочных братьях и сестрах не так уж неверна.

— Куда денусь, — не снижая скорости, он повернулся ко мне и щелкнул «Зиппо».

На Ленинградском проспекте (Эрик галантно представил меня и проспект друг другу) мы попали в пробку. Эрик нетерпеливо постукивал большими пальцами по рулю, а я, куря сигарету за сигаретой, пыталась вспомнить географию города. Пыталась — и не могла. Смутное чувство чего-то неуловимо знакомого, но ускользающего из прихотливого затуманенного сознания, не покидало меня.

...Спустя полчаса Эрик уже звенел ключами у обыкновенной, обитой жалким дерматином двери на шестом этаже девятиэтажного дома. Номер квартиры вселил в меня уверенность — 151. Именно с этих цифр начинался телефон Насти...

Прежде чем толкнуть дверь, Эрик пожевал губами и, повернувшись ко мне, виновато произнес:

— Покаюсь тебе, Анька. Микушку пришлось отправить на панель. Сама понимаешь, возиться с псом в моей ситуации было просто глупо, а хороших рук для него не нашлось. Уж слишком верным ты его сделала. Прямо под себя скроила...

Я с недоумением посмотрела на Эрика:

— Кто это — Микушка?

— Н-да... Проколец... Все забываю про твое плачевное состояние. Мик — это собачонка твоя комнатная. Крохотный такой ротвейлер. Восемьдесят сантиметров в холке. Что, правда, не помнишь? Вот оно, человеческое вероломство. И черная неблагодарность. А ведь он мог за тебя глотку перегрызть кому угодно. В этом мы с ним похожи, любовь моя.

Вот оно что — ротвейлеры... Вот почему тогда, на даче, мне показалось, что именно ротвейлеров я должна была вспомнить прежде всего. Эрик аккуратно и методично прибирался в квартире моего сознания, расставляя все вещи по своим привычным местам.

Но теперь мне предстояло испытание еще одной квартирой — номер 151.

...Это было то еще зрелище. Прихожая и маленькая кухня были страшно запущены, комната, почти лишенная мебели, забита коробками и вещами, сваленными прямо на пол. Но посреди всего этого бедлама победно возвышался отлично сервированный на двоих стол. Свечи и цветы в низкой вазе дополняли картину.

— По какому поводу праздник? — критически оглядев обстановку, спросила я. И опять в моем голосе проскользнули интонации Эрика. Ты все схватываешь на лету, девочка, поздравляю...

— По поводу твоего возвращения в родное бунгало, — сказал Эрик и поцеловал меня в щеку. — Это, правда, не совсем бунгало и не совсем родное. Но все-таки...

— Ты был так уверен, что я поеду с тобой?

— Конечно. Ведь я тебя знаю, как облупленную. Ты бы никогда не осталась в этой богадельне. Свобода — и свобода передвижения в частности — для моей Аньки превыше всего. Позвольте манто, мадам!

Я скинула шубу прямо на руки Эрику и осталась в больничном халате. Эрик осмотрел меня и поморщился:

— Значит так, девочка моя. Сначала в ванную, потом одеваться... Я приготовил для тебя твой любимый прикид. Тот самый, который так неотразимо действует на богатых папиков... Потом можжевеловая водка, потом все остальное. Устраивает тебя такой план действий?

— Вполне.

Эрик сопроводил меня в ванную и целомудренно остался за дверью. В ванной я нашла все, что нужно; все, от чего отвыкла в настоящей жизни. И, может быть, к чему привыкла в прошлой.

Дорогая пена для ванн, дорогой шампунь, дорогое мыло. Судя по нерезкому, едва уловимому, девственному запаху, они действительно были дорогими... Полку под большим зеркалом занимала целая батарея баночек с кремами и лосьонами. Я пустила воду и через несколько минут с наслаждением погрузилась в нее. Сначала я от нечего делать рассматривала полки на противоположной стене, до самого потолка забитые одеколонными флаконами. Все флаконы были либо запечатаны, либо едва начаты. Похоже, Эрик экспериментировал с запахами, а может быть, для каждой части тела у него был отдельный одеколон — ведь все части его тела, как и черты лица, жили своей собственной жизнью. Я вспомнила его руки на руле, как будто бы понятия не имеющие друг о друге; носки его ботинок, как будто бы отворачивающиеся друг от друга... Я лениво думала об этом и все рассматривала одеколоны. Долго. Пожалуй, слишком долго я не могла оторваться от всех этих легко читающихся и легко переводимых названий. И только потом поняла, почему делаю это: я все еще боялась посмотреть на себя.

Ну, решайся же, наконец. Вода всегда подаст тебя в выгодном свете, а пена для ванн скроет все недостатки. Но я так и не решилась. Сначала нужно побольше узнать о себе из первых рук, а уж потом придет время знакомиться с собой. Я закрыла глаза, чувствуя, как горячие, наполненные экзотическими ароматами струи (банальная химическая отдушка, только и всего, не надо обольщаться) смывают с меня и стерильную грязь образцово-показательной клиники, и двухмесячную кому.

Еще полчаса, и из этой французской пены для ванн может, как Афродита, родиться и моя собственная память.

Афродита, рожденная из пены. Афина, рожденная из головы Зевса. Ты имеешь представление о древнегреческих мифах, Анна. Значит, ты не безнадежна. Я поймала себя на мысли, что уже привыкла к своему имени, хотя так и не вспомнила его. Есть чему порадоваться. Есть за что поднять первую рюмку можжевеловой водки. К ней я испытываю особую нежность, если верить Эрику. Он должен принести халат и все мне объяснить.

Я так долго и умиротворенно покоилась в толще воды, что Эрик забеспокоился. Он вкрадчиво постучал в дверь и таким же вкрадчивым голосом сказал:

— Ты не утонула там, любовь моя? Неприятности с Гарри накануне воссоединения святого семейства нам не нужны.

«Неприятности с Гарри». Еще один фильм Хичкока. Я, кажется, знаю все его фильмы, вот только не могу понять, так ли уж он мне нравится...

— Сейчас выхожу, — ответила я Эрику. — Принеси мне халат.

— Уже принес.

Эрик распахнул дверь и оказался на пороге с белым махровым халатом в руках. Странно, я не испытала никакого стеснения, когда вылезла из ванной и позволила Эрику укутать себя восхитительно свежей махровой тканью.

— А ты все такая же бесстыжая, любовь моя, — удовлетворенно констатировал он, затягивая мне пояс на талии.

— Такая же бесстыжая, как твои губы. — Мне вдруг захотелось поиграть с ним в слова. Откуда что берется, черт возьми?!

— ...такие же бесстыжие, как твои бедра. Сумасшедшая женщина! Почему ты не вышла за меня замуж?

— Решила остаться на своей девичьей фамилии. Кстати, Эрик, как звучит моя девичья фамилия? — Я со жгучим любопытством посмотрела на него.

— Ты и этого не помнишь? — сказал он, сосредоточенно вытирая полотенцем мои мокрые волосы. — Александрова. Во всяком случае, именно эта фамилия была записана в твоем паспорте.

— Я хочу посмотреть. — Законная просьба законной владелицы.

— На что?

— На фамилию. И на паспорт заодно.

— Всенепременно. Но только не сейчас.

— Почему?

— Если ты, действительно, ни черта не помнишь, любовь моя, к нескольким сюрпризам тебя нужно подготовить. После семейного обеда. Надо же, как волосы у тебя отросли, — он провел рукой по моим волосам. — И прическа ни к черту. Запустили, запустили тебя... Ладно, это дело наживное. Ну, иди переодевайся. Я тебя жду.

Эрик проводил меня к дверям второй комнаты, в которой я еще не была. Толкнув дверь, он сказал:

— Твои апартаменты. Зная твою любовь к чистке перьев, даю полчаса. Торжественный сбор в гостиной. Водка, сыр, бастурма, зелень, соленые огурцы и я. Все — твое любимое. И все пребывает в нетерпении.

Я закрыла за собой дверь и осталась одна. Маленькая комната, в отличие от гостиной, где окопался Эрик со своими коробками, имела вполне пристойный вид, хотя и была довольно аскетична.

Широкая кровать, застеленная розовым покрывалом с экзотическими китайскими птицами; плюшевое кресло, трюмо, занимающее полстены, — три раскрытые створки зеркала, похожие на триптихи художников Северного Возрождения...

Странно, как такие ассоциации могут возникнуть у женщины, которая предпочитает всему можжевеловую водку и соленые огурцы? И которую развязный оседлый цыган Эрик Моргенштерн называет молочной сестрой? Впрочем, если верить ему, меня еще ждет множество сюрпризов...

...На кровати, аккуратно разложенные, лежали вещи. Эрик постарался на славу, он все учел: тонкое кружевное белье, туфли на шпильках, невесомый кусок ткани соблазнительной расцветки, подозрительно смахивающий на вечернее платье.

Я встала между трюмо и кроватью, отразилась сразу в трех зеркалах и медленно сбросила халат на пол. Голенькая, только что родившаяся Анна Александрова.

Мое обнаженное тело ничего не сказало мне, но и не вызвало никакого протеста — вполне, вполне. Я взяла белье, надела его и сразу же почувствовала себя увереннее: новая жизнь начинается неплохо. Затем наступила очередь платья. Прежде чем одеться, я взяла его в руки и поднесла к лицу: оно не было новым (в отличие от белья), оно еще хранило едва уловимый, но стойкий аромат каких-то духов. Духи мне понравились (я бы выбрала именно их, если бы имела возможность выбирать), да и платье тоже. Я осторожно проскользнула в него и почувствовала себя вполне уверенно. Теперь можно обратиться к зеркалам и наконец-то оценить себя.

Платье сидело идеально. Я удивилась этому и сразу же подумала: разве может быть иначе, ведь это же *твое* платье! Любимый прикид, который безотказно действует на «богатых папиков», как выразился Эрик. Интересно, что это еще за богатые папики и какое отношение они имеют ко мне?..

Вяло думая об этом, я надела туфли. Они тоже не были новыми, но нога вошла в них идеально. Я удивилась этому и сразу же подумала: разве может быть иначе, ведь это *твои* туфли!

Какое облегчение, еще немного — и ты окончательно обретешь себя.

Я села перед зеркалом и сразу же нашла то, что искала: косметика. О ней тоже позаботился Эрик, милый молочный братец, если верить тому, о чем он говорит.

Для начала я взяла флакончик духов и осторожно понюхала его: это был тот же запах, которым пропиталось платье. Я вылила несколько капель на мочки ушей и запястья, растерла их и осталась довольна. Моя отвыкшая от посторонних ароматов, стерильно-больничная кожа ждала этого. Теперь можно заняться лицом.

Но по-настоящему накраситься не получилось. То ли я отвыкла от невинных женских хитростей, пока находилась в коме, то ли была не готова ко всему этому великолепию, — во всяком случае, мне даже не удалось подвести глаза. Временные трудности, утешила я себя. С тремя кольцами, серьгами и ожерельем удалось справиться куда быстрее. Я машинально закрыла глаза и надела кольца: все сразу же встало на свои места — они подходили к моим пальцам идеально, я даже не ошиблась, надевая их, я даже не раздумывала.

От этого захотелось разбить голову — я ничего, ничего не помнила!.. Даже эти вещи знали обо мне больше, чем я сама. Дальше оставаться одной было невозможно. Почти опрометью я бросилась из комнаты, плотно закрыв за собой дверь. Я надеялась, что Эрик все объяснит мне, что он поможет вспомнить...

* * *

...Эрик уже сидел за столом. Он сменил свой богемно-джинсовый прикид на строгий костюм, подпер жилистую смуглую шею стильным галстуком и находился в самом благостном расположении духа. Мое появление он приветствовал громкими хлопками в ладоши и одобрительным свистом:

— Добро пожаловать в Иерусалим, богородица! Только ты раньше времени на пятнадцать минут. Не узнаю брата Колю!

— Я и сама себя не узнаю, — выпалила я Эрику правду с жалкой улыбкой.

— Ничего, это дело поправимое, — утешил он. — А где же знаменитая демоническая подводка глаз? Где же воспламеняющая преступные страсти губная помада? Теряешь квалификацию, любовь моя.

— Прости, пожалуйста... Надеюсь восстановить ее с твоей помощью.

— Ну, если все в сборе — приступим.

Эрик поднялся со своего места, обошел стол и жестом метрдотеля со стажем отодвинул стул, приглашая меня сесть. Почему я так легко подумала об этом? Неужели Эрик прав, и я то и делала, что благосклонно принимала эти профессионально-ресторанные знаки внимания? Я тряхнула головой, чтобы избавиться от этого наваждения и села на стул, предложенный Эриком, закинув ногу на ногу. Действительно, хорошие туфли...

Эрик разлил водку по рюмкам, положил мне на тарелку кусочки бастурмы (неужели в прошлой жизни я любила вяленое мясо?), сыра (неужели в прошлой жизни это был мой любимый сорт сыра?) и аккуратно разрезанные огурцы (неужели в прошлой жизни я была такой плебейкой?). Покончив с приготовлениями, он поднял свою рюмку, кивком головы приглашая меня присоединиться.

— Ну, за возвращение! — выспренно произнес он. — За возвращение вавилонской блудницы, хитрой бестии, удачливой суки, которая всегда выходила сухой из воды. За возвращение самой классной бабы этого города и этой страны. За тебя, любовь моя!

Мы чокнулись. Я залпом выпила водку, горьковато-терпкий вкус которой мне понравился. Эрик с одобрением смотрел на меня:

— Что-что, а водку ты пить не разучилась. Значит, все будет в порядке.

Я поставила локти на стол и внимательно посмотрела на Эрика:

— Ну, рассказывай.

— О чем рассказывать?

— Обо мне. — От выпитого мне стало тепло и отчаянно-весело. — Только с самого начала. Я хочу все знать о себе.

— С самого начала не получится. Ни о босоногом детстве, ни о бедной провинциальной юности ничего сказать не могу, извини. Не присутствовал. Но последние пять лет твоей жизни могу живописать довольно подробно.

— Валяй подробно, — одобрила я, и мы с Эриком снова выпили. Чересчур перченная бастурма жгла мне рот, но я не замечала этого. Я вся превратилась в слух.

— Ты меня разыгрываешь, — подумав, сказал Эрик. — Неужели ты, действительно, ничего не помнишь?

— Нет.

— Так не бывает.

— Бывает.

— Тогда расскажи, что с тобой произошло сейчас, а

потом я расскажу, что было раньше. Может быть, мы сложим какую-нибудь картину в стиле твоего любимого хренового Хичкока. — Эрик смотрел на меня так же отчаянно-весело, как и я на него: водка делала свое дело.

— Я знаю только то, что произошла автомобильная катастрофа... Я знаю только то, о чем рассказывал мне один туповатый милицейский капитан. Я его ненавижу...

— Удивила! — Эрик хмыкнул. — Я тоже ненавижу милицейских капитанов. А также сержантов патрульно-постовой службы, начальников управлений по борьбе с организованной преступностью и дешевых майоров...

Почему Эрик сказал о майорах? Олег Марилов ведь тоже был майором...

— Неважно, — перебила я Эрика. — В машине было трое: кроме меня — еще одна женщина. Или девушка. Я не знаю... Я видела ее только на фотографии. И только мертвой. За рулем был мужчина, он тоже погиб. Кстати, он майор. И, к несчастью, оказался другом этого туповатого милицейского капитана... Не очень-то приятно, когда тебя допрашивают с пристрастием, а ты ничего не помнишь.

— Да, — согласился Эрик, — хорошего мало. Кстати, что ты делала в одной машине с ментом? Ты же всегда обходила их десятой дорогой! Тот мудак-фээсбэшник, который из-за тебя по статье сел, не считается. Там была роковая страсть, а я уважаю роковые страсти.

Я во все глаза смотрела на Эрика — он говорил какие-то запредельные вещи. Они пугали меня, но в то же время не вызывали в моей оглохшей душе никаких отголосков. Чтобы избавиться от этого ощущения, я быстро продолжила:

— Кроме того, что мне рассказали, — никаких других воспоминаний. Пришла в себя, но абсолютно ничего не помню. Говорят, что в коме я была два месяца...

— Ну, я в курсе. Хотя поначалу грешным делом думал, что ты обвела вокруг пальца и меня, как обводишь всех... Но куда бы ты могла исчезнуть, если даже новые документы не были готовы? Ведь нелегальное положение тебя бы никогда не устроило. Слишком стильная штучка, чтобы доить коров на отдаленном хуторе... Потом решил, что тебя достали и все-таки пришили.

— Было кому? — нелепо брякнула я.

— Еще бы! — Эрик удовлетворенно засмеялся. — Так что, считай, что тебе крупно повезло. Лучшего места, чтобы пересидеть последствия твоей вулканической деятельности, и придумать было невозможно.

— Ты меня пугаешь, Эрик.

— Я и сам боюсь все это время.

— Как видишь, я жива и хочу все знать о себе.

— Ладно, хряпнем еще по манюрке и начнем...

Под пристальным взглядом Эрика я проглотила водку и даже не почувствовала ее вкуса. Потом вытащила сигарету и закурила.

— Пьешь, как лошадь. Куришь, как скотина. Значит, не все потеряно, Анька. В общем, пять лет назад жил себе такой маленький альфонсик Эрик Моргенштерн. Обслуживал стареющих дамочек, подворовывал при случае копеечки из комода и фамильные вдовьи драгоценности...

Мне не понравилось слово «альфонсик», оно не шло Эрику. Я выпустила струю дыма и задумчиво сказала:

— Жиголо.

— Вот-вот, — обрадовался Эрик. — А еще говоришь, что ничего не помнишь. Слово «альфонс» ты терпеть не могла. Предпочитала — «жиголо». Оно напоминало тебе твои любимые гунявые сигареты. Ты уже тогда курила «Житан»... Так вот. Благодаря своим старушкам-процентщицам Эрик неплохо приподнялся, не настолько, конечно, чтобы совсем от них отказаться. Но ровно настолько, чтобы спать с ними как можно реже и только в случае крайней необходимости. Хотя без издержек не обошлось: гнусные старухи приучили его к дорогим одеколонам, дорогим сигаретам и ресторанам. Дорогим галстукам, кстати, тоже... Вот этот, например, — Эрик потеребил свой галстук, — стоит двести пятьдесят баксов, но не суть... Так вот, второго декабря тысяча девятьсот девяносто третьего года ужинал я в «Славянском базаре» в гордом одиночестве и в соответствующей случаю дорогой экипировке. Обычно я подснимал там стареющих бизнес-вумен, они там нерестятся... Второго декабря, запомни эту дату, любовь моя. И, представь себе, — рядом со мной, за соседним столиком, приземлилась парочка: он-то, конечно, престарелый козел лет эдак шестидесяти пяти, судя по репе, — начинающий банкир, бывший парток. Но она, она... С трудом удержался, чтобы с ходу не сделать ей предложение. Нужно сказать, что мысли о женитьбе не посещали Эрика Моргенштерна даже в страшном сне, а тут такой казус... Но, поверь, она того стоила. О фигуре умолчим, там все было на месте, прямо тебе эбонитовая статуэтка. Но лицо, но волосы... Представь себе копну светлых волос. Для того, чтобы их так небрежно разложить на плечах, нужно было просидеть в парикмахерской целый день: волосок к волоску и при этом — полная небрежность. В жизни не видел женщины красивее, хотя три года снимал хату с валютными проститутками, коллегами по цеху, так сказать... А они были девочки — закачаешься... И потом — глаза. Таких дерзких глаз, таких дивных глаз я и представить себе не мог...

Я смотрела на Эрика и никак не могла взять в толк, о ком это он говорит. А он с воодушевлением продолжал:

— Ну, так вот. Смотрю я в эти глаза — искоса конечно, чтобы не возбуждать впечатлительного папика, она тоже бросает на меня взгляд. И что же я вижу в этих неземных глазах, а?

— Не знаю.

— А вижу я в этих глазах самую обыкновенную сучью течку. И течка эта относится ко мне, скромному Эрику Моргенштерну. И все это несмотря на папика. Вот где кайф!..

— Что же было дальше?

— Ты действительно ничего не помнишь?

Вот оно что — и дивные глаза, и сучья течка в них относились ко мне. Так же, как и длинные светлые волосы. Я недоверчиво провела рукой по своим беспорядочно отросшим темным прядям. Эрик перехватил мой взгляд.

— Да, тогда ты красилась. И, нужно сказать, это занимало много времени, хотя игра стоила свеч.

— Ты отвлекся, — властно сказала я. В конце концов, женщина с дивными глазами может позволить себе властность. — Что было дальше?

— А дальше ты поднимаешься и уходишь. Совершенно естественная штука — девушка отлучилась в туалет, а лох-папик заказал шампанское и стал терпеливо ждать. Но я-то ждать не стал и отправился за тобой. И точно — ты меня окликнула. Ты сказала таким невинным голосом (ты неподражаемо разговариваешь с такими интонациями до сих пор): «Бэби (ты так и проворковала — «бэби», и это сразило меня наповал), я потеряла сережку с бриллиантом. Ты не поможешь мне ее найти?» Никакой потерянной серьги, конечно, не было. Но, знаешь, что мы сделали потом? Мы забились в какую-то подсобку — она вся провонялась бараниной и черносливом — и так оттрахали друг друга, что я кончил три раза за пятнадцать минут. Потому что больше времени у нас не было. Веришь, это был сногсшибательный спонтанный трах. Самый лучший в моей жизни, а я знаю в этом толк, уж поверь мне...

Я смотрела в его удлиненные, чуть поднятые к вискам глаза, в бесстыжие губы, в загеленные волосы, в сильные плечи, скрытые под пиджаком, — и верила всему безусловно. У меня даже начала кружиться голова. Похоже, это натренированное тело знает толк в сексе. Похоже, что в прошлой жизни я была женщиной-вамп, поздравляю...

— Ну, и что было дальше?

— Дальше ты отряхнула платье, привела волосы в порядок, заново накрасила губы, — ты делаешь это безошибочно, даже зеркало тебе не нужно... И назначила мне свидание. В тот же вечер, тремя часами позже.

— Надеюсь, не обманула?

— Ну, как сказать... С сексом вышел полный облом, но во всем остальном... — Эрик растянул губы в улыбке. — Словом, мы поехали ко мне. Ты запретила мне тратиться на всякие коньяки и прочие дорогие штуки. Взяла можжевеловой водки и соленых огурцов, — и тогда я влюбился в тебя окончательно, бедный Эрик Моргенштерн. Ты, правда, сразу поставила меня на место, стоило только входной двери закрыться, и я полез к тебе со своими мокрыми губами.

— Что же я сделала?

— Напоила меня. А потом сказала, что видишь меня насквозь, маленького альфонсика.

— Жиголо, — поморщившись, поправила я.

— Пардон, ма шер, конечно же, жиголо... Сказала еще, что я дрянь человек... Сладострастная дрянь, подонок, сибарит и дешевка. Это так возбудило меня, что, если бы не водка, я бы тебя просто изнасиловал.

— Неужели я бы тебе позволила? — Я вдруг почувствовала какой-то странный азарт, я даже понравилась себе в качестве Анны Александровой.

— Конечно же, нет, — погрустнел Эрик. — Ты все такая же, хотя говоришь, что ничего не помнишь... Так вот, после того как ты вылила все эти помои мне на голову, ты сказала, что только я могу тебя устроить, потому что мы чертовски похожи. А для всех твоих дел тебе не хватает компаньона, подельника, такого же дрянного, как и ты. Что ж, черт возьми, интуиция у тебя звериная, впрочем, как и все остальное...

— И что?

— Я пошел у тебя на поводу. Я был готов идти за тобой куда угодно. И ты это знала, потому что ни с одной другой женщиной я не испытал такого кайфа, ни с одной другой женщиной я не кончал три раза в течение пятнадцати минут... Ведь я был в тебя влюблен. Но нужно отдать тебе должное, после этого фантастического траха в подсобке ресторана, мы больше ни разу не были вместе. Но я понимаю, чем ты можешь взять любого мужика, крутая сексапилка.

— Чем же?

— Мозгами, красотой и темпераментом. Как будто ты знаешь что-то такое в мужской сути, чего не знает никто. Ты завораживаешь. Ты как разновидность экзотической болезни, да еще в хронической форме. Я до сих пор не выздоровел. И до сих пор люблю чернослив...

Я криво усмехнулась. Неужели все это относится ко мне? Ничего в моей спящей душе не говорило об этом. Но и особого протеста не было.

— Неужели это я?

— Ты, — радостно подтвердил Эрик. — Ты, правда в моем бледном изложении...

— Похоже, я была редкостной сукой.

— Именно.

— Фантастической стервой.

— Именно.

— Потаскухой, да к тому же еще циничной.

— Именно-именно!

Что-то сдвинулось во мне, как будто блуждающий айсберг случайно попал в теплое течение и стал таять. Я поднялась со стула и, подойдя к Эрику, поцеловала его в лоб.

— Вот-вот, — сказал Эрик. — Твой любимый целомудренный поцелуй, будь он проклят. Теперь-то вспоминаешь?

— Нет. Но не теряю надежды. — Я не могла ему не верить, ведь именно я, по своей инициативе, поцеловала его целомудренным поцелуем. И именно в лоб, а не в глаза, например. — Что же было дальше?

— Сплошная фантастика. Ты оказалась тертой штучкой. Мы канали под брата и сестру, тусовались на светских раутах, презентациях и в продвинутых казино. И это было еще одним поводом, чтобы не спать вместе: ты сказала, что ненавидишь инцест. И молочному братцу Эрику Моргенштерну пришлось согласиться. А потом пошло-поехало... Мне доставались дамочки помельче, тебе — мужички покрупнее. Управляющие банков, президенты компаний, директора фирм. Не только наших, между прочим. Ты же помнишь, какое время было и сколько и китов-убийц плавало в мутной воде... В общем, все эти хреновы воротилы передавали тебя из рук в руки. Похоже, ты была чем-то вроде визитной карточки, вопросом престижа...

— Дорогой собакой или дипломированной гейшей?

— Именно. — Эрик прищурил глаза. — Но тебя не очень-то это устраивало, ты ведь привыкла грести под себя, в хватке тебе нельзя было отказать. Ты выполняла всякие деликатные поручения...

— Что-то вроде промышленного шпионажа? — поддела я Эрика.

— Нет... Промышленный шпионаж был бы для тебя слишком скучен, — высказал осторожное предположение Эрик. — Но вот любые другие рискованные игры... Только ты меня в это не посвящала.

— Тогда что же делал ты, бедный мой Эрик? Если все партии вела только я?

— Ну-у... Там, где попадались крепкие орешки с нестандартной сексуальной ориентацией, бросали в бой легкую кавалерию. То есть младшего братца, как две капли воды похожего на тебя. Такую же дрянь, как и ты сама. Такое же орудие шантажа, как и ты сама.

— Шантаж, вот как... Мы вытягивали деньги таким пошлым образом?

— Ну-у... Теперь вижу, что ты пережила тяжелую болезнь. Деньги были важной составляющей. Но не главной. Информация, любовь моя, — Эрик поднял ухоженный палец, — информация!.. У нас было маленькое семейное дельце по торговле информацией. И грязную работу делала не только ты. Меня тошнило от богатых педиков, я их ненавижу, я же воинствующий гетеросексуал. Но чего не сделаешь ради любимого человека. Я тебя имею в виду, Анька.

— Представляю, как ты должен меня ненавидеть!

— Да ты с ума сошла, Анька! Ты мне открыла стольких людей и такую власть над ними — пусть минутную, но власть... Ты дала мне такой кайф от ощущения полноты жизни, который я бы никогда не получил, массируя высохшие груди своих зажиточных старух. За тебя, любовь моя...

...Мы быстро напились. Слишком быстро, чтобы Эрик смог досказать конец истории, а я — выслушать его. Я смутно помнила, как он отнес меня в комнату, аккуратно раздел, стараясь не касаться моего тела, и укрыл одеялом. И, хотя мне вдруг захотелось, чтобы он остался со мной, — так же аккуратно вышел, плотно прикрыв за собой дверь.

...Это был первый сон, приснившийся мне за все то время, когда я пришла в себя. Он состоял из обрывков рассказанного мне Лапицким и Эриком, — в нем я была лишь деталью общего плана фотографий. Погибший майор, погибшая девушка с короткой стрижкой; смазанные лица людей, которых я никогда не видела, небесная униформа хирургов, которые делали мне аборт... Легкая пронзительная боль внизу живота.

От этой фантомной боли я и проснулась. Голова раскалывалась, в пересохшем горле неслись по песку спутанные шары высохших растений, сердце неприятно подрагивало. Сон, наполненный застывшими фотографическими изображениями и сам похожий на фотографию, не принес мне облегчения.

Я резко поднялась. Фотографии.

Конечно же, должны быть фотографии, связанные с моей прошлой жизнью. Должны быть какие-то материальные свидетельства, подтверждающие мое существование. В моей комнате ничего, кроме вещей, не было. Я набросила на себя халат, в который накануне, после ванны, завернул меня Эрик, и отправилась к нему.

...В комнате Эрика горел маленький ночник. Не выключенный телевизор мигал белесым экраном. Сам Эрик спал, свернувшись клубком на кушетке. Большой ребенок, больше ничего не скажешь. Это было так трогательно, что я не решилась его будить.

Разберусь сама.

Стараясь не шуметь, я начала рыться в коробках. И спустя пятнадцать минут нашла то, что искала, — несколько маленьких альбомов с забавными зверюшками на обложках. У всех этих прилизанных кошечек и щенков был китайский разрез глаз. Стараясь унять дрожь в пальцах, я открыла первый альбом, заполненный стандартными уныло-цветными снимками — девять на двенадцать.

Снимки были забиты массой людей, лица которых я никогда прежде не видела. Видимо, они были сделаны на каких-то презентациях, потому что все мужчины (на фотографиях были засняты преимущественно мужчины) были либо в отлично сшитых костюмах, либо во фрачных парах.

И обязательный фужер шампанского. И обязательный низкий бокал коньяка. И обязательные улыбки, демонстрирующие удачно вставленные зубы.

Массовка периодически менялась, неизменными персонажами были только двое — Эрик и роскошная блондинка с длинными волосами. Блондинка победительно улыбалась, ее обнимали за плечи и за талию, она держала в руках шампанское или цветы, или кончик галстука покоренного соседа. Нет, она не выглядела шлюхой, но как магнит притягивала и людей, и объектив фотоаппарата. Я мелко позавидовала ее красоте, потому что это была *не я*...

Из альбомов периодически выпадали поляроидные снимки — и там тоже была эта роскошная не-шлюха. Одна, в окружении мужчин, в окружении Эрика. Она пила водку (действительно, можжевеловую), цепляла на вилку кусочек огурца, пряталась от объектива, откровенно заглядывала в него — она умела себя подать.

Потом пошли сезонные и домашние снимки. Роскошная блондинка была зимней и летней, всегда стильно одетой или стильно раздетой. На фоне экзотических и индустриальных пейзажей, с мощным ротвейлером, сидящим у ее ног (не тот ли это Микушка, о котором говорил

Эрик?). Из множества людей вокруг нее нельзя было выделить кого-то конкретно — даже Эрика, даже черного с рыжими подпалинами пса.

Блондинка никому не принадлежала. Но ей, похоже, принадлежало все окружение.

Но это была не я. Ни одного моего изображения.

Никогда еще за все последнее время разочарование не было таким горьким. Стройный замок воспоминаний, возведенный Эриком, разрушился как карточный домик. Я попыталась успокоить себя: цыганистый жиголо проснется и все объяснит. И чтобы чем-то занять себя, перебрала несколько кассет, валяющихся под видеомагнитофоном: Эрик не соврал — это, действительно, был Хичкок, и все эти фильмы я видела. Или знала. Или думала, что знаю. Или думала, что видела. Во всяком случае, к каждому из них я могла бы составить аннотацию... Спать не хотелось, будить вероломного лгунишку Эрика — тоже. Я уже почти остановилась на «Завороженном» (его потерявший память герой вполне мог бы быть моим однояйцевым близнецом), когда на глаза мне попалась кассета с неровной надписью: «День рождения Аньки».

Я умела включать видео — еще один привет из прошлой жизни, во всяком случае затруднений с этим я не испытала.

...Это была обычная бытовая съемка с тягостными ненужными подробностями, со случайными планами и примесью посторонних фоновых шумов. Народу было немного, кроме Эрика и оператора — еще два молодых человека и мужчина в очках в тонкой оправе. Мужчина сидел в кресле, а молодые люди суетились в дурацких бумажных колпаках, с обсыпанными конфетти плечами, суетились возле стола, расставляли тарелки, рюмки, бокалы, иногда вороватo хватая куски мяса и колбасы с блюд. Наконец, когда приготовления закончились, Эрик погасил свет, и несколько долгих минут камера жужжала в полной темноте.

Кто-то попытался щелкнуть зажигалкой, но голос Эрика пресек эту попытку:

— Никакого курева! Пять минут потерпите, она сейчас появится.

Эрик не соврал. Послышался звук поворачиваемого в ключе замка, и в полоске света от двери появился силуэт женщины в шубе. Она бросила ключи и сумку на полку, прошла в комнату и зажгла свет.

Камера, которая следила за ней, поймала выражение ожидаемого удовольствия на лице. Это была все та же блондинка.

— Так и знала, — снисходительно улыбнувшись, сказала она. — Ничего новенького придумать не можете.

Эрик налетел на блондинку и обнял ее:

— С днем рождения, любовь моя!..

Я остановила кассету. Все ясно.

«Любовь моя» — это Анна. С днем рождения, любовь моя! С днем рождения, Анна...

Это было невыносимо.

Я бросилась к Эрику и затрясла его за плечи. Через несколько секунд он наконец-то разлепил глаза и с удивлением уставился на меня.

— Что случилось? — спросил он хриплым от сна голосом.

— Кто я?!

— С ума сошла, что ли? У тебя по ночам обострение, да? Вот черт, сушняк долбит и во рту, как замполит нагадил... Это все твоя порочная практика, любовь моя...

Я ударила его по щеке:

— Не смей так говорить обо мне! Я не твоя любовь. Твоя любовь — вот она, — не выпуская из пальцев сонное плечо Эрика, я обернулась и пустила остановленную запись. — Видимо, это и есть Анна, о которой ты так художественно плел мне целый вечер. Только причем здесь я?! Зачем ты привез меня сюда?

— *Потому что ты и есть она!*

— Ты держишь меня за идиотку? У меня, может быть, не все в порядке с головой, но глаза еще не отказали.

— Я же не виноват, что ты срубилась от водовки и не дослушала самое печальное. Я ведь оставил его на минорный финал.

— Хорошо. — Я немного успокоилась, я получила передышку. — Хорошо, я слушаю тебя. Только придумай историю поневероятнее, чтобы я в нее поверила.

— Не нужно ничего придумывать. Осенью прошлого года ты сделала себе пластическую операцию. *Ты полностью изменила свою внешность.* Знаешь, сколько денег мы в нее вгрохали? Лично я был против, но такой ты мне тоже нравишься, Анька. На самом деле, к этому быстро приспосабливаешься. Я думал, что не смирюсь с этим, а поди ж ты, привык. А ты от этого тащилась. Ты поймала в этом свой кайф. Ты называла себя человеком-невидимкой. Тебе даже нравилось заново знакомиться с людьми, которые были влюблены в тебя прежде. К сожалению, развернуться ты не могла, обстоятельства не позволяли. После всего, что произошло, даже пластическая операция могла спасти тебя только на время...

Мои руки разжались. Я наконец-то отпустила плечо Эрика и машинально потянулась ладонями к своему лицу.

Пластическая операция. Ну, конечно, как можно было забыть о том, что говорил мне капитан Лапицкий, — почти незаметные подтяжки и рубчики за ушами. Но если принять условия игры Эрика, зачем нужно было такой фантастической красотке, как Анна, менять внешность? Так легко расстаться с оружием, которое бьет без промаха с расстояния пятидесяти шагов, которое наповал сражает заросшие грубой шерстью сердца финансовых воротил?..

— Но зачем она... Зачем я это сделала?

— Табула раса, что и говорить... Намучаюсь я с тобой. Но раз уж проснулись, выпьем чего-нибудь?

— Нет. Рассказывай.

— Ну, ладно. — Эрик все-таки плеснул себе водки и залпом выпил, не закусывая. — Есть две новости — хорошая и плохая.

— Начни с плохой.

— Иди сюда. — Он усадил меня спиной к себе, обнял и прижался губами к моему затылку. — А теперь закрой глаза и слушай. *Ты убила двух человек.*

Если бы Эрик не поддерживал меня, я бы потеряла сознание. Два человека — я знала об убийстве двоих на даче в подмосковных Бронницах. Именно в этом пытался обвинить меня Лапицкий и, как оказалось, был не так уж не прав. Так что появление Эрика можно было считать появлением бога из машины, который разрешил мои трудности. Но, когда первый шок прошел, я подумала об этом с пугающей отстраненностью, как будто все эти убийства не касались меня.

— Да, — медленно произнесла я. — О чем-то таком меня спрашивал капитан, он даже вывозил меня на место преступления. Оба убиты из браунинга, и в том доме тоже были собаки... Ротвейлеры, как и Микушка.

— Какие собаки, любовь моя? Жена Дамскера терпеть не могла собак. У нее была аллергия на собачью шерсть.

— Кудрявцев и Сикора, тебе ни о чем не говорят эти фамилии?

— Нет. Ты никогда о них не упоминала.

— Это люди, к убийству которых я причастна. Во всяком случае, так утверждает капитан, который допрашивал меня.

— Господи, когда ты только успеваешь? — Эрик зарылся лицом в моих волосах. — Ты просто многостаночница. Я имел в виду совсем другое.

— Другое?

— Ну да. Прошлой весной твои крутые друзья вывели тебя на этого ушлого еврея — Дамскера. Унылая морда провинциального закройщика, но при этом — светлейшая голова и офигительные связи. У него был банк, через который прокачивались бешеные бабки из нашего тухлого госбюджета, они же уходили за рубеж и оседали там на счетах. Лакомый кусок, одним словом. Я не очень-то силен в подробностях, ты старалась меня в них не посвящать... Эта была целая структура, а концы были спрятаны наверху. На самом верху. А все нити держал в руках Дамскер, светлейшая голова. И кому-то из твоих цивильных бандитов это очень не нравилось, кому-то очень хотелось наложить лапу и на эти счета, и на этот банк, и на эту структуру. Война мафиозно-интеллектуальных кланов, со всеми вытекающими... И поскольку ты за эти годы заимела репутацию Маты Хари...

— Маты Хари?

— Именно, любовь моя. Они решили запустить тебя в курятник к Дамскеру, чтобы ты занялась общипыванием перьев с бюджетных курей. Компромат не проходил, шантаж тоже. Этот Дамскер был очень пуглив, как старый раввин после погрома, и даже не наследил ни в одном злачном месте. И даже не оставил своей спермы ни на одном сомнительном платье. Ангел с крыльями, а не человек.

— И что, мне это удалось? — я со жгучим любопытством посмотрела на Эрика.

— Не сразу, не сразу, любовь моя... Пришлось попотеть. Пришлось пойти через жену, потому что неожиданного появления рядом с собой красивой бабы Дамскер никогда бы не допустил. У него даже любовницы не было, все боялся, что любовница может подсыпать ему цианиду в кофей... Или вытащить дискету с данными из персонального компьютера.

— Через жену? Почему через жену?

— Ага. Тривиальное знакомство у косметички. Ну, ты же знаешь этих не в меру темпераментных евреек. Она так хотела обмануть климакс, она больше всего боялась постареть, Ася Дамскер. А тут появляешься ты в образе наивной простушки и говоришь ей все то, что она хочет услышать. Это было в твоем стиле — исподтишка собрать о человеке информацию, а потом вывалить ее ему на голову... Пара-тройка действенных рецептов омоложения, пара-тройка походов к твоему дружку-подонку Илье Авраменко в это продвинутое казино. «Монте-Кассино», кажется, так оно называется... Там вы дали ей выиграть пару-тройку тысяч баксов. Ну и так далее... Приобщили пугливую одомашненную дрофу к радостям светской жизни. Уйма людей работала на тебя и на эту вашу операцию. Ты меня с ней тоже знакомила, любимого младшего братца, но она не клюнула. Словом, ты аккуратненько втираешься в дом на правах гуру и лучшей подруги, ничего подозрительного. И происходит то, что обычно и происходит, — стареющий еврей влюбляется с тебя со всем пылом стареющего еврея. Ну а дальше дело техники. Через две недели ты у него в постели, через месяц ты у него в компьютере. Только там что-то не задалось. Дамскер не доверял компьютерам так же, как вокзальным потаскухам... Но кое-что ты все-таки узнала. Похоже, в койке он распустил перья и нашептал тебе лишнего о своих делишках.

— Начало мне нравится.

— Финал был не таким жизнеутверждающим. Тебя приглашают на день рождения хозяина дома. На правах гуру, близкой подруги и сногсшибательной любовницы. Отличный повод, чтобы покопаться в домашнем сейфе. Что ты и делаешь. И даже выуживаешь все необходимые тебе документы.

— Интересно, как я подобрала код сейфа?

— Об этом ты ничего не говорила. Что-то сопоставила и вычислила. Дамскер, судя по твоим рассказам, был чудовищно сентиментален и привязан к датам...

— Ты был так осведомлен обо всем? — насмешливо спросила я у Эрика, прислушиваясь к его губам, которые целовали мои волосы.

— Я тоже был там. На правах младшего братца. Мне поручено было развлекать его жену... Не очень-то удался этот план, скажу я тебе, она оказалась примерной хранительницей очага и чуть с ума не сошла, когда я зажал ее в ванной, где она подкрашивала свои бледные губы. Словом, я не уследил за ней... Прости. Я просто оказался не в ее вкусе. Прости.

— Ничего.

— Да, я знаю... Ты и тогда простила. И даже в лицах продемонстрировала мне, что произошло потом. Ты же всегда была отличной актрисой, Анька. Высококлассные шлюхи всегда хорошие актрисы... А актрисам необходим зритель. Хотя бы один. Я и был этим благодарным зрителем и даже дарил тебе розы каждую пятницу...

Розы. Смутно, как сквозь толщу воды, всплыло ощущение упругих змеиных головок цветов под пальцами... Прикосновение к нежным лепесткам... Несомненно, в моей жизни уже были розы. Много роз.

— Судя по началу и двум трупам, этот культпоход в сейф не сошел мне с рук? — спокойно спросила я.

— Не сошел, — вздохнул Эрик. — Он застукал тебя в самый ответственный момент. Поднялся в кабинет, когда никто его там не ожидал. Разборки в присутствии высокопоставленных гостей и охраны никак не входили в твои планы, это был бы полный крах. И твоей удачной карьеры в частности. А в сейфе, ко всем несчастьям, лежал пистолет...

— Ну, и?.. — Я поощрила Эрика, удивляясь своему внутреннему спокойствию. Циничная сучка, что и говорить. Как раз в моем стиле. В стиле Анны Александровой...

— В общем, ты убила его, — просто сказал Эрик. — Пристрелила, как собаку. А заодно и свою несчастную подругу Асю, которую я упустил как дурак. Но я ничего не мог поделать, я оказался не в ее вкусе. Да она и сама начала подозревать что-то неладное, что касалось вас обоих. Трудно было не заподозрить. Ты даже говорила, что Юлик Дамскер... Пардон, пардон, Юлий Моисеевич... Что он готов бросить свою клячу и жениться на тебе. Она следила за вами, она думала, что вы поднялись в кабинет потрахаться, пока гости увлечены шведским столом и струнным оркестром... Дамскер был большим любителем классической музыки.

— И никто не слышал выстрелов? — вполне резонно спросила я.

— Струнный оркестр, «Венская кровь» Штрауса и звон бокалов. Никто...

— И что потом?

— Потом начинается самое интересное... Давай-ка выпьем по этому поводу.

— Давай. — От всего рассказанного у меня начала кружиться голова, самое время выставить уставшему мозгу двухсотграммовый стакан...

Эрик принес мне водки, и мы выпили, не чокаясь.

— Словом, мы быстренько свалили со всеми бумажками и пистолетом, от греха подальше. А потом сидели с тобой до самого утра и разбирали их. Там было много чего интересного. Помимо материалов по корсчетам в швейцарских, английских и бельгийских банках, — гора компромата на очень влиятельных людей, колоссальный материал, который, без всяких счетов, стоил не один миллион долларов, — Дамскер имел тенденцию подстраховываться... И ты решила воспользоваться всем этим. Сразу прыгнуть в дамки. Ни с кем не делиться. Только ты сама. Ну и я, твоя правая рука, твой мелкий альфонсик...

— Жиголо, — устало поправила я.

— Именно... Твой подонок-братец, который никогда тебя не продаст.

— Интересно, сколько же денег мне предложили за удачно проведенную операцию?

— Ты никогда не говорила об этом. Во всяком случае, это не идет ни в какое сравнение с суммами, которыми ты могла обладать.

— Значит, меня обуяла жадность?

— Не жадность, а стремление получить все и сразу. Поэтому-то ты и решила свалить из страны. А перед этим сделать пластическую операцию... Помимо всего прочего, засвеченную Анну Александрову легко могли обвинить в убийстве двух человек, наши доблестные органы не дремлют... Ты и меня в это втянула. Для начала мы легли на дно: что-что, а запутывать следы ты умеешь, я в этом убедился. Тусовались у каких-то престарелых идейных хиппи, которые в молодости пилили из-за тебя вены, а в старости готовы были умереть за тебя...

Так вот откуда я знаю про «занюханных хиппи», черт возьми, так вот почему это лезло мне в голову. Я с размаху ударилась затылком о лицо Эрика. Почему, почему я ничего не помню?..

— Потом ты нашла отличного пластического хирурга, который полностью изменил твое прелестное личико. За риск он потребовал такие бабки, которых нам бы хватило до конца жизни, даже если бы мы каждый год выбирались на Ибицу... И ты заплатила. Ведь те миллионы, которые могли очутиться в наших руках, того стоили, во всяком случае именно так ты об этом говорила. Оставались новые документы на новое лицо, и в декабре, когда все это произошло, ты уехала как раз за тем, чтобы о них договориться... И пропала на два месяца. Бросила меня, подставила и бросила. И оставила одного. Я месяц просидел в это норе безвылазно... И питался одной гречей... Я чуть не помешался. Я такого страху натерпелся... Я думал, что ты умерла... А мне придется расхлебывать твои делишки до конца дней...

— Не умерла, как видишь, — успокоила я Эрика. — А куда делись те бесценные бумаги, о которых ты говорил? Остались у кого-то из занюханных хиппи?

Эрик разжал руки и замер. Недоверчивое отчаяние исказило черты его лица.

— Ты не знаешь?

— Понятия не имею.

— Ты... Ты с ума сошла...

— Слава богу. Наконец-то ты сообразил.

— Ты решила меня кинуть? — дернув кадыком, медленно спросил Эрик. — Ты ведь большая мастерица по кидалову...

— Нет, — я крепко прижалась к Эрику, испугавшись так же, как и он, — нет, ты можешь не волноваться. Я не могу потерять тебя. Ты — единственное, что у меня есть...

Это было правдой. Сейчас только Эрик связывал

меня с реальной жизнью, какой бы жуткой она ни была. Только он может взять меня за окоченевшую руку и вывести из темноты, в которой я пребываю все это время.

— Ты тоже... Ты тоже — единственное, что у меня есть. Хотя ты и сломала всю мою жизнь.

Лицо его исказила гримаса отчаяния, восхищения и жалости — то ли ко мне, то ли к себе. Я почувствовала, как тело его мелко вибрирует. Он так крепко сжал меня в объятиях, что у меня хрустнули атрофировавшиеся за время болезни сонные кости.

— Полегче, полегче, Эрик, — прошептала я ему. — Не забывай, откуда ты меня выудил...

— Да... Прости меня, пожалуйста... Я буду предельно нежен.

— Нежен?..

Интересно, тот человек, от которого я ждала ребенка, был ли он предельно нежен со мной? Эрик должен знать, ведь он всегда был рядом...

— Эрик, скажи мне, как звали человека, которого я любила?

— Разве ты кого-нибудь когда-нибудь любила?..

Он стал покрывать мое лицо беспорядочными поцелуями. Легкие вначале, они становились все тяжелее и тяжелее, накрывая меня прозрачной волной страсти. Халат, символически поддерживаемый поясом, был сомнительным укрытием, он пал первым, и руки Эрика углубились в мое тело. Они входили в него с двух сторон, действуя совершенно независимо друг от друга. Так вот почему «жиголо», успела подумать я... Такое умение обольщать кончиками пальцев должно хорошо оплачиваться. С ним нужно выступать на базарных площадях и собирать толпы зевак, которые не знают о любовных играх ничего, кроме запаха пота и баранины с черносливом, съеденной за ужином... Черт возьми, баранина и чернослив, спутники нашей единственной связи, если верить Эрику... Браунинг вполне может поместиться в дамский концертный ридикюль, если верить капитану Лапицкому... Память может вернуться внезапно, если верить нейрохирургу Теймури... Почему я все должна принимать на веру?

...Эрик не спешил. Судя по всему, он слишком долго ждал этого, чтобы спешить. Первый мальчишеский порыв прошел, и теперь его руки укачивали меня, усыпляли бдительность, они готовы были отступить, но не отступали.

Теперь мое тело существовало вне зависимости от меня, оно прислушивалось к рукам Эрика, оно было не против... Видимо, двухмесячная кома подкосила боевой дух Анны и сломала все ее установки насчет инцеста.

— Анна, Анна, — его пальцы пробежали по моему лицу и неожиданно замерли. В самый неподходящий момент. Когда я уже была готова принять его...

Когда я была уже готова принять его, что-то остановило Эрика. Он уперся руками в мою голую грудь и откинул голову, тяжело дыша.

— Нет... Я не могу. Нет. Мне нужно привыкнуть к тебе нынешней...

— Ты же говорил, что привык. — На секунду мне стало даже обидно. Похоже, Эрик мелко сводил счеты с той прежней Анной.

— Я-то привык... Мне даже нравится твоя нынешняя мордашка, она не такая циничная и вполне-вполне... Я привык. Вот только он... — Эрик скосил глаза вниз, в пах. — Вот только он, похоже, не совсем адаптировался. Он же столько лет хотел совсем другую...

— Совсем другую? Разве я сегодняшняя так уж отличаюсь от себя прежней?

— Да нет, — Эрик досадливо поморщился, — но ему-то это не объяснишь...

— У тебя был шанс, Эрик Моргенштерн, — сказала я. — У тебя был шанс, и ты его упустил. А теперь закончим наши прения. Мне нужно побыть одной и переварить все то, о чем ты мне сказал. Спокойной ночи.

— Спокойной ночи, любовь моя. — Эрик все еще дрожал, но старался выглядеть спокойным. Какая-то мысль все еще точила, все еще грызла его. И это не было связано с жалкой попыткой романтической ночной любви. Но мне некогда было разбираться в чувствах Эрика, мне нужно было привести в порядок свои.

Если это еще возможно.

Я вернулась к себе в комнату. Чужой махровый халат, еще несколько минут назад казавшийся таким уютным, жег мне тело. Я сбросила его и облачилась в старый, больничный, который еще помнил блаженное неведение прошлой жизни: милого Теймури, милую Настю... И даже капитана Лапицкого с его милыми и вполне щадящими мою психику следственными экспериментами. Но успокоение, которого я так ждала, не пришло... Если все, что рассказал Эрик, — правда, мне не позавидуешь. Мне не у кого искать защиты, да и он не может защитить меня. То, ради чего Анна затеяла всю эту рискованную игру, потеряно. И даже если не безвозвратно (я все еще надеялась, что ко мне вернется память), то неизвестно, как всем этим распорядиться... Я не помню ни одного человека, который мог бы реально помочь Анне (помочь мне, черт возьми, ведь я же и есть Анна!), и если у нее (у меня!) был до катастрофы какой-то стройный план, то я в моем нынешнем состоянии этого плана лишена.

Нужны документы (я думала об этом трезво, так же как, наверное, думала Анна), возможно, здесь поможет

Эрик. Но что толку от документов? Легче всего вернуться в клинику и продолжать разыгрывать полную амнезию. Но я не знаю, хватит ли у меня сил притворяться перед этим иезуитом-капитаном.

Боже мой, я даже не знаю, что это за клиника... Уехать с первым встречным было верхом легкомыслия. Позволить узнать о себе такие страшные подробности, тоже было верхом легкомыслия... Выхода нет. Ты уже не сможешь никем стать до конца — ни Анной, которая все знала о себе, ни той девочкой в больнице, которая не знала о себе ничего. Единственной правдой было только то, что ты ждала ребенка. Но тебе сделали аборт... Невыносимо. Это невыносимо... Знал ли о ребенке Эрик?..

Это состояние полузнания-полуправды изматывало меня. Но мне необходимо на чем-то остановиться. Анна совпадала с моими внутренними ощущениями, она подошла ко мне достаточно близко. Да нет, я и есть она... Скорее всего. Интересно, что по этому поводу думают занюханные хиппи?.. От нервного напряжения я почувствовала, что проваливаюсь в сон. Неплохая защитная реакция, поздравляю...

Нет, это было ни сном, ни дремой, скорее — обрывки воспоминаний: развороченная выстрелами грудь, гильзы, выскакивающие из обоймы, — и это как-то связано со мной... И обрывки фразы, от которой стынет в жилах засыпающая кровь: беги до конца.

Беги, кролик, беги.

Бег зайца через поля.

Одиночество бегуна на длинную дистанцию.

...Пробуждение не было похоже ни на что. Еще никто так бесцеремонно не обращался со мной, даже санитары в больнице. В первый момент мне даже показалось, что это раскаявшийся Эрик забрался в постель и настойчиво касается моего лица. Но секундное ожидание и секундное наваждение сразу же прошло.

Это были чужие руки. Они обхватили меня за шею — так, что хрустнули позвонки, — и резко подняли в постели. От неожиданности я уперлась в чью-то грудь.

— А ты, я смотрю, совсем потеряла осторожность. Стареешь, что ли? Хотя на твоем месте я бы состарился и умер поскорее. Это было бы лучшим выходом. И ты могла бы избежать крупных неприятностей... — услышала я бесцветный тихий голос. — С возвращеньицем, дорогуша!..

И почти сразу же зажегся свет. Пустая еще несколько минут назад комната оказалась заполненной людьми. У дверей стояли двое с непроницаемыми лицами, гладкими и блестящими, как туши тюленей. Один из двоих, видимо, и включил свет. А прямо передо мной, на кровати, сидел обладатель бесцветного голоса — пугающе интеллигентного вида человек в добротном костюме. Я уже видела его на пленке со дня рождения Анны.

Со своего дня рождения.

Ни единой лишней складки на брюках, ни единого лишнего волоска в прическе, ни единого изъяна в стильной оправе очков — ни дать ни взять, профессор математики из Беркли, обладатель породистой собаки и породистой любовницы.

Я инстинктивно запахнула халат, а два шкафа, подпиравшие дверной косяк, синхронно хмыкнули.

— Ну, здравствуй, здравствуй, красавица, — тем же бесцветным голосом произнес профессор математики, и ни один мускул не дрогнул на его холеном пергаментном лице. — Тебя и не узнать. Скажи, кто так мастерски изменил тебе фасад, и я направлю к нему свою постылую жену.

— Кардинально изменилась, — вставил реплику один из стоявших у двери.

— Но, надеюсь, твоя паскудная сущность осталась не потревоженной... Или я ошибаюсь, Анна? — Профессор даже не обратил внимания на постороннюю оценку, он привык прислушиваться только к себе.

— Я не знаю вас. — Я старалась сохранить достоинство, насколько это было возможно, сидя с растрепанными волосами и в выцветшем больничном халате. — Кто вы?

И снова — синхронный, все понимающий смешок истуканов-телохранителей. Ничего хорошего он не сулит; разве что контрольный выстрел в голову или удар бритвой по беззащитному горлу. Но даже не это смертельно испугало меня, нет: отсутствие какой бы то ни было реакции у моего собеседника. Неважно начинается жизнь за стенами клиники.

— Вот теперь я тебя узнаю, — удовлетворенно констатировал профессор. — Такая же изворотливая сучка, какой была всегда. Ни одна пластическая операция этого не исправит.

— Кто вы? — Я попыталась вложить в вопрос все то вежливое отчаяние, которое комом стояло в горле.

— Всегда подозревал, что ты хорошая актриса. И в мужестве тебе не откажешь... Что ж, если ты решила пойти до конца, то должна была предположить, что мы поджидаем тебя на конечной остановке. Или совсем потеряла нюх, дорогуша?

— Я, действительно, не знаю... Не помню. Должно быть, мы были знакомы... Я не исключаю этого... Но в таком случае, Эрик должен был сказать вам...

— Твой изворотливый гаденыш-братец уже ничего не скажет. В отличие от тебя, — он приподнял мой подбородок тонким указательным пальцем. — Так что собирайся, поехали.

Я почувствовала, что мой подбородок, насаженный на кол этого властно-вялого пальца, задрожал. Он тоже почувствовал это и впервые улыбнулся, если можно было назвать улыбкой косметическую растяжку рта.

— Да ты, кажется, слегка струхнула, сучка? О чем же ты раньше думала? Это взрослые игры, и играть в них нужно по-взрослому. И отвечать за все, что натворила, тоже.

— Я не понимаю, о чем вы говорите. — Я решила инстинктивно придерживаться единственно верной линии. В конце концов, я так не похожа на прежнюю Анну, что можно попытаться убедить его в моей полной непричастности к ней.

— Заткнись и не зли меня.

Он наконец-то отпустил меня, легко поднялся с кровати и вышел не оборачиваясь. Его телохранители даже не дали мне переодеться. Я и сама бы не стала делать этого — слишком уж плотоядными были их жгуче-любопытные взгляды.

...То, что я увидела в соседней комнате, повергло меня в шок: посреди комнаты, в груде развороченных коробок, лежал мертвый Эрик.

Если бы не один из телохранителей, поддержавший меня, я бы упала рядом с Эриком. Труп человека, который всего лишь час назад ласкал мое изменившееся лицо, был так несправедлив, так нелеп, так неправдоподобен, что я отказалась верить в реальность происходящего. Молча освободившись от телохранителя, даже не соображая, что делаю, я присела перед Эриком на корточки и требовательно затрясла его за плечо:

— Эрик, Эрик, что с тобой? Вставай, Эрик...

— А как ты думаешь, что с ним? — как сквозь вату услышала я голос своего интеллигентного мучителя. — И считай, что ему повезло. *Ты так легко не отделаешься.* Так что готовься к худшему, ты не заслужила легкой смерти.

Боже мой, только теперь я поняла, чего мне так не хватало, чего я хотела все это время, — легкой смерти, с аккуратной дыркой в яблочке мозга. Точно такой же, которая торчала сейчас во впалом смуглом виске Эрика. Я коснулась ее, пытаясь стереть, пытаясь вернуть виску его первозданную чистоту. Ничего не получается, ничего нельзя вернуть...

— По-моему, наша девонька взволнована? — ни к кому не обращаясь, сказал человек в очках. — Кто бы мог подумать, что вид мертвого тела повергнет ее в такое уныние... А как же насчет бедолаги-банкира, которого вы подстрелили как куропатку? Тоже рефлексировала у трупа? Забирайте ее, ребята. Пора сматываться...

Он произнес это деловитым тоном, но так и не сдвинулся с места, а взял со стола недопитую бутылку водки и плеснул ее в рюмку.

— Твоя? — спросил он.

— Что? — не поняла я.

— Рюмка — твоя или покойника? Мне-то его мыслишки не нужны, а вот в твоей голове не мешало бы покопаться...

— Я никуда не пойду, — с тихим отчаянием сказала я, все еще не отнимая ладони от холодеющего виска Эрика.

— Неужели останешься с трупом до приезда доблестных органов? Или будешь наблюдать, как он разлагается, этот твой герой-любовник?.. Твое здоровье, в следующей жизни оно может тебе пригодиться.

— Я никуда не пойду.

Мужчина ничем не выявил нетерпения, он аккуратно достал из кармана кусочек мягкой ткани, снял очки и протер их.

Этого оказалось достаточно.

Телохранители сгребли меня и завернули в шубу. Ту

самую, которую я вытянула из пакета на заднем сиденье машины. Ту самую, в которой была Анна... Мужчина, не закусывая, выпил водку, плеснул ее остатки на тело Эрика и обратился к одному из спутников:

— Дай-ка пушку, Витек.

Парень, который накинул на меня шубу, молча достал внушительных размеров пистолет и так же молча протянул его своему боссу.

Тот наконец-то поднялся с кресла и, расставив ноги, встал над трупом Эрика.

— Запачкаешься, Илья, — с сомнением сказал владелец пистолета. — Нужно бы отойти...

Илья, Илья... Это имя упоминал Эрик. И моя послушная, как дрессированный тюлень, память тотчас же подсказала фамилию — Авраменко. Илья Авраменко, владелец казино...

— Заткнись, — процедил Илья. — Я знаю, что делаю. Подведите ее сюда. Ближе.

Меня бесцеремонно подтолкнули к Илье и к трупу Эрика.

— Становись на колени, — приказал мне Илья. Его бесцветный голос обрел силу, стал мускулистым и угрожающим. — Ближе к нему. Еще ближе. Ну!..

Страх исчез. Я упала на колени и даже почувствовала облегчение.

Симона де Бовуар. «Очень легкая смерть». Одна из множества книг, которую читала медсестра Эллочка...

— А теперь смотри!

Я подняла голову и посмотрела на Илью. Его лицо завораживало меня, очковая змея, да и только. Очковая змея с ничем не потревоженной прической — волосок к волоску...

— Не на меня, на него! Смотри внимательно. Если закроешь глаза, — пристрелю, как собаку.

Но мне не нужно было ничего говорить — лицо Эрика было совсем рядом; лицо, все части которого жили своей собственной, отличной друг от друга жизнью. Теперь, в смерти, они наконец соединились, сложились в цельную картину. И губы не выглядели такими бесстыжими — скорее, обиженными, как у Иисуса Христа с алтаря готического собора... И полоска белков еще не подернулась мутной пеленой. Он был красив, он был красив по-настоящему: целомудренный цыганский Христос с немецкой фамилией... И когда я наконец-то поняла всю его красоту, раздался выстрел, разнесший эту прекрасную голову в клочья. Кусочки лобных костей, измазанные тем, что еще совсем недавно было мозгом Эрика, — его неуклюжим юмором, его воспоминаниями о черносливе и женщинах, которых он любил, — впились в мое тело, как шипы тернового венца...

— Грязновато получилось, босс, — глухим голосом сказал тот, кого Илья называл Витьком.

Это было последним, что я услышала, прежде чем потерять сознание...

* * *

...Они ехали молча. Они ничем не выдавали своего присутствия.

Так что, когда я пришла в себя, то даже не сообразила толком, где нахожусь. Прихотливая память попыталась защитить меня — темный салон машины может быть чем угодно. Сейчас ты снова заснешь, и окружающая тебя действительность снова поменяется, примет более невинные очертания.

Но невинных очертаний не получилось, — это была машина Ильи, или кого-то из его подельников. Я сразу же поняла это, — сразу же, стоило только посмотреть в аккуратную прическу этой очковой змеи, которая сидела на переднем сиденье, рядом с водителем.

Рядом со мной расположился меланхолично-обстоятельный Витек.

Я ничем не выдала себя — больше всего мне хотелось оставаться без сознания. И хотя бы еще некоторое время быть избавленной от ужаса вялых полудопросов-полубесед, по сравнению с которыми все ухищрения капитана Лапицкого казались детским лепетом. Но очковая змея, видимо, ловила ультразвук и обладала фантастическим чутьем.

— Очухалась, — тихо сказала она.

— Да непохоже. — Сквозь плотно прикрытые веки я почувствовала, что ко мне приблизились губы Витька, принеся с собой удушающий запах маринованного чеснока, смешанный с жевательной резинкой. Витек все время жевал жвачку, черт бы его побрал.

Маринованный чеснок... Видишь, Анна, какие кулинарные тонкости подвластны твоей памяти...

— Очухалась, очухалась... Разве по дыханию не ощущаешь? Ну-ка, растолкай ее, скоро приедем.

Витек непочтительно ткнул меня в бок.

— Убери лапы, — с ненавистью прошептала я ему, — от тебя воняет. Ненавижу этот запах.

— Я тоже его ненавижу, — засмеялся Илья коротким дребезжащим смехом. — Но считаю, что ценным сотрудникам нужно прощать маленькие слабости. Это же твой тезис, Анна!

— Я не Анна. Я не знаю, о ком вы говорите. — Мне вдруг пришла в голову спасительная мысль отказаться от своей вновь приобретенной личины. У меня нет ничего общего со своей прошлой внешностью, они не могут этого не видеть. — Судя по всему, вы ищете какую-то

Анну. Но я не имею ничего общего с ней. Я даже не похожа на нее...

— А кто здесь хоть слово сказал о похожести? — очковая змея повернулась ко мне и пронзила своими холодными глазами.

Прокол, действительно, прокол. Зачем я вообще упомянула о каком-то внешнем сходстве с какой-то Анной? Но теперь нужно было идти до конца.

— Я не Анна, — упрямо повторила я.

— Не Анна, — задумчиво произнес Илья, — тогда кто же ты?

— Произошла ошибка. — Измученный мозг пытался подсказать мне выход из положения. — Я не знаю, в чем вы меня подозреваете. Я знакомая Эрика. Близкая знакомая.

— Бывшая близкая знакомая. Хотя я и предполагал, что ты будешь выворачиваться именно так: близкая знакомая, случайная любовница, которую он подснял в ресторане гостиницы «Турист»... Подруга детства, родственница из провинциального города Калязина, сестра жены отчима брата...

— Куда вы меня везете? — спросила я напрямую, выкручиваться было бесполезно.

— Да ты знаешь куда. Отлично знаешь. Сейчас уточним происхождение твоего нового личика и приступим к игре в вопросы и ответы. К викторине «Счастливый случай». И хорошо подготовься, от этого зависит, как легко ты умрешь...

...Видимо, мы уже были за городом. Мощная иномарка Ильи легко прошила остаток февральской ночи и на самом ее исходе остановилась у ограды маленького уютного особнячка в дачном поселке.

Круг замкнулся, ситуация повторяется, сказала я себе, сейчас двое из них пойдут в дом, а один останется со мной...

Так и произошло.

Вот только в дом направились двое телохранителей Ильи. Сам же Илья остался со мной. Я видела, как мгновенно открылась дверь, — видимо, здесь нас уже ждали. Парни, с трудом протиснув в проем громоздкие тела, скрылись внутри.

Несколько секунд мы с Ильей сидели молча. Потом он повернулся ко мне, и в бесстрастных глазах змеи промелькнуло что-то, похожее на сочувствие:

— Зачем ты это сделала, Анна?

— Что?

— Мне можно сказать. Я же в свое время вытащил тебя... Вспомни, кем ты была. Валютная проститутка средней руки, сто баксов в час...

— Лучше бы я ею и оставалась, — вполне искренне вырвалось из меня.

— А семь лет назад ты так не думала. Что тебе светило? Ранняя старость, если останешься жива... Выпотрошенные внутренности в районном морге, если подохнешь... В тридцать лет — полная руина. Конечно, со временем ты бы перескочила с маковой соломки на кокаин, завела бы мундштук и египетскую кошку. Но это максимум из того, что бы ты поимела при самом удачном раскладе. Я был твоим единственным шансом, и ты им воспользовалась.

— Ничего себе, единственный шанс. — Я вспомнила развалившуюся на куски голову Эрика.

— Я тебя сделал... Из плебейки с жалкой кукольной внешностью я сотворил аристократку фантастической красоты, роскошную женщину, которая могла запросто взять любого мужика, стоило ей только опустить ресницы. Ты помнишь, как я тебя делал?

— Не помню, — искренне сказала я.

— Ты всегда была неблагодарной сукой. Ты все забыла. Ты так и осталась плебейкой. Даже этого своего безмозглого дурака Эрика не смогла скроить получше. Пусть бы оставался безобидным мелким альфонсом, дольше бы прожил... Он на твоей совести. О чем я говорю, какая совесть...

— А я думала — на вашей. Ведь это же не я убила его. — Неожиданно ко мне вернулось спокойствие. Бывшей валютной проститутке, которая успела побыть аристократкой, уже не о чем жалеть в жизни...

— Ты не меняешься, — в его голосе даже проскользнули нотки восхищения. — Мне искренне жаль, что ты оказалась такой неумной, такой жадной стервой. Я думал, что в тебе есть еще что-нибудь, кроме этого скотского желания обладать всем и сразу. К счастью, ты не смогла всем этим распорядиться... Хотя и подставила — и меня, и людей, которые стоят за мной. Даже последняя собака не кусает руку, которая дает ей жратву...

— А я, стало быть, укусила. — Близость неотвратимой развязки, расплата за грехи, которых я не помнила, вызвали во мне чувства, о которых я даже не подозревала. Если крайняя степень цинизма достойна уважения, то я, несомненно, тоже достойна уважения...

— А ты не помнишь?

— Нет. Я не помню. Я ничего не помню. Если вы так легко нашли этого человека... Эрика... То должны были знать, что я два месяца провалялась в коме и потеряла память. Я не знаю, видела ли его раньше. Я не знаю, кто я...

— Тогда почему ты поехала с ним?

— Я поехала бы с любым, кто пообещал мне вспомнить себя.

— Рассказывай об этом сопливым экспертам, — насмешливо перебил меня Илья. — Я слишком хорошо тебя знаю, чтобы поверить во всю эту чушь. Ты ведь и сейчас надеешься выйти сухой из воды.

— Нет, — теперь я была искренней, — нет, я не надеюсь. Вы не будете слушать меня. А мне нечем доказать свою непричастность ко всему тому, о чем вы говорите.

— Ну что ж, это очень трезвый взгляд на вещи. В самообладании тебе не откажешь, это всегда меня восхищало, Анна... Жаль, что ты оказалась такой алчной сукой...

Он не успел договорить. На крыльцо дома вышел Витек и нетерпеливо помахал рукой.

— Пойдем. Нас ждут, — сказал мне Илья.

...Я никогда не была в этом доме. Впрочем, я нигде не была, в этом была особенность моей памяти. В отличие от дачи Кудрявцева, дом был обжит, уютно обставлен и заполнен не манекенами, а живыми людьми. Кроме спутников Ильи в комнате находился еще один человек. Он не принадлежал к вассалам Ильи, я сразу это поняла: слишком уж был напуган.

Ворот его рубахи был порван, а под глазом красовался свежий синяк.

— Ну что, ребята, истина восстановлена? — спросил Илья. Он уже справился с собой, и его голос, лишенный интонаций, снова стал бесцветным.

— Вполне, — ответил за мужчину, затравленно сидящего на стуле, Витек.

— Тогда приступим. — Илья подтолкнул меня вперед: — Вы знаете эту женщину, Николай Станиславович?

Подчеркнутая вежливость Ильи совершенно не гармонировала с синяком под глазом у человека, которого назвали Николаем Станиславовичем. Но тем не менее Николай Станиславович услужливо дернул кадыком и просипел:

— Да.

— Кто это?

— Она назвалась Ольгой... Я не уточнял... В нашей профессии, вы сами понимаете... Я знал ее как Ольгу.

— При каких обстоятельствах вы познакомились?

— Мне ее рекомендовал коллега...

— Зачем?

— Ей необходима была пластическая операция. — Николай Станиславович с недоумением посмотрел на Илью: — Пластическая операция, которая бы полностью изменила лицо.

Илья подтолкнул меня к хирургу-пластику. Витек бесцеремонно взял лампу, стоящую на столике рядом с Николаем Станиславовичем и поднес к моему лицу.

— Ваша работа? — спросил Илья и ухватил мой подбородок змеиными пальцами.

— Зачем этот свет? — хирург поморщился. — Это излишне... Конечно же, моя работа... Это то лицо, которое я сделал...

— Поздравляю, у вас большой талант.

— Если честно, мне было непонятно, почему вдруг такая эффектная девушка решила расстаться со своей внешностью... Я редко встречал таких красавиц, а я знаю толк в женщинах, поверьте мне.

— Дай-ка сюда фотографии, — приказал Илья своему верному Витьку.

Тот с готовностью протянул хирургу альбом. Я уже знала этот альбом — щенки и котята с китайским разрезом глаз.

— Посмотрите, это та самая эффектная девушка, которая так вас поразила?

Хирург мельком полистал альбом.

— Да. Да, конечно... Такая внешность не забывается. Вы даже не представляете, как мне было жаль уничтожать такое лицо.

— Значит, вы утверждаете, что девушка, стоящая перед вами, и девушка, которая изображена на снимках, — один и тот же человек?

— Ну, конечно, я ведь делал операцию. Скрепя сердце... Мне было очень жаль...

— Помолчите, — досадливо поморщился Илья и обернулся ко мне: — Что скажешь, Анна?

Я молчала. Мне нечего было сказать. Вот все и встало на свои места. Если до этого момента у меня еще были сомнения, то теперь они полностью исчезли. Неблагодарная сука, хладнокровная убийца, зарвавшаяся алчная бабенка, на счету которой несколько жизней, — это и есть я...

— Мне нечего сказать.

— Сколько вам заплатили за операцию?

— Это коммерческая тайна. — Николай Станиславович, видимо, почувствовал себя в относительной безопасности, но кулак Витька уверил его в обратном. Согнувшись пополам, хирург просипел: — Пятьдесят... Пятьдесят тысяч долларов.

Витек присвистнул, а Илья покачал головой:

— Не многовато?

— Сами понимаете, — переводя дух, заволновался хирург, — операция нелегальная... Большой риск. Полная конфиденциальность. Видимо, это связано с крайне важными обстоятельствами... Я не вдавался в подробности. Существует такса — вот и все.

— Да вы семь шкур содрать можете, — укоризненно сказал Илья. — И ваша клиентка не торговалась?

— Нет. Она не торговалась. Она выложила всю сумму наличными.

— Да ты у нас зажиточная женщина, — обратился Илья ко мне. — Пятьдесят тонн как с куста. Интересно, откуда такие деньги? Не от щедрот ли твоего банкира?.. Ладно. Спасибо за информацию, Николай Станиславович... Хочу предупредить вас, что не стоит больше ввязываться в сомнительные аферы...

— Я не понимаю... Я... Я должен вернуть сумму? Дело в том, что ее нет... Мой сын. Он учится в Англии. За это нужно платить.

— Да пусть себе учится. Вот еще какой вопрос — у вас ведь наверняка существуют данные по каждой пластической операции?

— Несомненно, — хирург заметно приободрился. — Они вносятся в компьютер. Мой домашний компьютер, я имею в виду.

— Вот и отлично. Можем ли мы получить информацию?

— Именно по этому случаю? — Чертов продажный врач, наплевавший на клятву Гиппократа, он даже не смотрел на меня. — Конечно, конечно...

— А разве всякое упоминание о нелегальных операциях не должно быть уничтожено? — отомстил за меня Илья. — Так сказать, для подстраховки... Чтобы ни у кого не возникало лишних вопросов...

— Ну-у... У каждого свое понятие о подстраховке, вы же не будете этого отрицать. Нужно сказать, что ваша визави оказалась мужественной женщиной — так легко расстаться с броской внешностью ради весьма сомнительного результата.

— Ну, в ее мужественности у меня была возможность убедиться.

— Сейчас я принесу вам дискету.

— Витек, проводи нашего дорогого Айболита, — приказал Илья.

Хирург в сопровождении телохранителя скрылся на втором этаже дома. Но я даже не заметила этого, — я пыталась ухватить ускользающее воспоминание: маска, сковывающая лицо, надгробная плита прошлой жизни...

— Ну, как себя чувствуешь? — вывел меня из оцепенения голос Ильи.

— Отвратительно.

— Будет еще хуже, — пообещал он.

— Не сомневаюсь.

Наконец вернулся хирург. В руках он держал дискету.

— Вот. Здесь вся информация. Надеюсь, больше у вас вопросов нет.

— Нет. Большое спасибо, Николай Станиславович. Мы вас больше не задерживаем. О нашем визите, естественно, ни слова.

— Я понимаю, — успокоил Илью хирург, — никому не нужны лишние проблемы.

Илья двинулся к двери. Второй телохранитель подтолкнул меня в бок. Замыкал шествие Витек. Неожиданно, у самой двери, Илья остановился и резко обернулся.

— Вот еще, Николай Станиславович...

— Слушаю вас, — трусоватым голосом промямлил хирург.

— Не посчитайте нас невежливыми...

— Что вы, что вы...

— И примите в качестве гонорара. Витек! — обратился Илья к Витьку.

То, что произошло потом и заняло несколько секунд, было похоже на третьесортное кино, где ходы просчитываются всеми, кому не лень, за исключением ничего не подозревающих жертв.

Витек вполне буднично достал тяжелый пистолет (тот самый, который разнес голову Эрику) и выстрелил в хирурга. Он рухнул, как сноп, с выражением удивленного ожидания на залитом кровью лице. Опустив пистолет, Витек подвигал губами, вынул изо рта жвачку и прилепил ее к дверному косяку.

— Так-то лучше, — констатировал Илья, брезгливо разглядывая дергающееся в предсмертных конвульсиях тело. — Будем считать, что твои пятьдесят тысяч он отработал с лихвой. Идем.

Меня не нужно было уговаривать. Я готова была бежать из этого дома куда угодно. Мы сели в машину в полном молчании. Лишь спустя несколько минут я решилась его нарушить.

— Зачем вы это сделали? — спросила я.

— Заметь, все это произошло с твоей подачи. — Илья по-прежнему был спокоен. — Я только выступил в роли ассенизатора. Будем надеяться, что его сын все-таки доучится в Англии. Наш доктор был заботливым папой, ничего не скажешь.

— Вы страшный человек.

— Да нет же, дорогуша. Ну, подумай сама: трусоватый доктор мог бы запросто заложить нас, даже без особого нажима. Так же, как заложил тебя. Этого бы мне не хотелось. Мне вообще не хотелось этой смерти. Несмотря ни на что, он был симпатичным человеком. И неплохим специалистом, судя по твоему новому личику. Он мог бы расширить практику и доработать до седых мудей... Если бы тебе не пришло в голову воспользоваться его услугами. Так кто виноват?

Мне нечего было ответить.

У самого въезда в Москву, недалеко от поста ГАИ, водитель остановился и съехал на обочину. Недалеко от нас уже стоял «Мерседес».

— Ну что, меняем перекладных? — ни к кому не обращаясь, произнес Илья.

Мы выбрались из машины и направились к «Мерседесу», который, при нашем приближении мигнул фарами. Витек сопровождал нас. Второй телохранитель остался в машине.

— Ну, как тебе акция устрашения? — спросил у меня Илья, когда мы сели в «Мерседес». — Ничего не напоминает?

— Мне ничто ничего не напоминает. В декабре я попала в автокатастрофу и два месяца пролежала в коме. С последующей потерей памяти. У меня и сейчас амнезия. Мне ничто ничего не напоминает.

Илья поморщился:

— Ты опять за свое. Посмотрим, что ты запоешь через час.

— Акция устрашения?

— Нет, акция устрашения — это слишком просто. Предлагаю договориться сейчас.

— О чем?

— Где документы, которые ты достала у Дамскера? Куда ты их дела? Я не бросаю слов на ветер. Если ты все честно расскажешь, тебя ждет легкая смерть. Как я и обещал. Ты меня знаешь.

— Не знаю... Я вас не знаю...

Теперь, в «Мерседесе», мы сидели рядом, на заднем сиденье. И Илья воспользовался моментом — он ударил меня по лицу. Удар получился почти профессиональным и неожиданно сильным — моя голова дернулась и откинулась на спинку сиденья, а в глазах поплыли красные круги.

— Давно я тебя не бил. С тех самых пор, как отучал делать минет кому ни попадя, — со сладострастием прошептал он. — Не разучился, ты смотри. А кожа у тебя такая же бархатистая. Сменила шкурку, а все равно хороша, сучка.

— Шкурка-то хорошая, точно, — поддержал Витек, сосредоточенно жуя вечную резинку. — Жаль портить, а придется.

— Может быть, не придется. Если будет умненькойблагоразумненькой девонькой, — сладким голосом пропел Илья.

Витек коротко хохотнул, а я с тоской подумала о его пистолете: если бы только я могла до него добраться... С каким наслаждением я разнесла бы все эти гнусные головы, так не похожие на идеально вылепленную голову Эрика. Вот только раскололись бы они точно так же... Если бы я могла добраться!.. Но я никогда не доберусь, чудес не бывает. Можно быть уверенным только в одном — любая прошлая жизнь, о которой ты напрочь забыла, все равно приводит к смерти...

Илья и Витек привезли меня в самый центр Москвы, в один из переулков, название которого ничего не говорило мне.

Спустя пятнадцать минут мы уже были в роскошной пустой квартире, отделанной под евростандарт, с джакузи и навесными потолками. В квартире еще пахло недавно законченным ремонтом, в ней не было ничего, кроме пары стульев, соломенного кресла-качалки и широкой низкой тахты: видимо, на ней периодически спал кто-то из строителей.

Витек включил маленький магнитофон, стоящий прямо на полу. Мелодия, которая отразилась в пустых стенах, была мне неизвестна.

— Узнаешь? — спросил у меня Илья, усаживаясь в кресло-качалку. — Твоя любимая.

— Никогда ее не слышала.

— Неужели? «Затанцуй меня до конца любви». Леонард Коэн. До конца любви. До конца. Вполне подходяще к случаю, ты не находишь? Не слишком громко, я надеюсь?

— Нет. — Этот хрипловатый голос внес в мою беспросветную ситуацию элементы гиньоля, он делал происходящее не таким страшным. Наваждение должно исчезнуть вместе с музыкой, не станут же меня пытать с музыкальным сопровождением, да еще таким томным...

— Ну что ж, самое время поговорить. — Я не могла оторваться от качающегося в кресле Ильи, очковая змея по-прежнему гипнотизировала меня. — Что у нас с документами?

Те самые документы, о которых говорил Эрик и ради которых я пошла на все.

— Я не знаю.

— Давай, Витек.

Витек неторопливо подошел ко мне, все так же жуя жвачку, неторопливо достал пистолет и ударил меня рукояткой в подбородок. Это был беспощадный удар — пощечина Ильи в машине показалась мне легким флиртом. Не удержавшись на стуле, я упала навзничь. Рот сразу же наполнился соленой кровью. Я осталась лежать на полу, стараясь, чтобы собравшаяся в глотке кровь не вытекла на этот девственно чистый, только что отремонтированный пол. Не хватало еще оставить здесь метку... Крови было так много, что пришлось вогнать ее вовнутрь организма несколькими глотками.

— Вставай, — властно приказал Илья; от его гуттаперчевой иронической благостности не осталось и следа. — Вставай, сука.

Голова кружилась. Подняться я не могла. Витек ухватил меня за подмышки и снова усадил на стул.

— Думаю, маленькая встряска пошла тебе на пользу. Где бумаги?

— Не знаю, — упрямо повторила я. Я почувствовала такую ярость, такую глухую ненависть к этому лощеному убийце, что не сказала бы о бумагах, даже если бы знала.

— Повторим. — Илья попытался взять себя в руки. — Давай, Витек!

И снова громила-телохранитель ударил меня рукояткой пистолета. И снова мой рот наполнился кровью. Если так будет продолжаться дальше, через полчаса от моей челюсти ничего не останется...

Как же все-таки хорошо укладывают паркет в этих квартирах с евроремонтом!.. Я лежала на полу и тупо думала о том, кто же будет ходить по этому паркету через несколько дней. Может быть, голые мужские обветренные пятки, которые обязательно принесут гладким женским пяткам кофе в постель. Может быть, ножки ребенка, который будет возиться на полу с плюшевой сороконожкой... Во всяком случае, они никогда не узнают, что здесь забили насмерть бывшую валютную проститутку, фартовую шлюху, так не вовремя вышедшую из комы.

— Подними эту тварь, Витек. Отдохнет на том свете. — Голос Ильи отскакивал от моей пустой, раскалывающейся от боли головы.

Витек снова приподнял меня и снова усадил на стул. Но сидеть я уже не могла. Я все время заваливалась набок. Витьку пришлось меня поддержать за ломающуюся спину.

— Слушай, дорогуша, — кресло под Ильей мерно поскрипывало, — вычислить твоего идиота-подельника, этого Эрика, не составило труда — ты слишком плохо его выдрессировала. Найти гребаного хирурга-пластика — тоже; немец засветился там один раз — и этого оказалось достаточно. Но мы следили за твоим альфонсом столько времени вовсе не за тем, чтобы ты сейчас молчала, как Олег Кошевой на допросе. Мы и так потеряли два месяца. А это стоит очень дорого. И если люди, которые стоят за мной, не получат бумаг, боюсь, мне тоже придется сделать пластическую операцию и распрощаться со своим казино. А я очень люблю свою работу и не хочу менять ее ни на что. Так что ты сейчас мне все расскажешь, иначе Витек забьет тебя до смерти. Он превратит в кашу все твои хрупкие косточки, которые так любили мужчины... Не стоило вбухивать такие бабки в пластическую операцию только для того, чтобы оно перестало существовать в каком-нибудь виде... Где бумаги?

— Я не знаю.

— Где бумаги?! — Он начал терять терпение, это наполнило меня торжеством, нестерпимой болью отозвавшимся во всем теле.

— Пошел ты!..

— Бей, пока морда не превратится в сопли! — уже не сдерживая себя, заорал Илья.

И тут раздался писк телефона. Я не могла понять, откуда он идет, и только потом сообразила, что писк идет из кармана Ильи.

Он сглотнул слюну, вынул из кармана сотовый и, набрав в легкие воздуха, сказал в трубку бесцветным, приглаженным — волосок к волоску — голосом:

— Авраменко слушает.

Он действительно слушал несколько секунд, на его лице отразилась жестокая душевная борьба — уж очень ему хотелось поприсутствовать на заплеванной базарной площади во время гильотинирования. Наконец, чувство долга победило. Он буркнул в трубку: «Сейчас буду» — и поднялся с кресла.

— Я уеду на несколько часов.

— А с ней-то что делать? — Туповатый Витек, карманный Вильгельм Телль, жаждал инструкций.

— Бей, пока не начнет говорить. Через полтора часа подъедет Тема, так что сможете сменять друг друга. Это крепкая сука, я сам ее натаскивал...

Перед тем как уйти, Илья наклонился надо мной и нежно провел тыльной стороной ладони по моему залитому потеками крови лицу:

— Надеюсь увидеть тебя живой. Ты ведь не умрешь без меня, не заставишь меня в тебе разочароваться. Ты никогда не разочаровывала меня, девочка... Мы ведь жили душа в душу. Жаль, что ты оказалась такой алчной тварью...

Витек пошел провожать хозяина, и я на несколько минут осталась одна. Хотя, какое теперь это имело значение?

Выхода нет.

Я не могла справиться с болью, я не могла справиться со своей прошлой жизнью, навалившейся на меня как тяжелый камень, из-под которого не выбраться... Так ты и умрешь здесь, изувеченная, в жалком больничном халате... И в то же время во мне рос протест — неужели прежняя Анна позволила бы забить себя до смерти, как высохшую корову на бойне? Почему у меня так мало времени, чтобы вспомнить прежнюю Анну?..

Я слышала, как захлопнулась входная дверь.

Илья уехал.

Сейчас вернется эта тупая скотина, запрограммированная на убийство, и выколотит из меня все мысли, всю душу...

Витек еще не вошел в комнату, а я уже знала, что делать. Я достойно встречу его. Именно так поступила бы Анна в самом начале карьеры — валютная проститутка средней руки, сто баксов в час.

...Сначала нужно привести в порядок избитый подбородок. От саднящей, непрекращающейся боли я еще плохо соображала, но у меня хватило сил подойти к двери и выглянуть в коридор. Судя по звукам, доносившимся из кухни, Витек был именно там. Я не представляла для него никакой опасности.

Главное сейчас — дойти до ванной. «Если мне удастся это сделать — все закончится хорошо, — говорила я себе, — почему бы не загадать? Тем более, что ничего другого, кроме как сыграть с судьбой в рулетку, тебе не остается». Я хорошо запомнила расположение всех комнат в квартире. Входная дверь была слишком далеко, чтобы воспользоваться ей: проем кухонной двери, в котором наверняка торчит Витек, и несколько замков делали ее недостижимой. И все равно я запомнила эти замки: английский, легко открывающийся поворотом собачки, и щеколда. Замок вверху, щеколда внизу...

Значит, главное сейчас — дойти до ванной. Стараясь не потерять сознание от слабости, я все-таки дошла до нее, закрылась на позолоченный декоративный замок и пустила воду.

Шикарная отделка под цветной мрамор, даже жаль пачкать ее собственной жалкой кровью.

Наскоро обмыв лицо, я посмотрела на себя в зеркало: низ подбородка отливал фиолетовым, таким подбородком никого не соблазнишь... Но все остальное было в относительном порядке — видимо, Витек бил не в полную силу, он выбрал самый длинный путь к смерти, с несколькими привалами и перерывом на обед.

Теперь, в экстремальной ситуации, я могла по достоинству оценить свою внешность: несмотря на побои, она осталась почти нетронутой, в пластической операции есть свои прелести — картонная карнавальная маска из папье-маше, намертво приклеенная к лицу, довольно легко переносит постороннее вмешательство.

Пожалуй, я даже привлекательна. Привлекательна, несмотря на ужасающий подбородок. Но если смотреть на меня сверху, как это делают не особенно расторопные любовники, предпочитающие позу миссионера, следы побоев можно скрыть... Я подумала об этом трезво, как Анна в самом начале карьеры, как *я сама* в начале карьеры — валютная проститутка средней руки, сто баксов в час.

Странное спокойствие пришло ко мне. Набрав пригоршню воды, я смочила отросшие темные волосы, отбросила их назад.

Пожалуй, я даже привлекательна. Очень привлекательна. Самое время упасть в горячую воду и дождаться своего мучителя. Я так и сделала, прислушиваясь к медленным ударам сердца.

Я достойно встречу его.

Витек не заставил себя долго ждать. Он появился на пороге ванны, по-прежнему жуя резинку.

— Привет, — сказала я ему, как ни в чем не бывало. — Ничего, если я помоюсь? Тогда и обмывать тело не придется. Меньше хлопот.

Он ожидал всего, чего угодно, только не моего ледяного спокойствия. От удивления он даже перестал жевать, выплюнул резинку и приклеил ее к дверному косяку — жест, который я хорошо изучила.

— Ну ты даешь, сука! — с неподдельным восхищением произнес он.

— Даю только за большие деньги. Но тебе могу бесплатно, как персональному палачу.

Витек все еще стоял в дверном проеме.

— Ну, — ободрила я его, вытянувшись в джакузи, забросив руки за голову и следя за тем, чтобы слегка распухший и залитый фиолетовым подбородок не испортил общего впечатления. — Ты боишься?

— Еще чего... — он судорожно сглотнул.

— Тогда в чем дело. Ты ведь давно знаешь меня, — я шла ва-банк, — и ты всегда хотел это сделать.

— Что — «сделать»? — он все еще пребывал в нерешительности.

— Переспать со мной. Трахнуть меня.

— Да, — он наконец-то решился. — Да.

— Но тебе это не светило. Даже в самом радужном сне.

— Да.

— Может быть, теперь стоит воспользоваться случаем? Ведь другого не представится, насколько я понимаю ситуацию.

— Ты правильно понимаешь ситуацию. Но той, какой ты была, ты мне нравилась больше.

— Подойди, — почти приказала я, позвоночником чувствуя, как падают мои шансы соблазнить этот безмозглый шкаф, набитый грязным бельем его иезуитского босса. — Подойди ко мне.

Уверенность в своей неотразимости. Уверенность в том, что любой мужчина может быть покорен и рано или поздно выбросит белый флаг, — вот чему, возможно, научил меня Илья в прошлой жизни, плебейку с жалкой кукольной внешностью.

Видимо уверенность той, прежней Анны, сквозила в каждом моем слове. Глядя на меня, как кролик на удава, Витек подошел и глыбой навис надо мной.

— Неужели от моей красоты ничего не осталось? — нежно спросила я. — Тогда, действительно, жизнь не имеет смысла.

— Пожалуй, осталось, — осторожно сказал Витек. — Такой ты мне тоже нравишься, мать твою...

Кажется, я уже слышала это признание — «такой ты мне тоже нравишься».

— Тогда в чем дело? — Я приподняла голову над водой и скрестила руки на груди, прикрывая шрамы под ключицами.

Витек молчал.

— Чем ты рискуешь? У нас есть полтора часа, чтобы искренне полюбить друг друга, — соблазняла я его. — Или ты боишься слабую беззащитную избитую женщину?

— Это ты-то беззащитная? Да ты сука, каких мало.

— Так почему бы тебе не трахнуть суку, каких мало? Ты будешь последним, кто это сделал. Запишешь себе в актив маленькое любовное приключение с приговоренной к смерти.

Он все еще колебался, но по его раздувающимся ноздрям я чувствовала, что почти достигла цели. Еще одно небольшое усилие — и он не устоит.

— Я ведь никому не скажу. У меня просто не будет времени. А у тебя есть полтора часа. А потом ты сможешь вернуться к своим обязанностям... В любом случае ты обыграешь своего босса. И не останешься внакладе. Я обещаю...

И Витек решился.

Он присел на корточки перед ванной и робко коснулся моей мокрой груди кончиками пальцев — удивительный такт для человека, который еще полчаса тому назад бил меня рукояткой пистолета наотмашь. Я подалась вперед и прикрыла глаза — пожалуй, во мне действительно погибла актриса. А спустя несколько секунд моя грудь полностью исчезла в его тяжелых огромных ладонях. Теперь уже он прикрыл глаза, сентиментальный дурак.

Совсем рядом, над моим лицом болталась кобура с пистолетом. Соблазн вытащить его был так велик, что я едва сдержалась: я понимала, что сейчас у меня нет никаких шансов, он обязательно перехватит руку — ведь всю предыдущую жизнь его натаскивали именно на это — и весь мой план рухнет.

Витек едва не влез в ванную, когда я прошептала ему на ухо:

— Подожди... Не здесь. Отнеси меня в комнату.

Мы вполне могли остаться в ванной, это наверняка было в стиле Анны, но сейчас я не могла себе этого позволить: кобура вместе с пистолетом и одеждой упадет на отделанный мрамором пол, и тогда мне до него не дотянуться.

Он все еще нависал надо мной, его тело тяжелело с каждой минутой.

— Пожалуйста, — снова попросила я, едва касаясь губами его грубого лица с пробивающейся щетиной, — не здесь. Отнеси меня в комнату.

Он наконец-то понял, коротко кивнул и вынул меня из воды. Поднял на руки и понес в комнату. От идущей от его тела животной вибрирующей страсти я почувствовала легкую тошноту.

...Витек бросил меня на тахту и спустя несколько секунд уже накрыл своим телом. Я чуть не задохнулась от тяжести, осторожно выскользнула у него из рук и принялась расстегивать его рубашку, для большей убедительности издавая подходящие случаю звуки и через одну отрывая пуговицы. А он все прижимал и прижимал меня, постепенно теряя контроль над собой.

...Подождать. Нужно подождать, уговаривала я себя, задыхаясь от запаха маринованного чеснока и жевательной резинки, нужно потерпеть. Наверняка ты делала это ради денег, так неужели сорвешься теперь, когда речь идет о твоей жизни?.. Нужно потерпеть, нужно довериться собственному телу, оно само все сделает, как надо. Тебе только останется вступить в самый ответственный момент...

Тело, действительно, все делало как надо. Во всяком случае, Витек не был разочарован прелюдией — сквозь его неплотно прикрытые веки я видела полоску закатившихся белков.

— Так, значит, это правда, — бессвязно шептал

он. — Это правда, что о тебе говорят... Самая страстная шлюха, какая только может быть...

Я наконец-то добралась до его ремня, щелкнула замком и расстегнула молнию. Он сразу же властно нагнул мою голову, даже шейные позвонки хрустнули под его ладонью:

— Давай, возьми... Говорят, ты делаешь это, как никто.

Если бы ситуация была другой, меня бы передернуло от его откровений — хороша же была моя прошлая жизнь!.. Но какой бы ни была прошлая, нынешняя не идет с ней ни в какое сравнение: в моих прикрытых ресницах повисла, как на новогодней елке, разваленная голова Эрика Моргенштерна...

— Скажи, я нравлюсь тебе? — прерывающимся голосом выдохнул Витек, все еще не выпуская моего затылка. — *Он* нравится тебе?..

— Самый лучший из тех, что у меня был, — банальная, срабатывающая безотказно фраза, но я помню ее... На то, чтобы произнести что-то еще, времени у меня не было: рядом с низкой тахтой валялась рубашка Витька, а под ней лежал пистолет...

...Кажется, пистолет нужно снять с предохранителя — откуда я знаю это?.. Я знаю, но не смогу этого сделать. Не смогу, не смогу... Я вспомнила удар рукояткой в челюсть — память о нем и о том, что может последовать, если я не решусь, подхлестнула меня. Сейчас ты должна поднять оружие и выстрелить — иначе у тебя не останется ни одного шанса. Прижимаясь к Витьку, я осторожно нашарила легкую кобуру и потянула пистолет к себе. Телохранитель не заметил этого, он ничего не замечал: его движения стали резкими и конвульсивными.

— Не торопись, — нежно шептала я ему, подтягивая пистолет: нужно быть полным кретином, чтобы позволить себе так расслабиться в обществе суки, каких мало? Если останусь жива, обязательно попеняю Илье за недостаточно тщательный подбор кадров...

Сейчас. Нужно сделать это сейчас. Мой указательный палец уверенно лег на спусковой крючок (слишком уверенно для человека, не имевшего дело с оружием, боже мой!), а большой опустил собачку предохранителя. Я резко подняла пистолет, целясь прямо в опрокинутую голову Витька, и нажала курок.

Но выстрела не последовало. Сухой щелчок. Осечка.

Этот звук мгновенно отрезвил телохранителя. Он резко приподнялся на руках, сбросив с живота мою голову, и я увидела в его глазах даже не страх и не ярость, а скорее мальчишескую обиду, — Витек все еще не мог поверить в мое вероломство.

— Слушай, мы так не договаривались! Брось...

Я не дала ему договорить. Все, что случилось потом, я помнила как в тумане: я машинально передернула затвор (откуда, откуда мне известно, что нужно передернуть затвор, боже мой!) и снова выстрелила.

Осечки не было, но и моя рука пощадила телохранителя, сохранила его жалкую жизнь: я видела только, как взорвалось его плечо (очевидно, пуля раздробила ему кость) и фонтан крови обрызгал натертый до блеска паркет...

Витек взвыл от боли и попытался заслонить голову здоровой рукой. Несколько секунд из его горла вырывался только исполненный животной боли сип:

— А-ах ты, мать твою! Нет... — Сквозь руку я видела черты его лица, искаженные ужасом до неузнаваемости; кровь забрызгала ему щеку и казалась почти черной на мертвенно-бледном лице. — Нет... Не нужно...

Не нужно... Не нужно, нет... Я не убийца, не убийца... Я только защищалась. Это скорчившееся, теряющее сознание от боли, массивное тело больше не интересовало меня. По-прежнему сжимая пистолет в руке, я бросилась вон из комнаты.

Ничто, кроме поскуливания, переходящего в хриплый вой, не преследовало меня. В ванной я подняла свой больничный халат и набросила его прямо на голое тело; в прихожей я подняла шубу и набросила ее прямо на халат...

Открыть дверь оказалось неожиданно легко — слишком неожиданно и слишком легко! — и спустя секунду я уже была на лестничной площадке: вниз, вниз, скорее вниз, кажется, ты спаслась...

...Я пришла в себя только на улице и обнаружила, что все еще сжимаю в руке пистолет. Картина не слишком подходящая и мутному разгару февральского дня, и самому центру города. Стараясь справиться с собой, я опустила пистолет в карман шубы. Неожиданно он упал в самый низ и завалился за подкладку. Этот последний штрих, этот достойный финал трагедии, обернувшейся фарсом, добил меня окончательно: кто бы мог подумать, у стильной женщины, носившей платья «от кутюр» и дорогие украшсния, — дырка в кармане!..

Стоя прямо посреди двора, не в силах двинуться дальше, я начала смеяться. Я смеялась так долго, так отчаянно, что взмокли ресницы. А потом смех перешел в такое отчаянное рыдание, что я даже испугалась за себя: да у тебя истерика, Анна. Некому надавать тебе по щекам, некому привести тебя в чувство... Сейчас ты привлечешь внимание всего благовоспитанного надменного двора в центре города, и кончится тем, что вездесущий милицейский патруль похлопает тебя по плечу.

Бежать. Бежать как можно дальше отсюда. Хотя неизвестно, как далеко ты убежишь в одном халате под шубой и легких осенних туфлях на голые ноги: тогда, когда меня увозили из квартиры Эрика, я успела надеть только их...

Постепенно холод выстудил мою голову — смеяться расхотелось. Нужно было думать о том, куда идти: с пистолетом в подкладке и без единой мысли в голове. И только теперь я с отчаянием поняла — идти мне некуда... Наверняка у меня были знакомые, которые могли помочь мне, но никого из них я не помнила.

Я по-прежнему ничего не помнила... Но обо всем этом можно будет подумать потом — потом, когда я растворюсь в московских улицах и окажусь в относительной безопасности. Я провела рукой по саднящему от боли подбородку и горько усмехнулась самой себе — ты никогда, никогда не будешь в относительной безопасности...

* * *

...Несколько часов я слонялась по улицам, иногда заходя погреться в магазины и маленькие кафе. Я тупо прочитывала таблички с названиями улиц — все они были смутно знакомыми, но мало о чем говорили мне. Ни одно из них не было связано с конкретными событиями из моей прошлой жизни. В порыве первого приступа отчаяния я даже стрельнула у какого-то сентиментального торговца хот-догами жетон на телефон и набрала номер Насти — единственного человека, которого я по-настоящему знала: это был мой собственный, не навязанный, а приобретенный опыт общения. Но теперь мне отвечали лишь короткие сердитые гудки... Поздравляю, ты решилась последней связи с реальным миром.

Длинная, до пят, шуба спасала меня от пронизывающего холода, в ней я чувствовала себя даже уютно, но спустя некоторое время я перестала ощущать собственные ноги: осенние стильные туфли были плохой защитой от мороза. У меня не было ни копейки денег, чтобы засесть в какое-нибудь завалящее бистро и с достоинством выпить хотя бы чашку жидкого кофе. Загнанная стужей в угол, я наконец-то забилась в ГУМ и решила не выходить оттуда до закрытия.

Слабая дурацкая надежда, что к вечеру что-то может решиться...

Так и не согрев ног, так и не уняв саднящую боль в подбородке, так и не решив ничего для себя, я набрела на туалет для сотрудников универмага, закрылась в кабинке, села на выложенный плиткой пол и заплакала...

Выхода нет. Нет выхода.

Спустя несколько минут я почувствовала, что засыпаю. Ну что ж, очень хорошо, плевать на то, где я нахожусь, почему так болят ноги?.. Слабо соображая, что делаю, я расстелила на полу шубу, свернулась калачиком и накрылась с головой. Пусть меня найдут, но только тогда, когда я засну. Есть слабая надежда, что не проснусь. Слишком слабая, но попытаться стоит. Но что-то мешало мне провалиться в блаженный сон — спустя несколько минут я поняла *что*.

Пистолет, впившийся в бок. Единственная неприятность, которую я могу устранить.

Я — вот единственная неприятность, которую можно устранить. Нужно только вытащить тяжелую игрушку из кармана. Она хорошо поработала, вполне в духе Хичкока: два трупа, почему бы не быть третьему? Ведь выхода нет.

Нет выхода.

Эта мысль так обрадовала меня своей определенностью, что сон как рукой сняло. Вот оно что: малейший намек на решение всегда мобилизует Анну Александрову, суку, каких мало. Жаль только, что не придется воспользоваться этим ценным качеством в дальнейшем.

Мысль о том, что все может так легко и относительно безболезненно закончиться, подстегнула меня. Во всяком случае, есть радикальный способ избавиться от боли в подбородке и навсегда замерзших ног. Есть радикальный способ избавиться от вечных сумерек в сознании. Я попыталась извлечь пистолет из-за подкладки — это оказалось не так-то просто: он выскальзывал, он не давался мне в руки. Я даже застонала от нетерпения: каждая секунда отдаляла меня от решения пустить себе пулю в лоб (или в сердце, или в висок), делала его не таким бесповоротным.

Ничего не получается, да что же с моими руками, черт возьми, неужели я так боюсь перестать жить?!

— Нет, не боюсь, — вслух произнесла я, уговаривая себя: — Не боюсь, не боюсь, не боюсь. После всего, что произошло, мне нечего бояться.

Не доверяя больше предательским, цепляющимся за жалкую жизнь рукам, я поднесла шелковую подкладку к лицу и впилась в нее зубами. Через несколько секунд подкладка поддалась и треснула. Из-под ткани выпал пистолет.

Пистолет и несколько смятых бумажек.

Мать твою (я вспомнила о Витьке), что это со мной? Наваждение близкого самоубийства прошло. Бумажки оказались смятыми купюрами. Я осторожно разгладила их: четыре сотенных и одна полтаха, да вы шикарно живете, Анна Александрова, если такие бросовые суммы валяются у вас в дырявых карманах.

Четыре сотенных и одна полтаха. Есть с чем начинать жить.

Неожиданно появившиеся деньги сделали свое дело: в голове прояснилось, прав Илья, я, действительно, алчная тварь, только деньги могут заставить меня трезво соображать, пусть даже такие небольшие.

Я поднялась на ноги, оделась и запахнула шубу, не забыв переложить пистолет и все неожиданное богатство в целый карман.

Сначала сапоги, чтобы не замерзнуть вусмерть. Сначала сапоги, а потом все остальное.

...Здесь же, в ГУМе, пряча фиолетовый подбородок от равнодушных продавцов, я купила себе пару относительно дешевых сапог. Оставшихся денег хватило на приличные колготки, кофе и пачку «Житана».

Спустя полчаса я сидела в соседней прилично обставленной забегаловке, грела руки о чашку кофе и предавалась нерадостным мыслям.

В активе у меня были только сапоги и сигареты.

Все остальное выглядело почти катастрофически. То, что я узнала о себе, не может не вызвать ничего, кроме глухой тоски. Две смерти за ночь, и обе связаны со мной. Я и сама чудом избежала участи хирурга-пластика и Эрика Моргенштерна. Но это лишь отсрочка, не больше, комиссия по помилованию, возглавляемая владельцем казино Ильей, никогда не вынесет мне оправдательный приговор.

Никогда еще со времени выхода из комы, я так страстно не желала вспомнить все. Вот и сейчас я зло ударила себя по бесполезной голове — так, что остатки кофе пролились на липкий стол. А ударив, тут же поймала себя на мысли, что амнезия вызывает во мне уже не отчаяние, а слепую ярость. Документы, из-за которых холеную суку Анну собирались пустить в расход, были так же недостижимы для меня, как для Ильи. Даже еще более недостижимы. Я не знала, не помнила людей, которые могли бы помочь мне, зато те, кто собирался убить меня, были мне известны. О том, чтобы уехать, не было и речи — у меня нет ни денег, ни документов. Я не помню, появилась ли я в Москве на заре туманной юности или прожила здесь всю жизнь. Можно еще раз позвонить Насте, даже приехать к ней — сердобольная птичка на жердочке никогда бы мне не отказала. Но разнесенная в клочья голова Эрика Моргенштерна так явно совпадала по контуру с моей собственной головой, что я тут же отбросила эту мысль. Не стоит втягивать медсестру в смертельные игры. Ты можешь защитить ее только тем, что не станешь впутывать в свою жизнь, Анна... Какое все-таки замечательное имя — Анна... Пожалуй, оно даже идет мне.

Можно, конечно, вернуться в клинику, но там меня обязательно найдут люди Ильи. Они продемонстрировали свои возможности достаточно убедительно. И последствия известны — я не думала, что после утреннего инцидента с Витьком мои мучители отнесутся ко мне с большей симпатией, чем прежде. Да и перед капитаном Лапицким нельзя вечно разыгрывать неведение, он сразу же учует всю зыбкость моей сицилианской защиты (интересно, играла ли я в шахматы до катастрофы на шоссе?).

Ситуация была такой тупиковой, что я даже улыбнулась паре молодых геев, сидящих против меня. Со всеми вытекающими свободы и жизни тебе осталось ровно до первого милицейского поста.

Один из геев, гибкий как тростник, азиат, улыбнулся мне в ответ, легко оторвался от своего спутника и подошел к моему столику.

— У вас не будет сигареты? — мягким чувственным голосом, похожим на руки мертвого Эрика, спросил он.

Я протянула ему пачку «Житана». Он ловко выбил сигарету, но от столика не отошел. Его приятель, по виду похожий на аспиранта философского факультета, ревниво следил за нами. «Дешевка, — с симпатией подумала я об азиатском мальчике с тонко вырезанными ноздрями, — копеечный жиголо, пардон, альфонсик...»

— А две не дадите? — Гею откровенно хотелось понравиться мне, это было чисто женское кокетство.

— Две — это уже вымогательство. — Конечно же, хочет вызвать ревность своего дружка, дешевый приемчик, Эрик никогда бы таким не воспользовался.

Но сигарету я все-таки дала, а когда азиат отошел от столика, все мои мысли были поглощены убитым молочным братцем, владельцем подержанного «Фольксвагена» и всех моих тайн. Как это он сказал тогда — я выполняла деликатные поручения? Я была девочка что надо, я могла выйти сухой из воды при любых обстоятельствах...

Решение, которое пришло, поначалу показалось мне безумием чистой воды. Но в этом безумии я увидела единственный выход, единственный свет в конце тоннеля. Не стоит ждать, пока первый попавшийся сержант из ближнего Подмосковья схватит тебя за руку и предъявит обвинение в бродяжничестве. Не стоит ждать, пока первый попавшийся человек из окружения Ильи схватит тебя за руку и пустит пулю в лоб.

Я расстегнула шубу и осторожно опустила руку в карман халата, успев загадать при этом: если я найду там то, что хочу найти, — у меня есть шанс выбраться и вспомнить о своем прошлом в более спокойной обстановке.

И среди пучков собственных волос, скатанных в шарики, среди двух засохших лепестков гвоздики из того давнего Настиного букета я нашла то, что искала, — смятую визитку капитана Лапицкого. Я вытащила ее, расправила и принялась изучать.

Она отразила сущность капитана — нахрапистость и дешевый шик. Отвратительная полиграфия, плохо пропечатанные буквы всего лишь двух слов — «Константин Лапицкий». Два телефона с одинаково начинающимися первыми цифрами — очевидно, служебные. И еще один, дописанный от руки телефон. Есть из чего выбирать.

Я допила кофе, еще раз улыбнулась аспиранту философского факультета и его ненадежному любовнику и вышла из кафе.

На оставшиеся деньги я купила несколько жетонов для таксофона. Первый звонок оказался неудачным — мне никто не ответил. По второму телефону вежливо поинтересовались, по какому вопросу я звоню, и, услышав жизнеутверждающее «по личному», также жизнеутверждающе ответили: «У него сегодня выходной».

У него сегодня выходной. Очень мило. Оставался только один телефон, написанный от руки. Это мой единственный шанс. Февральскую ночь в Москве, без денег, без документов, в больничном халате и роскошной шубе, которую хочется снять каждому, кому не лень, я не переживу.

Длинные гудки.

«Ну, давай же, давай, не подведи, капитанишко-неудачник, за меня вполне могут дать звезду и не одну», — умоляла я, прижимаясь разгоряченным лбом к телефонному диску.

Наконец, трубку сняли. «Лапицкий на проводе» — боже мой, какое счастье, Лапицкий на проводе. У меня перехватило дыхание.

— Кто говорит?

Действительно, кто говорит, не могу же я представиться своим настоящим именем — Анна Александрова, он не имеет о нем ни малейшего понятия...

— Алло, вас не слышно, перезвоните.

Сейчас он положит трубку...

— Это я, — наконец-то выдавила из себя я.

— Кто — я?

— Это та дамочка из клиники, ваша головная боль.

На том конце трубки повисло гробовое молчание. Я почти физически ощущала молчаливое напряжение капитана.

— Где вы? Куда вы пропали? — выдохнул он.

— Нам необходимо встретиться. Это конфиденциальный разговор. Важная информация. Только вы и я.

— Где ты? Где ты находишься, черт возьми?! — сорвался капитан.

— Только вы и я. Вы обещали помочь мне.

— Где ты?!

— Если вы придете не один...

— Я приеду один! — заорал он. — Где ты?

— Если вы приедете не один, я не сообщу вам того, что знаю. И вы ничего не сможете со мной поделать. Любая экспертиза подтвердит, что у меня действительно амнезия...

— Хорошо.

— Я у метро «Кузнецкий мост».

— Жди меня там.

— Нет. Очень холодно. Я буду ждать вас в «Букинисте», направо за угол. Вы знаете этот магазин?

— Я еду. Никуда не уходи.

Взмокшая, как мышь, я повесила трубку. Первый шаг ты уже сделала, теперь остается только ждать.

...Он появился в «Букинисте» только через пятьдесят минут, когда я перелистала все собрание сочинений Хемингуэя и несколько раз проиграла в голове возможные варианты нашего предстоящего разговора. Куртка нараспашку, тот самый свитер, который я изгадила ночью в Бронницах, штаны из плотной шерсти, непокрытая голова, плохо выбритое лицо — ничего капитанского. Я видела, как он рыскал глазами по маленькому торговому зальчику, выискивая меня. Я закрыла «Прощай, оружие!» и приветливо помахала ему рукой. Странное веселье овладело мной, хотя ничего веселого в моем положении не было.

— Здравствуйте, Костя! Можно, я буду называть вас Костей?

Он уже был рядом со мной и придерживал меня за рукав шубы.

— Почему вы исчезли из клиники? Что с вами произошло? Вас же пол-Москвы ищет... Главному хирургу строгач грозит...

— Видно, плохо ищут. Другие нашли быстрее.

— Откуда эта шуба?

— Это моя собственная шуба. Из прошлой жизни. Шикарная была жизнь, должна вам сказать.

Он тряхнул меня за плечи, не обращая внимания на то, что за нами зорко наблюдает пожилая продавщица.

— Вы наконец-то вспомнили?!

— Нет. — По его лицу пробежала гримаса разочарования. — Я ничего не вспомнила о себе, *но кое-что узнала о других*. Думаю, это заинтересует вас.

Он так пристально посмотрел на меня, как будто видел впервые. Я тоже увидела себя его глазами: теперь я уже не была той безмозглой личинкой шелкопряда, готовой швырнуть в него банкой с гвоздиками и потерять сознание от жалости к себе.

— Вы изменились, — наконец сказал он.

— У меня было некоторое количество времени и хорошие учителя. — Моя реплика, относящаяся вовсе не к нему (после аборта и двух убийств, которые произошли у меня на глазах, инцидент на даче в Бронницах казался невинной шуткой), почему-то заставила Лапицкого покраснеть и опустить глаза. — Я не имела в виду вас и ваших людей, — ободрила я капитана. — У вас есть деньги?

Лапицкий непонимающе посмотрел на меня.

— Я хочу купить книгу.

— Вы поразительный человек.

— Я сама не подозревала, насколько я поразительный человек.

Взяв у капитана двадцать тысяч, я купила толстый том Диккенса, «Записки Пиквикского клуба», заранее зная, что никогда не открою ее. Мы вышли из магазина на улицу и остановились перед витриной.

— Где же шофер Виталик? — Истеричная веселость продолжалась, и Лапицкий не мог объяснить ее природу. Он с мрачным недоумением смотрел на меня.

— Вы же сказали, что у нас конфиденциальный разговор.

— Простите. Что ж, поедем. Глупо мерзнуть на улице.

— Куда?

— В ваше управление я всегда успею. К вам, если жена не против.

— Не против. Я не женат.

— Тогда берите машину.

Лицо капитана жалко сморщилось: видимо, двадцатка, уплаченная за Диккенса, была последней.

— Придется на метро, — наконец глухо сказал он.

...В метро он все время придерживал меня за рукав, как будто боялся, что я исчезну так же внезапно, как и появилась. Но я не собиралась исчезать — сейчас капитан был моим единственным шансом на спасение. После того, что произошло утром, после той неожиданной власти над Витьком я была уверена, что он обязательно поможет мне.

Капитан жил рядом с метро «Семеновская». И пока мы доехали до нее, пока толкались в переходах на станции, забитых продавцами газет и нищими студентами консерватории с их извечной «Аве Мария», решимость покинула меня. Капитан Лапицкий повел себя со мной как порядочная скотина, даже смерть друга его не оправдывает. Он хотел выбить любые признания любой ценой, и нет гарантии, что, выслушав все, что я ему расскажу, он не сдаст меня на руки алчной машине правосудия...

...Однокомнатная берлога на двенадцатом этаже выдала Лапицкого с головой — ничего особенного за всю свою жизнь этот сторожевой пес не заработал: книжный шкаф во всю стену, забитый в основном специальной литературой по криминалистике, спартански-узкая кровать, похожая на развороченное гнездо, пара старых кресел и журнальный столик в уныло-буржуазном стиле. На столике — фотография: два молодых человека, стоящих в обнимку, в снаряжении на фоне горнолыжного курорта. В одном из них я узнала самого Лапицкого, а в другом — Олега Марилова.

И никаких занавесок на окне.

Вся одежда капитана была свалена прямо на кресла, на батарее сушились носки, а над кроватью висели горнолыжные ботинки по дизайну напоминающие хорошего качества гоночные болиды, супердорогая вещь. С противоположной стены на них с состраданием взирала плохая репродукция «Любительницы абсента» Пикассо...

Значит, ты достаточно образованна, Анна. Ты даже можешь выговорить слово «абсент»...

В комнате капитана царил первобытный хаос, и лишь в одном углу был образцовый порядок: там расположилась стойка для горных лыж и всего сопутствующего им снаряжения. Две пары лыж отличного качества, даже я могла судить об этом.

— Поговорим на кухне, — сразу же стушевался капитан и прикрыл дверь в комнату.

Он провел меня на кухню, еще хранящую следы внезапно прерванного обеда: недоеденная тарелка горохового супа и нарезанное аккуратными брусками розовое сало.

Раздеваться я не стала, хотя в квартире было жарко, и по моему позвоночнику струился пот. Длинная собо-лья шуба подавляла капитана, в ней я выглядела совсем другим человеком. А больничный халат сразу же вернет Лапицкому мистическую власть над пациенткой — хвост этой власти тянется еще из клиники, и капитан наверняка не забыл, как он может в отчаянии стучать по полу...

— Слушаю вас, — сказал Лапицкий, неловко убирая со стола остатки обеда.

И тут я почувствовала, что не могу начать разговор.

— У вас есть водка, капитан?

— Вы вспомнили, что такое водка? — насмешливо спросил он.

— Я даже вспомнила, что мои любимые сигареты называются «Житан»... — Я вынула из кармана пачку и нервно закурила. — Вернее, мне сказали об этом.

— Кто?

— Тот, кто рассказал и обо всем остальном...

Лапицкий не торопился с вопросами, он понял мое состояние. Из старенького холодильника «Юрюзань» была извлечена початая бутылка «Столичной» и тарелка с подсохшим сыром. Сало так и осталось лежать на столе.

— С закуской напряженка, — извинился капитан, разливая водку в две чистые рюмки.

— Черт с ней. — Я, не глядя, махнула водку и снова подставила рюмку: — Налейте еще.

— Наклюкаетесь, дамочка, что я с вами буду делать?

— Положите спать.

— Не положу.

— Будете устраивать пытки бессонницей? Вы ведь мастер-инквизитор.

— У меня нет еще одной кровати. — Вторую рюмку капитан выпил вместе со мной, крякнул и потянулся за куском сала. — Выкладывайте, о чем хотели мне рассказать.

Водка оказала свое благотворное действие — нервное напряжение отпустило меня, и я немного успокоилась.

— Вам что-нибудь говорит имя Юлий Моисеевич Дамскер? — спросила я, в упор глядя на капитана.

Лапицкий присвистнул и воззрился на меня.

— Допустим. Что дальше?

— Скажите мне, что вы знаете о нем?

— А вы? Вы имеете какое-то отношение к нему?

— Скажем, я знаю людей, которые имели отношение к нему. К его убийству. Ведь его убили, правда?

— Для пациентки закрытой клиники, страдающей амнезией, вы поразительно осведомлены. Да, его убили. В ноябре прошлого года. История была громкая, на всю Москву. Не одна голова полетела.

— Дело тухлое? Убийц, конечно, не нашли? — Я вынула сигарету из пачки и вопросительно посмотрела на капитана. Он чиркнул спичкой о коробок, спичка сломалась. То же самое произошло и со второй спичкой. Лишь на третий раз он справился и поднес спичку к моей сигарете.

Не нужно так волноваться, капитанишко-неудачник!..

— Тухловатое, — наконец сознался Лапицкий, внимательно наблюдая, как я выпускаю дым из ноздрей. — Дрянь дело. Никаких концов.

Поздравляю, ты умеешь работать, Анна. Почему бы не записаться в профессиональные киллеры, тем более, что пистолет у тебя есть.

— Расскажите мне о нем.

— Почему я должен рассказывать вам о нем?

— Потому что информация, которую я хочу вам дать, имеет отношение к этому убийству.

Капитан посмотрел на меня тяжелым взглядом:

— Занятная вы дамочка. Еще водки?

— Пожалуй.

Он снова разлил водку, и мы снова выпили.

— Валяйте, рассказывайте, — трясясь от страха сделать неверное движение, развязно сказала я.

— Что у вас с подбородком? Вас били? — Только теперь я заметила, что он внимательно смотрит на меня. Странно, почему он не задал этого вопроса раньше. Странно, почему он сразу же подумал, что меня били?..

— Да нет, просто упала. Адаптация к нормальной жизни проходит нелегко.

— По-моему, они перестарались, — задумчиво произнес капитан, не обращая на мои слова никакого внимания.

— По-моему, я тоже, — в тон ему ответила я, вспоминая раненного в плечо телохранителя Витька. — Я слушаю.

— Вы заставляете меня нарушать тайну следствия...

— Знаете, что кажется мне странным? — медленно произнесла я. — Я выкладываю вам, единственному человеку из органов, которого я знаю, фамилию убитого человека, и вы оказываетесь причастным к этому делу.

Капитан хмыкнул, и его зрачки метнулись в разные стороны:

— А знаете, что кажется странным мне? Две недели я бьюсь с потерявшим память куском мяса, который причастен к гибели моего лучшего друга, и ничего не могу от него добиться. Но стоит этому куску исчезнуть на сутки из больницы, как он объявляется у меня и сообщает, что имеет ту информацию, о которой не знает никто... Видимо, Москва маленький город.

— Видимо. Вам виднее. Я ничего не помню про Москву. А за кусок мяса — спасибо. Это достойный комплимент. Так я слушаю вас. — Я пристально посмотрела на Лапицкого и улыбнулась. Должно быть, именно так я поступала в прошлой жизни в экстремальных ситуациях.

Спертый воздух маленькой кухни наполнился невидимыми флюидами — мы с капитаном мерялись силами, синхронно прикрыв глаза и опустив кончики губ. Но победила все-таки я: капитан капитулировал.

— Что вас интересует? — резко бросил он.

— Все обстоятельства дела.

— Ну хорошо. Вечером, тридцатого ноября, у себя в особняке, был застрелен из пистолета банкир Юлий Моисеевич Дамскер. Банкир праздновал промежуточный юбилей, пятьдесят пять лет со дня рождения, так что круг приглашенных был достаточно широк.

— На месте любого банкира я не стала бы пускать в дом кого ни попадя. Даже в день празднования промежуточного юбилея...

— Круг приглашенных был достаточно широк, но хорошо отобран. Достаточно широкий круг близких людей, не считая струнного оркестра и какого-то заезжего тенора из Милана. Юлий Моисеевич славился своей страстью к классической музыке и осторожностью. Так что, будем считать, что там были только те люди, которым он, безусловно, доверял.

— На его месте я бы не доверяла никому. Даже собственной жене.

Лапицкий скорчил в саркастической улыбке прорезь рта:

— Жена вне подозрений. У жены полное и стопроцентное алиби. Она была убита вместе с банкиром, с разницей всего лишь в полминуты. Кроме того, сейф Дамскера оказался полностью выпотрошенным. Говорят, там были документы колоссальной стоимости.

— И что с этими бумажками?

— Из-за этого убийства полетело много голов, но если что-нибудь из документов, даже самое невинное, всплывет, то голов полетит еще больше. И довольно высокопоставленных. Но это только слухи и догадки. Никто ничего не знает наверняка.

— Они еще в стране? — деловито спросила я, не переставая удивляться себе.

— Судя по затишью — да. Ими еще никто не воспользовался. Здесь это было бы равносильно самоубийству...

Самоубийство. Это мы уже проходили: каменный пол туалета универмага, пистолет, который невозможно вытащить из дырявого кармана... Теперь я была спокойна: пистолет переложен в другой карман, и, если капитан откажется мне помочь, я просто пристрелю его, он не успеет среагировать. Я лениво удивилась этой своей оголтелой и циничной решимости — мой уставший от безделья мозг, моя душа, напоминающая пустой кувшин, слишком быстро наполнилась сомнительным содержимым души Анны. Ничего, ничего не осталось от сомнений первых дней в клинике, от нежных попыток представить себя разбитой вдрызг трогательной интеллектуалкой: выходит, Анна любит водить за нос не только других, но и себя...

Во всяком случае, это достойно уважения. Сейчас я задам еще парочку вопросов, ответы на которые меня не интересуют, — и карты на стол.

— Убийц, конечно, не нашли?

— Убийцу. Там был только один человек. Судя по всему, Дамскер застал его как раз в тот самый момент, когда он забирал документы. Убить банкира не входило в планы убийцы, во всяком случае убийца пришел без оружия. И обе жертвы застрелены из собственного пистолета Дамскера, это установлено. Старенький «ТТ», калибр 7,62, принадлежал его отцу, наградной...

— Гостей потрясли?

— В подобной ситуации алиби имеют все и не имеет никто. Огромный дом, масса укромных уголков, масса шампанского. Все, кто был на приеме, занимают такое общественное положение, включая депутатскую неприкосновенность, что хрен их достанешь.

— Какая идиллия, — улыбнулась я. — Неужели не было ни одной сомнительной личности? Ни одного подозрительного лица?

Лапицкий внимательно посмотрел на меня и пальцами выбил барабанную дробь на столе.

— Отчего же, было несколько, не принадлежащих ни к какому клану. Одна парочка успела ретироваться, ничего особенного, двоюродный племянник самого Дамскера со своей герл-френд. Весь вечер протрахались в супружеской спальне самого Дамскера, наглецы. Личности еще нескольких человек были установлены позже, все они так или иначе связаны с банком Дамскера. Особо выдающиеся клерки, и ни у кого из них не было причин убивать патрона. Дамскер очень тщательно отбирал персонал. И если уж пригласил троих рабочих лошадок из банка, они того стоили. После убийства их основательно шерстили — никаких проколов. Было еще несколько подруг жены, но она никогда не посмела бы пригласить на день рождения тех, кого не знал сам Дамскер.

— Скажите, пожалуйста, какая кроткая голубица!..

— Вот тут-то и начинаются сложности. Кто-то выпал из обоймы, из поля зрения, кто-то достаточно расчетливый, чтобы суметь просочиться на юбилей. И достаточно безрассудный, чтобы закончить вечер двумя трупами. Он не был профессиональным убийцей, не тот почерк. И ему чертовски повезло.

Вот это в яблочко, капитан. Чертовское везение — это как раз про меня...

— Похоже, это сошло ему с рук? — продолжала издеваться я.

— *Пока сошло,* — капитан пристально посмотрел на меня.

— А вы, как я посмотрю, любите горные лыжи.

— Ну, это совсем нетрудно предположить, — уязвленно сказал капитан и покраснел так, как будто я застала его на чем-то непристойном. — То, что вы узнали, касается автокатастрофы?

— Нет. Пока я ничего не могу сказать вам по этому поводу. Но я знаю, кто причастен к смерти банкира. И хочу продать вам эту информацию.

Капитан встал из-за стола, резко отодвинув стул, подошел к окну. Кухня была настолько мала, что он оказался за моей спиной. Я слышала его прерывистое дыхание. Он выжидал. Но и я ждала. Когда молчание стало невыносимым, он наконец сказал.

— Как я могу доверять информации человека, который даже не помнит, как его зовут. Он даже не сможет выступить свидетелем в суде.

— Меня зовут Анна. — Вот я и произнесла это вслух. А когда произнесла — все стало на свои места. — И никаким свидетелем на суде я выступать не буду. Вы снабдите меня документами, вы ведь можете это сделать. Небольшое количество денег меня тоже устроит. Я смогу уехать.

— Снабдить документами?

— Снабдить документами, чтобы я смогла начать новую жизнь. Я не могу прозябать в клинике, пусть даже очень хорошей, всю жизнь в напрасном ожидании, что ко мне вернется память. Есть много судеб, которые можно взять напрокат. Меня бы устроила одна-единственная...

— То, что нужно, — медленно произнес капитан.

— Вы о чем?

— Какой информацией вы располагаете?

— Я назову вам имя человека, который был заинтересован в смерти Дамскера. За ним стоят другие люди, их я не знаю, но, может быть, ухватившись за одно звено, вы вытянете всю цепочку.

Если сейчас он поверит мне... Если только поверит. Я не боялась, что Илья может сдать меня: в доме у Дамскера мы были вдвоем с Эриком. Да и сам Илья не знает точно, кто убил банкира и его жену, я поняла это по одной-единственной его реплике в машине. Даже если он засветит меня, я могу сказать, что я непричастна к убийствам, что это дело рук Эрика (прости меня, милый мертвый немец!). Но это был совсем уж крайний вариант, возможность которого я не допускала, — Илья не дурак, на нем тоже висит труп — труп Эрика, и он не станет подставляться, лишнее убийство ему ни к чему... Но даже если предположить самый неудачный расклад — все упирается в документы. Рано или поздно я вспомню все и тогда смогу торговаться...

— Помните, вы когда-то сказали, что поможете мне.

— Хорошо, я согласен обсудить ваши условия. — Капитан по-прежнему стоял у меня за спиной.

— Я назову имя только тогда, когда вы дадите гарантии.

— Я не могу дать вам никаких гарантий. Так же как и вы не можете гарантировать, что ваша информация абсолютно правдива.

Что может быть правдивее сплошного синяка на подбородке? Я потерла его рукой.

— Моя информация, по меньшей мере, заслуживает того, чтобы быть проверенной.

— Я никогда не вел этого дела. Им занимается совершенно другой отдел.

— Вы обещали защитить меня.

Капитан колебался. Я успела налить себе водки и выпить ее прежде, чем он произнес:

— Хорошо. Я сделаю все, что в моих силах.

— Вы обещаете?

— Да. Называйте имя.

— Господин Авраменко. Владелец казино «Монте-Кассино».

За моей спиной по-прежнему стояла мертвая тишина. Ни звука, ни движения. И когда я уже готова была обернуться к Лапицкому, презрев ту линию поведения, которую выбрала, он сказал:

— Эта информация ничего не стоит. Можете оставить ее при себе.

Я ожидала чего угодно, только не этого. Все мои построения рухнули. Ничего не остается, кроме как опустить руку в карман и...

Но я не опустила руку в карман. Вместо этого жалобным голосом попросила капитана:

— Не стойте у меня за спиной.

Он обогнул меня так, как будто бы исполнял ритуальный танец. И снова угнездившись напротив, посмотрел на меня с веселым сожалением:

— Обидно, да?

— Не то слово. — Я все-таки нашла в себе силы поддержать игру. Не нужно давать ему лишний повод торжествовать. — Значит, то, что я сказала вам, не имеет никакой ценности?

— Почему же никакой? Это касается вас, а мне ужасно интересно знать все, что касается вас, Анна, — в голосе Лапицкого послышалась скрытая угроза.

— Из-за вашего погибшего друга?

— Похоже, теперь из-за вас самой.

— Только не говорите, что я нравлюсь вам как женщина...

— Откуда вы знаете об Авраменко и его казино?

— А что?

— Дело в том, — капитан осторожно подбирал слова, — что после убийства Дамскера люди, которые занимались этим делом, шерстили все возможные круги его общения. Его и его жены.

— И что? — Я все еще сохраняла спокойствие: возможно, капитан пристреливается случайно, значит, еще есть возможность увернуться...

— Так вот, покойная Ася Дамскер несколько раз была в казино «Монте-Кассино» и даже выигрывала там крупные суммы. Ей фантастически везло в рулетку.

— Что вы говорите!

— И — самое интересное — она всегда появлялась там в обществе какой-то своей подруги, очень эффектной женщины. Прямо сладкая парочка, не разлей вода.

— Подруге так же везло в рулетку?

— Не знаю. Кстати, ее тоже звали Анной. Ася обращалась к ней «Аннушка».

— Неплохо. Значит, они были близкими подругами.

— Настолько близкими, что эта самая Аннушка открыла счет в банке ее мужа.

Неожиданный поворот. Никто не сказал мне о счете. Интересно, сколько денег на нем лежит?..

— Зачем вы все это мне рассказываете?

— Просто так. Откуда вы знаете о господине Авраменко и его казино?

Игра, которую я пыталась навязать Лапицкому, оказалась мне не по зубам. Я почувствовала усталость, да и выпитая водка давала о себе знать.

— Я не отвечу на этот вопрос.

— Не хотите, ясно. Тогда еще одно — эта подруга образовалась в течение полугода или что-то около того. Слишком стремительные сроки для близкой дружбы. Не находите?

— Нет.

— Ее даже пригласили на юбилей Дамскера.

— Не вижу в этом ничего криминального.

— Никакого криминала, романтическая история чистой воды. Естественный ход событий. Подруга очень быстро перескочила на самого банкира. Весь октябрь и часть ноября они обедали вместе.

Я физически ощущала, как капитан плетет незаметную паутину, где мне отводилась роль подрагивающей крылышками, ничего не подозревающей мухи.

— Типичный адюльтер, такое сплошь и рядом случается, — вяло поддержала Лапицкого я.

— Так вот, эта самая Анна действительно была на юбилее. Ее видели все, но только до того момента, как был убит банкир. А потом она исчезла. Как в воду канула. Поразительное совпадение. Она оказалась единственной из присутствовавших на юбилее, кого не удалось найти. — Он в упор посмотрел на меня. — Кстати, фамилия владелицы счета в банке — Анна Александрова. Вам она ничего не говорит?

— Зачем вы все это мне рассказываете? — Я аккуратно опустила руку в карман шубы.

— Вам не жарко? — насмешливо спросил капитан. — Шубу-то снимите.

— Ничего, все в порядке.

— Зачем вы все-таки пришли ко мне? — Теперь Лапицкий смотрел на меня не отрываясь. — Не проще ли было остаться в клинике и по-прежнему симулировать амнезию. Во всяком случае, у вас получалось это довольно убедительно. Я почти поверил в это.

— Мне нужны документы. Я больше не могу быть никем! — Черт возьми, не нужно мне было пить, почему он так пристально на меня смотрит?.. — Почему вы так на меня смотрите?

— Пытаюсь понять, *какое же лицо* было у вас до пластической операции.

Он ничего не забыл, этот капитан, кажется, я недооценила его. Стоит ему залезть в карман моей шубы, а сейчас я не в состоянии оказывать сопротивление, как он извлечет на свет божий пистолет. Пистолет, из которого застрелили двух человек.

— Я не помню, какое лицо у меня было.

— Никогда не думал, что мне так повезет, Анна, — наконец сказал он. — Такое бывает раз в жизни. Тем более — в сраной ментовской жизни, как вы ее называете... Никогда не думал, что ты вот так придешь ко мне. Видать, сильно тебя прижало.

И я не выдержала. Я совершила непоправимую ошибку. Совершенно не думая ни о чем, удивляясь полному отсутствию эмоций, я попыталась достать оружие из кармана. Легкое безобидное движение.

И тогда капитан, бросив свое тренированное тело через стол, — все выглядело так, как будто бы он ждал этого движения, — перехватил мою руку. Не удержав равновесия, я упала со стула, а капитан рухнул на меня.

Совсем близко я увидела его торжествующую улыбку.

— Ну все, Анна. Кажется, это ты. И, кажется, ты попалась...

* * *

...Маленькая комната, где нет ничего, кроме пары стульев и кровати, застеленной тонким одеялом. Деревянный пол, деревянная обшивка стен, низкий деревянный потолок, скошенный прямо над кроватью: видимо, комната находится прямо под лестницей, которая ведет наверх. Иногда я слышу поскрипывание половиц — люди за пределами моей комнаты поднимаются и опускаются. Но в доме отличная звукоизоляция: лестница — единственный прокол. Никаких звуков ни наверху, ни внизу — только шаги по лестнице.

Целыми днями я прислушиваюсь к этим шагам. Я научилась их различать. Поднимающихся и опускающихся — пятеро. Двоих я знаю — это сам капитан и шофер Виталик. Виталик приходит три раза в день и на очень короткое время — приносит нехитрую еду, состоящую в основном из бутербродов и кофе. Лапицкий может явиться когда угодно и просидеть сколько угодно, болтая на разные темы, ленивый простачок. Это очень странные темы, но я вынуждена их поддерживать. Мы снова на «ты», сейчас ко мне невозможно обращаться иначе, хотя больничный халат, успевший стать моей второй кожей, заменили на рубашку и джинсы. Между мной и Лапицким уже нет недоговоренности, и меня смущает только одно: почему, после всего происшедшего, я нахожусь не в следственном изоляторе, а здесь. Здесь, на загородной даче, с зарешеченными окнами и полоской леса вдали. Лес завален мертвым февральским снегом. В комнате, где я заперта, почти всегда сумерки, и почти всегда лицо капитана кажется мне лицом туземного божка смерти, на алтарь которого брошена моя судьба.

Из деревянной мышеловки с кроватью и двумя стульями нет выхода. Меня мягко обвиняют в нескольких убийствах, два из которых я не помню, а в двух других была только свидетельницей. О причастности к убийству банкира и его жены мне сказал капитан — еще тогда, в своей квартире, наполненной воспоминаниями о горнолыжных курортах. Эрик и хирург-пластик всплыли позднее, когда я уже была заперта на этой даче, — они проявились на фотографиях, которые принес мне капитан. Там же были и мои фотографии — фотографии Анны Александровой до пластической операции, которые я уже видела. Меня не покидает странное чувство, что весь мой мир состоит только из изображений людей и изображений меня самой... Ничего живого, ничего конкретного.

Капитан выжидает — отсюда эти странные разговоры ни о чем и обо всем одновременно. Ему интересна моя точка зрения на разные вещи — те вещи, о которых я помню. Имя Олега Марилова больше не упоминается, капитан давно забросил бесперспективное дело расспрашивать меня о нем — так ребенок легко расстается с надоевшей ему игрушкой. Капитан вообще старается обходить острые углы, связанные с моей амнезией. Он — или они (я вспоминаю пять абсолютно разных манер подниматься по лестнице над моей головой) — гораздо больше интересуются прошлым Анны. Конечно, они знают обо мне гораздо меньше, чем знал Эрик, чем знал Илья, но и то, что им известно, вызывает в них почтительное удивление. Во всяком случае, именно это чувство написано на бесстрастном лице туземного божка смерти, когда я исподтишка, из угла своей смятой кровати под лестницей, смотрю на него.

Я думаю, это относится к моему прошлому. Но приходит день, когда я понимаю, что это не только прошлое. Но и будущее...

— Рано или поздно к тебе вернется память, — сказал мне Лапицкий, сидя в своей излюбленной позе: нога на ногу, руки, сцепленные на круглом затылке, — но даже ее отсутствие не может служить достаточным аргументом, чтобы оправдать тебя на суде.

— Мне все равно.

— Отлично. После всего того, что ты успела натворить, тебе светит пожизненное. Или пятнадцать лет, как минимум. И считай это подарком судьбы. Ты в курсе?

— Мне все равно.

— И это после той блестящей жизни, к которой ты привыкла?

— Мне все равно. Я не помню своей жизни.

— Когда-нибудь вспомнишь.

— Чего вы хотите от меня?..

В комнату без стука вошел Виталик, принеся традиционные бутерброды и кофе. Из уважения к Лапицкому ассортимент их был более разнообразен, чем обычно: вместо вареной колбасы — салями, сыр и куски постной ветчины. Я молча наблюдала, как капитан поглощает один бутерброд за другим, не обращая никакого внимания ни на меня, ни на мой последний вопрос.

— Угощайся, — наконец сказал он. — Хочешь выпить? Сейчас Виталик принесет коньяк.

— По какому случаю фуршет?

— Может быть, это будет твой последний хороший коньяк в жизни.

— Мне все равно. Тем более, что я люблю можжевеловую водку. — Анна дерзко выглянула из моих прикрытых сумерками глаз и напомнила о себе.

— Водки ты тоже не увидишь. Ничего хорошего в будущем тебя не ждет.

— Мне все равно...

— Хорошо, — мягко сказал капитан, постная ветчина сделала его терпеливым. — Тогда вернемся к твоему последнему вопросу.

— Вопросу?

— Ты спросила — «чего вы хотите от меня», верно?

Я молчала. Я начала понимать, что ветчина и салями неспроста. Неспроста они маринуют меня здесь так долго, что я уже потеряла счет времени.

— Чего вы хотите от меня?

— Тебя.

Неожиданный поворот. Полная неистовой жизни Анна обязательно обыграла бы эту неосторожную реплику, указала бы капитанишке-неудачнику на его истинное место. Но я так устала, что даже не нашла, что ответить на эти бесцеремонные и туманные притязания.

— В смысле?

— Значит так, девочка, расклад таков. По всему выходит, что ты нагадила везде, где смогла. Во-первых, Дамскер и его жена.

— Это недоказуемо.

— Ошибаешься. Доказать, что ты убила Дамскера и его жену — это как два пальца об асфальт. Здесь даже особо стараться не придется. Но даже если бы этого не было... Пистолет, из которого ты хотела грохнуть представителя закона, засвечен еще в двух убийствах.

— Представителя закона?

— Меня, меня... Ты ведь хотела это сделать? Так вот, сначала убит профессиональный альфонс, затем убит профессиональный врач, занимающийся пластической хирургией, — и оба они связаны с тобой, оба замыкаются на тебе.

— Каким образом? — Это был бессмысленный вопрос, я знала — *каким образом.*

А в интерпретации Лапицкого это выглядело еще примитивнее и убедительнее:

— Один был твоим подельником и слишком много знал о тебе. Другой скроил тебя заново, следовательно, знал о тебе еще больше. Оба были неудобны для твоего нового лица. Разве это не аргумент?..

— Оперативно работаете. Слишком легко все получается.

— А так обычно и бывает. Интригу оставим для крутых детективов.

Тема с убийствами всплывала в последнее время несколько раз, но я ничего не подтверждала и не отрицала, я предпочитала отмалчиваться. Вот и сейчас — пусть делают, что хотят, но он не вынудит меня свидетельствовать против себя самой.

— И что дальше? Не забывайте, что я попала в катастрофу. Я была больна.

— Ну что ж, если ты была больна, то остаток жизни проведешь в тюремной больнице, будешь жрать баланду и пялиться в стены, окрашенные охрой. Приятная перспектива, ты как думаешь?

— Мне все равно. Везите меня куда угодно, я не могу больше здесь оставаться.

Лапицкий отложил бутерброд, который жевал все это время, вытер губы тыльной стороной ладони и тихо заорал на меня:

— Ты не слышишь меня. Ты не хочешь меня слышать. Помнишь, о чем я говорил тебе еще в клинике? Я смогу защитить тебя.

— Вы готовы защитить меня? — Я испытующе посмотрела на капитана.

— При одном условии.

Мне плевать было на условия.

— Вы готовы защитить меня, даже после того, что узнали? Вы готовы защитить женщину, которую сами же обвиняете в убийстве четырех человек?

— Ты же сама просила меня о помощи.

— Теперь мне все равно.

— Ну что ж, — капитан вздохнул, — я смотрю, подбородок у тебя совсем зажил. И синяки сошли... Мне тоже все равно. Иди. Ты свободна.

Я ждала чего угодно, только не этого.

— Я свободна?

— Да. Можешь уходить. Дверь не заперта.

Я поднялась с кровати, не глядя на Лапицкого, надела сапоги.

— Шубу получишь у Виталика. Убирайся.

В это невозможно было поверить. Лапицкий по-прежнему сидел, закинув ногу за ногу и сцепив руки на круглом затылке. Он даже не потрудился поменять позы. Но мне было плевать на Лапицкого, только бы не оставаться здесь, в каморке с зарешеченными окнами.

Дверь, действительно, была не заперта, капитан не соврал. Я толкнула ее и оказалась в узком коридоре с лестницей на верхний этаж. У двери, на старом кожаном диване сидел Виталик.

— Мне нужны мои вещи, — тихо сказала я.

— Какие вещи? — Он отложил кроссворд, который разгадывал, и с удивлением воззрился на меня.

— Шуба. Надеюсь, она еще жива и не конфискована в пользу государства.

— Идем. — Виталик легко поднялся и, даже не взглянув на меня, углубился в плохо освещенный коридор. Я пошла следом, стараясь не отставать и все еще боясь, что Лапицкий передумает.

...Комната внизу была наполнена специфическим запахом мужчин, которые долгое время проводят вместе; переполненные пепельницы, пятна от кофе на столах, электрический чайник, шахматная доска с разнокалиберными фигурами, стоящая на холодильнике — кто-то не доиграл партии... В углу работал телевизор — ему было абсолютно все равно, что в комнате никого нет.

Виталик на секунду исчез и появился уже с шубой. Он галантно распял ее на руках:

— Прошу, королева.

— Спасибо. — Я отвыкла от таких знаков внимания и потому не сразу попала в рукава.

— Телефончик оставьте, — сказал Виталик невинным голосом опытного дамского угодника.

— Думаю, не стоит. Надеюсь больше никогда тебя не увидеть.

— Никогда не говори «никогда». Идем, я провожу тебя.

Он провел меня к выходу, мимо маленького тренировочного зальчика, дверь в который была приоткрыта. Два молодых человека в черных тренировочных кимоно бросали друг друга на маты. Я на секунду пожалела одного из них — высокого тонкого молодого человека с длинными волосами, забранными в хвост. Видно, что ему доставалось от спарринг-партнера — приземистого качка свирепого вида...

Виталик гостеприимно распахнул входную дверь, и пронизывающий холод сразу же забрался под полы шубы.

— Извини, дальше проводить не могу. Холодрыга собачья.

— Ничего. Куда идти?

— Смотри. — Виталик явно издевался, темень была, хоть глаз выколи. — Дойдешь до ворот, они не заперты. Дальше — грунтовка, но по ней идти не стоит, до утра не доберешься. Сворачиваешь на тропу — и вперед. До станции два километра. Дойдешь до станции, сядешь на электричку в сторону Москвы — вот и вся недолга.

— На электричку?

— По-другому не выбраться. А машину ради тебя никто гонять не будет...

Только сейчас я сообразила, что у меня нет денег.

— Слушай, одолжи мне денег... У меня нет ни копейки.

— У меня тоже, — с готовностью осклабился Виталик. — Откуда деньги у бедного мента? Ну, попутного ветра...

И, не дожидаясь ответа, наглый милицейский шофер захлопнул дверь за моей спиной.

Я осталась одна.

Одна посреди февральского вечера, на пронизывающем ветру, без денег, без документов, с сомнительной станцией в двух километрах отсюда. Даже если я дойду до нее — что делать потом?.. Машинально я сделала несколько шагов к воротам, которые не были видны в темноте, — руки мгновенно окоченели, и я спрятала их в карманы. В карманах было пусто. Бессмысленно пусто, так же, как и в моей голове.

Спустя несколько секунд я наткнулась на машину, и она взорвала воздух надсадным воем сирены. Я опустилась у переднего колеса и завыла с ней в унисон. Холод мгновенно овладел горлом, обжег его, проник вовнутрь и застудил сердце.

Тебе некуда идти.

Лапицкий прав, тебе некуда идти. Ты попалась. В доме коньяк и бутерброды с постной ветчиной, в доме ты можешь надеяться на защиту. На иллюзию защиты...

Проклиная все на свете, я поднялась и направилась к даче, которая искушала меня теплым светом из окон. Добредя до двери, я грохнула в нее обеими кулаками и сразу же отступила, независимо сунув руки в карманы.

На пороге появился Виталик.

— Ну что, не удалось?

— Что — «не удалось»?

— Тачку угнать.

— Можно я войду? Очень холодно. — Мои руки по-прежнему независимо торчали в карманах, но голос унизился до просьбы.

— Вот видишь. Никогда не говори «никогда», — наставительно произнес Виталик, но все-таки посторонился и пропустил меня в теплый холл. — Проводить к боссу?

— Не нужно. Я сама.

...Лапицкий сидел в той же позе, в которой я оставила его. Он даже не удивился моему возвращению, он даже проявил сочувствие:

— Замерзла?

— Чего вы от меня хотите?

— Хочу, чтобы ты выпила коньяка для начала. А потом поговорим.

Я не стала сопротивляться. Я была сломлена. Молча проглотив коньяк, я посмотрела на Лапицкого и сказала то, что хотела сказать с самого начала:

— Я вас ненавижу.

— Охотно верю. Но к делу это не относится.

— Чего вы добиваетесь?

— Ты уже поняла, что идти тебе некуда. Единственный человек, который может тебе помочь, — это я. Все остальные либо упекут тебя в каталажку, где ты сгниешь, либо отстрелят тебе башку. Согласна?

— Допустим. Что дальше? — Согревшаяся Анна решила проявить остатки воли и темперамента.

— Предлагаю щадящий вариант. Ты начинаешь работать на нас. У тебя сразу же отпадают все проблемы.

— Зачем я вам?

— Ну-у... Ты неглупая. Очень неглупая. Нестандартно мыслишь в экстремальных ситуациях.

— Вы-то откуда знаете?

Лейтенант на секунду замялся.

— Предполагаю. Кстати, обвинения в убийствах с тебя еще никто не снимал.

— Мне их даже не предъявляли.

— Я и говорю — соображаешь... С тобой не соскучишься. В тебе есть стержень. Есть характер. Если с тобой поработать, из тебя может получиться отличный агент. Ты можешь быть кем угодно, красивой женщиной прежде всего. Хотя ты и не в моем вкусе.

Я поморщилась: набор дешевых фраз, который ничего не значит. Но Лапицкий истолковал мою гримасу по-своему.

— Это не комплимент. Это руководство к действию. И, наконец, самое главное: у тебя нет выбора.

Я вспомнила пустые карманы и пронизывающий холод улицы.

— Да, вы правы. У меня нет выбора. Но подсыпать цианид в бокалы зазевавшихся мужиков я не буду. И производить контрольные выстрелы в голову тоже.

— Что, дешевых фильмов насмотрелась? Это только в кино безмозглые дуры стреляют почем зря. Никто от тебя этого не потребует. Так, поскачешь по нескольким постелям...

— Я не буду скакать по постелям.

— Неужели? А раньше у тебя неплохо это получалось.

— Оперативно вы собираете информацию.

— Работа такая. И потом, ты должна быть под рукой, когда вспомнишь о смерти Олега.

— Есть люди, которые очень хотели бы меня уничтожить... Они хорошо знают меня, в отличие от меня самой... Они хорошо знают, *какая я теперь.*

— Они хотели уничтожить тебя, а ты их. Я правильно понял твой неожиданный визит ко мне? Не волнуйся, этих людей мы сможем нейтрализовать...

— Если соглашусь — что получу взамен? — я пристально посмотрела на Лапицкого.

— Получишь *другую жизнь*. И все, что необходимо для этой жизни. Ты согласна? Не слышу.

— Да, — тихо сказала я. — Я согласна.

* * *

...Я осталась на даче. Теперь, когда я согласилась на все, со мной особенно не церемонятся. Хотя я больше не живу в маленькой конуре под лестницей, окна моей новой комнаты тоже зарешечены. И это значит лишь то, что я все равно несвободна, а тюрьма имеет множество модификаций — будь то закрытая клиника, закрытая территория особого подразделения ФСБ или собственное беспамятство. Но я редко думаю об этом, мне просто некогда об этом думать: я чертовски устаю от разных вещей. От бессмысленных пробежек по утрам, от бессмысленных упражнений в маленьком, хорошо оборудованном тире — я всегда посылаю пули в молоко, я делаю это с такой регулярностью и с таким упрямством, что на меня перестают даже злиться. Апофеозом бессмысленности являются тренировки в спортзале, где инструктор с ленивым именем Игнат каждый раз расправляется со мной, как с тряпичной куклой для следственных экспериментов.

Я отказываюсь учиться. Меня все ненавидят. Я тоже всех ненавижу. Ненавижу за постоянные синяки, постоянные унижения, за непроходящую ломоту во всем теле, за неопределенность будущего, за то, что дала купить себя с потрохами.

По ночам мне снится мертвая голова Эрика, и это единственный человек, к которому я отношусь с симпатией, — во всяком случае, он любил меня.

Виталик называет меня «королевой» и пытается

лишний раз ущипнуть за задницу. Я никак не реагирую на это.

Игнат называет меня «мясом» и пытается лишний раз вывихнуть мне руку. Я никак не реагирую на это.

Только Лапицкий обращается ко мне по имени, каждый раз подчеркивая, что знает обо мне больше, чем мне хотелось бы.

— Ты огорчаешь моих ребят, — ласково говорит он голосом, не предвещающим ничего хорошего.

— Ничего не поделаешь.

— Запомни, Анна, это тебе не в постели с мужиками кувыркаться в свое удовольствие. Здесь нужно работать.

— В постели тоже нужно работать, — надменно говорю я.

— Тебе виднее, — он не упускает случая макнуть меня в грязь, — но учти, в следующий раз Игнат сломает тебе руку, и ты быстренько прекратишь весь свой выпендреж.

— Его право.

— Ты отчаянная сука, — говорит капитан, и непонятно, чего в его голосе больше — неприязни или восхищения. — Я принес тебе твой любимый «Житан». А теперь пойдем, разомнемся.

— Я устала.

— Это приказ. Разве ты забыла, что ты теперь тварь бессловесная и подчиняешься только приказам?

...Мы спускаемся в спортзал и, искоса поглядывая друг на друга, переодеваемся в маленькой раздевалке, пропахшей едким потом Игната и всех тех, кого он с завидным постоянством укладывает на лопатки. У капитана хорошо тренированные руки, широкий разворот плеч и небольшое родимое пятно под левой грудью. По форме оно напоминает бесстыжие губы Эрика.

Тело Лапицкого мало волнует меня, вот только родимое пятно...

...Он яростно бросает меня на маты — гораздо яростнее, чем это обычно делает Игнат. Сжав зубы от острой, идущей волнами боли, я не сопротивляюсь. Все эти подсечки, заломы рук и удары в солнечное сплетение мало интересуют меня. Капитана же моя апатия приводит в бешенство.

— Ты будешь защищаться? — Красный, взмокший от напряжения, он выплевывает слова: — Ты будешь защищаться или нет, мать твою?!

— Пошел ты!..

— Защищайся, или я искалечу тебя.

Я уже несколько раз больно ударилась о жесткие маты, и конца этому не видно.

— Пошел ты!

— Слушай, я искалечу тебя, если ты ничего не будешь делать. — Его тяжелое тело прижимает меня к полу, в руке гнездится острая боль, такая острая, что я на секунду теряю сознание. Но только на секунду — побелевшие глаза капитана приводят меня в чувство: он действительно сломает мне руку...

Я ненавижу его. Господи, как я ненавижу его! Он похож на все сразу — на гнусные очки Ильи в тонкой оправе, на развороченное выстрелом плечо телохранителя Витька, на трусливый голос хирурга-пластика Николая Станиславовича, сдавшего меня и за это поплатившегося...

Собрав в кулак остатки воли, я уворачиваюсь, боль в руке отпускает — машинально я провожу прием, которому безуспешно учил меня Игнат, и Лапицкий оказывается прижатым к мату. Упершись кулаком в кадык капитана, я с трудом подавляю желание совсем не по-спортивному врезать ему по яйцам. Меня останавливает только выражение лица капитана — смесь боли и удовлетворения. Мы похожи на заигравшихся в садомазохистские игры любовников, и голос Лапицкого звучит приглушенно-нежно:

— Хорошо, девочка, хорошо...

...Через два дня меня увозят с дачи — только для того, чтобы поселить на другой. Это даже не дача — скорее, конфискованный у проворовавшегося чиновника особняк. Отлично отделанный снаружи, внутри он почти пуст. Обжиты всего лишь несколько комнат. В огромном холле первого этажа, больше напоминающего зал для приемов, постоянно топится огромный камин, отделанный под мрамор. Неизменный Виталик, который выполняет здесь функции дворецкого, кухарки и истопника, целыми днями колет дрова для всепожирающего чрева камина. Я так и не простила ему попыток ущипнуть меня за задницу — в отместку я исподтишка разгадываю все его кроссворды. Оказывается, я знаю множество вещей — что, например, единица дозы излучения называется бэром, а плавучее заграждение на реках — боном. Резной камень с изображением откликается на прозвище «гемма», а плавучая пристань — на прозвище «дебаркадер». Суахили, кикуйю, киконго, луганда, зулу, тсонга, свази — это африканские языки, а баптистерий — это помещение для крещения... Вот только не по горизонтали, ни по вертикали нет меня самой.

Я все еще ничего не помню. По вечерам я принимаю таблетки, которые приносит Виталик, — эти таблетки должны стимулировать память, одна в день — это немного.

Но ничего не происходит.

Ничего не происходит вплоть до той ночи, когда в особняке появляются люди, похожие на Виталика и Лапицкого одновременно. Среди них мелькает знакомое лицо — крашеная блондинка, которую я видела на даче у Кудрявцева, кажется, ее зовут Валентина. Она тихонько хихикает все то время, пока Виталик что-то шепчет ей на ухо, — классический вариант ведомственного флирта... Она тихонько хихикает все то время, пока приехавшие, беззлобно матерясь, расставляют в холле столики, стулья и театральные софиты: все это смахивает на подготовку к какому-нибудь приему или светскому рауту. Но досмотреть карманный театр не удается — Виталик загоняет меня в комнату, как паршивую овцу.

Я возвращаюсь к кроссвордам, отгадываю еще несколько общих понятий и имя академика Пиотровского. Академик Пиотровский, директор Эрмитажа.

Интересно, была ли я когда-нибудь в Питере?..

Я не помню.

С надоевшей, но больше не сводящей меня с ума мыслью о том, что я ничего не помню, я засыпаю.

Спокойной ночи, Настя. Спокойной ночи, Теймури, интересно, привез ли ты настоящего грузинского вина? Интересно, как тебе объяснили мое исчезновение из клиники и объяснили что-нибудь вообще?.. Спокойной ночи, Эрик, пусть простреленная голова тебя не беспокоит, я все равно люблю тебя.

Спокойной ночи все, которых я когда-нибудь любила... Любила ли я кого-нибудь?

Спокойной ночи, Анна.

Спокойной ночи, все.

* * *

...Я проснулась оттого, что Виталик бесцеремонно тряс меня за плечо:

— Вставай, идем.

— Что, пора на расстрел? — с трудом разлепляя глаза, неудачно пошутила я.

Он тихонько присвистнул:

— Что-то вроде того. Ну почему ты всегда попадаешь в яблочко, королева?

— Я не попадаю в яблочко. Я попадаю в молоко.

— Все равно вставай. Начинаются важные дела.

С трудом стряхнув с себя остатки блаженного, всегда без сновидений сна, я оделась и последовала за Виталиком. Он проводил меня к низкой колоннаде второго этажа, обрамлявшей холл. Отсюда, сверху, был хорошо виден пылающий камин, аккуратно расставленные столики, за которыми сидели несколько человек, включая белесую Валентину и Лапицкого, несколько парней, подпиравших плечами тыл белесой Валентины и Лапицкого. Капитан что-то нашептывал ей на ухо, и она, как всегда, хихикала. Потом Лапицкий взглянул на часы и кивнул одному из парней, сидевших за соседним столиком. Тот, в свою очередь, помахал рукой еще одному из тех, кого заслоняла от меня колоннада. Сколько же их здесь, этих крепких парней, стригущихся у одного парикмахера?..

— Что здесь происходит? — спросила я у Виталика.

Он ухмыльнулся и приложил палец к губам.

— Сейчас увидишь одного парнишку. Думаю, он тебе понравится.

А спустя секунду появился тот самый парнишка, о появлении которого возвестил Виталик. В первую минуту я узнала его: черные длинные волосы, забранные в хвост, пластилиновая, гнущаяся во все стороны фигура. Я видела его в проеме дверей в спортзал — там, на даче, — именно его кидал через голову флегматичный Игнат. Именно после него я стреляла в тире — его мишени были образцово-показательными, гораздо лучше моих...

Теперь он был одет в блестящий испанский костюм: белые короткие штаны, рубашка-апаш с пышными рукавами и жабо, расшитая золотом жилетка, широкополая шляпа, болтающаяся за спиной, широкий белый плащ. Через плечо у него висела сумка, в тон жилетке тоже расшитая золотом. Вставной театральный номер, с неожиданной неприязнью подумала я, нижние чины развлекаются, следующим номером программы будет кордебалет мюзик-холла со страусовыми перьями в тощих задницах... А потом...

Но додумать я не успела. Это была отличная имитация фламенко — без всякого сопровождения, только стук каблуков, мастерски выбивающих ритм. Вставной номер, который завораживал своей красотой, кончился в тот самый момент, когда я подумала: отличный танцор. Но это не было финалом. Выгибаясь в разные стороны, оседлав стоящий рядом стул, парень заговорил. Сначала тихо, перекатывая слова в горле, потом громче:

— «Я был на краю отчаяния, мне сосватали было одно местечко, но, к несчастью, я вполне к нему подходил. Требовался счетчик, и посему на это место взяли танцора. Оставалось идти воровать. Я пошел в банкометы. И вот тут-то, изволите видеть, со мной начинают носиться, и так называемые порядочные люди гостеприимно открывают передо мной двери своих домов, удерживая, однако ж, в свою пользу три четверти барышей. Я мог бы отлично опериться, я уже начал понимать, что для того, чтобы нажить состояние, не нужно проходить курс наук, а нужно развить в себе ловкость рук. Но так как все вокруг меня хапали, а честности требовали от меня одного, то пришлось погибать вторично...»

Это был кусок из монолога Фигаро, боже мой, я знала даже это, умная девочка, но не мое знание потрясло меня. Парень с тривиальным хвостом оказался великолепным актером — каждое слово, которое он произносил, эхом возвращалось к нему самому, он издевался над собой, он выворачивал себя наизнанку с таким отчаянием, что я даже испугалась за него. Реплики должны были хлестать сидящих за столами, как плети, от них становилось неуютно и сосало под ложечкой. Актер то пропадал, то исчезал в полосах света: они делили его лицо и фигуру на две неравноправные части — кто-то из людей Лапицкого выставил свет, и выставил довольно удачно...

Он был талантлив, дьявольски талантлив, это было видно невооруженным взглядом. А потом драма превратилась в фарс. Не прекращая монолога, парень достал из сумки несколько предметов, завернутых в разноцветную фольгу, клоунски огромных, чтобы быть настоящими: стилизованный бритвенный прибор, ремень, несколько старинных пистолетов. Он поочередно разворачивал их — внутри они были шоколадными. С видимым удовольствием, урча между репликами, он сожрал сначала бритвенный прибор (бедный, бедный цирюльник Фигаро!), затем разломил на части ремень и добрался до пистолетов. Пятна фольги мелькали в его руках, завораживали своим упорядоченным движением — от этого нельзя было отвести глаз. Фигаро подходил все ближе и ближе к столику, за которым сидели Лапицкий и Валентина, полы его плаща развевались в бликах света — теперь он играл в матадора и быка...

И когда дошла очередь до последнего пистолета, и Фигаро, блестя зубами, надломил шоколадное дуло, произошло невероятное: в шоколадном пистолете оказался настоящий, и Фигаро спустил курок. Он выстрелил несколько раз, я даже не поняла, куда же он целился, — скорее всего, в Лапицкого. И бросился бежать, петляя, как заяц, между столиками. Парни за спиной Лапицкого синхронно выхватили пистолеты; в направлении бегущего Фигаро зазвучали резкие хлопки.

Лапицкий откинулся на стуле и по своему обыкновению заложил руки за голову.

— Хреново! — резким голосом сказал он; таким же резким, как холостые выстрелы. — Ты уже семь секунд как покойник. Соберись, Олег, времени осталось три дня.

Тот, кого назвали Олегом, остановился, тяжело дыша, подошел к стулу, который еще несколько минут назад был живым в его руках, сел на него и посмотрел на Лапицкого.

— Я устал, — сказал он.

Я видела темные пятна пота на жилетке и рубашке, от напрягшейся спины актера веяло безысходностью. И я подумала, что стоит мне сейчас подойти к зеркалу, то вместо своего обычного отражения, я увижу этого парня...

— Что это за спектакль? — снова спросила я Виталика.

— Не спектакль, а репетиция, — пояснил он.

— Хорошо сделано.

— Конец заваливает полностью, сопляк, — не согласился со мной Виталик.

— А по-моему, он классный актер.

— Полный мудила. Угробили три недели, а дела ни к черту. — Мы говорили с Виталиком на разных языках.

Лапицкий поднял голову, увидел нас и приветливо помахал рукой. Я отвернулась, а Виталик радостно присвистнул.

— Спустимся к боссу.

— Может быть, отложим до утра? — безнадежно спросила я у Виталика.

Но он уже не слушал меня:

— Давай, давай, ты и так спишь больше, чем положено.

Мы спустились вниз, в холл. Капитан сидел, вытянув ноги к камину, и позевывал.

— Ну что, понравился наш мальчик? — не оборачиваясь ко мне, спросил он. — Присаживайся, поболтаем. Люблю с тобой лясы поточить в свободное от работы время.

— А я не очень, — ответила я, но все-таки взяла стул, на котором несколько минут назад еще сидела Валентина, и присела рядом.

— Человек может бесконечно смотреть только на две вещи — воду и огонь, — задумчиво произнес Лапицкий.

От удручающей банальности этого тезиса меня передернуло.

— Да вы, оказывается, последний романтик, капитан, — насмешливо сказала я.

— Что есть то есть. — Сегодня капитан был настроен благодушно. — Как тебе представление? Есть на что посмотреть?

— Что это за парень?

— Заинтриговал?

— Мне кажется, он талантливый актер. Только вот что он делает в этом паучьем гнезде?

— Развлекает личный состав. Не голых же девок приглашать, в самом деле. — Капитан уже научился не реагировать на мои беззубые немощные подколки. — Считаешь, что талантливый?

— Мне так показалось.

— Может понравиться? Ты как думаешь, Анна?

— Смотря кому.

— Ну, например, большому любителю традиционного театра. Никаких тебе Беккетов с Мрожеками, никаких лысых певиц, академическое исполнение на хорошем нерве. Я не прав?

— Никогда бы не подумала, что вы разбираетесь в театре, капитан.

— А я и не разбираюсь. Использую в прикладном смысле, применительно к своей благородной профессии... Кстати, его зовут Олег Куликов. Тебе ни о чем не говорит это имя?

— Нет.

— У него была одна очень удачная премьера осенью. И две престижных театральных премии в начале зимы. Прости-прости, эта зима выпала из твоей жизни... А Розину играла оч-чень знаменитая актриса, стареющая правда, но знаменитая. Голубая мечта моего детства. Твоего, наверное, тоже. Она-то Куликова и вытянула. У них такой роман был, что ты! Во всей светской хронике наследили. Но актер он, действительно, замечательный. Это, между прочим, «Женитьба Фигаро» была...

— Да. Я поняла.

Капитан хмыкнул, подбросил поленьев в огонь и внимательно посмотрел на меня;

— Надо же, ты и здесь в курсе. Ты всегда в курсе. Умная девочка. С таким кругозором тебе нужно было богемный журнал издавать, а не в валютных проститутках ошиваться. — Капитан не простил мне «последнего романтика», он ничего никогда не прощал.

— Одно другому не мешает. А вы-то откуда знаете про валютных проституток? Вас я, кажется, не обслуживала.

— Может, и обслуживала. Ты же не помнишь ничего.

— Не помню, но пробую рассуждать логически...

— Интересно, интересно, что там у тебя с логикой.

— С логикой просто до неприличия. Думаю, всей вашей жалкой месячной зарплаты не хватило бы, чтобы купить меня хотя бы на час.

— На час, пожалуй, нет, — веселился капитан, его ничем нельзя было пронять. — Разве что минут на семь. Как ты думаешь, нам хватило бы семи минут, чтобы искренне полюбить друг друга?..

Он не намерен был заканчивать пикировку, он продолжал жалить и жалить меня острым хоботком приглушенной ненависти, похожей на что угодно, только не на ненависть. Он делал это с удовольствием и втягивал в это извращенное удовольствие и меня. Десятки раз я обещала себе не влипать в паутину его уничижающих реплик — и все равно влипала; не отвечать на его непристойные выпады — и все равно отвечала. Но сейчас я не успела вернуть ему плевок только потому, что появился один из парней расставлявших столики в холле. Вид у него был мрачный.

— Он опять закозлил, — с ходу, не вдаваясь в подробности, отрапортовал мрачный юноша.

— Где на этот раз поймали? — деловито спросил Лапицкий.

— У подземного гаража. Пытался влезть, скотина.

— Ты смотри, чему-то мы его научили все-таки. Морду не трогали?

— Согласно инструкции. — Мрачный юноша позволил себе такую же мрачную садистскую улыбку. — Так, крестец намяли и почки для профилактики. Теперь отдыхает. Может, к утру очухается.

— Смотрите, не перестарайтесь. Три дня оста́лось. Хоть шерстинка с его волосяного покрова упадет — бошки поотрываю!.. С костюмом все в порядке? Жилетка, между прочим, на тонну баков тянет. Ручная работа.

— Да сняли мы первым делом ручную работу.

— Где он?

— В бильярдной.

— Ладно, пусть там остается до утра. Не будите его, если заснет. Вечером опять с ним возиться...

— Да вряд ли заснет. — Мрачный юноша сжал кулак, удовлетворенно посмотрел на него и снова осклабился: — Я бы после такой разминки не заснул...

— Ладно. Приставьте к нему Капущака и можете уезжать.

Я молча слушала их, стараясь понять, что же представляет собой капитан Лапицкий — друг покойного майора-фээсбэшника в начале пьесы, любитель дешевых спецэффектов в середине и незатейливой вербовки в конце. Капитан-капитан, склад горнолыжного снаряжения в медвежьем углу комнаты, два особняка, спортзал, родимое пятно под грудью, четыре маленьких звездочки, один просвет... Капитан — звание слишком незначительное для Абсолютного зла. Или у Абсолютного зла своя иерархия?..

— Кто вы, капитан? — тихо спросила я, когда мрачный юноша покинул нас, на ходу почесывая литую задницу.

— В смысле? — Он по-прежнему смотрел на огонь.

— Слишком много на себя берете для своего незначительного звания. Званьица. Крохотного такого званьица. В какой-нибудь заштатной ракетной части вы бы позволили трахать свою жену даже младшему писарю штаба.

— Во-первых, я не женат, я тебе уже об этом говорил. Во-вторых, нет такой должности — младший писарь. Это ты Гоголя начиталась, Николая Васильевича. И в третьих, — он повернулся ко мне и, качнувшись на стуле, близко придвинулся, — иногда и у капитанов бывает карт-бланш. В особых случаях...

— Скажите пожалуйста, какой Джеймс Бонд! — Мне хотелось нахамить ему, вывести из себя, но ничего не получалось. — Вы такой крутой, что у вас, должно быть, скорострельный пистолет-пулемет между ног болтается.

— Да нет. Болтается то же, что и у всех. Еще вопросы есть? Если нет — расходимся. Как всегда, приятно было с тобой пообщаться. Виталик тебя проводит.

... Спустя пять минут я уже была в своей комнате. В своей комнате — звучит утешительно, но не утешает. До этого у меня была своя палата, а еще раньше — своя жизнь... Я вытянулась под жестким тонким одеялом и закрыла глаза.

Спокойной ночи, Анна.

Уже засыпая, я вспомнила Фигаро, Олега Куликова, его отчаянное фламенко, его отчаянный монолог в отчаянном, хорошо поставленном свете; его отчаянное жонглирование фольгой, его отчаянное бегство между столиками... Боже мой, бегство, побег! Ведь это о нем говорили капитан и мрачный юноша — он успел добежать только до подземного гаража. Жилетка ценой в тысячу долларов. Ну, конечно, это он.

Я резко села в кровати — сон как рукой сняло. В близкой памяти сегодняшней ночи услужливо всплывали обрывки разговора. Они избивали его, они это могут; они могут делать это не хуже подручного Ильи Витька, во всяком случае безнаказаннее. Я потерла давно заживший, но еще помнящий боль подбородок.

Где эта бильярдная, черт возьми?..

Я смутно представляла себе расположение комнат в доме, Виталик мягко ограничивал мне свободу передвижения. Во всяком случае, в задней части особняка я никогда не была.

Самое время с ней познакомиться.

Я быстро оделась и выскользнула из комнаты — никаких проблем, меня уже давно перестали запирать, кроткое, смирившееся со своей участью, жертвенное животное. В доме было темно и тихо, но я все равно отчаянно трусила. Лапицкий, скорее всего, уехал к своему гербарию из горных лыж, эти парни — тоже, слово старшего по званию — закон, а они не знают ничего, кроме субординации. Виталик не в счет, он давно сбросил меня со счетов. Оставался еще этот таинственный Капущак, но он волновал меня меньше всего.

После десятиминутного шатания по огромному пустому дому, сориентировавшись на мощный храп, я нашла то, что искала.

Видимо, эта спящая перед телевизором туша и есть Капущак.

В маленький холл, где храпел китообразный опер, выходило три двери. Я безошибочно выбрала нужную — только она была закрыта на крюк. Стараясь не греметь, я осторожно сняла крюк и вошла в темную бильярдную, плотно прикрыв за собой дверь. Теперь нужно подождать, чтобы глаза привыкли к темноте. Но привыкнуть мне не дали.

— Кто здесь? — услышала я близкий измученный голос.

Голос ночного Фигаро.

Я даже не подозревала, что так запомню его: в каждом звуке жили интонации его монолога; он, отделенный темнотой от хозяина, был удивительно красив и существовал сам по себе.

— Олег! — окликнула я голос. — Тише, Олег.

— Кто здесь? Кто вы?

— Где здесь свет включается?

— А вы не знаете? Выключатель с правой стороны, — после паузы ответил он.

Я нащупала выключатель, и комната, которую мрачный юноша называл бильярдной, осветилась мягким неярким светом.

Со вкусом у того, кто отделывал бильярдную, было все в порядке: стены, обшитые деревянными, матово блестящими панелями и затянутые вверху зеленым сукном — точно таким же, как на бильярдных столах. Несколько гравюр в английском стиле — сплошь морские сражения, старательно процарапанные сухой иглой; глубокое кресло из хорошей кожи, на которое в беспорядке была свалена одежда Фигаро, — я узнала шляпу, плащ и сумку.

Посреди комнаты стояли два стола. На одном из них матово поблескивали разбросанные в беспорядке шары. На другом лежал человек. Теперь он приподнялся на руках и равнодушно разглядывал меня.

— Кто вы? — снова спросил. — Откуда вы знаете мое имя?.. А, дурацкий вопрос, если вы здесь, то должны знать мое имя. Что вам нужно? Неужели недостаточно?..

Зачем я пришла сюда? Я даже не знаю, что сказать ему... Пожалеть, посочувствовать — господи, какой бред... Чтобы выиграть время, я подошла ко второму столу, взобралась на него и взяла в руки шар.

Номер три.

Неплохая цифра, вот только у меня ничего с ней не связано. Только ощущение шара в руке было знакомым. Неужели я когда-нибудь пробовала играть в бильярд? Сентиментальное развлечение для валютной проститутки и закоренелой убийцы.

— Что нужно? Какого ляда? — Мое назойливое появление и еще более назойливое молчание раздражали Олега. — Вы все меня задолбали... Хоть ночью не лезьте...

Нет, у него действительно красивый, хорошо поставленный голос.

— Что вы заканчивали, Олег?

— Школу-студию МХАТ, — машинально ответил он и тут же пожалел об этом. — Неужели вы этого до сих пор не вынюхали?

— Вы очень хороший актер. У вас большое будущее... Возможно, я не очень разбираюсь, но то, что вы делали сегодня...

— Пошли вы все на хрен. Я не сделаю больше ничего, если вы будете так меня метелить, будьте вы прокляты...

— Больно, да?

— Слушай, кто ты такая? Откуда ты выискалась, такая жалостливая?

— Я просто слышала, что тебя избили. Думаю, что они просто сволочи.

— А я думаю, что ты такая же сволочь, как они. Что ты одна из них. Знаем мы все эти подсадки.

Я не нашлась, что ему возразить. Сволочь, конечно же, сволочь. До боли в пальцах я сжала согревшийся шар номер три. Олег уткнулся лицом в шершавое сукно стола и затих. Он больше не обращал на меня внимания.

Я спрыгнула со стола, осторожно подошла к нему и сделала то, что хотела сделать с тех самых пор, как увидела его, — коснулась окаменевшей от напряжения щеки. Лучше бы я этого не делала — под кожей актера жерновами заходили желваки, и он желчно бросил, не поворачивая лица ко мне:

— Вы там уже совсем с ума посходили — шлюх по ночам присылаете. Передай этому гаду, что я на лажу не клюю. А если они хотят, чтобы я оттрахал какого-нибудь младшего сержанта с силиконовыми сиськами, пусть поменьше бьют по яйцам. Усекла?

Конечно же, усекла. «Этот гад» — несомненно, Лапицкий. «Шлюха» — несомненно, я, кто же еще...

— Прости... — мне больше нечего было сказать. — Жаль, что ты попал... Ты отличный актер.

— Может, я и хороший актер, вот только в ваши игры играть не умею, будьте вы прокляты.

— Меня зовут Анна.

— Мне плевать, как тебя зовут. Оставь меня в покое.

— Я убила двух человек. — Я ничего не знала об этом избитом актере, но чувствовала, что он как-то связан со мной; это было смутное, неясное, таящееся в кончиках пальцах чувство, — но оно было...

— Радостно за тебя, — равнодушным голосом сказал Олег, но глаза его внимательно ощупали мое лицо. — И за себя тоже. Я ведь буду третьим? Никогда не думал, что моя смерть может выглядеть так симпатично...

— Ты не понял. *Они говорят, что я убила двух человек.* И только потому они загнали меня в угол. Тебя ведь тоже загнали в угол. *Что сделал ты?*

— Ничего. — Теперь он сел на столе и поджал под себя ноги. И впервые открыто посмотрел на меня. — Ничего. Никогда не видел здесь женщин.

— Неужели? А та, что сидела за столом?

— Эта крашеная выдра? Да что ты, это не женщина, это гнусный опер. У нее же вместо грудей погоны висят. И кокарда на передке. Это за версту видно. А ты ничего, стильная девочка. Можешь ввести в заблуждение.

— Ты не веришь мне? — Это был глупый вопрос. Конечно, не верит, с какой стати ему верить?

— Да мне все равно. — Он обезоруживающе улыбнулся хорошо поставленной в Школе-студии МХАТ улыбкой. — Мне все равно, потому что я уже мертв.

— Мертв?

— Конечно. — Олег перевернулся на спину, порылся в карманах джинсов, извлек мятый, сложенный вчетверо листок бумаги и положил рядом с собой. — Можешь ознакомиться.

Я села на бильярдный стол — как раз между листком и головой Олега — осторожно взяла его в руки и расправила. Это была сверстанная типографским способом часть газетной страницы — самая легкомысленная ее часть, «Светская хроника». Не все материалы были на своих местах, кое-где еще были незаполненные колонки, но один столбец был обведен красным решительным маркером: «Катастрофа на Ленинградке». Текст под заголовком ошарашил меня настолько, что я перечитала заметку несколько раз.

«Сегодня ночью, на Ленинградском шоссе, в районе Химок, в автомобильной катастрофе погиб Олег Куликов, восходящая звезда российской сцены, лауреат престижной премии «Золотая маска», признанный открытием прошедшего театрального сезона и лучшим молодым актером Москвы. В последнее время актер работал над ролью Калигулы в спектакле по пьесе Альбера Камю и вел переговоры с одной из крупных киностудий об участии в создании сериала, посвященного династии Романовых. Поклонники его блистательного Фигаро, несомненно, с горечью воспримут весть о гибели молодого актера. Как сообщили нам работники ГАИ, актер, который был за рулем своей «девятки», превысил скорость и не справился с управлением. Гражданская панихида состоится...»

Я аккуратно сложила газетный лист и положила его на стол.

— А «девятка», между прочим, цела и невредима. В гараже стоит, — меланхолично сказал Олег, не глядя на меня. — Мне ее Марго подарила, за то, что эффектно ее соблазнил.

— Кто это — Марго?

— Лучшая из женщин, которую я знал. Лучшая из актрис. Она была так хороша для меня, что пришлось ее оставить.

Стареющая актриса, голубая мечта детства, вспомнила я Лапицкого...

— Ну и как? Гражданская панихида состоялась?

— Слаб человек, ну не хочется ему умирать, особенно если предлагают главную роль в туфтовом сериале. Так что я решил скорость не превышать, богу душу не отдавать, а совсем наоборот — съездить на пару недель в Париж и поразвлечься там с потаскушками в Булонском лесу. Это как раз в моем стиле — наплевать на спектакли и репетиции и сорваться куда глаза глядят. Баловням судьбы это прощается. Ты как думаешь? Кстати, как тебя зовут?

— Анна. Я уже говорила.

— А по званию?

— У меня нет звания. Я говорила тебе...

— Ладно-ладно, все вы говорите. Я и сам говорю, когда в настроении. Говорю, пью водку, люблю девочек из хореографического и программу «В мире животных». Сцена мне тоже нравится, представь себе. Словом, подыхать не в масть было, потому укатил в столицу мира... И судя по всему, неплохо провел там время. Завтра должен вернуться...

Из другого кармана он извлек еще один листок бумаги и снова пододвинул его мне.

Эта была та же часть той же страницы, сверстанной типографским способом, — самая легкомысленная ее часть, «Светская хроника». Но на том месте, где была заметка «Катастрофа на Ленинградке», красовалась совсем другая — «Интервью у трапа». Только решительный красный маркер был одним и тем же.

Текст же выглядел совсем по-другому.

«Сегодня ночью, в аэропорту Шереметьево, нашим корреспондентом был (совершенно случайно!) замечен Олег Куликов, восходящая звезда российской сцены и лауреат престижной театральной премии «Золотая маска». После блистательного дебюта в заглавной роли в спектакле «Женитьба Фигаро» он успел стать не только украшением театральной Москвы, но и непременным героем светской хроники. Анфан террибль московской тусовки не может пожаловаться на недостаток предложений в кино и театре. Сейчас актер работает над ролью Калигулы в спектакле по пьесе Альбера Камю и, как сообщил он нашему корреспонденту, находит много общего со своим, мягко говоря, не очень положительным героем. Спектакль появится в афишах Москвы уже в апреле и обещает быть очередной сенсацией. Сейчас же Олег Куликов улетает в Париж (по слухам, его ожидает там новая пассия, солистка парижского «Нового балета», с которой его видели осенью прошлого года на приеме во французском посольстве). О серьезности намерений актер нам не сообщил, но мы пожелали ему удачи и скорейшего возвращения к своим поклонникам...»

— Солистка того стоит? — немного помолчав, спросила я.

— Какая солистка? Я ее в глаза не видел.

— Ничего не понимаю.

— А что тут понимать? После спектакля дико опаздываю на сейшен, сажусь в машину, а там уже гости. В пасть — кляп, на глаза — повязку: сиди, мол, не рыпайся. Привезли на какую-то чертову дачу, конспираторы хреновы. Уложили на тюфячке, но поспать не дали. Среди ночи приходит этот хрен моржовый, который сегодня за столиком сидел. И так аккуратненько подсовывает мне вот эти одинаковые бумажки... Ну, не совсем, конечно, одинаковые. В одной, стало быть, я боты завернул, а во второй — уже почти в Париже... Выбирай, говорят, бедолага, что тебе больше нравится. Ничего, говорю, не нравится, но уж некролог меньше всего, извините. Они тоже начали извиняться — выбора, говорят, нет ни у нас, ни у тебя.

— И что?

— Выбрал Париж, как видишь. Говорят, это единственный шанс выжить.

Он говорил об этом спокойным, стертым и все равно не потерявшим красоты голосом.

— Чего от тебя хотят?

— Того же, что сделала ты, если я правильно понял. Убийства.

Он взял из моей безвольной руки шар номер три, достал из луз еще несколько и принялся ими жонглировать. Шары мелькали в его ловких руках, и я ждала, когда хотя бы один из них упадет. Но они не падали, не падали, не падали. Они нравились мне, Олег Куликов нравился мне...

— Ты, говорят, Куликов, в армии был неплохим снайпером. И отцы-командиры тебя хвалили. Ты, говорят, Куликов, в постели был неплохим любовником. И актрисы в возрасте тебя хвалили... И мы тебя похвалим, если ты для нас убьешь одного человечка, на дне рождения, которого выступишь. Со своим Фигаро, под номером пять, между известной певицей и известным пародистом. Пристрелишь его во время номера, и если тебе удастся смыться — считай, повезло: деньги на карман, открытая виза в одну из стран шенгенской зоны и авиабилет. Вот и долбимся, репетируем, планировка помещений точно такая же, как в доме этого мужика, которого я должен убрать... Только думаю, мне не повезет... Ты мертв, ты мертв, ты мертв — они все время это говорят, мне не хватает нескольких секунд. Никому бы не хватило.

Он сжал зубы и все равно нашел в себе силы оскалиться в улыбке, поклониться мне и собрать все шары в руку. Все, до единого. А потом бросил их в стену — ударившись о сукно панелей, они разлетелись в разные стороны...

— Вот такой я смертничек. Ну ничего, отец за меня помолится. Он ведь священник. Я тоже должен был стать священником. Он очень хотел этого. Он так хотел, что я два года врал, что учусь в семинарии... У меня это хорошо получалось — врать и притворяться, я ведь лицедей, ядрена вошь, лауреат и надежда...

Неожиданно он схватил меня за плечи и опрокинул на стол. Его руки сомкнулись у меня на горле, а лицо страшно исказилось и страшно приблизилось: я видела провал рта и провалы глаз, в которых не было ничего, кроме застывшей ярости..

— Ты!.. Слушай, ты... Зачем... Зачем это произошло со мной?! Зачем вы влезли в мою жизнь? Вы могли выбрать кого-то другого — актеров как собак нерезаных по всей Москве бегает... Никто бы о них не вспомнил... А ведь у меня было все, и это «все» я нажил своим трудом, я выхаркал это потом и кровью... И когда все срослось, когда все стало получаться... Появились вы, подонки, гады, твари, сволочи, козлы... Появились и заставили играть в эту гнусную игру по вашим гнусным правилам... Почему я, ну почему я, господи...

Глаза его наполнились злыми бессильными слезами, и, чтобы не видеть этого, я смежила веки. Он отчаянно прижал мою голову к сукну и затряс ее:

— Не закрывай глаза, слышишь!.. Смотри, смотри на меня... Смотри, что вы сделали со мной и с моей карьерой! Лауреат премии «Золотая маска», герой-любовник, с ума сойти... Ничего, ничего... Все ничего не стоит, если можно вот так влезть в жизнь вонючими ментовскими портянками! Чья это жизнь, черт возьми?

— Чья это жизнь, черт возьми, — тихо повторила я. — Чья это жизнь?

Олег ослабил хватку, он отдышался, пришел в себя и отпустил мое лицо. Порыв ярости прошел так же внезапно, как и начался.

— Как ты думаешь, у меня есть шанс выбраться живым?

— Я не знаю.

Он неловко повернулся и сморщился от боли.

— Что? — спросила я.

— Да с почками лажа. Ваши ребятки постарались. Они мастаки внутренние органы ласкать.

— Бедный, — сказала я и погладила его по голове.

— Даже если произойдет чудо, я убью этого человека и останусь в живых... Даже если произойдет это чудо. И вы сами не убьете меня, как дешевку... Что я буду делать там? Здесь у меня было все. Здесь было то, что я люблю больше всего... Будьте вы все прокляты. Будь все проклято!

Слушать это дальше было невыносимо. Так невыносимо, что я с изумлением подумала: с каких это пор тебя волнует судьба другого человека, Анна? Ты ведь сама обожала манипулировать людьми, если верить твоим летописцам. Ты сама заставляла их играть по твоим правилам, ты ценила хороший нерв в игре. А этот парень — он ведь действительно классный актер, ты это видела. Во всяком случае, его роль, его пистолеты, завернутые в фольгу, взволновали тебя. Итак, он актер — так пусть обживает предлагаемые обстоятельства. Зачем ты пришла сюда?.. Может быть, просто для того, чтобы засвидетельствовать почтение, взять автограф и ограничиться скромным комплиментом? Чтобы еще раз увидеть себя в зеркале другого человека? Или все гораздо проще — в твоей партии с Лапицким верх пока берет этот Мефистофель в капитанских погонах, и ты не можешь с этим смириться? Вот это, пожалуй, ближе к истине, если исходить из твоего сучьего характера, о котором ты так и не можешь вспомнить...

— Хватит ныть, — резко сказала я. Ко мне вернулась беспощадная ясность мысли. — Я не знала, я правда не знала. Я сама в таком же положении. Вот разве что подающей надежды актрисой никогда не была. Впрочем, кто знает... Я хочу помочь тебе. Ты мне веришь?

Олег грустно посмотрел на меня:

— Нет. Я тебе не верю.

— Я понимаю. Я все равно хочу помочь. Этот тип, эта туша, которая к тебе приставлена, — она спит. Храпит во всю ивановскую. Я постараюсь вывести тебя.

— Зачем?

— Потому что я тоже ненавижу их всех.

Он недоверчиво кивнул головой, но в самой глубине зрачков я увидела сумасшедшую надежду.

— Я ещс плохо ориентируюсь в доме, — сказала я, обращаясь только к этой сумасшедшей надежде в глубине зрачков, — но кое-что изучила. Ты ведь умеешь водить машину.

— Глупый вопрос, — он улыбнулся. — Я ведь погиб потому, что не справился с управлением.

— Вот и отлично. Но сейчас будь аккуратнее.

...Эй, капитанишко-неудачник, ты крепко получишь под яйца, если мне удастся помочь этому парню, и даже не из сострадания к нему, а из брезгливости к тебе. Я сделаю это.

Я сделаю это, и тебя разжалуют в рядовые. Отберут табельное оружие и приставят к щенкам в собачьем питомнике. Будешь кормить их отрубями и иногда с бессильной яростью вспоминать обо мне. И о том, что слишком рано сбросил меня со счетов.

— Идем, — сказала я Олегу и спрыгнула со стола. Он остался сидеть на нем, он все еще не верил мне.

— Идем, — настойчиво повторила я. — Или ты уже не любишь девочек из хореографического? И не хочешь увидеть их? И второй «Золотой маски» тоже не хочешь?..

— Зачем ты это делаешь?

— Какая разница — зачем?

Подойдя к двери, я прислушалась. Из-за нее все еще доносился мирный храп охранника. Что ж, так тому и быть, нужно тщательнее отбирать персонал, господин Лапицкий, ну, да это не ваша вина — и на старуху бывает проруха... Я осторожно приоткрыла дверь и выскользнула в холл. Олег последовал за мной.

...Охранник с умиротворяющей фамилией Капущак по-прежнему спал в полутемном холле, запрокинув голову и широко открыв рот. Я подождала, пока Олег выйдет из бильярдной, и снова накинула крюк на дверь.

Обратная дорога далась легче — я уже не путалась в расположении комнат. Олег держался строго за мной, независимо сунув руки в карманы: теперь я знала, что в них лежит, — две колонки светской хроники; два варианта, два сценария судьбы, каждый из которых через каких-нибудь полчаса будет опровергнут. Актер положился на меня, как привык полагаться на всех своих режиссеров, ничего другого ему не оставалось. Мы прошли несколько пустых коридоров и таких же пустых лестниц с пыльными перилами. Дом казался вымершим — ощетинившийся оружием и охраной форт на поверку оказался картонным сооружением. Я хорошо запомнила крытую галерею, так и не состоявшийся зимний сад, который соединял дом с подземным гаражом, — именно этой дорогой меня привели. Сейчас в зимнем саду было темно, окна в нем занимали всю стену, а за ними, как в аквариуме, плавала зимняя ночь.

Мы на несколько минут остановились у кадки со скелетиком какого-то растения, умершего несколько зим назад. Отсюда, из крытой галереи, хорошо просматривался двор с прилепившимся к нему хозяйственными постройками и ворота. От ворот к трассе вела щербатая бетонка, я тоже хорошо помнила ее. Ворота открывались автоматически, пульт управления и камеры внешнего обзора находились в маленькой аппаратной. Только один раз, мельком, я заглянула туда и сейчас же была выставлена Виталиком, который обычно проводил там короткие зимние дни. Но только дни и — иногда — поздние вечера, когда в дом имел обыкновение наведываться капитан. Виталик, как хорошо натасканный пес, за версту чувствовал приближение хозяина. За то время, что мы провели вместе, я хорошо изучила повадки подручного Лапицкого — ночью его и калачом нельзя было заманить в скучнейшую и постылую аппаратную. Он либо спал в своей конуре на втором этаже, либо смотрел немецкую порнушку в детской. Детской я называла просторную комнату, двери которой выходили в холл с камином. Называла только потому, что стены ее были оклеены веселыми обоями нежно-голубого цвета: веселые человечки летели на них на воздушных шарах и плыли в подводных лодках, подозрительно смахивающих на огромные калоши...

— Жди меня здесь, — сказала я Олегу. — Спрячься от греха подальше и жди.

— А ты? — совсем по-женски с тревогой спросил он. И я тотчас же простила ему все на свете — актер и должен быть женщиной, как же иначе?..

— Я ненадолго. Только отключу ворота и гараж. —

О гараже я не знала ничего, но подозревала, что и он открывается автоматически: до того, как капитан Лапицкий устроил здесь свое осиное гнездо, кто-то пытался обеспечить себе комфортную жизнь в этом доме...

Оставив Олега в крытой галерее, я отправилась в аппаратную. Если Виталик еще там, я найду, что сказать ему.

...Но Виталика в аппаратной не было — все складывалось легко. Подозрительно легко, но тогда я даже не думала об этом. Разобраться с пультом тоже не составило труда: кто-то четким почерком, не пожалев масляной краски, вывел на пульте функции всех кнопок. Я отключила замки гаража, сняла защиту с ворот: я знала, что произойдет сейчас, — ворота автоматически откроются, как только машина подъедет к ним: сработают датчики (несколько раз я видела это из своего окна). Потом, подумав несколько секунд, решила вынуть кассеты из мониторов обзора. Только сейчас я поняла, что вся моя самолюбивая затея с освобождением Олега была не чем иным, как авантюрой. Дом на экранах просматривался насквозь — я увидела искаженное телевизионное изображение холла с камином, нескольких коридоров, закутка, где по-прежнему спал охранник (ох, и влетит же тебе, держиморда!), входных дверей и широкого двора. Легко справившись с мониторами, я бросила на пульт несколько журналов с кроссвордами, как нельзя кстати предусмотрительно оставленные Виталиком, и выскользнула из аппаратной.

...Олег ждал меня там, где я оставила его, — он сидел у кадки со скелетиком растения, вытянув длинные ноги в проход: я чуть не споткнулась о них. Он даже не подумал спрятаться — скорее всего, ему было все равно. Или болели ребра, пересчитанные ребятами Лапицкого.

— Все в порядке, — ободрила я его. — Можем двигать.

Он поднял голову, пристально посмотрел на меня, но даже не подумал встать.

— Поднимайся, — поторопила я его. — Пока нам везет, но черт его знает, насколько хватит везения...

— Зачем ты это делаешь? — в который раз спросил он. — Кто же ты все-таки?

— Долго объяснять нет времени, коротко не получится. Идем. — Я протянула ему руку. И он наконец-то взял ее. Его рука оказалась недоверчивой и прохладной. Именно такие руки должны нравиться стареющим актрисам, подумала я и позавидовала каждой из них.

Через пять минут я уже открывала тяжелую дверь гаража.

Несколько тусклых аварийных лампочек, размеры гаража определить невозможно — углы полностью скрыты темнотой.

В гараже стояла «шестерка» Виталика, именно на ней меня привезли сюда. Увидев машину, Олег приободрился — он уже поверил в свое скорое освобождение. Он все еще не отпускал мою руку — теперь его пальцы стали горячими, от них исходили токи благодарной нежности.

— Слушай, — я вдруг забеспокоилась, — она наверняка закрыта. И потом, нет ключей...

— Это пустяки. — Олег покровительственно улыбнулся. — Для меня это пустяки. Разве я не говорил тебе, что я удачливый автомобильный вор?

— Нет.

— Я удачливый автомобильный вор. Я неплохой снайпер, жаль, что не удалось доказать обратное. Я благодарная скотина. Обещай, что придешь ко мне на премьеру.

— Обещаю. — Я грустно улыбнулась, зная, что не попаду ни на какую премьеру. — Обещаю читать о тебе все публикации...

Олег действительно оказался удачливым автомобильным вором — немного повозившись, он открыл замок.

— Слушай, как это тебе удалось?

Повернувшись ко мне, он повертел перед моими глазами обыкновенной зубочисткой:

— Лихо, да?

— Здорово. Что теперь?

— Теперь остаются пустяки. — Он сел на водительское место, с головой скрывшись под рулем. — Я не говорил тебе, что по мне плачет автосервис?

— Нет.

— Говорю. Ну, все готово. — Действительно, все было готово. Машина тихо заурчала.

— Я открою гараж, — сказала я Олегу. — Быстрее, времени не так уж много.

— Подожди. Иди сюда, — он открыл дверь и похлопал по сиденью рядом с собой. — Посиди со мной.

Это был просительный, красивый, хорошо поставленный голос. Перед ним невозможно было устоять. И я не устояла, я подчинилась, я пошла за ним, я села рядом. Приборная панель, вызванная к жизни Олегом, уютно горела, и я вдруг поняла, что больше всего на свете хочу выбраться из этой мышеловки вместе с ним. Выбраться из мышеловки — почему нет?.. Должно быть, актер тоже почувствовал это.

— Едем со мной, — жарким мальчишеским шепотом сказал он. — Тебе не нужно здесь оставаться. Я не последний человек, я смогу защитить тебя. Едем, Анна...

«Я смогу защитить тебя» — все это уже было, все

это я уже слышала. Все это говорил мне капитан Лапицкий, чьи погоны, которых я никогда не видела, лезли из всех щелей.

Мне не нужна ничья защита.

— Нет, — сказала я, чувствуя, что сжигаю за собой все мосты. — Нет. Я остаюсь. А тебе нельзя терять время.

— Я правда хороший актер? — неожиданно спросил Олег. — Тебе правда понравилось?

— Правда.

— Жаль, что ты не видела меня в театре. Обещай...

Я не дала ему договорить:

— Обещаю, обещаю... Я все обещаю тебе. Только уезжай.

Он нагнулся ко мне и осторожно поцеловал в губы — так целомудренно и тихо, что мне даже не пришло в голову ответить на его поцелуй.

— Я... Я никогда тебя не забуду, Анна. Я вытащу тебя, — вдохновенно соврал он, зная, что больше никогда не увидит меня.

Я тоже знала, что никогда не увижу его. У него хватит сил обезопасить себя, я была в этом уверена, — а если у него хватит сил, то я стану только воспоминанием об опасном приключении, не больше. Женщиной-приключением, о котором можно рассказать в стельку напившимся друзьям. Рассказать и не поверить самому себе. Но все равно, я была благодарна ему за это вранье. Только так он и мог сказать в предлагаемых обстоятельствах, только так и мог поступить... Я выскочила из машины, боясь остаться в ней навсегда.

И когда я уже собиралась захлопнуть дверцу, гараж неожиданно залил яркий свет: кто-то включил мощный прожектор, ослепивший и меня, и Олега. А спустя секунду, когда глаза привыкли, я вдруг увидела длинную царапину на капоте и разбитую переднюю фару — шофер Виталик все-таки был неисправимым лихачом...

И в ореоле яркого света я увидела силуэт человека.

Я знала, кому принадлежит этот силуэт.

Олег, видимо, тоже знал. Он рванул с места. Еще секунда — и он врежется в гаражные ворота. Чересчур несправедливая, страшная смерть для человека, тело которого является единственным, но совершенным инструментом...

— Нет! — Колени мои подогнулись, и я рухнула на бетонный пол. — Нет, нет, пожалуйста, нет!..

Конечно, он не мог так поступить со своим телом, со своим голосом, со своим лицом, вмещающим тысячи лиц: инстинкт самосохранения сработал независимо от него, и у самой гаражной двери Олег затормозил, чудом не врезавшись в стальной монолит.

В полной тишине был слышен только ровный гул мотора. А спустя секунду затих и он.

Раздались редкие, громкие, как выстрелы, аплодисменты. Капитан Лапицкий приветствовал последний акт трагифарса, где мы с профессиональным актером Олегом Куликовым исполнили роли статистов.

— Браво, — громко сказал Лапицкий, и его резкий голос отскочил от стен гаража. — Браво! Вытаскивайте его, ребята.

Двое парней, появившиеся неизвестно откуда, не торопясь, подошли к «шестерке», открыли дверцу и выволокли Олега. Он не сопротивлялся. Я все еще стояла на том месте, где решила попрощаться с Олегом, где пожалела о том, что не смогу уехать с ним. Олега подвели ко мне, а спустя несколько секунд Лапицкий уже сидел на капоте машины и, болтая ногой, весело и свирепо смотрел на нас.

— Отпустите его, — сказал капитан своим парням.

Те ослабили хватку, и Олег потер плечи. Он даже не смотрел на меня.

— Отличная работа, Анна, — сказал мне капитан.

И прежде чем я смогла ему ответить, Олег дал мне пощечину. И прежде чем я смогла отреагировать на пощечину, парни сбили актера с ног и вяло принялись пинать его. Несколько секунд Лапицкий с видимым удовольствием наблюдал за избиением.

— Прекратите! — крикнула я. Щека нестерпимо горела — клеймо пощечины жгло ее.

— Хватит, — тихо скомандовал Лапицкий, и парни отступили. Олег остался лежать на полу, лицом вверх. Я с ужасом увидела слезы в уголках его глаз.

Капитан легко спрыгнул с капота, подошел к лежащему актеру и присел перед ним на корточки.

— Я никому не позволяю безнаказанно бить своих людей, ты понял, мразь?

Олег медленно повернул ко мне свою совершенную голову экзотического животного.

— Сука! — выдохнул он.

Теперь уже капитан, поднявшись, с маху ударил его носком ботинка:

— И оскорблять — тоже. Я же говорил тебе, отсюда убежать невозможно, не стоит и пытаться. Делай свое дело — может быть, останешься жив... Нужно быть полным дураком, чтобы развесить уши и поверить бабе-подсадке. Или ты купился на ее прелести? Разве мировая драматургия не учит тебя тому, что женщинам нельзя доверять?

— Сука! — снова сказал Олег и, уткнувшись головой в бетонный пол, сжался в комок.

Но на этот раз никакой кары не последовало.

Мне показалось, что я теряю сознание. Значит, капитан заранее подставил меня, он хотел уничтожить меня, унизить перед этим мальчиком, он хотел втоптать меня в грязь... Он хотел лишить меня тех крупиц человеческого участия, которые еще были во мне... Он хотел убедить всех, что я полная дешевка, продажная тварь. Ему удалось, ему это удалось, а я смотрела на себя глазами Олега и сама начинала верить в черное, заболоченное дно своей души. Если бы тогда я успела вытащить пистолет из кармана шубы, если бы тогда я успела выстрелить...

— Ты подонок, — сказала я Лапицкому, — ты подставил меня!

— Неужели? — Лапицкий осклабился, ему доставляла удовольствие моя бессильная ярость. — Не стоит переигрывать, девочка, не стоит перегибать палку. Нам нужно с тобой переговорить. Идем.

Он подтолкнул меня к выходу в крытую галерею. Я не сопротивлялась. Все было кончено.

— А с этим что делать? — бросил вдогонку один из парней.

— Что обычно. И разбудите эту каналью Капущака. Я с ним позже разберусь.

В полном молчании мы дошли до моей комнаты. Не обращая внимания на капитана, я легла в кровать и отвернулась лицом к стене. Я знала, что он сядет в кресло и забросит ногу за ногу; я затылком ощущала самодовольный покой, который исходил от капитана.

Некоторое время мы молчали. Ярость, душившая меня, куда-то улетучилась, осталась только полная апатия и пустота.

— Не ожидал от тебя, — наконец сказал капитан. — Не ожидал такой прыти.

— Неужели? — не поворачивая головы, глухо проговорила я.

— Да нет. Конечно, ожидал, ты права. Иначе не появился бы там, где появился. А вот ты не ожидала меня увидеть, правда?

— Правда не имеет к вам никакого отношения.

— Сильно сказано. Сильно, но несправедливо. О правде лучше умолчим. Признайся, ты решила вытащить его, чтобы достать меня?

Я молчала.

— Или потому, что он тебе понравился? Наверняка рассказал душещипательную историю своего появления здесь, да?

Я молчала.

— Рассказал о том, что он невинная талантливая овца, которой хотят ни за что ни про что перерезать горло, слить кровь в корыто, а требуху бросить на растерзание воронью?

— Ничего он не говорил.

— Мне, по большому счету, плевать. Умиляет другое — откуда такой наплыв чувств у бездушной стервы, которая всю предыдущую жизнь только то и делала, что шла по трупам, не останавливаясь ни перед чем? В прямом и переносном смысле. Я думаю, что это только наша игра — твоя и моя. В этой партии я поставил тебе мат. Но не огорчайся, у тебя будет возможность отыграться. Я тебе обещаю.

Я молчала.

— Ты спишь? — не унимался капитан. — Не удивлюсь, если ты действительно заснула после неплохо проделанной работы.

Его способность все выворачивать наизнанку и убеждать в том, что черное — белое и наоборот, лишала меня сил.

— Нет, я не сплю.

— Вот и отлично. Значит, мальчишка понравился

тебе? Тем лучше, потому что работать вам предстоит в одной связке.

Не удивляйся, ничему не удивляйся, Анна, мало ли что он скажет тебе, не поворачивай головы.

И все-таки я повернула голову — очередная маленькая победа капитана, которую он постарался закрепить.

— Думаю, этот театральный хлыщ ввел тебя в курс дела?

— Да. — Притворяться было бесполезно.

— Он должен убрать одного влиятельного человечишку. Человечишка у нас давно бельмом в глазу сидит, да руки коротки, как ни прискорбно это сознавать. В легальном смысле слова. Скромным честным представителям закона от него один геморрой и масса проблем. А так — нет человека, нет проблемы, как учил нас отец народов.

— Очень образно говорите. Обычно такие говоруны плохо кончают.

— Тебе виднее... Но если понадобится положить на это дело не одного актера, а всю труппу, — я это сделаю.

— Вы отвлеклись, — жестко сказала я. Невыносимо слушать, как этот карманный Наполеон распоряжается чужими жизнями.

— Мальчишка не жилец, ясно. Так что все гарантии — полная туфта. Ты будешь за ним присматривать, подстрахуешь.

— Что я должна делать? — Он все-таки сломал меня.

— То же, что и он. Стрелять будешь ты, и твой выстрел будет главным.

— Я не буду стрелять.

— *Ты будешь стрелять.* Ты будешь делать то, что я тебе скажу. Ты уже согласилась. Иначе... Ты сама понимаешь, что будет с тобой иначе.

— Он сказал, что в армии был снайпером.

— Не соврал. Но стрелять будешь и ты тоже.

— У меня не получится. У меня не получится убить человека. — Я сдалась. Я выкинула белый флаг. Я сама пустила зверя в логово своей души.

— Получится, девочка. Я уже видел тебя в экстремальных ситуациях. Вспомни наконец, какая ты.

— Я не помню.

— Если не помнишь, то поверь мне — ты именно такая. Такая, какая нам нужна, — с упрямством, с хваткой, с ясной головой, со звериным чутьем.

Черт возьми, он говорил это так, как будто бы соблазнял меня, как будто бы касался жесткими беспощадными ладонями моих глаз, губ, груди... Его слова покрывали мое тело, как поцелуи, от них шла дрожь желания, и этому невозможно было сопротивляться.

— Конечно. Конечно, я такая...

— Вот и отлично. О подробностях поговорим завтра. На свежую голову. А сейчас отдыхай.

...Следующим вечером меня ввели в пьесу: сначала я только смотрела, как Олег, сломленный и загнанный в угол, отрабатывает концовку своего номера, как он снова и снова откусывает дуло шоколадного пистолета, чтобы из него вылупился настоящий. Как мрачный юноша с литой задницей, стоящий позади Лапицкого, снова и снова убивает его. Олегу, как всегда, не хватает нескольких секунд, чтобы спастись, — сначала семи, потом пяти, потом трех. Эти три секунды до авиабилета и открытой визы в одну из стран Шенгена ему так и не удается преодолеть. Да и какая разница за сколько секунд до свободы тебя убьют?..

Я слышу, как Лапицкий, посмеиваясь и сам не веря в то, о чем говорит, утешает Олега: ничего не бойся, парень, такой реакции, как у этого бойца за моей спиной, нет ни у кого в этой гребаной стране... И потом, есть масса обстоятельств, которые сыграют тебе на руку. Этот боец за моей спиной знает, что ты должен убить меня. Другой боец за другой спиной этого не знает. Чтобы понять, что происходит, ему как раз и необходимы три секунды, естественная реакция, выше собственной телохранительской головы не прыгнуть, поверь. Да и театральный софит, который принимает участие в твоем священнодействии, вовремя погаснет, я тебе обещаю. Ты успеешь. Ты должен успеть.

Я уже знаю — мельком от Олега и обстоятельно от Лапицкого, что расположение коммуникаций, комнат и коридоров полностью соответствует тому дому, где будет проходить чествование «влиятельного человечишки». Видимо, их проектировал один и тот же дерзкий архитектор, проходивший трехмесячную стажировку где-нибудь в Швейцарских Альпах. В плане Лапицкого мне отводится скромная роль официантки, обслуживающей столики для гостей. Когда я спрашиваю у капитана, каким образом мне удастся попасть в штат обслуги, он говорит мне: «Всегда и со всеми можно договориться. Ты просто заменишь одну внезапно заболевшую милую девушку, вот и все».

Вечером, накануне операции, мы сидим в холле, близко придвинувшись к открытому огню камина. Капитан наконец-то показывает нам фотографии человека, которого нужно убрать. Жесткое, спокойное, немного изуродованное осознанием своей абсолютной власти, лицо ни о чем не говорит мне.

Я никогда его не видела, но ни жалости (такого никому и в голову не придет жалеть), ни симпатии (такого опасно любить, всегда есть риск наткнуться на оружейный арсенал в супружеской постели) оно не вызывает, тем лучше. Редкий скот, соблазняет нас убийством капитан, полный беспредельщик, отморозок в законе. Самые громкие убийства последних лет — его рук дело, самый циничный передел сфер влияния — его рук дело... Если его не остановить, может произойти много бед. Так что ваше задание — никакое не задание, ребята, по большому счету — это благородная ассенизаторская миссия, осознайте это...

Никому не хочется осознавать это, особенно когда орудием возмездия выступает такая изощренная сволочь, как капитан Лапицкий. Но ему плевать на наши чувства — капитан неудачно шутит гораздо больше обычного, и я вдруг замечаю беспросветную азиатчину в его высоких скулах, обострившийся нос и фанатичный блеск ввалившихся глаз.

Бедняжка.

В какой-то момент и капитан, и актер кажутся мне близнецами на пороге жизни и смерти, вот они сидят, бессильно ненавидя друг друга и глядя на огонь. Разговаривать больше не о чем, пора идти спать, но и расстаться невозможно.

— Все будет в порядке, ребята, — как заклинание повторяет капитан. — Делайте, как договорились, и все будет в порядке. Все рассчитано, поверьте.

Он еще о чем-то говорит Олегу — кажется о том, что завтра люк в полу на кухне *в том доме* будет открыт точно так же, как сегодня он был открыт *в этом доме*, что путешествие по заброшенному аппендиксу канализации займет не больше двух минут, что он выскочит на улицу, где его будет ждать машина с ключами и документами. «"Девятка", такая же, как у тебя. Не забудь, "девятка"». Все это призвано убедить актера в том, что все продумано до мелочей, что никто не собирается его подставлять. Он передает Олегу пояс, расшитый золотом, необходимая деталь для костюма Фигаро.

— Как уговаривались, — теперь голос капитана звучит особенно мягко, — штука баков, новый паспорт и авиабилет. Одежда будет в машине на заднем сиденье. Свернешь в какое-нибудь тихое место и переоденешься... Там же твой багаж. Джентльменский набор преуспевающего холостяка.

— Героин и установка «Град»? — без улыбки шутит Олег.

— Ничего криминального, — успокаивает капитан, — костюм от Версаче, костюм от Армани... Рубашки. Два галстука для приемов и демократичная джинса для импортных шлюх. Рейс в ноль пятьдесят. Ты успеваешь.

— Куда билет? — спрашивает Олег.

— Как и договаривались, Париж, столица мира. Неплохие бабки на кармане, счетец мы тоже тебе открыли, реквизиты в костюме.

— В каком? От Версаче или от Армани? — Олег иронически улыбается.

— Да не помню я. На месте разберешься. Поспишь в самолете, там коньяк подают и шампанское, шикарная жизнь. Завидую тебе, парень. Никогда не был в Париже. Ну, подумай, гнил бы всю жизнь в этой гребаной стране. А так — весь мир в кармане, а?

Олег молчит.

«Парень не жилец, ясно», — вспоминаю я слова Лапицкого, и мне становится страшно. Я должна сказать Олегу, что все это блеф, что не будет никакого Парижа, никаких шлюх в Булонском лесу, никаких молоденьких балерин, солисток парижского «Нового балета»... Но я не могу вымолвить ни слова. Лапицкий так убедителен в роли змея-искусителя, в роли хвостатого Мефистофеля, что я сама начинаю верить в недосягаемый Париж и в то, что люк на кухне будет открыт. Был ли он так же убедителен, когда говорил мне о другом Олеге, — об Олеге Марилове, — лучшем друге, который погиб, может быть, только потому, что я осталась жива. Был ли вообще Олег Марилов его лучшим другом, или просто членом конкурирующей организации, о которой необходимо собрать сведения? Или проштрафившимся подчиненным, ловко убежавшим в смерть и не сдавшим дела в установленном порядке? Я вспоминаю фотографию в квартире Лапицкого — горнолыжная идиллия, улыбающиеся молодые люди — пожалуй, Лапицкий был искренен. Так же искренен, как сейчас, когда рассказывал актеру о костюмах в чемодане. Что я могу знать об искренности, я, всю предыдущую жизнь бесстрастно игравшая на чужих судьбах, как на хорошо настроенном инструменте. Органе, например. Орган — это солидно, это размах. Просто голова идет кругом. Способна ли я на искренние чувства? Мертвый Эрик не беспокоит меня даже во сне... Способен ли капитан на искренние чувства? И кому из своих людей он может сказать: «Баба не жилица, ясно».

И главное — *когда* он это скажет?

Может быть, он уже сказал. Кому-то третьему, который дышит мне в затылок.

Как долго я буду орудием в чужой игре?.. И сколько еще человек в ней задействовано? Узнаю ли я когда-нибудь? Узнаю ли я когда-нибудь себя по-настоящему, вспомню ли?..

...Я еще долго ворочаюсь в бессонной постели и думаю о том, что где-то, совсем рядом, также не спит Олег. Ночь перед казнью, когда заключенный все еще отчаянно надеется на помилование.

О капитане я не думаю.

Интересно, та женщина, погибшая в машине на шоссе, — кем она была? И что бы она делала сейчас, если бы выжила и потеряла память? Если бы *погибла я, а не она?* Должно быть, Лапицкий также пришел бы к ней в палату и также стал бы расставлять силки и капканы, и также не верил бы ей. Но и загородного дома убитого Кудрявцева она бы не избежала, и унизительного следственного эксперимента тоже. А потом? Что было бы потом? Нашлось ли в ее жизни что-то такое, что позволило бы шантажировать ее так же, как сейчас шантажируют меня?

Или она была ангелом, любимой дочерью, нежной возлюбленной, профессиональным переводчиком с португальского, любительницей холодного борща? А может, она была иностранкой? Ведь ее никто не ищет, ее никто не опознал — так сказал капитан...

В любом случае она была *другой*. Она не позволила бы делать с собой то, что сейчас проделывают со мной...

Вздор, Анна, здесь все говорят о твоей циничной хватке, о твоей залихватской прошлой жизни. Вздор, вздор, вздор, ты обязательно все вспомнишь и почувствуешь себя среди этих заигравшихся вероломных людей как рыба в воде. И не захочешь никуда уходить.

Со временем все встанет на свои места. Нужно только подождать. Черт, забыла выпить таблетку...

Я поднимаюсь и в полной темноте ищу на столе начатый пузырек с таблетками, теми самыми, что призваны помочь моей загулявшей памяти вернуться. Ими меня регулярно снабжает Виталик — патронажная сестра по совместительству. Иногда меня подмывает сунуть в рот целую горсть — может быть, процесс ускорится. Принимать эти безобидные круглые шарики — моя добрая воля. «Ты можешь не делать этого, можешь, если не боишься, но, это последнее слово в медицине, однократный прием активизирует нужные центры головного мозга, только и всего, — наставительно говорит мне Виталик каждый раз. — Решай сама. Хотя, на твоем месте, я бы воздержался вспоминать свою прошлую жизнь — за тобой столько грехов, за тобой такой хвост тянется, что не обрадуешься».

Итак, все в курсе моей прошлой жизни, даже шофер. Все, кроме меня.

Я нахожу таблетки на столе, глотаю одну — и слышу шорох в коридоре. Несколько секунд я прислушиваюсь, а потом подхожу к двери и распахиваю ее настежь.

За дверью стоит Олег.

— Можно к тебе на минутку, — спрашивает он.

Неплохое начало, как раз в духе затянувшейся вечеринки на даче, куда все приезжают в надежде переспать друг с другом.

Откуда я знаю про вечеринки на дачах?

— Можно?

— Да, конечно, входи.

После пощечины в гараже мы ни разу не разговаривали с ним, он даже не смотрел в мою сторону, и только в напряженной спине я читала по буквам: «Сука, сука, сука. Продажная сука».

— Не могу заснуть.

Еще бы тебе заснуть, когда маячит утро перед казнью.

— Я тоже.

— Прости меня. — Олег непривычно тих, и даже голос — роскошный, хорошо поставленный голос — изменяет ему. Как будто уже готовится навсегда покинуть бесполезное тело.

— За что? — я искренне удивляюсь.

— Тогда, в гараже. Я верю, что ты хотела мне помочь.

— Ты тоже прости меня.

Теперь удивляется он:

— За что?

— Ну, не знаю... За то, что надежда была лишний раз обманута. Не стоило так поступать с ней. Я просто хотела что-то сделать для тебя. Ты веришь? — Боже мой, ну почему мне так важно, чтобы он поверил?.. Почему мне так важно, чтобы он поверил именно сейчас, когда наши жизни — и его, и моя — ничего не стоят?..

— Да. Я верю. Но теперь это не имеет никакого значения. У тебя есть курево?

Конечно же, у меня есть курево. Лапицкий, из особого расположения ко мне, исправно снабжает меня «Житаном», должно быть, этот маленький женский каприз гирей висит на финансах капитана.

Я выбиваю сигарету из пачки, протягиваю ее Олегу и предупредительно щелкаю зажигалкой, как какая-нибудь вышколенная официантка в навороченном кабаке. Нужно вживаться в сегодняшнюю роль на банкете, независимо ни от чего трезво думаю я. И все-таки говорю Олегу:

— Ты же вроде не куришь?

— Раньше не курил. Связки берег. Теперь все равно. Думаю, они больше мне не понадобятся. — Он жадно и неумело затягивается.

— Все будет хорошо, — говорю я только для того, чтобы что-то сказать.

— Конечно, — говорит он только для того, чтобы что-то сказать. — Я надеюсь на это, как последний дурак.

— Не в их интересах тебя подставлять.

— Они меня уже подставили. Скажи, ты будешь там для того, чтобы потом, когда все кончится, пристрелить меня? — Он тщательно подбирает слова, он хочет застать меня врасплох этим своим вопросом: стандартный психологизм всех псевдоэкзистенциальных пьес, в которых он принимал участие.

— Нет. Может быть, кто-то другой, — я тщательно подбираю слова, как раз в духе стандартного психологизма.

— Зря я отказывался от сигарет, — мужественно говорит он, глотая дым. — Отличная вещь, и в башке легко.

— Еще не поздно начать.

— Ты думаешь?

— Конечно.

— Это французские сигареты? — он кивает на пачку с белым летящим силуэтом женщины на ярко-голубом фоне.

— Все говорят, что французские. «Житан Блондз».

— У меня есть шанс?

— Думаю, да.

— Ладно, черт с ним, давай поговорим о чем-нибудь... Я все равно не засну.

Я поощрительно молчу: почему бы не поговорить, в самом деле? Он садится в кресло — любимое кресло моего мучителя Лапицкого — и поджимает колени под подбородок: такая поза призвана умилять стареющих актрис. Сейчас, когда в комнату проникает только свет одинокого фонаря, он кажется мне совсем юным, не сыгравшим ни одной роли мальчиком.

— У тебя есть кто-нибудь? — спрашивает он.

— В смысле?

— Кто-нибудь, кроме этой банды.

— У меня был... У меня был один человек, — я вспоминаю тело Эрика лежащее в луже собственной крови в чужой квартире, — но его больше нет. Его убили.

— Потому ты здесь?

— Нет. Я здесь потому, *что я убила.*

— Это не страшно? Убивать, я имею в виду.

Я пожимаю плечами. Если бы я помнила!

— Я знаю, что бы сказала Марго, если бы увидела меня тут. Если бы узнала, что я собираюсь сделать.

Марго — я уже слышала это имя. Марго, которая подарила Олегу «девятку». Марго, которая была голубой мечтой детства Лапицкого...

— Ну, и что бы сказала твоя Марго?

— «Не промахнись, Ассунта» — вот что бы она сказала. Я был с ней счастлив. Ты была с кем-нибудь счастлива?

— Не знаю.

— Она сделала меня тем, кто я есть... Она сделала меня актером. Лучше ее никого не было. Во всех, с кем я спал, я видел только ее. Я знал ее до мелочей: как она ходит, как она улыбается, как она беспрерывно курит и кладет все свои кольца в пепельницы, чтобы их легче было найти. Она обожает серебро. Она и меня пыталась приучить к нему. Она заказала мне перстень у очень известного ювелира: замечательная работа. Вот только я не люблю перстней. Я надевал его только тогда, когда приходил к ней... Я все время боялся потерять его.

— Очень трогательно. Вы расстались?

— Конечно. То есть мы просто перестали жить вместе. Я отдал ей перстень, и мы перестали жить вместе.

— Потому что она намного старше тебя?

— Она на двадцать пять лет старше меня, — с вызовом сказал Олег, — но это не имело никакого значения. Я прожил бы с ней всю жизнь, я бы даже вынимал ее серебро из пепельниц с окурками... Она просто не нашла во мне того, чего искала.

— Чего же?

— Человека, с которым можно перестать притворяться быть сильной. Я не потянул. Я ушел, когда больше всего любил ее... Зачем я тебе все это рассказываю?

— Не знаю. Просто хочешь рассказать — вот и все.

— Нет, — он с вызовом посмотрел на меня, — нет, не потому... Просто, я хочу, чтобы ты знала, что есть вещи, которые делают бессмысленным ваше гнусное ремесло. Только они останутся, и больше ничего. Оттого, что вы сделаете меня убийцей, и еще сто, двести, триста человек сделаете убийцами, — ничего не изменится. Вы никому ничего не докажете. Вы подохнете, и я подохну вместе с вами, потому что согласился на ваши условия, — а Марго все равно останется... Я не видел ее два месяца, а теперь думаю, что не увижу никогда.

Олег сжался в комок и закрыл лицо руками:

— Я ненавижу себя... Ненавижу — за то, что позволил вам себя сломать. За то, что больше всего мне хочется выжить. Любой ценой... Вот такая я продажная шкура. Марго бы никогда не позволила манипулировать собой. Она бы лучше умерла. Гордая, как Мария Стюарт... Ненавижу себя.

— Ну, успокойся. Послезавтра в Париже уже ничто не будет важным. Ты как-нибудь договоришься с собой. Все договариваются. Иди спать. — Выслушивать все это невозможно, еще несколько секунд, и я разрыдаюсь. — Дать тебе сигарет?

— Не нужно. Ты права. Все с собой договариваются. Прости, что побеспокоил. До завтра.

Он уходит, оставляя меня одну.

* * *

...Сидя в машине, недалеко от дома «влиятельного человечишки», Валентина Константиновича Кожинова (именно так зовут потенциальную жертву), капитан дает нам последние инструкции.

— Олег, сейчас ты пересядешь в то такси, видишь?

В нескольких десятках метров от нашей машины действительно стоит невинного вида «Волга» с уже позабытыми шашечками на крыше.

— Доедешь до места как белый человек. Там тебя уже ждут. Приглашение с тобой, актерами занимается администратор. Никаких проблем быть не должно, все это интеллектуальное кабаре — люди известные, засвеченные и орденоносные, так что охрана осматривать тебя не будет. Тем более, что сам именинник изъявил желание тебя видеть в программе. Под тебя ему будет особенно приятно мясо с вертела жрать, — подпускает шпильку капитан. — Цени. Дальше все делаешь как обычно. Реквизит в порядке, с ним никаких проблем быть не должно. В пушке три патрона, больше все равно не успеешь, выпустишь все, расстояние такое, что не промажешь. И не вздумай козлить, я тебя и там достану. Поменьше контактов с балеринками, у них там тоже вставной номер, что-то типа па-де-де для высокопоставленных членов. Ты понял?

— Да. — Актер не смотрит ни на меня, ни на Лапицкого.

— И никаких импровизаций. Все четко по плану. Если облажаешься, начнешь хитрожопые комбинации строить, чтобы зад свой прикрыть и сухим из воды выйти, — я тебя из-под земли достану. Ты понял?

Олег брезгливо морщится, открывает дверцу и выскакивает из машины. Я вижу, как он садится в такси, и машина плавно трогается с места. Капитан провожает ее равнодушным взглядом и поворачивается ко мне.

— Ну, девочка, ты готова?

Конечно, я готова. Я киваю головой, мне не хочется говорить с капитаном.

— Значица так: до места доберешься на своих двоих, как честная безработная труженица. Здесь рядом. Тебя проводят.

— Кто?

— Серьезные люди. Думаю, тебя предупреждать не стоит: шаг влево, шаг вправо — расстрел. Шучу. Но мои ребята шутить не будут, так что учти. Зайдешь с тыла, там, где вся ваша братия официантская ошивается. К вам приставлена туша, зовут Герберт Рафаилович. Найдешь его, скажешь, что ты Лена Рябовичева, которая вместо Марины. Вопросов быть не должно. Включишься в обслугу, займешься непосредственно своим скорбным делом, за юнцом присматривай... Хотя нет, там будет кому присмотреть. Возле кухни есть подсобка, ты знаешь, такая же, как у нас в доме. Отделана кирпичом. Вынимаешь кирпич, слева, второй от двери, на уровне твоего плеча. Так же, как...

— Я знаю. — Весь прошлый день, в особняке Лапицкого, я доводила до автоматизма это движение: вынуть кирпич, слева, второй от двери, на уровне плеча.

— Я знаю, что ты знаешь. Повторяю на всякий случай. Там пушка. Дальше действуешь, как договаривались. Пушку в официантскую наколку, все это хозяйство маскируешь подносом. Потом занимаешь позицию, которую отрабатывали. Как только он сжирает предпоследний шоколадный пистолет — будь готова. Пушку тем же макаром на то же место. У выхода тебя будут ждать. Вопросы есть?

— У него, действительно, нет шанса? — тщательно подбирая слова, спросила я.

— У кого? У нашего человечишки?

— У Олега?

— Не хочу тебя огорчать, — капитан смотрел прямо перед собой, — но, чем черт не шутит, шанс для баловней судьбы всегда есть...

* * *

...С Гербертом Рафаиловичем, толстым обходительным армянином, все прошло гладко: неизвестная мне Марина, видимо, дала мне самые лестные характеристики. Благодушный, почти опереточный армянин внимательно осмотрел меня, ущипнул за задницу и, кажется, остался доволен.

— Нэ знал, что у нашей Марины такая очаровательная подружка. Попрошу ее, чтобы болэла почаще. Вы как добирались сюда?

Действительно, как я добиралась сюда?

— Пешком, — брякнула я.

— Я вас отвезу домой, когда закончим мероприятие. Не возражаете?

— Буду признательна. — Я нацепила на лицо самую сладострастную из своих улыбок, оказывается, и такие имелись в моем арсенале. И, похоже, действовали безотказно. Герберт Рафаилович был сражен наповал.

Капитан не соврал — особняки действительно были близнецами. Я не могла отделаться от этой мысли настолько, что все время искала глазами не только Виталика, постоянного спутника моего затворничества, но и самого капитана Лапицкого. Впрочем, когда стали появляться гости, сам дом напрочь вылетел у меня из головы. Должно быть, я была не очень хорошей официанткой, во всяком случае, мне не хватало подобострастного изящества, чтобы разносить и расставлять по столам приборы.

Введенная в заблуждение россказнями капитана, я ожидала увидеть нечто вроде воровской сходки, своеобразной малины со всеми ее атрибутами — но просчиталась. Люди, собравшиеся на чествование, были удивительно респектабельны: смокинги; упругие, поддерживающие шеи воротнички рубашек; терпкие запахи дорогих одеколонов, сталкивающиеся в воздухе; обилие драгоценностей, от которого рябило в глазах, — этим грешили молодые спутницы респектабельной публики. В этих женщинах даже при желании нельзя было найти никакого изъяна — такими красивыми могут быть только любовницы, которым покупают квартиры в центре и обставляют их изысканной мебелью. Карманные девочки откровенно скучали в обществе своих спутников — те разговаривали только друг с другом, на ходу отвечая на звонки сотовых телефонов и решая, казалось бы, глобальные проблемы.

В униформе официантки я чувствовала себя невидимкой — никому не было до меня ровным счетом никакого дела. Лишь изредка самые юные из любовниц влиятельных людей, видимо недавно купленные по очень высокой цене «мисс» всевозможных конкурсов, бросали на меня снисходительные и одновременно полные презрения взгляды. Девочки из маленьких райцентров какой-нибудь Брянской или Орловской области, выгодно продавшие высокую грудь, длинные ноги и глаза, которые еще совсем недавно не видели ничего, кроме бессмысленных драк поселкового хулиганья, были исполнены достоинства и скрытого торжества.

Среди гостей было несколько смутно знакомых лиц — их я видела в журналах с кроссвордами, которые Виталик разбрасывал где попало. Содержание статей о них я забыла напрочь, но вот персонажи с фотографического глянца — холеные и преуспевающие — остались.

Получив минутную передышку, я подошла к окну — двор перед домом был уже забит дорогими иномарками, а они все продолжали и продолжали прибывать. У «влиятельного человечишки» подлинный размах, ничего удивительного, что я была всего лишь одной из тридцати официанток, неприметная вершительница чьей-то судьбы...

«Мероприятие», как его охарактеризовал Герберт Рафаилович, начиналось в девять. Я вдруг подумала о том, успеет ли Олег на свой самолет в ноль пятьдесят, и тут же закусила губу. В ноль пятьдесят все будет кончено, вот только самолет в Париж может улететь без Олега... Забыв об указаниях Лапицкого, рискуя вызвать ненужные подозрения, я бродила по части дома, прилегающей к банкетному залу. Оттуда доносился глухой гул, похожий на морской прибой. До девяти оставалось пятнадцать минут. В девять выйдет хозяин праздника, звезды упадут в море и наступит полный штиль.

...Все полы в коридорах были устелены мягкими дорожками с высоким ворсом. Ворс скрадывал шаги и делал любого человека, идущего по ним, похожим на воришку с самыми серьезными намерениями. Только один раз я забыла, куда повернуть, я спутала коридоры — черт бы побрал мой пространственный идиотизм! — и остановилась у входа на другую половину дома: видимо, апартаменты хозяина. И сейчас же, прямо передо мной, как будто из-под земли, вырос мрачный сосредоточенный охранник.

— Что случилось? — отрывисто спросил, оглядывая меня с головы до ног и сморщив узкий массивный лоб. — Что вы здесь делаете?

Я неловко оправила узенький официантский передник и пропищала:

— Заблудилась.

— Вы в обслуге? — продолжал допрос он, цепляясь глазами за мою одежду.

— Я официантка.

— Фамилия?

Перепугавшись насмерть, я чуть не забыла фамилию:

— Рябовичева. Герберт Рафаилович в курсе.

Охранник вынул сотовый, весело забегал пальцами по кнопкам, дождался ответа и спросил:

— Рафаилыч, у тебя телка не пропадала? Фамилия Рябовичева...

Выслушав ответ, он смягчился, даже складка на лбу разгладилась:

— По коридору и направо,

— Спасибо... Простите, ради бога...

Неплохо же тебя охраняют, Валентин Константинович! В отличие от Юлика Дамскера, убитого мной в собственном кабинете. Ему не повезло. Впрочем, какая разница, где тебя пристрелят, господин Кожинов!.. Но если там будут ошиваться такие молодцы, мне не выбраться живой. Предаваясь грустным мыслям, я вернулась в комнаты, прилегающие к кухне, — «людские», как выспренно называл их Герберт Рафаилович. Девочки, нанятые обслуживать банкет, только что закончили подготовительную работу и получили передышку. В их устало скрещенных ногах, в их негромких голосах было предвкушение скорого и богатого расчета: не каждый день выпадает обслуживать банкеты такого уровня. Мне нечего было делать среди них, я вдруг почувствовала, что выгляжу белой вороной в этой маскарадной униформе официантки. Кивнув им, — что с меня взять, застенчивая девочка, не очень ловкая, больше шести тарелок на поднос не берет! — я прикрыла дверь.

Пистолет оказался на месте.

Я приоткрыла дверь подсобки с особыми предосторожностями, дождавшись, пока в коридоре никого не будет. Фигаро идет пятым, время еще есть, нужно успокоиться и взять себя в руки. Подумав, я сняла передник, спрятала его в подсобку и осталась в коротеньком черном платье, вполне элегантном: платье было выдано мне Гербертом Рафаиловичем по приходу, он лично проконтролировал, как я переодеваюсь: «Все должно быть на высшэм уровнэ, прэлэсть моя, такое событие раз в пятьдэсят лэт бывает, жэнщина должна ласкать глаза, даже когда подает поросенка с хрэном...»

Стараясь избегать коридора с бдительным охранником, я отправилась в другую часть дома — там, где были артисты. Я знала примерное расположение импровизированных гримерок, да и выглядела теперь как бедная сестричка, пришедшая навестить преуспевающего братца-актера.

Впрочем, предосторожности на сей раз оказались излишними: я без труда нашла нужный тупичок по стайке курящих миниатюрных балеринок в пуантах, участниц па-де-де, как презрительно охарактеризовал их Лапицкий. Балеринки, предмет вожделений Олега, если не считать почти мифическую Марго.

Зачем я решила найти его, я и сама не знала.

— Мне нужен Олег Куликов, актер. Фигаро, — обратилась я к юным дивам, похожим друг на друга, как кордебалет в «Дон Кихоте» Минкуса.

Они совсем по-детски подтолкнули друг друга локтями и наклонили зализанные головки.

— Это где-то здесь, — неуверенно сказала одна из них.

— Четвертая дверь по коридору, — подсказала ей вторая, проявив завидную осведомленность: видимо, Олег все-таки успел улыбнуться ей своей неотразимой светской улыбкой.

— А что, уже пора? — Видимо, они приняли меня за кого-то из администраторов.

— Нет-нет...

Я нашла четвертую дверь и вошла в нее без стука,

как будто бы хотела застать Олега врасплох, увидеть, как он тайком меняет свое униженное, измученное лицо на торжествующую маску Фигаро.

Мой Фигаро сидел у зеркала, уронив голову в колени.

— Эй! — окликнула я его.

Он вздрогнул, поднял голову и посмотрел на меня. Загримированное лицо было неестественно красивым — мертвые потухшие глаза и рот, похожий на открытую рану.

— Ты даже здесь не можешь оставить меня в покое!

— Прости. Хотела узнать, как ты?

— Со мной все в порядке. Уходи.

— Да. Сейчас. — Теперь и я понимала, что мой визит был глупостью, но оторваться от мертвых глаз, в которых отражалась и моя будущая судьба, не могла.

— Уходи, — еще раз повторил он, и почти тотчас же раздался веселый и настойчивый стук в дверь.

— Кто? — машинально спросил Олег.

— Это я, Марго, родной мой!

Лицо Олега исказилось, как у мальчика, пойманного родителями за мастурбацией в туалете.

— Сейчас. Сейчас я открою.

Он повернулся ко мне и жарко прошептал:

— Это Марго. Не хочу, чтобы она видела тебя здесь.

— Вы же расстались...

— Все равно не хочу. Спрячься куда-нибудь. — Он обшарил глазами комнату и наткнулся на шкаф с зеркальными купейными створками. — Давай сюда.

— Не будь кретином, не уподобляйся героям анекдотов, — также шепотом ответила я. — У нас же не адюльтер, а серьезная работа.

— Если ты не заткнешься и не сделаешь, что я говорю, я пристрелю тебя из казенного пистолета. Я это сделаю, клянусь, вы из меня все внутренности вытянули...

— Пожалуй, сделаешь, — рассудительно сказала я и полезла в шкаф, хорошо пахнущий отсутствием вещей.

— Сиди и не вякай, — напутствовал меня Олег.

Я слышала, как он сказал в коридор:

— Здесь не заперто. Входи.

— Я как всегда ломлюсь в открытые двери. — Голос женщины, Марго, — а это была Марго, — низкий, глубокий, завораживающий, был знаком мне и заставил сердце биться сильнее.

Я знала, знала этот голос!

— Ну, здравствуй, мальчик! Рада тебя видеть.

— Ты... Что ты здесь делаешь? Тебя тоже пригласили? — Олег был немного смущен, даже его обычно великолепный тембр потускнел от смущения.

— В некотором роде, — веселилась Марго. — Что-то ты неважно выглядишь. Измучила тебя твоя солисточка?

— Какая солисточка?

— Ну, француженка. Французский «Новый балет», так, кажется, называется сия богадельня? Ты ведь был в Париже? Я читала. Видишь, старушка Марго собирает публикации о своем мальчике, как престарелая провинциальная двоюродная тетка.

— Нет у меня никакой солисточки, — он попытался уйти от ответа.

— Не ври мне, мальчик. Мы ведь друзья, да?

— Мы друзья, — с горечью сказал Олег. — Мы всего лишь друзья...

— Вот видишь, мы друзья, но, когда ты начинаешь врать мне, мы снова становимся любовниками.

— Да? Тогда я буду врать тебе всегда.

— Не нужно. Я хочу кое-что сказать тебе...

Я должна была, обязана посмотреть на нее. Рискуя вывалиться из шкафа, я потянула дверцу в сторону и в узкую щель увидела часть комнаты, Олега и женщину, которую он называл Марго.

Конечно же, я помнила ее. Я ничего не помнила о себе, я не помнила, при каких обстоятельствах видела это лицо, должно быть в каком-нибудь заплеванном кинотеатре моей прошлой жизни, — но я хорошо знала эту гордую посадку головы, тяжелые седеющие волосы, которые ей даже в голову не пришло закрашивать, резкие складки у рта, придающие ей неизъяснимую прелесть, выразительные, резко очерченные губы и властные глаза.

— «Кое-что» — это что? — спросил Олег, близость Марго как будто бы парализовала его.

— Ты все-таки неважно выглядишь. Ты неважно выглядишь, а я счастлива. Неприлично счастлива.

— Разве можно быть неприлично счастливым?

— Можно... Можно. Теперь все можно, мальчик.

— Неужели?

— Ты когда-нибудь видел свою старушку такой?

— Такой молодой?

— Нет.

— Такой красивой?

— Нет.

— Такой неприлично счастливой? — наконец решился Олег.

— Да, да, да. — Она засмеялась грудным смехом, как будто в комнате зазвенела тысяча колокольчиков. — Да! Я прожила целую жизнь, но он стоил того, чтобы прожить целую жизнь и только сейчас прийти к нему. Когда я была молодой киношной потаскушкой, я наверняка не оценила бы его... Я бы просто прошла мимо, господи, какой ужас, я и сейчас могла пройти мимо... Я чувствую себя девчонкой.

— А ты и есть девчонка. Тебе не дашь больше двадцати.

— Начал врать, мальчик?

— Я действительно так думаю.

— *Мне сорок девять.* Мне всегда будет сорок девять, потому что в сорок девять я встретила его. Ты понимаешь?

— Нет.

— Что там у Гете насчет мгновения, ну-ка!

— «Свистят они, как пули у виска, мгновения, мгновения, мгновения», — с выражением произнес Олег, к нему на секунду вернулась беззаботность сцены.

— Дурачок!

— Конечно, именно за это ты меня любила.

Я смотрела во все глаза, я чуть не вывалилась из шкафа, когда Марго ласково коснулась губами загримированного подбородка Фигаро.

— Нет, нет... Я не любила. Мне казалось, что я любила. Мне казалось, что я любила — и тебя, и всех остальных. Но я люблю только его.

— Правда момента. Правда здесь и сейчас, — глубокомысленно произнес он. — Ты всегда так говорила о любви. Завтра ты откажешься от своих слов.

— Торжественно клянусь тебе. Я не откажусь. Я сегодня тебя с ним познакомлю. Он тебе обязательно понравится. Он не может не понравиться. Это тот самый человек, которого я искала всю жизнь.

— Человек, с которым можно перестать быть сильной? На которого можно опереться и закрыть глаза?

— Именно, именно, именно! — Она взяла руку Олега и покрыла ее быстрыми поцелуями. — Ты дивный. Ты тоже должен ему понравиться.

— Горю желанием.

— Я выхожу замуж!

— Ты?! Ты же никогда не была замужем. Тебе даже в голову это не приходило.

— Сама себе удивляюсь! Нет, вру. Не удивляюсь. Это самое естественное, что может быть. Он сильный, он привык за все отвечать. Ладно, я побежала.

— ...и ревнивый, как Отелло, к тому же?

— Нет, Отелло будешь играть ты, когда тебе надоест костюм Фигаро. Я просто соскучилась по нему. Вот что, мальчик, после выступления подойди к нашему столику, очень тебя прошу. Ты сразу нас увидишь. Хорошо?

— Хорошо.

— Ну, все! Удачи тебе. Я тобой горжусь.

— Я люблю тебя.

— А я люблю его, мальчик. Я просто жить без него не могу. Я умру без него. Ты знаешь, что это такое?..

— Никогда тебя такой не видел, Марго.

— Я и сама себя такой не видела. Я жду. *Мы* ждем.

Она еще раз поцеловала Олега и выскользнула из комнаты. Олег двинулся было за ней, но вовремя остановился, вернулся к зеркалу и сел перед ним. Он, казалось бы, напрочь забыл обо мне. Я тихонько отодвинула дверь и виновато появилась у него за спиной. Он увидел мое отражение в зеркале, но никак на него не отреагировал.

— Прости, — виновато сказала я.

— А-а, это ты? Ты все слышала.

— Да. Прости.

— Это и есть Марго. Моя Марго. Правда, она замечательная? — он как будто искал у меня поддержки, совсем позабыв, что ненавидит меня.

— Замечательная. Я, кажется, видела ее — то ли в кино, то ли в театре. Она удивительная актриса. Ее нельзя не запомнить.

— Да. Самая лучшая. Она выходит замуж.

— Да, я слышала. Прости.

— Она выходит замуж, — не слушал меня Олег. — Она выходит замуж за человека, которого полюбила. Я убиваю человека, которого никогда не видел. Веселенький финал.

— Все будет хорошо.

— Тебе виднее. Ты уже убрала двоих. В любом случае — хорошо не будет, даже если я спасусь. Уходи.

Мне нечего было сказать ему — я вышла из комнаты, плотно прикрыв за собой дверь.

...Когда я вернулась, торжество уже началось. Герберт Рафаилович встретил меня укоризненным поцокиванием языком — как раз в стиле патриарха разросшегося армянского рода: «Ну, гдэ ты ходышь, прэлэсть моя? Гдэ пэредник?» Я пролепетала что-то невнятное, но он даже не стал меня слушать — нужно было подавать горячее. Он лично поставил мне на поднос гораздо меньше тарелок, чем другим официанткам, чертов толстый опекун, он действительно решил подснять меня, что ж, тем лучше. Стараясь элегантно удерживать равновесие, я появилась в притихшем, деликатно стучащем ножами и вилками зале и сразу же увидела его.

Валентина Константиновича Кожинова.

Я узнала его сразу же. Фотографии, которые показывал нам Лапицкий, не могли передать того ощущения силы и уверенности, которое исходило от этого человека и заполняло каждый уголок остающегося свободным пространства, но все остальные детали совпадали. Столик его, окруженный корзинами с цветами, стоял на возвышении: все было продумано, все линии зала пересекались именно в этой точке, все подобострастные взоры были обращены к нему. За его спиной полускрытый цветами маячил телохранитель — слишком внимательный, слишком настороженный, слишком ненавязчивый, слишком незаметный — настоящий профессионал: штучный товар, дорогой, как лошадь ахалтекинской породы. Ничего не скажешь, Лапицкий все просчитал, он основательно подготовился к отстрелу, решив пожертвовать хорьком-Фигаро, он был прекрасно осведомлен.

Бедный загримированный баловень судьбы!

Но даже не это поразило меня: за столиком, рядом с Кожиновым, сидела Марго. Неужели это тот самый человек, так поразивший страстную натуру Марго?..

«Я люблю его, мальчик. Я просто жить без него не могу. Я умру без него» — кажется, так она сказала в гримерке у Олега. Я чуть не выронила свой злополучный поднос. Будь все проклято!

В открытом вечернем платье, с минимумом драгоценностей, с тяжелыми волосами, небрежно собранными на затылке, она была удивительно красива. Она была самой красивой из всех. Роскошные девицы, спутницы теневых и легальных воротил, как будто бы сошедшие с подиума, меркли рядом с ней — может быть, Олег прав: это удивительная женщина.

Цветы все прибывали. Прибывали и подарки: каждый из присутствующих считал своим долгом поздравить именинника, рассыпался в здравицах и прикладывался к ручке спутницы Кожинова. Рядом с Марго все казались пошловато-ненастоящими. Все, кроме Кожинова. Они казались идеальной парой: сильный мужчина и слабая женщина. Ее присутствие здесь было немного неестественным, но Марго, кажется, не замечала этого. Она смотрела только на него. Она даже не думала скрывать своих чувств.

Я подумала о том, что через полчаса его не будет в живых, и я буду одной из тех, кто спустит курок, — что станет делать она?

Подавленная, с трудом обслужив два столика, я вышла из зала.

Когда потребовалась очередная перемена блюд, банкет, приправленный выступлением звезд и звездочек, которых не смущала жующая публика, был в самом разгаре. Кусая губы, двигаясь, как в тумане, я судорожно высчитывала номера: сейчас отработает положенные ей романсы знойная цыганистая субретка с томным голосом, как раз в стиле окружения Кожинова. А вот па-де-де уже не будет: балетных куколок должны были выпустить сразу же за Фигаро.

Пора.

Никем не замеченная я прошла к подсобке, нащупала рукой прохладный кирпич — он поддался удивительно легко — и вытащила маленький пистолет. Такой я уже держала в руках и даже несколько раз стреляла из него по настоянию Лапицкого. Как только я почувствовала в руках его невесомую успокаивающую тяжесть, волнение прошло. Спрятав оружие в крохотной наколке и взяв по ходу поднос, я вернулась в зал — именно тогда, когда было нужно, должно быть, Лапицкий сейчас был бы мной доволен: ничего подозрительного, чересчур предупредительная, не знающая правил подобных банкетов официантка, которая следит за тем, чтобы на столах не скапливалось больше двух грязных тарелок одновременно. И именно для этого я здесь нахожусь. Беспроигрышная позиция.

Свет в зале был погашен, а софиты выставлены точно так же, как на утомляющих репетициях номера Фигаро.

Сам Фигаро был центре светящегося круга.

Я знала его номер до мелочей: фламенко, начало монолога, пистолеты, обернутые в фольгу... Я знала его номер до мелочей, но он как всегда поразил меня отточенным актерским мастерством. Голос Фигаро бросал вызов сильным мира сего, трудно было бы представить более неудобные реплики для набившихся в зал воров и воришек; но это было уже неважно — Фигаро в совершенстве овладел искусством держать публику. В звенящей тишине он приближался к столику, за которым сидели Кожинов и Марго. Но и этого никто не замечал: случайно выстроенная мизансцена, единственно удачное решение, только и всего. Мне с трудом удалось избавиться от магии его движений, сбросить наваждение и оценить обстановку трезвыми глазами.

Я сразу нашла свою исходную позицию: крохотный пятачок за колонной рядом с одной из почти незаметных дверей, самое темное место в зале: отсюда меня никто не заметит. Я, как опытный ночной грабитель, проскользнула в темноту и слилась с колонной.

А Фигаро уже приступил к пожиранию шоколада: бритвенный прибор, а затем пистолеты. В зале раздались смешки и похлопывание.

Но теперь я смотрела только на ленивого телохранителя: настороженные цепкие глаза, которым плевать на все лицедейство мира вместе взятое. Как только Олег вытянет свой пистолет, он пристрелит актера как собаку, в этом я не сомневалась.

Парень не жилец, ясно.

Напряжение росло. Сейчас он откусит дуло последнего пистолета, почему, черт возьми, в тире я посылала пули только в молоко?! Решение пришло мгновенно, независимо от меня: мальчик, который в первую ночь сказал, что верит мне, который звал меня с собой на свободу, который терпеливо ждал меня в крытой галерее, — он не должен погибнуть! Он должен успеть на самолет в Париж в ноль пятьдесят.

...Он все-таки сделал то, на что его натаскивали, —

несмотря на сидящую рядом счастливую Марго, женщину его жизни.

Он выстрелил. Четыре глухих хлопка, следующие один за другим.

Наши выстрелы прозвучали почти одновременно, я даже опередила его на какую-то долю секунды. Но я не стреляла в того, в кого должна была стрелять. Кожинов интересовал меня меньше всего, это и без меня сделает Олег. Телохранитель Кожинова, дорогой ахалтекинский жеребец, рухнул, как сноп, с дыркой в голове. Но прежде он все-таки остановил взгляд на колонне, за которой стояла я: в его глазах даже мелькнуло профессиональное озарение, смутное предчувствие догадки. На большее его не хватило. И это была моя работа, отличная работа, выполненная с ледяной головой. Теперь у тебя есть шанс, Фигаро, настоящий шанс.

Но телохранитель за спиной босса никого не интересовал — сам босс, после четырех хлопков, которые сначала даже никто не принял за пистолетные выстрелы, заваливался на стол, заливая кровью белоснежную скатерть, цветы и платье Марго.

Четыре выстрела. Почему четыре, тупо думала я, ведь у Олега было только три патрона. Мой выстрел не в счет, он был адресован другому человеку...

Марго не кричала. Ее лицо исказила судорожная улыбка непонимания, не обращая внимания на темную кровь, забрызгавшую ей платье и лицо, она склонилась над телом Кожинова — нежно и трепетно, так же, как склоняются надо лбом больного ребенка. Происходящее не укладывалось в ее гордой голове.

«Милый, милый, что с тобой?» — в каждом углу огромного зала слышался ее просящий шепот.

Этот шепот влюбленной женщины, казалось, парализовал Олега, он терял драгоценные секунды всеобщего замешательства — одну, две, три...

— Марго! — Он и не думал бежать, завороженный женщиной, которую любил. — Марго... Я не...

Это были его последние слова. Он упал изрешеченный пулями, стреляли сразу из нескольких мест, — все уже пришли в себя. Визг женщин переплетался с деловитым спокойствием мужчин, бросившихся к столику Кожинова.

И молчанием Марго.

Убитый актер, лежащий в луже крови на натертом до блеска паркете, казалось, никого не интересовал. Я знала, что это лишь вопрос нескольких секунд, может быть, минуты.

Нужно уходить, ему ты не поможешь, ты сделала все, что могла, трезвая Анна.

Стараясь не привлекать ничьего внимания, я вышла из зала, крепко прижимая к груди поднос, который заслонял пистолет, и зажимая рот рукой: скромную девушку стошнило при виде обильно льющейся крови, только и всего.

Должно быть, у меня получилось довольно правдоподобно: никто мне не задерживал, никому до меня не было дела. Увидев на пути в коридор подсобки стайку праздных официанток, я сказала срывающимся придушенным голосом:

— Там... Там убили... Хозяина убили...

Девушки бросились к дверям в зал, которые еще никто не догадался закрыть. Это предоставило мне свободу для маневра: все так же имитируя шоковое состояние (на всякий случай) и держась за стену, я добрела до подсобки, как в тумане спрятала пистолет, предварительно стерев с рукояти отпечатки пальцев официантской заколкой. Но стоило мне заложить кирпич обратно, в дверях подсобки выросла туша Герберта Рафаиловича.

— Что ты здэс дэлаэшь? — спросил он. Ни следа от армянской вальяжности в голосе и фигуре.

— Там... Убили... — попыталась выкрутиться я.

— Знаю. Что *ты здэс* дэлаэшь?

— Ничего.

Его моментально ставшие холодными и собранными глаза ощупали меня.

— На выход, бистро, — властно сказал он. — Чэрэз пять минут закроют всэ двэри.

— Что? — не поняла я.

— Чэрэз чэтыре. Машина за углом, «пятерка», пикап.

— Вы? — я не могла поверить. Толстый метрдотель тоже участвует в этом грязном деле. — Вы тоже...

— Бистро, прэлэсть моя!

Я подчинилась, я сразу же нашла заботливо открытую дверь, указанную армянином, — она выходила прямо на улицу, в тыл дому, пробежала до угла и села в «пятерку». За рулем околачивался Виталик.

Совершенно опустошенная, я легла на заднее сиденье и только теперь почувствовала настоящую тошноту. Виталик резво взял с места.

Несколько минут мы ехали молча.

— Как прошло? — наконец спросил Виталик.

— Лучше не бывает. — Мне не хотелось разговаривать.

— Мужичок-то наш уже того... У Святого Петра?

Я вспомнила залитые кровью грудь и лицо Кожинова, квадратную челюсть, превратившуюся в крошево.

— Не знаю. Да.

— Ну, с боевым крещением, королева. Добро пожаловать в ряды ниндзя-черепашек.

— Оставь меня в покое.

— А говорила, не справишься. — Виталик никак не хотел заткнуться. — Видишь, глаза боятся, а руки делают. А актеришко? Тоже богу душу отдал?

— Замолчи.

— Ладно, молчу.

Он, действительно, затих, и остаток пути мы ехали молча. Я даже не следила за дорогой, все будет также: дурацкий особняк, решетки на окнах, кроссворды Виталика. А может быть, они потеряют ко мне всякий интерес? И остаток жизни я буду вынуждена гнить в этой образцово-показательной тюрьме с камином, лишь изредка выезжая на королевскую охоту?..

Первые приступы тошноты прошли, и ко мне неожиданно пришел покой. Именно это чувство должна испытывать Анна: сделала свое грязное дельце и красиво ушла. Красиво уйти — в этом есть смысл. Я старалась не думать о Марго и Олеге, я ни в чем не виновата, я искренне пыталась спасти его, я даже рискнула своей жизнью. Ничего не получилось. Не нужно тебе никого спасать, Анна. Ты не спасительница. Судьба очередной раз ткнула тебя в твое собственное корыто: к черту сантименты, будь собой. Ты неплохая машина для убийств, пора выходить на профессиональный уровень. Эта мысль убаюкала меня, и незаметно для себя я уснула.

...А проснулась от тяжелого удара по щеке — это была не театральная пощечина Олега, так бьют собаку за лужу на персидском ковре. Вскрикнув от боли, я открыла глаза: в машине сидел Лапицкий. Его лицо сияло, даже складки у рта разгладились, а жесткий подбородок стал мягче.

— Это тебе за самодеятельность, — сказал он суровым голосом, совершенно не соответствующим смягчившемуся подбородку. — Твое счастье, что все срослось как надо. Зачем ты убила телохранителя?

— Вы и это знаете?

— Хотела спасти этого сопляка, да? В кого тебе приказано было стрелять?

— Какая разница, если они оба мертвы. Все получилось именно так, как вы хотели. Теперь вам дадут звезду. На грудь и на погоны.

— Ты дура. Говори, хотела вытащить и помахать платком в аэропорту? Хотела спасти?

— Да, да, да...

— Ну что ж, ты дала ему шанс. Он им не воспользовался, это было его право.

— Я сделала это только потому, что вы обещали ему свободу. Вы, а не я. Обещания нужно выполнять, вас этому не учили в вашем гнусном ведомстве?

— Ты решила выступить в роли моего адвоката? Я в этом не нуждаюсь. А вообще, ты молодец. Девка что надо. Я в тебе не ошибся. И стреляешь идеально, когда хочешь. А здесь нужно вдохновение, наитие, по-другому не назовешь. Я знал, что ты такая. Тебя не взнуздать.

Странная характеристика. Я ожидала чего угодно, только не этого. И в то же время в глубине моей души рос протест против этого человека, который обращается с моей жизнью, как хочет. Давно пора поставить его на место.

— Слушай, ты, дерьмо, — твердо сказала я, глядя перед собой. — Ты можешь использовать меня как хочешь, ты можешь держать меня за своими сраными решетками сколько угодно, но не смей называть меня девкой. Может быть, я и была девкой, но только не для тебя. Иначе ты плохо кончишь, обещаю тебе. Ты ведь знаешь мой послужной список.

— Точно такая, как я думал! — восхищенно сказал капитан, пропустив «дерьмо» мимо ушей.

Но его дешевое опереточное восхищение мало трогало меня.

— И еще одно. Не смей называть меня сукой. Потому что сука — это ты. Лягавая сука. А я всегда буду свободной, куда бы ты меня не засадил.

Эти слова всплыли на поверхность из самых глубин моего тела, и я имела на них право, потому что действительно была свободной: я была свободной от тщетных попыток вспомнить прошлое, которое больше не волновало меня. Я была свободна от поиска себя самой — я уже нашла себя, когда почувствовала покой от пистолета в руке, от упоительной власти над человеком. Должно быть, Анна перешла на новую ступень: теперь ей недостаточно было сомнительной сиюминутной власти над плотью мужчин, ей была нужна абсолютная власть над плотью вечности. Эрик убит, Фигаро убит, единственные люди, к которым я относилась с симпатией, убиты. Слово «любовь» ни о чем мне не говорит, пустой звук, мятый фантик копеечной карамели. Гореть тебе в аду, Анна, но там ты найдешь приятное общество. Впрочем, отправляться в ад я не собиралась. Я собиралась с шиком пожить, Лапицкому нужна такая циничная стерва, как я, у меня всегда будет достаточно работы. Здесь наши интересы совпадают, я постараюсь не разочаровать ни его, ни себя... От этого внезапного осознания, обретения себя я даже не услышала, о чем мне говорит Лапицкий.

— Ты зарываешься, детка. Вспомни, кем ты была? Куском мяса на операционном столе: больничный халатик, краше в гроб кладут, протертая каша на завтрак — «я могу на что-то надеяться, доктор?»... Вспомни, из какого дерьма я тебя вытащил! В лучшем случае просидела бы в психушке, где тебя бесплатно трахали бы санитары, где тебя закололи бы до полной невменяемости. А потом — потом ты тоже приползла ко мне, просить защиты. Я все для тебя сделал, вот только у тебя оказалась короткая память...

— Все сделал, конечно, посадил в клетку, держал черт знает где... Сегодня я сполна с тобой расплатилась.

— Ошибаешься, детка. Все только начинается... Впрочем, может, хочешь спрыгнуть на ходу? Самолет на Париж еще никто не отменял.

— Нет, — сказала я, вдруг почувствовав, чем соблазнил меня Лапицкий: он подарил мне возможность самой выбирать игры и игроков. И хотя в глубине души я знала, что игры эти — всего лишь банальные наперстки, где полно подставных персонажей и выигрыш всегда будет за мной, — отказаться от этого я уже не могла. Я вспомнила. Я все вспомнила. Но не собственную жизнь, нет, — ощущения, которые были определяющими в той, прошлой Анне. — Нет, я не хочу спрыгнуть на ходу. Я остаюсь. Я буду работать с тобой.

Даже капитан не ожидал такого. Он почесал переносицу и вопросительно посмотрел на меня:

— Да? Выражаешь свободную волю свободного человека?

— Именно.

— Но это довольно грязная работа, не отмыться, детка.

— Плевать.

— Сегодняшний день ты провалила.

— Больше провалов не будет. Обещаю легкие импровизации на пользу великой цели.

— Ах ты, мать твою... Попробуй после этого не назови тебя сукой! Прости, это последний раз.

— Хорошо. Я буду работать с тобой. Только выстраивать все буду сама. Не возражаешь, капитан? Или уже майор после сегодняшнего вечера?

— Начальство скупо на звания, как Ставка на медали в начале войны. Придется покорячиться.

— Мне нужно привести себя в порядок. Ты можешь создать мне условия? — деловитым тоном спросила я у Лапицкого, который все еще не мог прийти в себя от неожиданных перемен во мне, хотя всеми силами и пытался это скрыть.

— Условия?

— Ну да. Чтобы не было решеток на окнах, чтобы не было этого дурака Виталика...

— За что, королева? — вяло оскорбился с водительского места Виталик, но теперь он волновал меня не больше, чем трупик раздавленной кошки на дороге.

— В какой порядок? Ты в отличной форме, девочка. — Капитан смотрел на меня, как будто видел впервые.

— Я лучше знаю. Или не в интересах ваших грязных дел иметь объективно симпатичную телку?

— Хорошо. — Лапицкий сдался. — Что нужно?

— Хорошая косметика. Не дешевка фабрики «Московская заря», а настоящая французская. Самая дорогая. Впрочем, ее я выберу сама.

— С меня голову снимут. Никто таких финансов мне не даст... Мы же бюджетная организация.

— Интересно, — задумчиво произнесла я, — сколько бы заплатила какая-нибудь частная конкурирующая фирма за убийство такого человечка, каким был покойный Кожинов, ты как думаешь?

— Но ведь не ты убивала! — искренне возмутился капитан.

— А кто тебе сказал, что убивала не я, Костик? Ты позволишь так себя называть, раз уж мы коллеги? — я откровенно издевалась над Лапицким. — Ведь в пистолете Фигаро было три патрона? Три. Ты сам ему сказал.

— Допустим, — медленно произнес капитан, — что из того?

— Но выстрелов-то было четыре! Следовательно, один из них — мой. Рассуждая логически.

— Ты же не стреляла в Кожинова, — капитан даже стукнул ребром ладони по колену, — не стреляла, признайся!

— Кто знает, кто знает... Или был кто-то еще? Наблюдающий за наблюдателями, а? Тройное дно?

— Умная сука! — он не мог сдержаться. — Прости, прости, буду штрафовать себя за непочтительное обращение... И отдавать наличными.

— В валюте, пожалуйста. Куда мы едем?

— Я, собственно, хотел предложить тебе...

— Неужели личные апартаменты в президентском номере отеля «Метрополь»?

— Похуже, конечно. Говорю тебе, у нас бюджетная организация. Но кое-что я тебе подобрал.

— Отлично. — Характер нашей беседы изменился, теперь уже я, незаметно для всех, стала играть первую скрипку. — Валяйте, гражданин начальник...

Виталик вез нас по улицам ночной Москвы, которую я открывала для себя заново: агрессивные иномарки, свирепо подрезающие наш допотопный пикапчик, неоновые огни вывесок и щитов, окна домов, за которыми протекала поразительная человеческая жизнь, дрожание зимнего воздуха. Я не знала, не помнила этих улиц, но это был единственный город, в котором могла жить Анна, — следовательно, нужно уважать ее выбор.

— Куда мы едем? — спросила я у Лапицкого.

— В сторону Кропоткинской. Есть там одно гнездышко в твоем стиле. Там и остановимся.

— Все вместе? — я презрительно посмотрела на Виталика, а Лапицкий даже обиделся:

— Зачем вместе? Там будешь жить ты одна.

— И вы не зайдете на чашку чаю, гражданин начальник?

— Зайду, зайду, — ухмыльнулся он. — Куда ж я денусь.

Мы наконец-то приехали. Виталик лихо припарковался в одном из тихих московских переулков: сюда не доносился вечный гул Садового кольца, и царила патриархальная тишина.

— Мне нравится, — одобрила я тихий сонный двор и дом, который показал мне Лапицкий. — Вполне в моем стиле.

— Ты думаешь это в твоем стиле?

— Уверена в этом.

— Ну, раз уверена, тогда пойдем.

Лапицкий вышел первым и, придерживая дверцу, галантно помог мне выбраться.

— Подожди меня, — сказал он Виталику. Тот кивнул и, осклабившись, обратился ко мне:

— Ну, до свидания, королева!..

Я надменно повела плечами, смирившись с этим постоянным прозвищем: теперь оно не казалось мне ироническим — королева, почему нет, может быть, шофер не так уж не прав... Впервые за много дней я чувствовала себя великолепно — и это после того, что произошло сегодня ночью, после трех трупов, после ужасных душевных терзаний, после нелепой попытки спасти актера, жизнь которого ничего не стоила изначально... От себя действительно никуда не уйти, даже если ты ничего не помнишь: собственное «я», находящееся где-то в глубинах подсознания, все равно выведет тебя, как слепой выводил слепых, нужно только закрыть невидящие глаза и довериться себе. И я доверилась себе, какой бы я ни была.

На лестничной площадке третьего этажа, у квартиры номер тридцать два, Лапицкий протянул мне связку ключей.

— Ну, открывай свой дом, девочка.

Я легко справилась с замками и толкнула дверь.

— Выключатель направо, — предупредил меня Лапицкий.

Нашарив рукой выключатель, я включила свет, смело вошла внутрь и несколько минут бродила по квартире. Лапицкий, присев на корточки в коридоре и прикрыв глаза, исподтишка наблюдал за мной.

— Ну как? — спросил он.

— Не бог весть что, — покривила душой я, потому что чистая двухкомнатная квартира мне понравилась. — Но на первое время сойдет.

— По-моему, ты зарываешься. — Это прозвучало почти интимно.

— По-моему, я прихожу в себя. Я становлюсь такой, какой ты хотел видеть меня с самого начала, Костик. Ты недоволен?

— Я просто счастлив. Ну, приглашай на чай, хозяйка.

— Ты сделал запасы продуктов?

— Не я, а Виталик. Он занимался квартирой и даже что-то вроде импровизированного ужина приготовил. Он у нас хозяйственный малый.

Мы отправились на кухню. Лапицкий не соврал, холодильник действительно был полон. Я в который раз рассеянно поразилась обстоятельности шофера: ничего быстрого, сиюминутного, ничего приготовленного на скорую руку. Вместо дежурной колбасы — кастрюля с тушеным мясом, несколько салатов, заправленных майонезом, банка красной икры и завернутые в целлофан стебельки черемши.

— Чай в морозильнике, — проявил недюжинную осведомленность Лапицкий.

Я открыла дверцу морозильной камеры и обнаружила там бутылку можжевеловой водки. Я вытащила ее, даже не успев удивиться.

— Послушай, откуда ты знаешь, что можжевеловая водка — моя любимая?

— А ты откуда это знаешь? — не остался в долгу он. — Ладно, накатим по рюмашке, пока при памяти, и я побегу.

Я выставила на стол кастрюлю и салаты и разлила водку по граненым стаканам, других в кухне просто не было.

— Упущение, — не замедлила я попенять Лапицкому. — А если мне придется принимать высокопоставленных гостей, что я буду делать с такой тарой?

— Не придется, — успокоил меня Лапицкий. — *Здесь* принимать не придется. Это логово, берлога, неприкосновенная территория. Здесь ты будешь зализывать раны, никакого левого траха, никакого адюльтера, никаких самцов с эрегированными членами — это ведомственная служебная квартира. Ты поняла?

— Еще бы не понять. — Я лихо выпила полстакана водки и закусила ее черемшой. — Ты не останешься?

Капитан, который еще не успел допить водку, даже закашлялся от моей наглости:

— Ну, ты даешь, девочка.

— Шучу.

— Ладно, давай о серьезном. Сколько денег тебе нужно, чтобы, как ты говоришь, привести себя в порядок?

— А сколько ты можешь дать? — невинно спросила я. — По максимуму?

— Так уж и по максимуму?

— Не забывай, мне еще нужно экипироваться.

— Учти, Кардена я не потяну. И Ив-Сен-Лорана тоже.

— Тогда ограничимся Версаче и Армани. Кажется, именно эти вещички ты хотел втюхать несчастному Олегу? Скажи, а машина с ключами и чемодан на заднем сиденье — они действительно существовали? Ну, если бы он выбрался?

— Существовали. — Капитан разлил водку почти до краев — себе и мне. — Можно наврать с три короба в главном, но мелочи должны быть правдоподобными. Правда всегда должна подстраховывать ложь, иначе нет смысла ни во лжи, ни в правде. Это основополагающий принцип. Подходит ко всему... Давай-ка, помянем его. Актер действительно был от бога.

Я вспомнила тело Олега на паркетном полу — но вспомнила отстраненно, как что-то, не касающееся меня. Я вспомнила обезумевшую от скорби Марго, но и сейчас ничего не шевельнулось в моей замутненной душе. И тем не менее вкуса водки я не почувствовала.

— Кстати, там была эта актриса, его пассия... Марго, кажется. Потрясающее совпадение: оказывается, она собиралась замуж за Кожинова.

— Чудны дела твои, Господи, — промурлыкал капитан и навалился на тушеное мясо: он вылавливал его из кастрюли прямо руками. — Который раз убеждаюсь, что Москва — город маленький. Ну что ж, тем лучше. Это даже нам на руку, можно сказать — подарок судьбы.

— Еще бы, лучше и придумать нельзя. — Капитан так смачно копался в кастрюле, что мне захотелось последовать его примеру, наплевав на все правила приличия. — Вместо громкого заказного убийства возвышенная романтическая бытовуха, роковой треугольник: он, она и мафиози-разлучник. Он — дикое сердце, она — меркантильная сука, мафиози — театральный задник для трагедии. Партнеры в жизни, партнеры в смерти. Могу только представить, с какими заголовками выйдут сегодняшние газеты.

— Думаю, заголовки будут круче, — осторожно заметил капитан. — Писаки поднаторели на таких вещах, у них по два десятка вариантов на одно хилое убийствишко. Но нас это уже не касается.

— Да. Ты прав. Нас это уже не касается.

Капитан закончил поглощать мясо и с удовольствием облизал пальцы.

— Где ты только воспитывался? — с нежной брезгливостью спросила я. Теперь, когда все встало на свои места, Лапицкий нравился мне все больше и больше, отвязный тип, гад, каких мало. Гад, каких мало, и сука, каких мало, утомленные пресной добродетелью.

— Там же, где и ты. Дитя улицы. Думаю, мы поладим, любовь моя.

«Любовь моя», кажется, так обращался ко мне покойный Эрик.

— Не сомневаюсь. Ты останешься?

— Нет, — он потянулся с такой силой, что хрустнули все кости. — Сплю только один и только в своей постели, когда есть возможность. С возрастом начинаешь ценить хорошие привычки, особенно, когда у тебя их немного... Спасибо за чай. Мне пора.

Я проводила капитана в прихожую. У самой двери, прежде чем взяться за ручку, он неожиданно обернулся ко мне и спросил:

— Все время забываю... Тебе ни о чем не говорит имя Ева?

— В контексте праматери человечества?

— В контексте Олега Марилова. Удалось восстановить часть его записной книжки, ее напрочь кровь выела... Там это имя встречается несколько раз. Заключено в пирамиду с двумя скарабеями по бокам — стилизация в духе древнеегипетского письма. У Олежки были свои приколы.

— Ну и что?

— Так он подчеркивал только важных ему людей. Очень важных. Людей, о которых он постоянно думал.

— Серийных убийц, насильников со стажем и воров в законе?

— Нет, для этого у него были другие обозначения.

— Другие?

— Для так тобой любимых серийных убийц он предпочитал голову бога Пта, отца всего сущего... Не важно. Это имя, Ева, оно не касалось его работы, его непосредственной работы. Во всяком случае, я бы знал...

— Может быть, это та самая женщина, которая была в машине и которая погибла... Кстати, ее так никто и не опознал?

— Нет.

— Похоронили?

— Можно сказать. Абонировали ячейку в холодильнике морга. Дело касается нашего коллеги, мало ли... Ладно, нет так нет. Я пошел. Спокойной ночи. Приеду завтра утром, а ты закрывайся на все замки. Ты теперь у нас ценный работник. Спи спокойно. Как говорится, на новом месте приснись жених невесте...

Лапицкий ушел, а я еще несколько минут постояла у двери, прислушиваясь к его затихающих шагам на ступеньках лестницы.

Ева, Ева...

Нет, это имя в пирамиде, окруженное жуками-скарабеями, ни о чем не говорило мне... Звучит претенциозно и не слишком подходит для нашего прохладного климата. Никогда не назвала бы так свою дочь, черт возьми...

Часть вторая

ЕВА

* * *

...Я осталась одна. Наконец-то одна. Кастрюля с остатками жаркого и развороченные салаты — не в счет. И только теперь я поняла, что страшно хочу есть. Вернувшись на кухню, я первым делом повторила подвиг капитана Лапицкого — залезла руками в кастрюлю и вытащила оставшиеся куски мяса. Удивительно вкусно, капитан не соврал, мне бы никогда так не приготовить. Доев мясо, я, так же как и он, облизала пальцы и в голос засмеялась: вот ты и дома.

Но дом еще нужно было осмотреть. Лапицкий не дал мне это сделать по-настоящему. Налив в стакан водки, я отправилась в путешествие по квартире. Две комнаты, небольшие, но уютные, окна в тихий двор, мебели немного, но вся добротная: стенка, два кресла, диван, маленький магнитофон на столике, видеодвойка, чтобы я не скучала долгими зимними вечерами. Никаких кассет не было, только в магнитофоне сиротливо стоял Ив Монтан — Виталик умел навязывать свои вкусы. Монтан так Монтан, я нажала кнопку и продолжила знакомство с квартирой уже под музыкальное сопровождение. В спальне не было ничего, кроме широкой кровати, застеленной свежим бельем, и я почувствовала угрызения совести: зря я так напустилась на шофера.

Больше всего мне понравилась ванная с зеркалом во всю стену. Я разделась догола и принялась критически осматривать себя: с фигурой вроде бы все в порядке, нужно только немного подкачать пресс и тогда вполне можно произвести фурор на нудистском пляже ближнего Подмосковья. А если еще и облачиться в эротическое бикини, то можно завоевать и Багамы. С лицом дело обстояло хуже, нужно признать. Неухожено, запущено до крайности, в твоем возрасте, Анна, нужно следить за лицом как за молодым мужем, и лучше всего нанять для этого профессионально детектива.

Кстати, а в каком ты возрасте?

Подумав немного, я остановилась на двадцати семи. Давать себе меньше мне не хотелось, а цифра двадцать семь меня вполне устраивала. Ее еще не нужно скрывать, и в то же время она придает всем страстям осознанную зрелость. Да и что-то в самой глубине души подталкивало меня именно к этой цифре. Эрик и Фигаро моложе, Лапицкий чуть старше, а я нахожусь в блаженной полосе золотого сечения. В двадцать семь лет уже знают толк в самом изощренном сексе, но могут имитировать провинциальную застенчивость. Когда женщина в двадцать семь лет говорит мужчине: «Мне никогда ни с кем не было так хорошо, как с тобой», ее слова звучат более весомо, чем в двадцать два и более правдоподобно, чем в сорок четыре... А в то, что мне предстоит говорить подобные слова по разным поводам, я верила свято: Лапицкий наверняка будет использовать меня в качестве дорогой подстилки ручной работы. Интересно, какова я в сексе? Мне еще не предоставлялось случая испытать себя на этом полигоне. Надеюсь, я не фригидна и не страдаю ни садомазохистскими комплексами, ни склонностью к брутальной групповухе. Хотя от меня можно ожидать чего угодно.

Признайся, тебе нравится, что от тебя можно ожидать чего угодно, сказала я себе и улыбнулась своему отражению.

Наскоро вымывшись и вытянувшись на свежем белье, я провалилась в свой обычный блаженный сон без сновидений. Ни убитый Фигаро, ни убитый Кожинов, ни убитый охранник, ни убитая горем Марго больше не волновали меня.

...Звонок Лапицкого разбудил меня поздним утром. Под его настойчивую трель я несколько минут лежала в кровати, восстанавливая события прошедшей ночи и приходя в себя. Нужно вставать, этот звонок поднимет и мертвого.

— Который час? — спросила я, позевывая и впуская капитана в дом.

— Половина двенадцатого, вставай, царство Божие проспишь.

— Если учесть, что я легла на рассвете, а моя аристократическая натура...

— О какой аристократической натуре ты говоришь? Посмотри на себя в зеркало!

— Уже посмотрела. И осталась почти довольна. Несколько штрихов, и я буду девочка что надо.

— Не сомневаюсь. Кстати, я и принес их тебе, эти несколько штрихов.

Не снимая ботинок, капитан прошел на кухню и вывалил на неубранный с вечера стол две увесистые пачки денег.

— Как и было обещано, — прокомментировал свои действия он, — на экипировку, а также шпильки и булавки. Средства подотчетные, напишешь список и приложишь чеки. Все понятно?

— Господи, какая ментовская приземленность, — развеселилась я.

— Не ментовская, не ментовская. Не смей называть меня ментом, — внезапно вспылил капитан.

— Извини. — Лучше не заводить его с утра, трезво подумала я. — Беру свои слова назад.

— Не вздумай потратить бабки на карамель и пирожные. Тебе нужно быть в форме...

— ...а также пресс подкачать. Сама знаю. — Я укоризненно посмотрела на Лапицкого, он сразу сник и извинительно хмыкнул.

— Ну, тогда побежал. Заеду вечером, посмотрю, чего ты накупила.

— В котором часу?

— Это важно? Ты уже назначаешь аудиенции?

— Это важно. Я должна быть во всеоружии.

— Для чего?

— Чтобы попытаться соблазнить тебя, если получится. Как тебе такая идея?

— Никак. Но можешь попытаться, хотя предупреждаю заранее — ничего не выйдет

— Почему? Ты не любишь женщин? Или твоей единственной мечтой была киношная Марго в ранней юности и погибший майор Марилов в ранней зрелости?

Кажется, я перегнула палку, Лапицкий ударил — в который раз! — меня по щеке.

— Не зарывайся, девочка! — яростно прошептал он. — И укороти язык. Упражняться в остроумии будешь на тех людях, которых я тебе укажу. Ты поняла?

— Да. Прости.

— Прощаю. Но только на первый раз. И советую тебе не играть с огнем.

— А может быть, я прирожденная глотательница огня, а также глотательница шпаг и женщина-змея?

— Насчет последнего нисколько не сомневаюсь, —

серьезно сказал капитан. — Если ничего не изменится, буду в одиннадцать.

...Закрыв за ним дверь, я взяла со стола пачки денег и отправилась с ними в кровать. Но спать не хотелось. Закинув руки за голову и краем глаза разглядывая деньги, я принялась составлять план действий. Купюры по десять тысяч, на глаз их по сорок—пятьдесят в каждой пачке, итого миллионов восемь—десять. Жалкая сумма, если учесть мою прошлую жизнь и соболью шубу, которая преданно висит в прихожей. Соболья шуба — все, что у меня осталось от Анны до катастрофы, от Эрика до убийства. Но я должна в нее уложиться, будем рассматривать ее как трамплин в лучезарное, полное опасностей будущее, — от осознания этого я даже зажмурилась. Ты очень кстати вспомнила об Эрике, девочка, он, пусть даже мертвый, послужит твоим проводником по тебе же самой. Нужно только попытаться восстановить все то, что он рассказывал тебе о тебе, воспринять это как руководство к действию, — и тогда все станет на свои места.

Весь наш единственный ночной разговор с Эриком прочно застрял у меня в голове: я помнила почти каждую его реплику, почти каждую свою характеристику, почти каждое замечание, которое касалось меня. Видимо, отдохнувшая за время комы и свободная от ненужных, накопленных за предыдущую жизнь знаний, память мертвой хваткой держала все новое, что случилось со мной за последнее время.

Общие характеристики убийственны: вавилонская блудница, хитрая бестия, удачливая сука, всегда выходящая сухой из воды. Алчная тварь, бывшая валютная проститутка и профессиональная минетчица (стоп-стоп, это кажется король казино Илья Авраменко. Не нужно путать грешное с праведным, но тоже пригодится!); есть, конечно, нечто утешительное: «Ты знаешь что-то в мужской сути, чего не знает никто. Ты как экзотическая болезнь, да еще в хронической форме...»

На это стоит опереться, прежде чем пуститься в плавание. Пока я не чувствовала себя готовой к таким определениям, но пройдет время, и все станет на свои места, все вернется на круги своя. Если абстрагироваться от философской подоплеки, у меня широкое поле для практического применения этих тезисов. Я уже знала повадки себя прежней, я видела себя прежнюю на фотографиях и в записи, нужно только чуть-чуть подправить макияж, перекрасить волосы в светлый победительный цвет и сделать прическу чуть-чуть небрежной.

Тон помады, след от которой я увидела на шубе еще в машине Эрика, вполне меня устраивал. Над всем остальным придется поработать. Я задалась целью поразить Лапицкого. И не только его. Но сначала Лапицкий. Если уж мы вступили в игру, первую партию которой он выиграл, то вторая должна быть за мной.

...Через полчаса я уже была на улице в предвкушении долгого дня и долгого вечера наедине с самой собой. Легкий мороз приятно холодил щеки, которые так давно не видели никакой косметики, — этот недостаток мы легко устраним. Я пробежалась по самым дорогим магазинам: они гроздьями висели на каждом углу. С трудом удалось найти помаду нужного тона, все остальное далось легче. В каком-то навороченном бутике я купила себе платье от Версаче (никакого Ив-Сен-Лорана, я помнила установку Лапицкого) — неброский невесомый кусок ткани, съевший почти половину денег. Туфли стоили дешевле, а одной пары мне хватит на первое время. Никаких побрякушек — как оказалось, мне нравится стиль престарелой Марго, любовницы Фигаро, любовницы Кожинова, всеобщей киношной любовницы: строгость и лукавая простота. И потом, если у женщины нет драгоценностей, то у мужчины, который рано или поздно окажется рядом с ней, всегда будет возможность их купить.

Здравые мысли, Анна. Неплохо начинается новая жизнь.

К концу дня у меня еще оставались деньги на хорошую парикмахерскую, и я воспользовалась этим. Отросшие за несколько месяцев волосы позволяли делать с ними все, что угодно. Я выбрала свой прошлый стиль и почти радикально перекрасилась. Конечно, остается проблема корней, которые начнут беспощадно вылезать уже через несколько дней, но и с этим можно справиться. Нужно следить за собой. Теперь тебе всегда нужно будет следить за собой.

Я вернулась домой, когда на Москву уже упали сумерки, и, даже не раздеваясь, прошла в ванную, к большому зеркалу: новая прическа изменила внешность, не кардинально, но изменила. Теперь я выглядела посвежевшей и похорошевшей. Немного косметики — и ты будешь в норме. Готова к труду и обороне.

Я разложила косметику на полочку перед зеркалом и начала священнодействовать. Никогда еще за все последнее время я не получала такого удовольствия от прикосновения к своему податливому лицу. Все-таки, по здравому рассуждению, в любой пластической операции есть своя прелесть: собственную физиономию уже невозможно ничем удивить. Провозившись добрый час, я пришла к удивительному заключению: оказывается, во мне живет множество людей. Все они выглядывали из прорезей моего лица, как из бойниц, я так и видела их напряженные силуэты. Подчиняясь неведомой мне силе, я чуть подняла глаза к вискам (как у Эрика), чуть подретушировала скулы (как у Фигаро), чуть усилила линию губ (как у Марго).

Сделав последний штрих, я бесстрашно взглянула на себя в зеркало.

Вполне-вполне. Чуть побольше обворожительной стервозности в глазах, и ты будешь неотразима. Конечно, я понимала, что само по себе лицо ничего не значит, его еще нужно наполнить содержанием, как пустой сосуд вином, вложить кубики один в другой и пирамида сложится.

Пирамида и жуки-скарабеи. Нет, имя Ева мне ни о чем не говорит. Что же делала эта женщина на шоссе (я почему-то не сомневалась, что в машине была именно она, женщины с таким нестандартным именем и должны погибать так нестандартно)? Что я сама делала на шоссе, в машине сомнительного оперативника? Нет, ничего не хочу знать. Пусть будет только «здесь и сейчас».

И больше ничего.

...К одиннадцати я была во всеоружии: из небольшого опыта общения с ним я уже знала, что он удивительно пунктуален, если не занят растворением в серной кислоте очередного врага нации. Но я надеялась, что заинтриговала его. Я даже загадала: если все сложится, как должно, и он придет — меня ждут великие дела.

Все сложилось. Ровно в одиннадцать раздался звонок в дверь.

Натянув на себя улыбку, которая так поразила прошлой ночью подсадную утку Герберта Рафаиловича, я открыла. Лапицкий стоял на пороге и независимо потирал подбородок. Даже шампанского не купил своей новой очаровательной сотруднице, уныло подумала я.

— Ну, что? — спросил он.

— Оцени.

— Ничего телка. — Я лишь на секунду заметила огоньки искреннего интереса в его глазах, но он тотчас же погасил их. — Чеки собрала?

— Какая проза! Нет, ты не умеешь ухаживать за женщинами.

— Я вашего брата столько перевидал в самом непотребном виде, включая изнасилования, расчлененку и бытовые убийства предметами кухонной утвари, что с души воротит. Я, собственно, за чеками зашел. Все бабки потратила?

— А как ты думаешь? Одно платье уйму стоит.

— Это, что ли? Да я бы за него гроша ломаного не дал.

— Ну, ты не эстет и не истина в последней инстанции. Понимающие люди оценят.

— Когда еще это будет... Надеюсь, крупных финансовых вливаний больше не понадобится?

— Мне нужны хорошие духи. Только очень хорошие и очень дорогие.

— Да? — он почесал переносицу. — Может, обойдемся малой кровью? Я тебе свой одеколон принесу.

— «Красную Москву», что ли? Или «Русский лес»?

— Зачем «Русский лес»? У меня хороший, французский, и запах ничего себе.

Я с тоской вспомнила стену в квартире Эрика, уставленную одеколонами.

— Ты с ума сошел!

— А что? Будешь в модном нынче стиле «унисекс». Легкий привкус бисексуальности придаст тебе дополнительный шарм.

— Ты даже такие слова знаешь? — искренне удивилась я.

— А ты сомневаешься?

— Да нет. Просто открываю в тебе все новые и новые грани.

— И я, представь себе, тоже, — со значением сказал он.

— Правда?

— Быстро ты набираешь форму. Думаю, у нас с тобой все получится.

— Когда начнем окучивать? И кого? — деловито спросила я. Мне не терпелось бросить в бой хорошо отдохнувшие и застоявшиеся без дела войска.

— Может, для начала предложишь присесть?

— Извини. Только ужин при свечах я не приготовила.

— Для профессиональной гейши непростительная оплошность.

— Спасибо, что не назвал проституткой.

— Мы же договорились, — мягко напомнил он, — только уважительно и на «вы».

— Так все-таки? Я же зачем-то нужна тебе? Иначе к чему все это было?

— Соображаешь. Только пока затишье. На западном фронте без перемен. Как только ты понадобишься — без дела не останешься.

— А что мне делать пока? — Я даже не посчитала нужным скрыть разочарование, проступившее сквозь макияж. — Плевать в потолок? Денег у меня нет, особых знакомых тоже...

— Да? — Лапицкий прищурился. — А тот ушлый парнишка, которого ты мне хотела сдать? Владелец казино?

Я коснулась рукой подбородка. Синяк уже давно сошел, но фантомная боль от него и невнятный ужас от всего пережитого остались.

— Вот с ним мне хотелось бы встретиться меньше всего.

— Договорились. В ваши дела я не влезаю, но, думаю, у тебя еще будет возможность поквитаться. Подучишься в тире и отстрелишь ему яйца.

— Яйца — это не смертельно, — рассудительно сказала я.

— Для кого как... Ладно, хватит прикалываться. Считай, что я оценил тебя по достоинству.

— Остался доволен?

— Стильная штучка.

Еще бы не стильная — я вспомнила крашеную Валентину, сидевшую за одним столиком с Лапицким в особняке.

— Думаю, что я для вас просто подарок судьбы.

— Думаю, что ты для нас кот в мешке, — вполне серьезно сказал Лапицкий. — Но с котами разговор короткий, ты в курсе. Их просто топят, только и всего.

— Это угроза?

— Это предупреждение.

Я чуть не смазала ему по физиономии: мое положение было шатким, он просто напомнил мне об этом, а заодно и натянул поводья, чтобы лошадь почувствовала седока и была готова к тому, что шпоры могут впиться в бока в любой момент. Милой светской беседы не получилось, я слишком много на себя взяла. Никого не может обмануть внешний лоск, тебе нужно серьезно заняться собой...

Из тягостного раздумья меня вывел сам Лапицкий.

— Я тут тебе кое-что принес, девочка. Просмотришь на досуге.

Он вынул из почти безразмерного пальто пухлый сверток каких-то бумаг и протянул их мне.

— Что это?

— Очень любопытные материалы. Здесь собрано все о людях, которые нас интересуют: крупные политики, чересчур зарвавшиеся очень крупные бизнесмены, владельцы телевизионных империй, биржевые игроки и прочая шушера, которая мнит себя хозяевами мира. Масса людей над этим работала...

— Все в чине ниже капитана?

— Не твое дело. — Он позволил себе обидеться. — Я же говорил тебе о карт-бланше. Читается, как увлекательный дамский роман. Любишь дамские романы?

— Жить без них не могу.

— Вот и отлично. Здесь все: привычки, в том числе и очень вредные, способ наживания капитала, каналы отмывки денег, сексуальные предпочтения, слабые места, связи и прочий компромат. У каждого человечишки есть свой скелет в шкафу, и наше дело вытащить его на свет божий и выбить берцовые кости.

— Что, всех нужно убрать?

— Ты с ума сошла. Эти люди на виду, любое поползновение на них вызовет ненужные потрясения. Так, слегка приструним и пощиплем перья на заднице. Система сдержек и противовесов, знакомо тебе такое понятие?

— Послушай, тебе не страшно давать такой материал в руки первой попавшейся телки? Можно и погореть.

— А тебе не страшно брать его?.. Во-первых, здесь собраны далеко не все интересующие нас люди, а только те, с которыми по тем или иным данным можешь работать именно ты: калибр довольно крупный, но не самый крупный. Во-вторых, ты уже ввязалась, ты — уже часть отлаженного организма, маленький винтик, хочешь ты того или нет. В-третьих, никто не даст тебе воспользоваться им по своему усмотрению. В-четвертых, любой, ознакомившийся с этим досье, — потенциальный смертничек, так что есть чего бояться. В-пятых...

— Хватит. Четырех пунктов достаточно. Скажи лучше, как я тебе, понравилась? — Я так старалась, мне хотелось, чтобы хоть кто-то оценил меня.

Но Лапицкий не оценил.

— Не хочу огорчать тебя, девочка, но даже твою внешность нельзя пустить на самотек. Ею займется профессиональный стилист.

— Вот как? Значит, все мои усилия ушли впустую? И ваши деньги тоже? — мстительно сказала я.

— Почему? Ты показала класс, не отрицаю, отретушировала фасад, получилось очень даже неплохо. Но этого мало. Есть детали, которые должны сработать тем или иным образом.

— Кого ты хочешь из меня сделать? Кого *вы* хотите из меня сделать?

— Не Мату Хари, не обольщайся. И не вторую Никиту. Ты — деталь в пейзаже, я уже говорил тебе. Наша игра — это командная игра. Тебя будут вести, тебе будут помогать, но кое-какие вещи ты должна будешь делать только сама. А к этому нужно готовиться.

— Кто же ты, Костя? — На свой обычный, почти ритуальный вопрос я получила его обычный, почти ритуальный ответ, и этого ответа я ждала.

— А ты кто?.. Когда ты мне скажешь, кто ты, тогда, возможно, я скажу тебе, кто я.

— Хорошо. Чеки за купленные вещи нужны, или это тоже блеф?

— Нужны, нужны. Завтра за тобой заедет Виталик. К десяти часам будь готова. Надеюсь, я в тебе не ошибся.

Он повторял это много раз, как заклинание, и эта фраза гипнотизировала меня, возбуждала и успокаивала одновременно. Так он и ушел, оставив меня наедине с бумагами и фразой-заклинанием: «Надеюсь, я в тебе не ошибся».

Едва проводив его и даже не смыв краску с лица, я отправилась в постель, к увлекательному дамскому чтиву, принесенному капитаном. Я читала почти всю ночь. Капитан был прав, эти материалы стоили того, чтобы их бояться. Все мои полузабытые грехи, даже совершенные убийства, меркли рядом с той грязью, которая мирно плескалась на страницах аналитического отчета. Любые преступления простого обывателя, за которые он получал в лучшем случае пятнадцать лет, были несравненно более невинными с точки зрения христианской морали, чем те невинные поступки, которые в больших количествах совершали герои отчета. За украденный кошелек полагался срок, за мелкое хулиганство полагался срок, за разбойное нападение в подъезде дома полагался срок, за убийство мужа-алкоголика полагался срок. Это я знала, потому что мне самой полагался срок, и очень большой, — если верить капитану Лапицкому... А вот за то, что совершали сильные мира сего, полагались только посты, очень большие деньги и счета в зарубежных банках. Составители отчета отнеслись к своему детищу очень добросовестно: от таблиц, схем, сжатых психологических характеристик рябило в глазах.

Но даже не это было главным — добропорядочный политический и экономический бомонд выглядел колонией строгого режима, где правили волчьи законы. Даже одного абзаца о каждом из действующих лиц было достаточно, чтобы провести за решеткой остаток дней. Но все они преуспевали и были на свободе. Большинство фамилий ни о чем не говорило мне, другие же я знала, они были на слуху, — тогда я читала особенно внимательно. Циничные финансовые аферы потрясали воображение, манипулирование общественным мнением было непременным атрибутом любой успешной карьеры, подкуп — обычным, вполне респектабельным делом. К семи утра, когда я перевернула последнюю страницу отчета, я почувствовала себя совершенно выпотрошенной, как будто бы всю ночь с завидным упорством разгребала дерьмо. Если все эти люди после смерти попадут в ад, то мне ничего не остается, как стать праведницей.

Чтобы смыть с себя всю тяжесть и грязь прочитанного, я отправилась в ванную и пролежала там три часа, усердно натирая мочалкой покрасневшую кожу. Я провела бы в струях не замешанной ни в каких преступлениях против человечества водопроводной воды весь день, если бы за мной не приехал Виталик.

* * *

...Это был странный март. Это было странное начало весны, которое я так и не заметила. Мной решили заняться всерьез, я поняла это сразу, еще в то утро, когда Виталик привез меня к молодому гею, который пропах всеми странами сразу. Гей откликался на игрушечное имя Стасик и был стилистом страшно продвинутого мужского балета, не вылезавшего из-за границ. Я долго не могла понять, что может быть общего у жизнерадостного богемного педераста с суровыми мальчиками из ведомства Лапицкого, а потом пришла к выводу, что его завербовали так же, как меня: вытащили скелет из шкафа и выбили берцовые кости, собрали компромат и прижали к склизкой фээсбэшной стенке. А в том, что Лапицкий, исподтишка и шифруясь, работает на безопасность, у меня не было никаких сомнений. Что ж, цель оправдывает средства, после всего прочитанного миссия капитана казалась мне благородной. Такой благородной, что я даже усомнилась: смогу ли я, отпетая сука по призванию, послужить правому делу и не загадить его.

Рот у Стасика не закрывался, он воспринял меня как старую знакомую, и через полчаса я уже знала все о ночных клубах Кейптауна, о бассейнах в одиночных номерах гостиниц Комодоро-Ривадавия и о ценах на гашиш в Амстердаме.

«Милая, посмотри, какая луна над Сохо!» — взывал ко мне Стасик, не требуя, впрочем, никакого ответа.

Виталик, сидя в глубоком кресле, по обыкновению разгадывал кроссворды и почти не реагировал на заигрывания стилиста. Лишь иногда, когда взгляд Стасика становился особенно томным, он рявкал: «Займись наконец делом, педрила-мученик! За что только тебе деньги платят?» Стасик пропускал все эти выпады мимо ушей, отпускал призывно-двусмысленные шуточки и успокоился только тогда, когда приехал Лапицкий. Капитан всерьез решил заняться мной, это было очевидно.

Свое дело этот молодой гей знал отлично — я убедилась в этом с самого начала, когда он только взял мое лицо в свои руки.

— Для кого будем делать самку? — деловито спросил он у Лапицкого. — Для политика, бизнесмена или, не приведи господь, деятеля искусства?

— Давай попробуем разные варианты, — принял соломоново решение Лапицкий.

— Ого! Многостаночница! — Стасик посмотрел на меня с одобрением. — Хотя ряха ничего, позволяет.

Управляясь с моим лицом как с мягкой податливой глиной, Стасик действительно сделал три разных варианта макияжа, и каждый раз на меня из зеркала смотрели три разные женщины. Я благодарно восхищалась и в то же время с сожалением думала о том, что моя собственная техника далека от совершенства, а самоуверенный вчерашний демарш выглядит по меньшей мере смешно.

Спустя четыре часа я уже знала некоторые основополагающие вещи: политиков, даже политиков средней руки, привлекают ненавязчивые пастельные тона, которые выгодно подчеркивают патриархальность и потенциальную верность: тон помады — мягко-нейтральный, никаких подводок, минимум теней, зато особенно ценится хорошая пудра, скрывающая возможные недостатки кожи. Нежный персик и никаких ярко выраженных румян, лицо должно светиться изнутри, как китайский бумажный фонарик.

Бизнесмены предпочитают женщин с подчеркнутыми скулами и открытым чистым лбом. Особое значение придается губам, здесь без подводки не обойтись.

Те, кого Стасик непочтительно назвал деятелями искусства, выбирают из комбинаций первого и второго вариантов, с упором на хорошо обработанные и отретушированные глаза. Конечно, разброс вкусов может быть велик, но основная тенденция налицо. И только профессиональная косметика. Я назвала свою собственную, приобретенную накануне, получила снисходительное одобрение Стасика и почувствовала себя гораздо лучше: интуиция тебя не подводит, Анна. Всем остальным профессиональным фишкам придется учиться.

— А можно ли вообще научиться этому? — робко спросила я у Стасика. — Хотя бы на дилетантском уровне?

— Ну-у... — Стасик тянул время и выразительно смотрел на Лапицкого. — В принципе можно. Пара-тройка мастер-классов...

— Фирма оплачивает, — хмуро сказал Лапицкий.

— Можете не платить, просто негативы отдайте, вы давно обещали, — собравшись с духом, сказал Стасик.

— Опять за свое, — ласково пожурил Стасика Лапицкий: видимо, они продолжали какой-то тягостный извечный разговор. — Говорю же тебе, ничего не случится, у меня как в швейцарском банке. Сдавать тебя не в моих интересах. Ты в полной безопасности.

— Ага. Как голый в лунном свете в стае волков.

— Это мы-то волки? Да мы агнцы божьи, — откровенно издевался Лапицкий. — Натаскаешь девочку — вернемся к разговору. Может быть...

— Вы же врете. Вы опять врете. Обманываете сироту, бывшего детдомовца.

— Я вру — это мое право. А ты надейся — это твое право. Ну что, берешься за нашу многостаночницу? Сделаешь из нее суперженщину?

— Суперженщин нет.

— Вот только не надо проявлять свой гомосексуальный шовинизм, не пугай представительниц прекрасного пола. Уговорились?

— Опять руки выкручиваете!

— Я же говорил тебе — бери деньгами...

Стасик согласился.

Согласились и все остальные.

«Курс созревания гейши», как называла его я, или «Курс молодого бойца», как называл его Лапицкий, был самым странным и самым прихотливым курсом наук, которые когда-либо кому-либо приходилось изучать. От меня не требовалось ничего — ни инициативы, ни высказывания собственного мнения. Мне нужно было только подчиниться чужой воле, чужому высшему разуму, отработанной до автоматизма системе. Внешность не все, терпеливо объяснял мне Лапицкий (от этой прописной истины я сходила с ума — неужели он считает меня конченой дурой, которая не понимает этого?). Ты — не самая сногсшибательная, тебя зовут не Линда Евангелиста, а даже если бы и звали — подретушированная красота слишком скоропортящийся товар, чтобы на него положиться. Сезон внешней привлекательности, так же как и сезон дождей в тропиках, не длится вечно: он может привлечь, но не может удержать. Тем более тех людей, досье на которых я читала. Заманить их формой носа и размером груди было невозможно, они в состоянии купить любую комбинацию глаз, волос и ямочек на щеках.

Несколько недель меня натаскивали профессиональные психологи. В их задачу не входило дать базовые знания, скорее это были чисто прикладные, утилитарные вещи. Я стала разбираться во многих вещах, о наличии которых даже не подозревала. Примерно столько же времени заняло обучение компьютерным азам — здесь мне было труднее, я почти физически ощущала известковые отложения на обветшавших стенках мозга, я тихо ненавидела себя за свою тупость. Но они были терпеливы, все эти предупредительные, похожие друг на друга мужчины и женщины. В конечном итоге я усвоила и это, и только одного не могла понять: если верить покойному Эрику, Анна уже имело дело с компьютером, так почему он показался мне вначале китайской грамотой? Или это прихотливая память, о которой я уже стала забывать, снова сыграла со мной злую шутку?..

За месяц меня научили многому — мгновенно выстраивать линию поведения, мгновенно отвечать на любые реплики, пить огромное количество водки и не пьянеть, читать по губам и даже заниматься любовью всеми доступными способами. Это было самым циничным и самым захватывающим мероприятием. Россказни Эрика о моей интуитивной вулканической сексуальности меркли перед тем, что демонстрировали два прикрепленных ко мне инструктора — парень и девушка, оба аспиранты какого-то медицинского вуза. Секс был для них полигоном для исследований, кропотливо проводящимся научным экспериментом, не больше. Александр и Александра, именно так их звали, — инь и янь, сиамские близнецы совокупления — были помешаны на проблемах секса. Мне казалось, что они знают об этом все, они считают секс голой наукой, равной по стройности и закономерности высшей математике. Александр и Александра разрабатывали свою собственную теорию удовольствий, традиционный цивилизованный секс интересовал их мало. Они объездили самые недоступные, самые дикие уголки мира — от Тибета до Южной и Северной Америки с одной лишь целью: изучить достижение высшего сексуального наслаждения. «Камасутру» и китайские эротические трактаты они считали махровой и закостенелой догмой. На ту же свалку были отправлены застенчиво-разнузданные японские и тайские сексуальные традиции. Похоже, что азиатский секс со всей его цветистостью и вычурностью был для них слишком пресным. Куда больше их привлекали игрища и забавы индейских племен, особенно шусвапов и кер-дален. Именно там сладкую парочку научили, используя определенные точки эрогеннных зон, вводить друг друга в состояние бесконечного сексуального взлета с совершенно непередаваемыми ощущениями. Это состояние было сродни наркотической зависимости, и злоупотреблять им было смерти подобно. За месяц подобных тренировок человек превращался в живой труп. Но этот плачевный финал мало интересовал и их, и меня. Главным было быстрое достижение результата. Благодаря стараниям обоих инструкторов я превратилась в адскую секс-машину, до поры до времени мирно стоящую в гараже.

Никто не учил меня разбираться в ядах, метать ножи и класть пули одна в одну в самое сердце мишени, тем более, что и тир, и татами в спортивном зале — с легкой руки капитана Лапицкого — я уже проходила. Вместо этого я прочла массу литературы по политологии, психологии и смежным дисциплинам. Отчаявшись найти там что-то человеческое, я купила на развале Бернарда Шоу и все то крохотное свободное время, что было у меня между вечерней чисткой зубов и постелью, читала «Пигмалион». Нет, я не пыталась найти сходство между собой и Элизой Дуллитл, с тем же успехом можно было искать сходство с собой настоящей Галатеи. Я просто пыталась понять, почему же так легко я позволила кому-то наполнить мое пустое тело новым содержимым

От обилия информации, от ежедневного — без намека на выходные — натаскивания я безумно уставала, я валилась в кровать как подкошенная и отказывалась просыпаться по утрам. Виталику, все это время по-бабски опекавшему меня, пришлось даже взять запасную пару ключей и поднимать меня с постели приличной порцией холодной воды.

К апрелю подготовка — если это можно было назвать подготовкой, — завершилась. Об этом сообщил мне капитан Лапицкий, почтительно склонив к правому плечу круглую голову:

— Завтра ты отдыхаешь, девочка. Уходишь в краткосрочный заслуженный отпуск. Ты готова. Во всяком случае, тесты это показывают.

— Что я должна делать?

— Ничего. Ждать.

— Как долго?

— Как придется. Не думаю, что очень долго.

Неожиданно первый день отдыха показался моему, привыкшему к нечеловеческим нагрузкам мозгу настоящим кошмаром. От нечего делать я напоила до бесчувствия приставленного ко мне Виталика и за полдня так обработала его, что он оказался готов бросить свое хлебное непыльное местечко и отправиться за мной куда угодно. Вот только применить последнюю степень устрашения — сексуальную атаку на сдавшегося и деморализованного врага — я не решилась, справедливо полагая, что потом не расплююсь со своим непосредственным начальством. От Виталика же я получила интересные сведения о самом Лапицком. В любом другом случае я не получила бы их от умеющего держать язык за зубами шофера никогда. Я узнала, что Лапицкий в свое время был уволен из правоохранительных органов с туманной формулировкой «неполное соответствие служебным обязанностям». За этой формулировкой вскрылась довольно любопытная история: нет, он не рукоприкладствовал на допросах, не выламывал ребра и не бил по почкам — он был корректен, иезуитски корректен, но его изощренные психологические ловушки и страсть к инсценировкам довели троих подозреваемых до самоубийства. Причем с одного из троих впоследствии были сняты все обвинения, он оказался невиновным человеком. Хотя сам — стараниями Лапицкого — настолько поверил в свою причастность к двум умышленным убийствам, что, перед тем как повеситься, написал покаянную записку, где всю вину взял на себя. У капитана практически не было женщин, когда-то он был женат, но жена погибла при невыясненных обстоятельствах. Поговаривали, что он сам приложил к этому руку. У него была только одна слабость, о которой я уже знала, — горные лыжи. Причем он выбирал самые опасные, заведомо смертельные маршруты — и всегда проходил их. От Виталика я узнала еще одну, интересующую меня подробность: майор Марилов действительно был другом капитана, более того — он был его единственным другом. Я оценила мужество покойного Марилова по достоинству. Тот же Виталик сказал мне, что капитан негласно слывет в кругах подчиненных прокаженным: те немногие, кто отваживался войти в заболоченную душу капитана, рано или поздно погибали. Вокруг капитана простиралась выжженная земля. И это заставляло его, лишенного вещей, которые наполняют смыслом жизнь любого человека, фанатично служить идее, которую он считал единственно верной. Его почти унизительное звание совершенно не соответствовало той роли, которую он играл во многих, действительно серьезных операциях. Впрочем, капитан отнюдь не был абсолютным злом, скорее, наоборот: при всей его изворотливости и трезвом уме, привыкшем вести игры на выживание, в нем было и нечто беззащитно-мальчишеское. Я вспомнила отвратительную сцену на даче Кудрявцева, и потом, в приемном покое клиники: там капитан не выглядел такой уж безупречной машиной. И у него были проколы. Я вдруг подумала о том, что с самого начала была нужна капитану: я была идеальной фигурой — подловатенькое, вымазанное в крови прошлое, которым так удобно шантажировать; полное беспамятство, которым так легко манипулировать; подвернувшаяся кстати пластическая операция, которая сделала меня совершенно неузнаваемой для людей, которые сталкивались со мной раньше. Сломленная физически, в жалком больничном халатике, со шлейфом убийств за спиной — чем не материал для лепки? Да, я была нужна ему для всех его честолюбивых ассенизаторских игр — иначе он просто придушил бы меня как такса мышь-полевку: не нужно забывать, что Олег Марилов был его единственным другом. Последним другом, если верить пафосу сентиментального Виталика. А ведь он так и не поверил в мою непричастность к гибели Марилова, он выжидал, когда я ослаблю бдительность и откроюсь. Лапицкий вполне мог довести меня до самоубийства, потеряв самое себя, я была к этому готова, но он не сделал этого. Долг дружбы оказался слабее преданности делу, и только поэтому я жива. Но он не забыл и не простил. И я не забыла и не простила... И в то же время чувствовала, что у меня нет человека ближе капитана. Я даже стала испытывать к нему чувство странного, почти болезненного влечения. Он совсем не привлекал меня физически, скорее всего, это был совсем не мой тип мужчины: простецки круглая голова, массивный подбородок, чересчур тяжелый для всего остального тела, не очень-то выразительная внешность (я с тоской вспомнила Эрика и Фигаро, мальчиков, созданных для изысканных плотских утех). И в то же время я хотела его все больше и больше, я с трудом подавляла в себе желание затащить его в постель. Теперь, вооруженная знаниями, которые открыли мне эротические божки Александр и Александра, я была опасна даже для капитана Лапицкого. И в этом странном чувстве к нему было меньше всего любви, скорее, наоборот: я просто обязана была отплатить ему за все, я просто обязана была подмять его под себя. Но он понял это гораздо раньше, чем я, он успел подготовиться. Теперь его посещения стали редкими, он отделывался лишь телефонными звонками.

После того, как я обработала Виталика и ловко развязала ему язык, шофер навсегда исчез из моей квартиры вместе с тушеным мясом, салатами и черемшой. И хотя я имела полную свободу передвижения, совсем оставлять меня без надзора было нельзя: бесцельно блуждая по улицам Москвы, я вполне профессионально обнаруживала за собой аккуратную и тоже вполне профессиональную слежку — и этому меня успели обучить. Мне было скучно со своими собственными собачьими хвостами — не то, что с Лапицким, — тупые исполнители, не больше. Но иногда, когда особенно сильно пригревало вероломное апрельское солнце, они казались мне даже милыми: мальчики как на подбор, гладкие морды, гладкие затылки, тревожно-рассеянные прорези глаз и обязательные кожаные куртки. Тогда-то я и устраивала для них показательные выступления. Нет, я не исчезала в почти вымерших проходных дворах, это было для меня слишком мелко. Я, как спелые яблони, обносила шикарные магазины, воруя симпатичные и дорогостоящие мелочи, способные потешить недалекое мужское самолюбие: галстуки, портмоне, портсигары, органайзеры, курительные трубки. Ни разу я не попалась, и в этом тоже сказались результаты месячной подготовки: я умела разговаривать с людьми и усыплять их бдительность, я умела работать хорошо тренированными пальцами, как будто созданными для того, чтобы копаться в мужских сейфах и мужской плоти. После подобных посещений, лихо запутав следы, я поджидала своих соглядатаев в самых невероятных местах и с милой улыбкой пыталась всучить им украденные сувениры. Как правило, мальчики страшно смущались, особенно нервные и молодые впадали в ступор: они наверняка знали происхождение этих вещей. Бережно культивируемая мной клептомания вызывала в них недоумение и отчаяние, но, так или иначе, способствовала нашему более близкому знакомству. Ни один из мальчиков не устоял, хотя имел очень жесткие установки насчет такой сучки, как я.

Ни один.

Стоило мне только открыть рот, коснуться их жестких рук кончиками пальцев, улыбнуться умело накрашенным ртом (для деятелей подобного рода я, поэкспериментировав несколько часов кряду, выработала совершенно определенный стиль, стилист Стасик мог бы мной гордиться!), как они, наплевав на все указания, следовали за мной куда угодно. Вот только тащить их в постель я не решалась, справедливо опасаясь возмездия со стороны капитана.

И оно пришло.

Он завалился ко мне как всегда поздно и, не поздоровавшись, сразу же прошел на кухню. Вытянув ноги в проход, он исподлобья посмотрел на меня и хмуро спросил:

— Что ты делаешь?

— В смысле? — я сделала невинное лицо.

— Сама знаешь, в каком смысле. Не порть мне сотрудников.

— У тебя очень милые мальчики, как раз в моем вкусе.

— Я сказал, прекрати свои штучки. Прекрати их соблазнять.

— Я и не думаю вовсе.

— И прекрати воровать вещи в магазинах!

— Мне очень хочется сделать людям приятное, люблю преподносить подарки...

— Да уж, — неопределенно хмыкнул капитан, — это точно.

— Особых денег ты мне не даешь, а в прошлой жизни я привыкла жить на широкую ногу, судя по всему. Тебе ли не знать, раз ты у нас держишь в руках все нити...

— Прекрати воровать, иначе я так тебя отметелю, что не обрадуешься. — Из капитана вылез отчаянный веснушчатый мальчишка, и мне сразу стало весело.

— Э-э, нет! Теперь я могу защититься, ты же сам был в спортивном зале и все видел... Я тоже кое-что видела. Твой обнаженный торс, например. И твой обнаженный торс мне понравился.

— Со мной такие штучки не пройдут. — Он дал мальчишке подзатыльник и задвинул его в самый дальний угол сознания. — Я ведь тоже все это знаю. И все эротические приколы, которые ты так жаждешь испытать, для меня пустой звук.

— Тогда придется довольствоваться твоими парнишками, — не унималась я. — Впору организовывать фанклуб имени Анны Александровой, ты как думаешь?

— Я думаю, — он снова слегка придушил мускулистыми словами мою хлипкую, много о себе возомнившую шейку, — что ты ведешь себя как последняя идиотка. Или ты действительно поверила, что ты просто супертелка? Что ты ни для чего неуязвима и со всем справишься?

— Еще никто не доказал мне обратного, — с вызовом ответила я.

— Неужели ты всерьез решила, что столько профессионалов горбатилось на тебя целый месяц только для того, чтобы ты крала всякое дерьмо в магазинах и пошло соблазняла внешнее наблюдение?

— Безделье развращает. Разве твои профессионалы тебе об этом не говорили? Мне надоело сидеть в четырех стенах и ни хрена не делать, — зло сказала я.

— За этим я и пришел. Отдых кончился, сейчас будет работа. Я принес тебе кое-какие материалы, ты должна изучить их за сегодняшнюю ночь и к завтрашнему утру представить свои соображения.

— Вся внимание, — я внутренне подобралась.

— Есть один очень серьезный человек, вхожий в высшие эшелоны власти. Михаил Меньших. Пардон, из уважения к его должности — Михаил Юрьевич Меньших. Он крупный телемагнат, владелец очень влиятельного частного канала и сети газет, любитель гольфа и виндсерфинга, человек с незапятнанной репутацией.

— Людей с незапятнанной репутацией нет, тем более — вхожих в высшие эшелоны власти. — Я прекрасно усвоила уроки грязного досье, которое приносил мне в свое время Лапицкий. — Наверняка вы рыли не в том месте.

— Его почти три месяца вела наша самая лучшая группа — полный провал. Ничего компрометирующего собрать не удалось. Работа двадцать четыре часа в сутки, гольф по воскресеньям и тот самый виндсерфинг во время краткосрочного отпуска: пять дней на Сейшелах каждый август, с шестого по одиннадцатое.

— Сколько ему лет?

— Сорок три.

— Взрослый мальчик. А что думает по поводу его незапятнанной репутации его жена?

— Он не женат.

— Есть любовница? — я с удовольствием включилась в игру.

— В том-то все и дело, что нет. У него все эти годы одна и та же секретарша, жуткая грымза, синий чулок, его однокурсница по факультету журналистики. К нему такие очаровашки стояли со знанием компьютера, ногами от коренных зубов и тремя иностранными языками в активе — все без толку.

— Он гомосексуалист, что ли?

— Если бы, — вздохнул Лапицкий. — Тогда бы вообще проблем не было. Гомосексуалисты — это наша неожиданная радость. Нет, здесь глухо.

— Собака есть?

— Гнусная дворняга десяти лет от роду. Привязан к ней так же, как к своей секретарше.

— Так, может, он с собакой, а? — высказала веселенькое предположеньице я.

— По-моему, тебя недостаточно натаскали, — поморщился Лапицкий. — Вкус подводит. Последи за собой.

— Извини. А что с подбором кадров?

— Отбирает только на профессиональной основе. Сам шляется по всей стране, вытаскивает перспективных журналистов из глубинки, причем берет преимущественно тех, у кого контры с местными властями. Таких молодых и честных, с проломленными головами по причине чувства обостренной справедливости. У его канала сейчас самые лучшие информационные бригады и самый высокий рейтинг. Любят в нашем многострадальном государстве страстотерпцев, ничего не поделаешь. Еще несколько месяцев, максимум полгода — и он станет серьезно влиять на внутреннюю политику и формировать общественное мнение в стране.

— Ну и на здоровье, — совершенно искренне сказала я. — Если это честный человек с незапятнанной репутацией, как ты выражаешься. Пусть себе формирует, если что-нибудь изменится к лучшему.

— Ты не понимаешь. Сейчас телевидение — это единственная реальная сила. Через год выборы, нам нужен этот канал, тогда мы сможем в большой степени влиять на их исход.

— Так уберите его, в чем дело? — равнодушно сказала я.

— Нет. Без него и его репутации честного человека канал превратится в фикцию, он уже никому не будет нужен. Нам нужно сохранить господина Меньших и подчинить канал своему влиянию. Словом, оставляю тебе его досье — это все, что удалось собрать. Ни на одной козе к нему подъехать не получилось. Завтра с утра буду у тебя. Надеюсь, у тебя появятся соображения, девочка.

...Я просидела над бумагами всю ночь, и чем больше я углублялась в них, тем большее раздражение вызывал во мне этот человек — Михаил Юрьевич Меньших с университетской кличкой Лещ (она ни о чем не говорила, но зачем-то была приобщена к разделу «Биографические данные»). Просто Франциск Ассизский или Джордано Бруно от журналистики, Бог Сын телевидения, обещавший пятью информационными хлебами накормить всех голодных.

Михаил Меньших родился в Новосибирске и закончил там среднюю школу. В ней же работала уборщицей его мать. Отца у него никогда не было. К семнадцати годам в активе юного Леща была только золотая медаль.

С ней-то он и отправился в МГИМО, наивный тщедушный парнишка, перенесший в детстве тяжелую форму туберкулеза. Из-за болезни он даже пару лет был прикован к постели и экзамены за восьмой и девятый класс сдавал экстерном. Но бойцовский характер позволил ему не только подняться, но и добиться серьезных успехов в одном из восточных единоборств. Страсть к Востоку осталась, он серьезно изучал китайскую философию и дзэн-буддизм. В МГИМО сына уборщицы не взяли, и он поступил на журналистику в Московский университет. Судя по всему, у него были блестящие организаторские способности и настоящий талант — не просто журналистский (писучих быстрых перьев в стране было хоть пруд пруди), а писательский. Кто-то из ушлых мальчиков Лапицкого даже раздобыл несколько листков с вариантами его коротких рассказов. Их язык, свободный и мощный, близкий по терпкости к бабелевскому, поразил меня. Возможно, у него было большое будущее, но Леща сгубила активная жизненная позиция. Всю жизнь он с кем-то и за кого-то боролся, бесстрашно умел отстаивать то, что считал истиной, и при этом оставался открытым и бесконечно привлекательным человеком. Несколько фотографий Леща, заботливо подколотых скрепками, были удивительными: в этом человеке в избытке было то, что называлось животным магнетизмом. Он умел завоевывать влиятельных друзей, не примыкая ни к какому лагерю, и при этом оставался независимым.

В начале девяностых, когда страна встала на дыбы, он одним из первых застолбил благодатную нишу телевидения и добился в этом несомненного успеха. На кредит, взятый в одном из банков, он обустроил маленькую телестудию, которая впоследствии стала основой его телевизионной империи.

При всем этом Лещ никогда не был аскетом: он обожал друзей и шумные компании, знал толк в хорошей еде, выпивке и красивых женщинах. Он никогда не был женат, так что адюльтер, на котором можно было бы ущучить мощного телевизионщика, отпадал. Все его женщины хранили о нем самые светлые воспоминания, всем им он помогал, и не только материально. Он побывал во всех горячих точках планеты, едва избежал расстрела в Свазиленде и чудом остался жив в Хорватии (югославская эпопея Леща была единственным плохо изученным эпизодом в довольно обстоятельном досье). На самолете компании он вывозил из горящего Грозного русских старух, а через день встречался с Матерью Терезой в Калькутте.

Просто Иисус Христос — суперзвезда, с неприязнью подумала я, с таким счастьем и на свободе.

Лещ был фигурой неудобной для многих и в то же время очень влиятельной. Четыре раза на него покушались, один раз он едва выкарабкался с того света, потеряв десять метров кишечника, в другой — погибли два его телохранителя и собкор канала по Прибалтике, а самого Леща спасло только чудо. С этого печального четвертого раза он отказался от телохранителей, чтобы не подвергать опасности людей, находящихся рядом.

— Мужской поступок, — вслух одобрила я.

Лещ обладал звериной интуицией, помноженной на совершенное владение всеми видами оружия и знание тех самых восточных единоборств, которые когда-то подняли его с постели. Китайская философия и изучение средневековых стратегов и отравителей тоже сделали свое дело: открытый для ближнего круга друзей, он был предельно и в то же время мужественно осторожен.

Это тебе не трусливая банкирская осторожность покойного Юлика Дамскера, заочно похвалила я Леща.

Он не мог позволить себе роскошь завести семью, я

поняла это из лаконичных строк досье, которые, тем не менее, достаточно полно осветили характер Михаила Меньших, — люди Лапицкого работали профессионально; он не мог позволить себе роскошь завести постоянную любовницу — все упиралось в его фантастическую ответственность за судьбы других людей. Зубастые неоперившиеся журналисты, которых он насобирал по всему бывшему Союзу, были единой командой и боготворили своего руководителя. Один из них, полуслепой русский мальчик откуда-то из-под Кохтла-Ярве, собственный корреспондент компании по Прибалтике, заслонил его своим телом во время последнего покушения.

Не всех дурных война забрала, цинично подумала я, бывают же такие идеалисты со зрением минус восемь!

Он уже сейчас реально влиял на общественное мнение, Лапицкий оказался прав, — диаграммы рейтингов показывали это. На его информационный отдел работали многие отставные фээсбэшники, он мог получить доступ к любым интересующим его документам, но никогда не играл в грязные игры современных политиков. Его компания была закрыта для посторонних, кадры отбирал сам Лещ, и случайный человек там появиться просто не мог.

Н-да, подвела я скорбный итог, когда злые, не выспавшиеся дворники уже принялись с остервенением скрести мостовую, н-да... Ни сучка ни задоринки, ни бугорка ни впадинки. Просто крепкий орешек один, два и три. Можно писать сценарий четвертой части эпопеи. Лысеющий Брюс Уиллис отдыхает.

Ненавижу тебя, Михаил Юрьевич Меньших, по кличке Лещ, ты даже представить себе не можешь, как я тебя ненавижу!

Сложив все бумаги, принесенные капитаном, я с трудом подавила в себе желание разорвать их на мелкие кусочки, упасть на пол и закатить истерику. Я даже не знала, кто мне подсунул такую свинью — дитя добродетели Меньших или дитя порока Лапицкий. Во всяком случае, на тайной вечере моего воображения Иисус Христос Лещ и Иуда Искариот Костик сидели голова к голове, копались в нехитрой пище и лукаво смотрели на меня: попалась девочка? Признайся, что этот кокосовый орех тебе не по зубам!

«Черт бы все побрал, мать твою», — тихо ругалась я. Я так ждала этой первой схватки, где обязательно должна была выйти победительницей, — и такой фантастический облом. Месяц работы насмарку, мое болезненное самолюбие — на помойку, уходи, голубица кроткая, поджав линялый ощипанный хвост!..

Чертов капитан опять указал мне мое истинное место, он заведомо подсунул мне провальный вариант, теперь стоит в горнолыжных ботинках в своей берлоге и посмеивается. Еще бы ему не посмеиваться — ухватиться было совершенно не за что. Сдавай профессиональную косметику голубому Стасику, а платье от Версаче — в магазин. И чек не забудь приложить. Такие варианты с такими людьми не проходят, гейши не в их вкусе, Конфуций им нравится больше. Это тебе не филерам портмонешки подносить!

Подгоняемая мрачными мыслями, я бродила по квартире, куря одну сигарету за другой. Отчаявшись найти решение, измученная сознанием собственного ничтожества, я отправилась в ванную и приняла контрастный душ: две пачки «Житана» и бессонная ночь обязательно поселятся на лице и будут взирать на мир весь оставшийся день.

...Решение пришло неожиданно, когда ледяная вода сменила теплую. Оно было таким простым и таким оптимальным, что я даже засмеялась и в поощрение налила себе полную ванну горячей воды с отдушками — к черту спартанский контрастный душ!

Лежа в ванне, я еще раз обдумала внезапно озарившее меня решение: оно казалось единственно верным, хотя и требовало больших жертв с моей стороны. Готова ли ты к ним, Анна, так ли легко вынесешь рукоприкладство? Впрочем, опыт рукоприкладства уже был в моей новейшей истории, а сейчас я готова была идти на любые жертвы. Только бы заполучить такой лакомый кусочек, как телевизионный магнат Лещ! Я подставлю его так, что он не обрадуется, и весь его арсенал во главе с каптенармусом Конфуцием ему не поможет. Я сожру его с потрохами, приправив черемшой и оливковым маслом и запив можжевеловой водкой.

Никогда еще я с таким нетерпением не ждала своего капитана. Время тянулось так медленно, что я еще пару раз перечитала досье — теперь уже довольно осмысленно — и даже подчеркнула нужные места.

Когда наконец Лапицкий появился, я была во всеоружии. Встретив его без обычной шлюшистой улыбки, которая его раздражала и которую я практиковала только потому, что она его раздражала, я предложила капитану позавтракать вместе со мной.

— Спасибо, я поздно поужинал, — скромно отказался капитан, пристально разглядывая меня. — Ну что, проштудировала?

— По-моему, ты решил подложить мне свинью.

— А что делать, — он удовлетворенно улыбнулся. Я была права, капитану доставляло наслаждение макать меня в грязь. — Не водить же ее с собой на привязи. Желудей не напасешься...

— Это не человек, это монолит, это пароход, это товарищ Нетте.

— Влюбилась, что ли? — неожиданно ревниво спросил Лапицкий.

— Ты же знаешь, праведники вызывают идиосинкразию у таких паршивых овец, как я. Но в общем не без этого. Михаил Меньших по кличке Лещ — это тот самый мужчина, которого я искала всю жизнь...

— Кто знает... Может быть, ты уже встречалась с ним раньше, да напрочь забыла за всеми своими несчастьями.

— Которого я искала всю жизнь, чтобы доказать, что не такой уж он хороший, как его живописуют твои ребята.

— Думаешь, получится? — Лапицкий с интересом воззрился на меня.

— Есть одна идея. Думаю, ее можно внедрить, если ты, конечно, не боишься крови.

Лапицкий сморщился, как от зубной боли:

— Я же говорил тебе, трогать его нельзя. Ты разве не поняла?

— Это ты не понял. Речь идет не о его крови. Речь идет о *моей крови.*

— Это еще что за бред? — На лице капитана отразилось полнейшее недоумение. — О какой твоей крови?

— Я постараюсь объяснить, но обещай выслушать все спокойно.

— Хорошо. Я тебя слушаю

— Зачем ты подсунул мне Леща? Ты же знаешь, что это провальный вариант. Как долго вы его разрабатываете?

— Достаточно долго. Я знаю, что это провальный вариант. Но ты неглупая баба, и, главное, у тебя свежий незамыленный взгляд... Может быть, мы что-то упустили, прошли мимо какой-нибудь несущественной детали, которая может выгодно все повернуть.

— Да нет. Вы изучили Леща вдоль и поперек, нужно отдать вам должное. Он, действительно, непробиваем. Ангел с крыльями и видеокамерой в руках. Он не ваш клиент, это не гомосеков по баням мягкой оптикой щелкать и не взяточников за волосатые руки хватать. Это же ходячая добродетель.

— Не верю я в это, — упрямо повторил Лапицкий. — Паскуднее человеческой натуры ничего не придумаешь.

— Ну, у тебя богатый опыт!

— У каждой двуногой твари обязательно есть свой скелет в шкафу.

— Для начала в этот шкаф нужно влезть. А у вас с этим проблемы, как я понимаю.

— Правильно понимаешь. Давай, чего ты там придумала за бессонную ночь?

— С чего ты взял, что она бессонная? Я хорошо выспалась.

— Рассказывай. После умиротворенного сна хорошие девочки выглядят по-другому.

— Хоть бы раз подарил несчастной женщине комплимент... Значит так, из всего прочитанного я поняла, что вариант женщины не проходит.

— Не проходит. Даже такой, как ты.

— Ни тривиальной шлюхи, ни преуспевающей красотки с дипломом Гарвардского университета. Ни домашней хозяйки, ни горноспасательницы, ни спасательницы на водах. Отметаем это сразу. Случайную встречу на фуршете в американском посольстве — тоже.

— Именно. Все эти левые знакомства шиты белыми нитками. Эта сволочь очень осторожна и в каждой новой женщине видит агента империалистической разведки, образно выражаясь.

— А в качестве журналистки? — пустила пробный шар я.

— Глухо. Ты же читала, он сам отбирает народ, он руководствуется только своими предпочтениями.

— Да. Я это помню. Честность и неподкупность, а также борьба с несправедливостью вышиты на его знаменах.

— Увы.

— Значит, ему и нужно подсунуть честного и неподкупного журналиста, борца с ветряными мельницами и прочей общественно-политической фигней. И не просто абстрактного борца, а человека, который обладает информацией, которая могла бы быть ему интересна. Информацию, из которой он может сделать сенсацию на воскресный вечер, как раз после футбола и прогноза погоды.

— И как ты себе это мыслишь? Пришлем человечка с какой-нибудь уткой. Он же профессионал, он сразу все вычислит и посмеется над нами. У него там такие доки сидят!..

— Никто не говорит об утке. Информация должна быть самой настоящей. Настоящей и важной. Вы можете пожертвовать какими-нибудь парижскими тайнами ради большой цели?

В глазах Лапицкого промелькнула заинтересованность.

— Теоретически. Только теоретически. Предположим, у нас есть подобная информация...

— Да это же легко! — не выдержала я. — У вас наверняка есть компромат на ненужного вам человека. Или группу людей. Так вот, ее вы отдаете Лещу и убиваете двух зайцев сразу: одного пожирнее, другого попроворнее.

— Теоретически. Только теоретически. А потом?

— А потом, — я внимательно посмотрела на Лапицкого, — вы отправляете в эту неприступную крепость троянского коня с информацией. Дело сделано, троянский конь втерся в доверие со всеми вытекающими последствиями.

— Не вижу связи.

— Вы отправляете журналиста с информацией не просто в его компанию, а к нему самому. И этим журналистом... То есть журналисткой... вполне могу быть я. Я знаю азы, я целый месяц этому училась.

— Теоретически. Только теоретически... А при чем здесь твоя кровь?

— Необходима красивая романтическая легенда, чтобы он поверил в нее безоговорочно. Он обожает красивые легенды, это понятно из его монументального образа. Он купится на них как мальчишка. А ничего не может быть романтичнее, чем раненая женщина, нуждающаяся в помощи.

— Я не понял... Ты что, хочешь симулировать ранение? Да он же раскусит тебя на раз, он в Югославии два месяца работал в полевом госпитале...

— В том-то все и дело, что ранение должно быть настоящим, иначе игра не стоит свеч.

— Я не понял. — Лапицкий смотрел на меня широко открытыми глазами так, как будто видел впервые. — Ты что, хочешь, *чтобы тебя ранили по-настоящему?!*

— Именно, — я обворожительно улыбнулась Лапицкому. — Конечно, не в живот и не в голову, боже упаси! Но ранение должно быть основательным.

— Ты правда хочешь, чтобы тебя ранили по-настоящему?

— И не только ранили. Но и избили по-настоящему.

Наступила долгая пауза. Такая долгая, что я забеспокоилась: может быть, ты несешь чушь, и сейчас он вскроет эту чушь, как консервную банку?..

— Ты сумасшедшая, — наконец произнес капитан. — Ты просто сумасшедшая.

— Такая же сумасшедшая, как и ты. Не стоит отвергать мою идею сразу. Тем более, что своей собственной у тебя нет, как я поняла.

— Ты готова пожертвовать собой?

— Не собой, а своим телом. Тем более, что я делала это неоднократно. Я же не прошу тебя пристрелить меня, как собаку. Так, небольшая инсценировка, максимально приближенная к действительности.

— Я должен подумать, — капитан начал сдавать позиции.

— Мы вместе должны подумать. Детали можно проработать, но общая схема выглядит так: не будем делать из меня героическую личность, героические личности в этой стране наперечет, да я и не потяну по объективным причинам. Слабая женщина, противостоящая внешним обстоятельствам, вполне меня устроит. Слабая женщина, которая располагает какой-нибудь информацией средней убийственности. Слабая женщина, неудобная настолько, что ее собираются убить. Я же читала его досье, нескольких своих лучших журналистов он просто спас от смерти. Почему бы мне не стать одной из них? Ты понял направление главного удара?

— Да, я понял. Не думаю, что это лучший вариант... — медленно сказал капитан, но по его подобравшейся фигуре я чувствовала, что он уже начал вертеть идею, — ...но в качестве версии вполне можно попробовать.

...И он попробовал.

Спустя несколько дней идея оформилась окончательно, еще две недели ушло на проработку деталей и подбор нужной информации и нужных людей. В окончательном варианте она выглядела следующим образом: в крупном городе N (подлинное название прилагается) работает журналист (подлинное имя прилагается). Он совершенно случайно выходит на грандиозную аферу с продажей новейшей военной техники в третьи страны. В афере замешаны крупные государственные чины, следы ее ведут в Москву, на самый верх. Не в меру ретивого журналиста самым естественным образом убирают (подлинные документы прилагаются). Он, чувствуя угрозу для собственной жизни, успевает передать все собранные материалы своей соратнице и московской возлюбленной (здесь уже прилагаюсь я сама). За мной начинается охота, и именно поэтому я решаюсь отправиться к единственному человеку, который может хоть как-то дать ход материалам. Этим человеком и является Михаил Юрьевич Меньших.

Пока идея находилась в разработке, она претерпела существенные изменения. Во-первых, пришлось отказаться от моей профессиональной принадлежности: я не имела специального журналистского образования, а такие вещи дока Лещ просек бы сразу. Меня сделали скромной секретаршей (ау, старая грымза, синий чулок, верная спутница Михаила Леща еще с университетской скамьи, трепещи!) маленькой, дышащей на ладан туристической фирмы. Во-вторых, возлюбленную пришлось опустить и остаться только соратницей, я все-таки лелеяла мысль о том, что рано или поздно заберусь в постель строптивого Леща, а прыгать по кроватям от одного мужчины к другому — дурной вкус, Лещ этого никогда бы не одобрил. Все остальное осталось в силе, обросло новыми и, главное, достоверными подробностями.

Лапицкий с азартом включился в игру, он действительно пожертвовал самой настоящей историей о поставках военной техники за рубеж. Ведомство Лапицкого уже давно отслеживало каналы этих поставок, фигуранты по еще не заведенному делу были известны, так что в этой части плана проколов быть не могло. Совершенно интуитивно я попала в самое яблочко — один из главных участников аферы быстро набирал политический вес и становился практически недосягаем для любого следствия. А его темные делишки и деньги на счетах крупного швейцарского банка давно интересовали людей, стоящих за Лапицким.

Подготовка практической часть операции заняла еще некоторое время.

В городе N действительно был найден подходящий журналист, Егор Самарин, он долгое время занимался проблемами армии и даже обнюхивал дальние подступы к военной афере. Ему быстро заткнули рот, и после проломленного черепа и трех сломанных ребер Егор посчитал за лучшее от скользкой темы отказаться: собственная жизнь оказалась важнее журналистской бескомпромиссности. Теперь Егора, мирно работавшего в местной коммерческой газете «Из рук в руки» решено было вытащить из небытия, поставить на доску и сделать проходной пешкой в крупной игре.

В день, когда я была полностью готова к операции, Егор приехал в Москву по вызову одного крупного издательства (втайне от коллег по цеху, занятых сиюминутной летописью эпохи, Самарин писал совсем неплохие стихи и даже готовил к изданию маленький сборник с пророческим названием «У порога вечности») и был убит двумя выстрелами в голову в двухместном номере гостиницы «Золотой колос»...

* * *

...— Ну, ты готова, девочка? — спросил у меня Лапицкий.

— Да. — Я действительно была готова. Я хорошо изучила свою роль маленькой секретарши, волей случая оказавшейся в эпицентре крупных событий: простенький приличный костюм, купленный со скидкой на распродаже, не очень хорошее белье, удобные туфли на низком каблуке, волосы, забранные в хвост, — одна из миллионов женщин, безуспешно пытающихся влезть в средний класс. Роль пришлась мне впору, как будто бы я всю жизнь только тем и занималась, что была секретаршей маленькой фирмы, непременной участницей унылых девичников и приятельницей провинциальных журналистов, у которой так удобно останавливаться в маленькой квартирке в Новогиреево.

Нужно отдать должное Стасику: он отлично поработал над моим лицом, и я стала похожа на множество женщин, каждое утро протискивающихся через турникеты метрополитена с жалкими едиными проездными. Впрочем, секретарша последнее время не ездила в метро, у нее была маленькая подержанная «Ока»... Нет, все-таки Стасик большой мастер. Но дело было даже не в Стасике — я вдруг почувствовала себя в этой линялой шкурке секретарши так комфортно, как будто бы никогда не вылезала из нее.

— Ты прирожденная актриса, — восхищенно сказал капитан, когда я продефилировала мимо него как на подиуме показа мод для домохозяек из глубинки. — Никому и в голову не придет за тобой волочиться, а тем более трахнуть на свежих простынях. Разве что парой пивка угостить после трудного офисного дня!

— Первый комплимент, который я заслужила, — удовлетворенно заметила я. — Я тебе нравлюсь?

— Умопомрачительная посредственность!

— Правда?

— Но со стерженьком, со стерженьком. Такая вполне может все бросить и пуститься во все тяжкие.

— Во все тяжкие?

— Тяжкие телесные повреждения я имел в виду.

Я вздохнула. Сейчас мне предстояла самая неприятная часть разработанного мной и Лапицким плана.

По хорошо проработанной легенде Егор Самарин приехал в Москву специально для того, чтобы выйти на Меньших. Он привез с собой материалы, касающиеся аферы с военной техникой, где напрямую назывались люди, которые контролировали канал переброски непосредственно в городе N, и — опосредованно — их московские покровители. Бумаги имели убийственную силу и, попади они к Лещу, практически перечеркивали начинающуюся политическую карьеру министерского куратора аферы.

По той же легенде Егор Самарин обычно останавливался у своей приятельницы, скромной секретарши, с которой познакомился много лет назад на Медео. В этот раз, не без оснований опасаясь за свою и ее жизнь, он предпочел гостиницу «Золотой колос». Туда же, поняв, что за ним возможно наблюдение, он и вызвал свою подругу. У Егора было несколько шапочных журналистских знакомств в Москве, но ни одному из них он не доверял. Куда больше он доверял Меньших: у него были все номера его телефонов — рабочий, домашний и сотовый.

Понимая взрывоопасность материалов, он сразу же передал их на хранение третьему лицу, скромной неприметной секретарше, в роли которой должна была дебютировать я.

Развязка наступила получасом позже, когда псевдосекретарша якобы уже покинула гостиницу. С ничего не подозревающим Егором не стали церемониться. В то самое время, когда я демонстрировала Лапицкому свои способности к перевоплощению, Егор Самарин лежал на полу гостиничного номера с двумя дырками в голове, и с его телом уже работала следственная бригада.

...Я рассеянно слушала последние наставления Лапицкого, в которых больше не нуждалась, и так же рассеянно размышляла о неизвестном мне Егоре Самарине. На фотографиях, которые раздобыл Лапицкий и которые я внимательно изучила, был заснят самый обыкновенный человек с провинциальной, почти мальчишеской челкой и безвольной линией подбородка. Никакой не борец, типичный обыватель, которому явно не повезло со временем и местом рождения. Даже странно, что он решил заниматься вопросами армии, тихая сытенькая газета «Из рук в руки» — самое удобное для него место. Еще вчера вечером я лежала в кровати, потягивала свою любимую можжевеловую водку и рассматривала фотографии Егора. И лениво думала о фирменном поезде из города N, в третьем вагоне которого едет сейчас в Москву, навстречу своей смерти, хороший поэт и плохой журналист Егор Самарин. Он полон радужных надежд, он выпускает первую книжку, он выпил с попутчиками дешевого дагестанского коньяку, купленного в ларьке на вокзале. Он стоит в тамбуре и курит свои любимые болгарские сигареты «Родопи», которые ненавидят все его случайные любовницы. И смотрит в темную и такую многообещающую ночь.

— А ведь тебе кранты, парнишка, — вслух сказала я и щелкнула пальцем по фотографическому изображению Самарина.

Спокойной ночи, Анна.

Но, вопреки всему, я не смогла заснуть до самого утра. Что-то в глубине души, что-то человеческое, что еще не окончательно умерло во мне, глухо и отчаянно протестовало против такого порядка вещей. Когда я бросила Лапицкому идею с подставной журналисткой, с подставной, придуманной судьбой, я даже не подозревала, что это как-то заденет судьбу реально существующих людей, что кто-то должен будет умереть только потому, что мне очень захотелось помериться силами со всем окружающим миром. И эта дурацкая затея с издательством, ничего циничнее и придумать нельзя. Рукопись Самарина действительно провалялась в этом издательстве несколько лет, возможно, она вообще была утеряна или сдана в архив за ненадобностью. А теперь такой блеф с публикацией — но только так Егора можно было выманить в Москву...

Анна, наблюдавшая за мной из темной половины души, та, прошлая Анна, любительница Хичкока, убийств и дешевых инсценировок, поставила подбородок на ладонь и улыбнулась — с другой стороны, у маленького нестойкого человечка Самарина было несколько дней настоящего счастья: книга, возможное признание, перспективы — ради этого счастья не грех заплатить и самую высокую цену...

Я провалилась в сон всего лишь на полчаса и проснулась с безумной идеей: поехать на вокзал, перехватить Самарина, пока он еще жив, попытаться спасти его.

Но это невозможно. Это уже невозможно. Маховик запущен, и ты находишься в самом сердце этого маховика.

Ты не спасительница, Анна, приди в себя и успокойся.

Я успокоилась. Я пришла в себя. Я настолько пришла в себя, что сейчас, стоя перед Лапицким, играючи отражала все его приличествующие случаю реплики.

— Ну что, начнем избиение младенцев? — весело сказал Лапицкий, хотя глаза его стали настороженными и в уголках губ залегла горькая складка. — Ты окончательно решила? Может, обойдемся малой кровью?

— Мы и так обойдемся малой кровью, — успокоила я капитана. — Я не дам себя убить, да это и не в ваших интересах.

— Тогда идем.

...Я стояла против них двоих в тренировочном зальчике, который так ненавидела. Инструктор Игнат был совершенно спокоен, а вот капитан заметно нервничал.

— У тебя такая морда, как будто собираются метелить не меня, а тебя, — подначила я капитана, сама отчаянно труша.

— Заткнись и дай сосредоточиться.

Это было самым узким местом операции: меня должны были сильно избить, настолько сильно, чтобы Лещу, когда я появлюсь у него, и в голову не пришло отправить меня куда-нибудь. Он просто будет вынужден ухаживать за избитой и раненой женщиной — это вполне в его стиле, если судить по досье. Все это время я готовила себя к боли, которую придется перенести, я почти успокоилась. Вот и сейчас я была спокойна. Я не понимала только одного — почему сам Лапицкий вызвался исполнить такую грязную работу: у него в запасе было несколько профессиональных спортсменов-садистов, которые сделали бы это с большим удовольствием. Когда я спросила его напрямик, он долго думал и выдал что-то совершенно фантастическое: «Я сделаю это лучше других, хотя в любом другом случае не коснулся бы тебя даже пальцем. Просто я тебя чувствую. Ты понимаешь? Чувствую».

Наконец, капитан собрался. Он потер лицо ладонями и глухо сказал:

— Начнем. Давай, Игнат.

Они повалили меня на маты и стали избивать. В первый момент мне показалось, что я теряю сознание от боли, и, чтобы хоть как-то обезопасить себя, сжалась в комок, прикрыв лицо руками. Боль пронзала меня, выворачивала наизнанку, казалось, что все тело попало в гигантские шестерни, еще немного, и я умру...

А потом наступил просвет — я даже стала различать

силу и частоту ударов: и Лапицкий, и Игнат били жестоко и всерьез, но били по-разному: Игнат чуть глуше и деликатнее, Лапицкий — острее и чаще, это даже было похоже на извращенную страсть. Справившись с первой волной боли, я даже стала различать голос Лапицкого:

— Ори! Ори, только не молчи, слышишь!

— Я же не у гроба любимого мужа. И не рожаю, — едва шевеля разбитыми и мгновенно распухшими губами, пошутила я. — Делай свое дело, сволочь!

— Давай, давай, ругаться тоже можешь, — орал он, а я по-прежнему молчала. — Потерпи еще минуту...

Еще минуту, с ума сойти, но ты сама это выбрала: всего лишь маленькая расплата за людей, которые погибли. За людей, которых ты даже не оплакала, потому что оплакивать ты не умеешь, ты не умеешь самого главного в жизни, беспамятная сука, тварь без роду и племени, возомнившая себя вершительницей судеб... Господи, как больно... Прости меня, Эрик, прости меня, Фигаро, прости меня, Егор, и ты, Марго, прости меня... Простите, простите, простите...

Наконец, все прекратилось. Кто-то из двоих неудачно смазал меня ногой по лицу: правый глаз моментально заплыл, и я, с трудом подняв голову, как в тумане увидела, что Игнат вышел из зала, покачивая бугристой равнодушной спиной. Сейчас он даже вызвал у меня восхищение: точно работает, легкое сотрясение мозга я получила, судя по всему, — и именно от его удара: в таких вещах меня тоже научили разбираться. Научили относиться к своему собственному организму как к механизму, который можно собирать и разбирать с завязанными глазами.

Было нестерпимо больно, но не так нестерпимо, как я ожидала. Сейчас главное не расплакаться перед Лапицким, не закричать в голос. И встать.

Встать.

Я хотела подняться и не могла. Ничего более унизительного и придумать нельзя. Из разбитых губ текла кровь, и я ощупала рот языком: только бы зубы были целы, не хватало еще зазря потерять их, хороша женщина-вамп с просветами в деснах... Кажется, все было в порядке. Все остальное заживет...

Я снова попыталась встать и снова рухнула на маты, ничего не скажешь, профессиональные палачи, за пять минут отделали меня так, что родная мама не узнает... Ах, черт, я же договорилась с собой, никогда не упоминать того, чего не знаю...

— Не вставай, полежи немного на спине, — услышала я вязкий от сострадания голос капитана.

Что-то новенькое, простые человеческие чувства прорезываются у него, как молочные зубы у младенца. Ай да капитан. Я попыталась улыбнуться и сразу же чуть не закричала от боли.

— Ничего.

— Ты как?

— А как ты думаешь?

— Мать твою, и глаз зацепили... Подожди, я сейчас сгоняю за чем-нибудь холодным, приложим...

— Не смей! — сплюнув кровь, остановила я его. — Этого не хватало. Надо же соображать, у несчастной секретутки нет ни времени, ни сил, ни ассистентов, чтобы заниматься собой и своим дурацким глазом. Ей бы ноги унести... Сейчас немного оклемаюсь и встану...

Но Лапицкий не дал мне встать, он сам как подкошенный рухнул на колени рядом со мной и взял мое лицо в ладони.

— Девочка... Прости... Прости меня, будь все проклято.

— Какое «прости»? Ты, кажется, становишься похож на сентиментального генерал-майора в отставке. Это же работа, капитан. Это моя идея, и я ее воплощу. Все в порядке. Не стоит изменять себе, уездный Мефистофель...

Его руки закаменели, а горькая складка у губ стала еще горше:

— Ну что ты за человек?

— Ты же сам меня такой сделал, не забывай, — наконец-то, избитая и бессильная, я все могла сказать ему.

— Да. — Минутная слабость прошла, и капитан снова стал собой. Он даже устыдился душевного порыва. — Это точно. Штучка вышла еще та. Что теперь?

— Теперь — последний акт.

— Может быть, отыграем его ближе к вечеру и ближе к Лещу? Тебе же придется часа четыре мотаться, а если еще с простреленным плечом... — он снова сбился на жалость.

— Все должно быть правдоподобно. Ты же сам говорил, что он работал у югов в полевом госпитале. Свежую рану всегда можно отличить даже не специалисту. А и рана, и потеря крови — все должно быть достоверным. Иди. Я сейчас поднимусь.

Теперь он не сопротивлялся. Он поднялся с матов и, не глядя на меня, пошел к двери. И, уже взявшись за ручку, сказал, не оборачиваясь:

— Знаешь, Анна, я начинаю тебе бояться.

— Неужели ты можешь кого-то бояться? Ты?!

— Я даже представить себе не могу, что будет, когда ты заматереешь.

— Да ничего не будет. Стану только более изощренной сукой, только и всего. С меня штраф за «суку».

Он ничего не ответил. Он вышел из спортзала, плотно закрыв за собой дверь, как будто бы захлопнул дверь в собственную душу.

Я лежала на матах и смотрела в высокий, отделанный деревом потолок. Боль билась во всех клеточках, а вместе с ней поднималось неведомое мне чувство охотничьего азарта, жажда помериться силами не только с Лещом, но и со всем миром. На моей стороне только я сама, но и этого будет достаточно, чтобы победить...

Через двадцать минут я уже была на ногах. Каждый шаг давался с трудом, но теперь мне было наплевать на боль. Лапицкий уже ждал меня в тире, бесцельно вертя в руках макаров. Я сама настояла на тире, где живой мишенью будет именно несчастная секретарша. Снисходительный дружеский выстрел с близкого расстояния не устраивал меня.

Морщась от боли во всем теле, я встала под мишенями, а Лапицкий сосредоточенно, как на тренировке, натянул наушники и поднял пистолет.

— Да ты просто Вильгельм Телль, — не удержалась от подколки я. — Извини, яблока нет, есть только я.

— Не боишься, что сейчас пристрелю тебя, и вся твоя карьера закончится, не начавшись? — неожиданно зло бросил он.

— Сейчас уж точно не пристрелишь. — Я была спокойна. — Потом, может быть. Но это уже будет другая история. Давай.

В который уже раз за сегодня я понукала его!

Он снова поднял пистолет и подержал его на весу. Прямо на меня смотрело равнодушное маленькое отверстие, вороненый тоннель в другой мир, где уже были люди, которых я знала. Холодок пробежал по моему позвоночнику, и мне захотелось выйти из циничной и безжалостной клетки, в которую я сама себя загнала... Не давая разрастись этому чувству, я снова крикнула:

— Стреляй же!..

— Не могу, — он растерянно смотрел на меня, на пистолет, — я не могу этого сделать.

— Стреляй же!

Видимо, я переоценила свои силы, страх уже наступал, он побеждал боль, он легко клал ее на обе лопатки, еще минута, и он водрузит флаг над поверженным городом моего мужества... А мне еще нужно успеть повернуться к нему спиной, чтобы выстрел настиг меня сзади, бедную секретаршу, так чудесно спасшуюся от преследования; чтобы довести правдоподобие ситуации до абсурда

— Стреляй, сволочь! — я не выдержала. — Со своей женой ты так не церемонился. А я не церемонилась с твоим покойным другом...

Это был запрещенный прием, но он сработал безотказно: подняв пистолет, капитан навскидку, не целясь, выстрелил. Плечо залило огнем, я упала и на секунду потеряла сознание.

Очнулась я только тогда, когда надо мной склонился капитан с перекошенным от страха лицом.

— Все в порядке, — прошептала я, хотя плечо жгло так, как будто бы нему водили раскаленным утюгом.

— Нужно остановить кровь, сейчас я перевяжу тебя... — Он бегло осмотрел рану и принялся зубами разрывать пакет, который прихватил, видимо, тогда, когда бежал ко мне. — Пуля прошла навылет, ничего не задето... Чистая работа.

— Профессионал. Ворошиловский стрелок. Горжусь тобой, — сквозь сжатые зубы сказала я.

— Я ведь мог убить тебя.

— Нет. Не мог.

— Что ты кричала мне? — Опять в самой глубине его глаз угнездилась знакомая мне застаревшая ненависть.

— Если не слышал — ничего. Если слышал — все это неправда.

— Ты говорила об Ольге... О моей жене.

— Я ничего не знаю о твоей жене.

— А Олег? Ты что-то вспомнила?

— Нет. Просто нужно было как-то заставить тебя шевелиться...

— Ты рисковала. Я мог бы разнести тебе голову. И я это сделаю, если будешь использовать запрещенные приемы.

— Я всегда буду использовать запрещенные приемы. — Почему-то теперь, после выстрела, мои собственные ненависть и сила окрепли настолько, что могли сразиться с его силой и его ненавистью ко всему миру. — И ты это знаешь, как никто.

— Да. Я это знаю. Потерпи немного, сейчас я тебя перевяжу...

— Но не бинтами же, герр капитан. — Я почему-то вспомнила старую присказку шофера Виталика, которая покорно пришла за мной из той жизни, где я была только растением с собственной отдельной палатой. — Соображать надо, говорю вам в который раз. У меня никаких бинтов быть не может, я же испуганная секретарша, а не заведующая травматологическим отделением. Рвите блузку.

Совершенно деморализованный, он вытащил блузку из юбки и неумело, зубами, оторвал тонкую неровную полоску ткани. Это оказалось хлипкой преградой. Через минуту рукав полностью пропитался кровью и разбух.

Боль была нестерпимой, но я все же приспособилась к ней и не потеряла способности соображать.

— Ну, все, — попыталась я улыбнуться капитану. — Предварительные изыскания проведены неплохо. Теперь отправляемся на охоту. Где мой кадиллак?

— Безумная женщина, — капитан покачал головой, — ты просто безумная женщина, тебя лечить надо, а не на какие-то задания отправлять. Помочь подняться?

— Я сама. Я все делаю сама.

С сегодняшнего утра мы как будто поменялись ролями: я диктовала условия. А капитану приходилось только соглашаться. Он как будто обмяк и отпустил поводья. Если бы сегодня мне не предстояла самая главная встреча в моей жизни — встреча, которая поможет мне понять, чего же я действительно стою, — я бы купила водки и напилась на радостях.

Все-таки я тебя поломала, мальчик, я нашла на тебя управу. И не в постели даже, это была бы дешевая победа. Нет. Я буду заниматься твоим делом *и буду делать его лучше тебя*. Я буду подставлять всю эту высокопоставленную, погрязшую в грязи шваль, я буду сталкивать ее лбами, я буду шантажировать ее, я буду играть на ее слабостях, я буду заставлять ее пороки греться на солнце, я буду обладать той властью, которая тебе и не снилась, капитан!..

То смутное, неопределенное, яростное влечение, которое я испытывала к капитану, исчезло как дым. Я не удерживала его, потому что поняла его причину: больше всего мне хотелось переспать не с Костей Лапицким, а с той самой лукавой властью, которую он имел над всеми людьми, которые его окружали. Теперь и я получила частичку ее, а скоро получу еще больше.

Ноздри мои трепетали, здоровый глаз весело смотрел на Лапицкого: так нестерпимо весело, что он даже опустил ресницы.

— Что с тобой происходит, девочка, не могу понять?

— Избил, прострелил плечо — и еще спрашиваешь, что со мной происходит? Да ты большой оригинал, Костя Лапицкий.

Он взял лицо в горсть, взглянул на меня сквозь пальцы и произнес задумчиво:

— Нет, не то... Я тебя никогда такой не видел.

— Какой?

— Такой... Такой полной жизни. Такой красивой. Неужели все это так возбуждает тебя?

— Возбуждает — это пошлое слово. Но оно, пожалуй, подходит. Пусть будет — «возбуждает». Я только сейчас начинаю жить. А я знаю, что такое «не жить». Ты не знаешь, а я знаю...

Ай да Костя, в чутье тебе, подлецу, не откажешь. Звериная интуиция.

— Я знаю, что такое «не жить». Сегодня утром убили человека. Убили ни за что, хотя он мог счастливо прожить жизнь, жениться на библиотекарше и даже дождаться внуков. Копал бы себе картошку на даче, телевизор бы смотрел по вечерам, сериал «Секретные материалы». Но он лежит сейчас в морге с дыркой в голове, потому что ты придумала эту комбинацию. Только ты.

— Ну, ты тоже приложил руку к этому убийству. — Теперь мысль о несчастном Егоре Самарине лишь глухо царапнула меня. — Думаю, это не единственное убийство, к которому ты ее приложил. Покойный несчастный Фигаро мог бы многое рассказать по этому поводу. Я по сравнению с тобой — жалкая дебютантка.

— Если так будет продолжаться дальше, ты очень скоро станешь примой. — Он сжал челюсть и загонял желваки по щекам.

— Только на это и надеюсь, друг мой. Пойдем.

...Когда мы вышли из тира, все встало на свои места. Лапицкий снова стал самим собой: надменным и фанатичным мозговым центром. Мне же отводилась роль правой, хотя и раненой руки.

— Довезу тебя в этой колымаге до города, — Лапицкий кивнул на старушку «Оку», — отдохнешь, потому что потом тебе трудно будет вести машину с раненой рукой. Там тебя возьмут под наблюдение наши люди. Подъедешь к его дому, у него квартира возле Курского, адрес ты знаешь. Позвонишь от подъезда, там телефон-автомат, он исправен. Ну а дальше, как договорились. Ты поняла?

— Да.

— Тогда с Богом.

— Вот только Бога, пожалуйста, не поминай.

— Ладно, тогда к черту. — Он осторожно поцеловал меня в покрытый испариной лоб, как будто прощался, хотя нам предстояло провести вместе еще несколько часов.

— Вот это тебе больше идет.

— Ты все-таки сука, — сказал он с восхищением.

— С тебя штраф. — Мне вдруг отчаянно захотелось никуда не ехать, остаться, вернуться... Вот только куда вернуться? Сбросив наваждение, преодолевая боль в плече, я все-таки закончила: — Получу, когда вернусь...

* * *

...Я была полностью измотана. Сидя за рулем «Оки», в маленьком переулке возле Курского вокзала, прикрывая раненое плечо, я уже несколько раз впадала в полузабытье. Ничего нового в нем я не увидела — те же смутные обрывки лиц, которые невозможно вспомнить, те же смутные обрывки фраз, которые невозможно воспроизвести. Лицо погибшего больше месяца назад Фигаро накладывалось на лицо убитого сегодня Егора Самарина, которого я никогда не видела. Мои мертвецы не хотели покидать меня, они терпеливо ждали. Я тоже ждала. Я уже успела приспособиться к раненой руке, я даже нашла удобное положение: чуть вытянуть ее вдоль тела и прижать к груди. Дневная кровь запеклась и теперь коркой, как нимбом, окружала рану.

Тело саднило от синяков, заплывший глаз ничего не видел и слезился, да и легкое сотрясение мозга давало о себе знать, — временами я даже с отчаянием думала, что переоценила свои силы. Я была совершенно одна, хотя знала, что совсем рядом, в каких-нибудь двухстах метрах, стоит машина людей Лапицкого, которые наблюдают за мной. Я даже знала марку машины: ничем не примечательная серая «девятка».

Такая же, какая была у Фигаро.

Теперь, предоставленная сама себе, я вдруг вспомнила о нем. Об убийстве Кожинова целую неделю говорила вся Москва. И не столько о самом Кожинове, сколько о несчастном Олеге Куликове.

Чертов капитан как в воду глядел — если бы истории любви Марго и Кожинова не было, ее стоило бы выдумать. Продажные журналисты сделали все, чтобы превратить банальное заказное убийство в романтическую драму с двумя смертями в финале. Но не только у журналистов, а и у следователей не было никакой другой версии: убийство из ревности, в котором замешаны молодой гений и культовая актриса нескольких поколений, устраивало всех. Марго, единственная оставшаяся в живых участница трагедии, едва оправившись от потрясения, была вынуждена уехать в Прагу, куда ее уже давно звали работать. Самым поразительным было то, что за день до отъезда ее видели на могиле Куликова, о чем и сообщили почтеннейшей публике в воскресном светском приложении одной крупной газеты. Марго оставила там три роскошных розы. На стебель одной из них был надет серебряный перстень — жест, достойный великой актрисы...

О Кожинове говорили меньше всего.

...Морщась от боли, я отогнула рукав и посмотрела

на часы — почти полночь. Что-то задерживается наш телемагнат, так можно и подохнуть от потери крови, чего доброго... От непреходящей боли мне все время хотелось плакать, и я злилась — на себя, на Лапицкого, на Михаила Юрьевича Меньших по кличке Лещ. Только не поддаваться слабости, не дать себе окончательно впасть в забытье.

Я не впала в забытье, я пыталась держать себя в руках. И когда силы уже совсем оставили меня, серая «девятка», следившая за мной, дважды мигнула фарами.

Слава богу. Ты вернулся. Ну, жди гостей, Михаил Лещ.

Стараясь не тревожить раненую руку, я тронула «Оку» с места. Через пять минут я уже была во дворе обычного московского дома, где на самом верхнем этаже жил Михаил Меньших. У Леща, помимо квартиры возле Курского, была еще дача на ленинградском направлении: роскошный двухэтажный особняк. Но там почти всегда ошивались его журналисты. Сам же Лещ предпочитал свой чердачный вариант пентхауза. Выдержки ребятам Лапицкого было не занимать — он вернулся домой около часа назад, и все это время я терпеливо ждала, когда же пройдет этот проклятый час. Невзирая на мое плачевное состояние, они сообщили мне о приезде Леща только сейчас.

Возле подъезда Меньших сиротливо торчала телефонная будка. Подогнав «Оку» вплотную к ней, я несколько минут просидела, закрыв глаза.

Сейчас-то все и начнется.

Удачи тебе, Анна.

Я с трудом выбралась из машины — голова страшно кружилась, колени подгибались, во рту, казалось, навечно поселился свинцовый привкус. Телефон Меньших я помнила наизусть. Набрав номер и упершись лбом в телефонный диск, я считала долгие гудки. Наконец на другом конце провода низкий бархатный голос произнес:

— Слушаю вас.

— Мне нужен Меньших. — Даже играть не приходилось, мой голос прерывался и слабел с каждой минутой.

— Это Меньших. Слушаю вас.

— Нам нужно встретиться. У меня материалы для вас. Очень важные. Егор просил... Егора убили сегодня. Он приехал только утром из... — я назвала родной город Самарина. Лещ не мог не знать о нем, и именно в контексте аферы с военной техникой. По материалам досье он заинтересовался этой проблемой как раз после того, как министерский куратор начал активную подготовку к политической деятельности. — Кажется, его убили... Он дал ваш телефон и адрес. Он знал, что ему угрожают. Он передал материалы мне.

— Где вы? — Лещ заглотнул наживку. Иначе и быть не могло: слово «материалы» действовало на него, как красная тряпка на быка.

— Здесь. Внизу. Он дал ваш адрес, Егор. Его убили. Я...

— Как вас найти?

— Красная «Ока». Быстрее, пожалуйста...

Сейчас он выглянет из окна своего навороченного пентхауза, бесстрашный Лещ, и увидит маленькую машину возле телефонной будки.

— Хорошо. — Он ни секунды не сомневался, отчаянный парень, он ничего не боялся. Он слишком часто уходил от смерти, чтобы бояться. — Ждите меня.

— Быстрее, — слабым голосом прошептала я и нажала на рычаг.

Все. Теперь он выйдет. Через три минуты он будет здесь. Теперь можно расслабиться, можно выпустить загнанную в угол боль на свободу, можно даже потерять сознание. Теперь все можно.

Телефонная трубка повисла на проводе. Я опустилась по стеклянной стенке телефона-автомата прямо на грязный резиновый пол. Проваливаясь в беспамятство, я все-таки увидела вышедшего из подъезда Леща. Я сразу узнала его: именно такой, каким я его и представляла, самый достойный противник из всех возможных.

Высокая мощная фигура (привет из далекой ранней юности, от маленького тщедушного туберкулезника), гордо посаженая голова, открытое лицо с тяжелым подбородком и резкими надбровными дугами, просто покоритель Дикого Запада, мечта шансонеток отдаленных сеттльментов.

Ну что ж, попытаться приручить тебя — одно удовольствие, подумала я и отключилась.

...И пришла в себя только от чьих-то жестких и торопливых прикосновений. Я уже не сидела, скорчившись, в телефонной будке, я лежала на широкой и низкой кровати. Лещ стоял передо мной на коленях и аккуратно, стараясь не потревожить меня, снимал мой пропитанный кровью секретарский пиджачок. Я дернулась, давая понять, что пришла в себя, и беспомощно прикрыла грудь рукой. И тут же тихонько застонала: никаких бабских истерик, даже стонать нужно с тихим достоинством, это должно произвести впечатление на людей, подобных Лещу: не зря же психологи убили на меня массу времени...

— Лежите спокойно, — сказал Лещ успокаивающим голосом. — Вы ранены, но кость, кажется, не задета.

— Кто вы? — спросила я.

— Ваша красная «Ока» припаркована к подъезду?

— Кто вы? — снова спросила я.

— Ну хорошо. Меня зовут Михаил Меньших.

Я закрыла глаза и попыталась улыбнуться.

— Это я звонила вам. Мне нужно...

— Потом. — Лещ положил на мои разбитые губы жесткую широкую ладонь, хорошо пахнущую ухоженной кожей, и мне предательски захотелось прижаться к ней губами. Теперь я начинала понимать всех его женщин, которые сохранили о Михаиле Меньших самые светлые воспоминания. — Все разговоры потом. Сейчас я продезинфицирую вашу рану, и вы попытаетесь уснуть. А я отгоню вашу машину, иначе разговоров не оберешься. Все водительское сиденье залито кровью.

— Егора убили... — медленно произнесла я и попыталась посмотреть на Леща заплывшим глазом.

— Вам, я смотрю, тоже досталось. Вы потеряли много крови... Как вас зовут?

— Анна.

— Вы потеряли много крови, Анна. Но теперь вы в безопасности.

А ты не в безопасности. Далеко не в безопасности, Михаил Меньших по кличке Лещ!..

Несмотря на мое молчаливое стоическое сопротивление, он все-таки стянул с меня блузку, под которой было дешевое белье, принес огромную бутыль спирта и осторожно промыл рану. А потом быстро и профессионально обработал ее и наложил повязку.

Ай да красавчик, ай да сукин сын, ай да медбрат на общественных началах, с ума сойти, какой мужик, думала я, пока он возился со мной. Если бы не рана, если бы не заплывший глаз, который делал смешной любую попытку заигрывания, если бы не эта чертова операция, наконец, — я бы попыталась соблазнить его. Бедный Эрик, трах в ресторанной подсобке был пределом его мечтаний, мне ничего не стоило влюбить в себя немчика, а вот этого слабо? Жрецы секса Александр и Александра вложили в свою подопытную морскую свинку Анну столько мертво просчитанных эротических схем — пора бы применить это на практике. Рядом с этим роскошным типом находиться опасно, того и гляди крыша поедет от желания... Стоп, стоп, Анна, ты всегда должна помнить, для чего ты здесь. А посему переходи к своей роли испуганной секретарши, на которую свалилась чужая страшная тайна...

А Лещ уже наливал спирт, которым дезинфицировал рану, в граненый стакан (откуда только такой раритет в этой вакханалии суперсовременного дизайна?).

— Выпейте. Должно помочь.

— Это спирт? Я не буду пить. — Только так и могла ответить маленькая секретарша, находящаяся в состоянии шока.

— Выпейте, станет легче. — Он был настойчив.

— А нет ничего другого? Менее радикального?

— Сейчас поможет только это. Поверьте. Зажмурьтесь и глотайте, Анна.

Здоровой рукой я взяла стакан, смело сделала глоток, поперхнулась, но спирт все-таки выпила. Ничего сверхъестественного для меня в этом не было, потому что пить медицинский неразбавленный спирт меня тоже учили. Но реакцию я отыграла точно — сейчас умру, мамочки, глаза на лоб лезут, во рту пожар... Лещ смотрел на меня с суровой жалостью.

— Больше не могу, — сказала я. — Дайте запить чем-нибудь...

— А больше и не надо. И никаких «запить». — Он кивнул на спирт: — Незаменимая вещь. Особенно в условиях, приближенных к боевым. У вас, как я посмотрю, примерно такая ситуация. Сейчас станет легче.

— Уже стало.

— Я отгоню вашу машину. А вы постарайтесь заснуть.

— Документы, — я даже приподнялась в кровати и тотчас же рухнула обратно, закусив губу, и без того болевшую. — Документы... Они в машине под сиденьем.

— Хорошо. — Ни один мускул не дрогнул на лице Леща. — Давайте помогу вам надеть рубашку...

С помощью Леща, не забывая стыдливо прикрывать рукой грудь, я натянула пахнущую свежестью огромную мягкую рубаху. Спирт и потеря крови делали свое дело — я слабела на глазах, глаза слипались. Я даже не заметила, как заснула.

А когда проснулась, было очень раннее утро или самый краешек ночи. Не открывая глаз, сквозь неплотно сжатые ресницы, я рассматривала обстановку и восстанавливала события предыдущего вечера.

Пока никаких проколов. Я останусь здесь как минимум на три дня, это ясно. Сотрясение мозга, постельный режим, да еще синяки, да еще рана, да еще документы, которые должны купить Леща с потрохами. Он ведь давно ходил кругами вокруг этого дела. Но эти вещи пока не должны меня волновать. А за три дня многое может произойти... И главное — я смогу стать для него интересной.

Ладно, оставим для Леща сбой темпа, стиль свободной импровизации — *рубато*, вот как это называется, единственное слово в одном из кроссвордов Виталика, которое я не отгадала. Кстати, а где наш ковбой, где наш борец с несправедливостью, защитник угнетенного и обиженного государства?

Ковбой сидел за огромным, похожим на футбольное поле столом и все еще копался в документах. Это были *привезенные мной бумаги:* я узнала бы их из тысячи. Перед ним стояла пепельница, полная окурков: я хорошо запомнила из досье, что он курит легкомысленные сигареты с ментолом — маленькая, почти женская слабость, единственный сомнительный штришок в монументальном образе.

У его ног лежала огромная устрашающего вида собака, которую вчера я даже не заметила. Наверное, это и есть та самая дворняга, Старик, в которой Лещ души не чает. Удивительная для собаки мудрая деликатность: Старик лишь повернул морду в мою сторону, отреагировав на мое пробуждение, и снова положил ее на лапы. Оставив Леща, бумаги и собаку, я наконец-то получила возможность по-настоящему рассмотреть его логово. Такое может свести с ума кого угодно, ничего не скажешь. Лещ, купивший половину верхнего этажа дома, сломал все стены и устроил здесь настоящий пентхауз, в стиле нью-йоркских богемных мастерских: никаких перегородок, любовь Меньших к открытым пространствам неистребима. Недаром из всех видов спорта он предпочитает гольф.

Дизайн квартиры был безупречен: кажется, его делал американец, очень дорогой архитектор из Лос-Анджелеса. Мебели немного, кроме широкой низкой кровати, на которой я сейчас лежала, — минимум посадочных мест. Зато целую стену занимают постоянно работающие телевизоры: преодолевая шум в голове, борясь с черными точками в глазах, я пыталась сосчитать количество каналов, которое принимало бунгало Леща, — и не могла. Наверняка вся крыша истыкана антеннами и спутниковыми тарелками, только так Михаил Меньших может выразить свою телевизионную любовь ко всему миру.

Огромное количество книг, огромное количество картин, обсевших стены как мухи, — в основном авангард, соц-арт и концептуализм, редкостная мерзость: русские художники, метнувшиеся в прежние времена на Запад, — его друзья, через одного. По периметру комнаты, через две стены, проходит окно, от пола до потолка. Стекло пуленепробиваемое, это мне тоже известно. Если продержаться у него до вечера (а сейчас меня вдруг начинают одолевать сомнения) то можно будет увидеть панораму Москвы...

Все пока выглядит симпатичным, но пора открывать глаза и вступать в игру. Быстро и про себя: маленькая секретарша, напуганная до смерти, но держащаяся с достоинством. Маленькая секретарша, напуганная до смерти. Маленькая секретарша, держащаяся с достоинством; до смерти, с достоинством, до смерти, с достоинством, с достоинством, с достоинством...

Я осторожно приподнялась на подушках и тотчас бессильно опустилась обратно: маленькая секретарша проснулась и жаждет знать, какой сюрприз преподнесет ей сегодняшний день...

Поглощенный бумагами Лещ тем не менее сразу же заметил мое легкое движение и поднял голову. Как у любого человека, подвергающегося постоянной опасности, у него было очень развито периферийное зрение, и он чутко реагировал на любое колебание воздуха. Увидев мою проснувшуюся безвольную голову и широко открытые глаза, он ободряюще улыбнулся.

— Доброе утро, Анна.

— Не могу ответить вам тем же.

— Я сварю вам кофе.

— Если можно. Я должна...

— Вы должны лежать. Пока, во всяком случае. Сейчас подъедет один человек...

Должно быть, я очень точно отыграла загнанного в угол зверька, потому что Лещ сразу же попытался меня успокоить:

— Не волнуйтесь. Это врач, мой близкий друг. Он уже был здесь сегодня ночью. Он осмотрит вас.

— Со мной все в порядке. — Он должен оценить мое мужество, черт возьми! — Егор...

Лещ уже должен знать об убийстве журналиста в гостинице «Золотой колос», его информационные мальчики представляют собой группу быстрого реагирования, этакий спецназ от журналистики.

— Как зовут вашего друга?

— Я говорила... Егор. Егор Самарин.

Лещ поднялся из-за стола, подошел к кровати, присел на самый ее краешек и осторожно коснулся моей здоровой руки. От его ладони шло успокаивающее тепло. Нет, он все-таки хорош, черт возьми!..

— Ваш друг погиб. Его убили.

— Там, в гостинице? Гостиница «Золотой колос».

— Да.

— Они говорили мне, что убили его... Говорили...

— Кто — «они»?

Соберись, Анна, будь точной, сейчас главное — Егор.

— Егор всегда останавливался у меня, когда приезжал в Москву. Уже много лет... А в этот раз он позвонил с вокзала, попросил, чтобы я подъехала к гостинице к девяти утра. Он встретит меня в вестибюле... У меня служба, я сказала, что у меня служба, я не могу приехать, давай встретимся вечером. Он сказал, что вечером уже должен быть в поезде, что у него небольшое дело в Москве. Я даже посмеялась: откуда такие конспиративные настроения. Если нужно, я могу отпроситься со второй половины дня. Но он настаивал на встрече... Нужно знать Егора. Если он настаивает — значит, произошло что-то действительно важное...

— И вы поехали?

— Конечно. Я даже на работу позвонить не успела.

— Он встретил вас?

— Да. Я даже сначала не узнала его. Я никогда не видела Егора таким. Он вел себя довольно развязно, такой себе подгулявший провинциал, который ошалел от мегаполиса. На глазах у всего холла бесцеремонно стал целовать меня... Мы дружим много лет, я очень дорожу нашими отношениями. Дорожила... Но никогда у нас не было и намека на адюльтер. Никаких поползновений. Я ничего не понимала. Он ткнулся губами мне в ухо и сказал: «Воспринимай все естественно, я потом тебе объясню». В общем, этот трагифарс продолжался несколько минут. Шлюшка и простак, только и всего. Со стороны, должно быть, это выглядело как встреча дешевых любовников на час. Сейчас я это понимаю. Он даже позволил себе ущипнуть меня за задницу — представляю, каких усилий это стоило интеллигентному Егору... И администратору ляпнул что-то вроде: «Эта девочка со мной». Хотя никто не просил его...

Лещ поощрительно молчал. Я тоже замолчала, закрыла глаза и приложила руку к голове.

— Отдохните. Не стоит продолжать. — Я видела, каких трудов стоит Лещу сказать это: он хотел знать все подробности немедленно.

— Нет-нет, все в порядке. В лифте он попросил у меня прощения.

— За сцену в вестибюле?

— Нет. За нее, должно быть, тоже. Но не это главное. Егор удручающе интеллигентен, — я судорожно вздохнула и снова поправила себя, — был... Был. Не могу поверить в это... Он сказал, что не имел права, не должен был втягивать меня в это дерьмо. Он так и сказал — «в это дерьмо». Но другого выхода у него нет. Человек, к которому он ехал и на встречу с которым надеялся... Его не было в Москве. Егор сказал, что он пробил все телефоны. А этот человек нужен ему немедленно.

Леща действительно не было в Москве вчерашним утром, он вернулся из короткой служебной командировки в Канаду только во второй половине дня — здесь моя позиция была безупречна.

— Похоже, этим человеком были вы.

— Похоже.

— В номере мы просидели час. Он даже толком и не разговаривал. Он не слышал меня. Еще бы, какие новости могут быть у секретарши маленькой турфирмы.

— Вы работает в турфирме? — ненавязчиво спросил тертый калач Лещ.

— Да. В «Круазетт».

Лещ улыбнулся.

— Да, я вас понимаю. Чем более убогим выглядит заведение, тем претенциознее у него название. Я ненавижу свою работу, но это кусок хлеба. Егор всегда подшучивал надо мной: «С твоей головой, с твоим характером работать в подобном месте — это просто извращение». Он даже называл меня иногда: «Извращенка с набережной Круазетт». Егор... — я снова отыграла смятение и боль.

— Успокойтесь. Я все понимаю.

— Нет. — Я попыталась взглянуть на него больным глазом, резко открыла его, только для того, чтобы из глаз брызнули слезы. — Егор был моим близким другом. Самым близким, хотя мы виделись с ним иногда только раз в год. Я и представить не могла, что этот его вчерашний приезд будет последним.

— Вы давно знакомы?

Начинается!

— Наверное, лет восемь. Мы познакомились на Медео. Потом были горы — Казахстан, Приэльбрусье, маленькая группа альпинистов-любителей, у каждого гильзы с именем и адресом, как у солдат, ракетница на группу с зарядами для попавших в беду и погибших. Большая игра в добровольную жизнь и добровольную смерть. Девятнадцатилетнюю девчонку это может свести с ума. Егор спас меня во время лавины. Он согревал меня своим телом двое суток. Вы можете представить себе?..

— Да, — тихо сказал Лещ, хотя альпинизм никогда не входил в круг его душевных предпочтений. — Да. Я могу себе представить.

— И когда я увидела его в гостиничном номере... У меня было такое чувство, что сейчас именно я должна... Обязана согревать его своим телом... Вытаскивать из лавины. Столько времени, сколько понадобится. Егор сказал, что собрал совершенно сенсационные материалы по какой-то крупной афере с техникой, в подробности он не вдавался. Что замешана Москва, кто-то из политической верхушки. Что этими документами, вполне возможно, он подписал себе смертный приговор.

Конечно, такие люди не могли не импонировать Лещу, ему всегда нравились смертники, он от них с ума сходил. Я открыто посмотрела на Леща:

— Скажите только, они действительно стоят того, что из-за них погиб человек?

После недолгой паузы Лещ тихо сказал:

— Да. Они этого стоят.

Еще бы не стоили, милый Михаил Юрьевич, романтическая душа, почти что Лермонтов, за такой компромат любой уважающий себя журналист полжизни отдаст, и ни одной строки неправды, и судьба зарвавшегося московского монстра может быть решена в несколько дней!

— Они этого стоят, — еще раз произнес Лещ.

— Егор сказал то же самое. Он ничего не боялся. — Прости меня, маленький человек, хотя бы после смерти ты побыл героем. — Он не боялся. Он очень хотел, чтобы эти документы попали к вам. Он говорил, что вы — единственная не продажная компания в этой стране.

— А вы как думаете?

— Никак. Я не смотрю телевизор. Но это не важно. Я не поверила в его слова о смертном приговоре... Наверное, потому, что не смотрю телевизор. Егор сказал, что убивают и за гораздо меньший компромат. И что ему важно, чтобы эти документы попали к вам. Что за ним от самого вокзала следили — хотя он и приписал это разыгравшемуся воображению, но стоит подстраховаться. Ему сказали, что вы будете в Москве ближе к вечеру. И он решил отдать бумаги мне. И если что-нибудь случится — я должна передать их вам. Если не дождусь его у ресторана «Прага» в три часа дня. Я сказала, что останусь с ним, что мы можем отправиться туда, где много людей, что ничего не случится. Он не слушал.

Я замолчала.

— Если вам тяжело говорить, можете не продолжать.

— Нет-нет, все в порядке. Егор сказал, что документы важнее. И что пока они не переданы вам, его жизнь и жизнь людей, которые ему помогали, — в опасности. И моя тоже, если я сейчас возьму их. Он сказал: «Ты можешь отказаться, я пойму».

— Вы не отказались.

— Я не отказалась. Мне плевать на то, что там написано, наверняка ничего нового, еще одна грязь, которая и так всем известна. Коррумпированные чиновники, которые гребут миллиарды, — кого сейчас этим удивишь? Одним выведенным на чистую воду подлецом больше, одним меньше — какая разница? Но меня попросил об этом близкий человек, которому угрожает смерть, — разве я могла отказаться, если бы это хоть как-то могло помочь ему?

Что-то новое появилось во взгляде Леща, что-то похожее на сдержанное уважение. Иначе и быть не должно, работа на телевидении приучила его к ненавязчивому пафосу изложения, красивые жесты всегда трогают его; люди подобные Михаилу Меньших с готовностью оперируют понятиями жизнь и смерть, это *именно их* образ жизни. Сейчас нужно чуть-чуть сбить планку, чтобы совсем не уйти в героизм. Героизма за время, прошедшее после Приэльбрусья, у секретарши явно поубавилось, она все-таки слабая женщина.

В глазах моих стояли слезы. Они аккуратно скатывались по щекам к подбородку. Как бы извиняясь за них, я тихо сказала:

— Вы обещали кофе.

— Да. Простите. Я сейчас.

Я видела, как он заваривает кофе, полускрытый стойкой из белого дерева. Интересно, кто же убирает такую прорву квадратных метров, подумала я, все выглядит относительно чистым и ухоженным.

...Когда он вернулся к кровати, я пыталась встать.

— Лежите, лежите, вам нельзя вставать. Голова кружится?

— Есть немного.

— Похоже, у вас сотрясение.

Сотрясение не то слово, Игнат постарался на славу, который раз помянула я инструктора.

Лещ снова уложил меня в постель и заботливо накрыл одеялом. Устроившись на подушках и удобно уложив раненую руку, я взяла чашку кофе. Сделав несколько глотков, отставила ее и похвалила Леща:

— Вы прекрасно завариваете кофе.

— Я все делаю прекрасно. — В этой фразе не было

и намека на кокетство, только констатация. — А сейчас отдыхайте.

Очень мило с его стороны, тем более сейчас, когда мое сознание плывет, покачивается, как лодка на волнах. А для того, чтобы обработать Леща, мне нужна ясная голова.

Лещ еще не отошел от моей постели, когда раздался настойчивый звонок в дверь. Я вздрогнула.

— Не волнуйтесь. Это Эдик. Врач.

Эдик оказался несерьезным молодым человеком, больше похожим на бас-гитариста какой-нибудь продвинутой группы, чем на врача: длинный неухоженный хайр (привет Анне от старых системных хиппи), такая же неухоженная джинса, дешевые серьги в ушах, дешевые перстни на пальцах.

— Врач? — с сомнением произнесла я.

— Не обращайте внимания на внешность, — успокоил меня Лещ. — Лучший хирург Москвы.

— Именно, именно, — весело подтвердил лучший хирург. — Меня даже в Кремлевку звали, отказался, идиот. Ненавижу власть предержащих. Так бы и резал их скальпелем, невзирая на клятву Гиппократа. — Эдик прижал руки к груди. — Пардон, пардон, ты не в счет, Лещарик! Тебя бы пришил мирно, ты бы у меня из наркоза не вышел. Самая милая смерть.

— И на том спасибо.

Эдик долго мыл руки — гораздо дольше, чем осматривал рану. Он аккуратно снял бинты, наложенные с вечера Лещом, мимоходом похвалил Леща за профессиональную перевязку и углубился в изучение ранения.

— Что, в спину стреляли?

— Получилось, что в плечо, — мягко поправила я Эдика; хороша была бы я сейчас, если бы Костя выстрелил как-то иначе!

— Ненавижу оружие. Ненавижу всех этих наемничков! Так бы и резал их скальпелем, невзирая на клятву Гиппократа. Но, в общем, будем считать, что вам крупно повезло, девушка. Пуля навылет, кость не задета, мясо заживет, будет лучше прежнего... Выше, ниже, вправо, влево — вы бы здесь не лежали и не смотрели бы на меня такими прекрасными глазами.

— Таким прекрасным глазом, — я улыбнулась. — Один, к сожалению не видит.

— Ну, это временное явление.

— Когда ты только пострижешься, Эдинька, как тебя только начальство терпит и пациенты не боятся? — не к месту спросил Лещ.

— Меня все обожают, Лещарик, ты же знаешь. А волосы стричь — последнее дело. Вдруг не вырастут?

— Волосы не зубы, вырастут, можешь не беспокоиться. Что с Анной?

— Будем считать, что легко отделалась, — сказал Эдик, заканчивая осмотр и задав мне несколько вопросов о самочувствии. — Значит так, Лещарик. Сотрясение того, что есть в этой прекрасной головке. Пока ее трогать нельзя. Пусть полежит у тебя дня четыре, я попозже заскочу, осмотрю. Сейчас сделаю пару укольчиков общеукрепляющего свойства, — и постельный режим. Дальше будем думать.

— Дальше буду думать я сама, — проявила самостоятельность маленькая секретарша.

— Ладно-ладно, за всех у нас тут думает Лещарик. За всю страну думает. Правда, Лещ?

— Заткнись, — беззлобно сказал Лещ.

— Тогда затыкаюсь и уношу ноги. — Он обратился ко мне: — Боюсь его, чертягу, до умопомрачения. Он даже на операционном столе руководит...

Эдик, Эдик — теперь я вспомнила, откуда знаю это

имя: Эдик Перевозчиков, хирург, который спас Леща после первого покушения, когда Лещ получил тяжелое ранение в живот.

Эдик сделал мне укол, оставил несколько ампул Лещу, дал ничего не значащие медицинские указания и исчез. Мы с Лещом снова остались вдвоем.

Дня четыре — это даже больше, чем я рассчитывала, врач Эдик, друг Леща, стал моим союзником.

После его молниеносного визита, с нелепыми репликами, похожими на беззлобный стеб, было очень трудно возвращаться к убитому Егору Самарину, даже Лещ чувствовал это. Кто-то из нас должен преодолеть эту внезапно возникшую паузу.

— Забавный человек, — сказала наконец я. — Он даже похож на Егора. Неуловимыми вещами, может быть, манерой держаться... Егор тоже любит такие шуточки. Любил. Любил, любил, любил...

— Успокойтесь, не нужно. — Лещ не умел утешать. Колоссальная ответственность, которая лежала на нем, не дала развиться этому чувству.

— Все в порядке. Который час?

— Семь. Семь утра.

— Похоже, вы не спали всю ночь, — запоздало сказала я.

— Я привык.

— Я никогда не думала, что окажусь в такой ситуации... Егор отдал мне эти бумаги и просто вытолкал из номера. Мы договорились встретиться в три у «Праги»...

— Да. Вы говорили.

— Я поехала домой. Позвонила на работу, сказала, что не выйду, взяла день... Такое допускается. Дома с такой миной на руках сидеть невозможно. Хорошо, что соседка оставила мне ключи, они с мужем уехали в Эмираты на месяц. Я кормлю их кошку, у них роскошный перс, полный флегмат... Сначала я решила оставить эти бумаги там, от греха подальше.

— В вас пропал великий конспиратор, — улыбнулся одними глазами Лещ.

— Если бы... Я решила поехать в центр, на несколько часов. Я ведь отчаянная трусиха, — сказала я, хотя весь мой вид и все мои поступки говорили об обратном, Лещ должен это оценить. — Я уже закрывала дверь, когда появились они...

Я снова прикрыла глаза и надолго замолчала. Лещ не торопил меня.

— Их было трое. Сначала — трое. Потом двое ушли. После того... После того, как они били меня. Все втроем.

Рука Леща нашла мою здоровую руку и крепко сжала ее.

— Они спрашивали о Егоре. Отпираться было бесполезно, скорее всего, они следили за мной от самой гостиницы. Я сказала, что знаю его, что он мой провинциальный любовник, что мы редко видимся и только с определенными целями. Я говорила только это. Большего они не добились.

— Вы отчаянная женщина, — задумчиво произнес Лещ. — Вы ведь действительно ни при чем, вы могли отдать им бумаги.

— Нет, — твердо сказала я. — Я ненавижу этих типов. Я ненавижу эту тупую силу. Вы должны понять... Дело было уже не в Егоре. В моем собственном счете... Я очень быстро открываю счета. Я ненавижу насилие. Насилием из меня невозможно ничего выбить. И потом, неужели вы думаете, что они оставили бы меня в живых, даже если бы я отдала им бумаги? Вы же знаете, сколько стоит любая информация.

— А вы?

— Предполагаю. — Аккуратнее, Анна, дьявол, в деталях. Тебя не должно заносить, ты не должна знать больше, чем знает секретарша турфирмы. — Вы же сами сказали, что эти материалы стоят смерти любого человека. Егор не стал бы вызывать меня, если бы это не было серьезно. Он — человек фантастической ответственности за близких.

Здесь я попала в точку: мифический характер Егора Самарина, сочиненный мной и Костиком, тесно смыкался с реальным характером Меньших.

— У него было несколько знакомых журналистов, здесь, в Москве, но он никому не доверял. Он считает этот город самым продажным. Самым продажным в стране, — с вызовом сказала я.

— Он где-то прав. — Москва так и не сделалась для Леща родиной, он по-прежнему в глубине души оставался туберкулезным новосибирским мальчиком.

— Из разговора этих типов я поняла, что Егора убили, но никаких документов не нашли. И мне они не верили. Когда они устали бить — привязали меня веревкой к батарее. Кто-то из них просто забыл наручники. Они ведь всегда пользуются наручниками, правда?.. Двое ушли и оставили меня с третьим, самым отвратительным типом: он переполовинил мой холодильник, а я только получила зарплату и набила его продуктами... На меня он почти не обращал внимания, избитая баба, в бессознательном состоянии, привязанная к батарее, — она не может представлять угрозы.

— Судя по всему — может, — задумчиво сказал Лещ.

— Теперь я тоже так думаю. Я ведь старая альпинистка...

— Не такая уж старая. — Это похоже на комплимент, но лучше пропустить его мимо ушей.

— Я умею развязывать любые узлы. Вот и вчера, я отвязалась, как только пришла в себя. А это был очень сложный узел, уверяю вас. Он взяли мой старый страховочный трос, который я теперь использую вместо веревки для белья. Видите, как низко я свалилась с гор... Этот тип сидел в комнате и смотрел телевизор. Мой собственный телевизор, который и я-то никогда не смотрю. Я хотела уйти, выбраться из квартиры... Но в таком состоянии... Вы понимаете... Я что-то задела, кажется стиральную машинку, она стоит в коридоре. В общем, он услышал шум, он все понял. Он загнал меня в кухню, он думал, что легко со мной справится. Ну и напоролся. Я успела вытащить нож, такие итальянские наборы ножей, очень дорогие, их дарили нам от фирмы на прошлый новый год, настоящие разделочные ножи. Я успела его достать. Достать и спрятать. И когда этот тип меня выволок, прямо за ворот, я ударила его в живот... Несколько раз. Я загнала нож по самую рукоять... — я снова надолго замолчала, — ...кажется, я там его и оставила. Но он успел выстрелить в меня, когда я пыталась убежать. Я ведь убежала. Я оставила его там, на полу, в кухне. Как вы думаете, он мертв? *Я убила его?* Я убила его, мне кажется, что убила. Я убила человека.

— Они уничтожили вашего друга.

— Да. Я убила человека. Я тогда не думала об этом... Я просто выскочила из квартиры. Я забрала документы у соседки. Больше всего я боялась, что сейчас вернутся эти двое... Я тогда слабо соображала. Голова как в тумане.

— Почему вы не позвонили в милицию?

Почему я не позвонила в милицию? Резонный вопрос, Лещ, я ждала, когда ты его задашь.

— В милицию? После того, как я убила человека? Я ведь его убила... Хотя... Я даже сняла трубку. Я хотела позвонить.

— Это была необходимая самооборона.

— Необходимая самооборона... Умаешься доказывать. Вы же знаете милицию. А может, эти люди и были из милиции — ни один из них не выглядел как откровенный бандит. Вполне интеллигентные физиономии, из тех, что всегда уступают место в трамваях беременным женщинам... Но даже если... Что бы я им рассказала? О журналисте, привезшем бумаги, из-за которых его убили? Кому бы я отдала эти бумаги? Егор сказал, что передать их можно только вам — из рук в руки...

«Из рук в руки» — коммерческая газетенка, в которой работал последнее время Егор Самарин: меняем, продаем, запчасти от «ВАЗа», детскую коляску в хорошем состоянии, подержанную стенку, холодильник... Как вся эта сочиненная нами история далека от настоящего Егора Самарина и как близок сейчас ко мне Михаил Меньших по кличке Лещ.

— Егор сказал, что может случиться все, что угодно, но документы должны быть у вас. Вот я вас и нашла. Я кружила по Москве весь остаток дня, стояла в каких-то переулках, я боялась, что они найдут меня быстрее, чем я найду вас. Но теперь все в порядке. Теперь можно обращаться куда угодно. Вы ведь поможете мне?..

Он коснулся рукой моего холодного лба. Рука была нежной. Кажется, он поверил. Первый раунд я выиграла, ликуй, Костя Лапицкий...

— Где вы живете?

— В Новогиреево. А что?

— Нужно же присматривать за котом...

— За кошкой...

Присматривать за кошкой, отличная мысль. Кто-то из твоих людей отправится в Новогиреево, по адресу секретарши. Там они найдут незапертую дверь, лужу подсохшей крови на кухне, развязанный страховочный трос у батареи, работающий телевизор, беспорядок, имитирующий следы борьбы. Кровь они замоют, а двери захлопнут. Там они найдут соседскую квартиру, за которой ноет белая персидская кошка. Там они найдут все, что подтверждает мой сбивчивый рассказ...

— Только не покупайте ей все эти сухие корма. Лучше рыбу...

— Понял. Треска ее устроит?

— Вполне.

Он все еще не отнимал руку от моего лба, и я не могла понять, чего же больше в этом жесте: сдержанного уважения или благодарности за информацию, которая досталась такой ценой.

— Мне нужно позвонить на работу. Сказать, что меня не будет ближайшую неделю. За неделю все пройдет, как вы думаете?

— Наплюйте, — просто сказал он.

— Я не могу наплевать. Это мой единственный источник существования. Мне и так с трудом досталась эта работа. Я не могу...

— Наплюйте, я вам сказал. Неужели вы не понимаете, что после всего, что произошло, вам нельзя там появляться?

— А когда будет можно? — Неплохо отыграно, Анна, смесь наивности и целеустремленности женщины, которая привыкла полагаться только на себя.

— Когда будет можно, я скажу.

Похоже, он уже, незаметно для себя, принял ответственность за мою судьбу. Что ж, оказаться под крылом — мечта любой обыкновенной женщины. Да и необыкновенной тоже, даже Марго в свое время не устояла перед Кожиновым... Хорошо, что я свободна от всех этих патриархальных представлений.

С восьми начал непрерывно звонить телефон. Лещ

отвечал на звонки, с кем-то о чем-то договаривался, на ходу решал какие-то вопросы, касающиеся компании и ее повседневной работы. Он привык говорить громко и резко, это было видно по его манере разговаривать. И в то же время он постоянно приглушал свой раскатистый мягкий баритон, сдерживал себя, понимая, что рядом находится человек, которому необходим покой. Лучшего и пожелать нельзя, должно быть, я все-таки произвела на него впечатление. Я то проваливалась в дрему, то снова открывала глаза, а он все ходил и ходил по своему ангару. Несколько раз в разговоре с кем-то прозвучал город N. Значит, машина должна завертеться...

Около девяти он тронул меня за плечо:

— Анна, я уезжаю. Буду только поздно вечером. С вами останется Андрей. Он и жнец, и швец, и на дуде игрец. Вы его не бойтесь, он сделает так, как нужно. Вечером сдаст вас с рук на руки.

— Кому? — я даже не успела испугаться.

— Мне. В общем, не стесняйтесь к нему обращаться в случае чего. Я буду вам звонить...

— Но...

— Я же сказал, все в порядке. Все кончилось. Во всяком случае, для вас. Вы верите мне?

Когда-то я тоже задала такой вопрос Фигаро. И сейчас ответила сама — как раз в его духе:

— Мне ничего не остается, кроме как верить вам.

— Вы в безопасности. Андрей — спецназовец, он прошел все «горячие» точки, он лучший в своем деле, с ним и связываться никто не будет, уж поверьте.

— У вас все — лучшие в своем деле. И врачи, и спецназовцы...

— И журналисты тоже. И все остальные. За ним вы будете как за каменной стеной. К тому же есть еще один сторож. Старик, иди сюда, — позвал он.

Деликатный Старик, которого до этой поры не было ни видно, ни слышно, подошел к кровати и протянул морду к хозяину.

— Я вас еще не познакомил. Анна — это Старик. Старик — это Анна. Не стоит его бояться, он только с виду такой большой и грозный.

— Так же, как и вы?

— Ну... Я вообще большой и грозный. По определению.

— Странная порода.

— Он дворняга. Так же, как и я. Потому его и люблю.

— Только поэтому?..

— Ему уже десять лет. Старик. Старик уже старик. Это почти каламбур. Неудачный.

Придется обрабатывать и собаку, подумала я. Задача несколько усложняется, но все равно остается разрешимой. Если собака меня примет, то Лещ тем более. Остается только надеяться на свое природное обаяние...

Старик неожиданно решил все сам: он подошел поближе и лизнул мне руку. Лещ даже вскинул брови от удивления:

— Похоже, он принял вас сразу, вот это да!

Собаки тоже могут ошибаться, тем более такие старые. Но тебе везет, тебе страшно везет, Анна...

— Теперь я спокоен. До вечера, Анна.

Лещ ушел. Сейчас он сядет в свой раздолбанный «Лендровер», отправится в компанию и целый день будет заниматься проблемой города N, московскими концами аферы с техникой, убийством Егора Самарина... Мне остается только ждать вечера.

Через полчаса ключ в замке повернулся, и Старик затрусил к двери, виляя седым хвостом. В квартире появился парень, груженный пакетами. Он покровительственно похлопал Старика по мощному загривку и прошел ко мне.

Видимо, это и есть Андрей, самый лучший из бывших спецназовцев. Хотя ничего героического в сухой и поджарой фигуре Андрея не было. Он оставил пакеты на столе в кухне, подошел к кровати и просто сказал:

— Я Андрей. Михаил Юрьевич должен был вас предупредить, что я приду.

— Да, я в курсе. Меня зовут Анна, — я протянула ему руку, и он аккуратно пожал ее. Ладонь у Андрея была твердая, как кусок листового железа, не отражающая никаких эмоций.

— Вам что-нибудь нужно?

— Нет. Нет, спасибо.

— Сейчас я приготовлю завтрак.

— Я не хочу есть.

— Юрьич сказал, чтобы я тут за вами присматривал.

— Присматривайте, — я улыбнулась Андрею. Совсем мальчишка, который не умеет вести себя с женщинами. У меня есть день, чтобы научить его этому.

...В десять часов по каналу Меньших прошло сообщение об убийстве n-ского журналиста Егора Самарина. Значит, Лещ уже начал артподготовку, скоро материалы выплывут наружу, и высокопоставленная голова скатится на плаху: в кампании по борьбе с коррупцией это неплохая козырная карта... Телевизионная стена фонила целый день, но дыхание большого телевизионного мира не долетало до нас с Андреем. Очень скоро мне удалось разговорить его: Андрей оказался милым застенчивым парнем, за плечами которого были почти все «горячие» точки. Лещ познакомился с ним в Югославии, куда Андрей, уволившись из спецназа, уехал добровольцем. Он был фанатом Сербии, его любимая девушка, журналистка из Белграда, была изнасилована и убита хорватами.

Лещ почти насильно вывез полубезумного спецназовца из Югославии, лечил его в лучших клиниках, но от потери возлюбленной Андрей так и не оправился.

Однолюбы — вещь в природе чрезвычайно редкая, с ними нужно быть осторожной, как с экзотическими растениями. Я потратила целый день на то, чтобы хоть чуть-чуть оживить раненую душу Андрея: после месячных занятий по основам психологии я вполне могла получить лицензию психоаналитика. Но дело было даже не в этом: возясь с Андреем, я почти забыла о Леще. Сейчас меня увлек этот надломленный парень, я рассматривала общение с ним как еще один психологический этюд. Но для любой игры, даже такого проходного ее варианта, необходимо вдохновение. И это вдохновение пришло ко мне, как только я нащупала его болевые точки, нащупала интуитивно, хотя судьба Андрея не имела ничего общего с теми схематичными вариантами человеческих характеров, которые я изучала весь март и начало апреля. Мое участие, мои слова, мое молчание как будто прорвали долго сдерживаемую плотину: бывший спецназовец говорил и не мог наговориться. И на самом закате дня, когда в пуленепробиваемых стеклах поплыла фантастическая панорама Москвы, а мы сидели в сумерках, отключив всю телевизионную стену, он сказал мне: «Вы очень похожи на мою Марию, Анна», я поняла, что выиграла его душу.

Берегись, Лещ, я уже начинаю уводить из твоего стойла лучших лошадей. Интересно, что ты скажешь, когда опустеет конюшня и запылает скотный двор?..

...Лещ появился около полуночи. Старик, почуявший его шаги, призывно залаял, и я услышала отчаянный и сбивчивый голос Андрея, сидевшего в ногах моей кровати: «Я даже не прогулял пса!»

— Эй! Есть кто живой, кроме старой дворняги? — с порога весело спросил Лещ. — Почему темно?

— Я пойду со Стариком, — Андрей поднялся с постели, прошел к двери и снял поводок.

Пока за Андреем и собакой не захлопнулась дверь, мы с Лещом молчали. Потом он деликатно спросил:

— Как вы себя чувствуете, Анна?

— Относительно нормально.

— Я включу свет, вы не возражаете?

— Конечно.

Он прошел к столу, включил маленькую лампу, зажег еще несколько ламп в разных частях ангара: теперь, в призрачном неярком свете, его жилище выглядело еще более причудливым.

— С кошкой все в порядке. Ребята за ней присмотрят. И самое главное, вы, кажется, не убили вашего мучителя, если это вас еще волнует.

— Правда? Вы были у меня?

— Да. Там огромная лужа крови. Была огромная лужа. В любом случае его забрали подельники. Живого или мертвого.

Я умоляюще посмотрела на Леща.

— Думаю, живого. Не так-то просто убить человека. — А вот в этом ты ошибаешься, Лещ.

Он сел к столу, обхватил подбородок ладонью и задумался.

— Что-то не так. Не могу понять.

Я насторожилась. Что может быть не так? Какая-то лажа с документами, или люди Лапицкого где-то сработали нечисто? Только этого не хватало, все страдания насмарку и даже компенсации тебе не выплатят.

— Что-то не так в доме... Черт, стена. Она всегда включена. Это вы попросили выключить?

— Нет. Андрей сам.

— Андрей? Сам? — на его лице отразилось удивление.

— Что-то не так?

— Не знаю... Нужно пожить рядом с Андреем, чтобы понять. Он был болен, болен серьезно. Несколько лет он не может без картинки перед глазами. Наши ребята специально смонтировали для него такую же стену, только маленькую: чтобы телевизоры всегда были включены... У него даже в машине маленький телевизор. Это его единственное спасение, картинки, все эти события на экране, они отвлекают его от собственной души.

— Я знаю... Я знаю его историю. Он рассказал мне.

— Вам? — Удивление переросло в изумление. — Он никогда никому ничего не рассказывает. Об этой югославской трагедии знаю только я.

— Теперь и я...

— Ничего не понимаю. Что вы с ним сделали?

— Ничего. Я просто слушала его.

— Слушали? Он почти не говорит.

— Мы разговаривали целый день. Нет, не так. *Он говорил* целый день...

— Сначала пес, потом Андрей... Вы странно действуете на людей.

— Это звучит как оскорбление.

— Простите, я не хотел вас обидеть.

— Вы не можете меня обидеть, Михаил Юрьевич.

— Михаил, — поправил он и тут же сам испугался, что это может быть неправильно мной истолковано. — Ненавижу отчество. Оно занимает слишком много времени. А времени почти нет.

— Я понимаю. — Я успокоила его, я все поняла правильно, дистанция соблюдена.

Мы молчали до тех пор, пока не вернулись Андрей со Стариком. Немного помявшись, Андрей подошел к постели, наклонился ко мне и поцеловал руку. Я не ожидала этого, да и он сам, похоже, не ожидал: у него это вышло неловко, как будто он взялся за работу, которую никогда раньше не делал. Он не сказал мне ни слова, просто поцеловал руку и все, губы его были жесткими и неприспособленными к таким деликатным светским вещам, но ему удалось вложить в этой невинный поцелуй всю благодарность за длинный сегодняшний день.

Лещ с изумлением взирал на своего лучшего спецназовца.

— Мне завтра приходить, Михаил Юрьевич? — с надеждой спросил Андрей.

— Нет, — отрезал все концы Лещ. И добавил, чтобы смягчить удар, который сразил парня: — Завтра воскресенье, я дома.

— Будет надежнее, если я тоже приду...

— Не стоит, Андрей. В понедельник с утра ты здесь.

— Хорошо. До свидания, Анна. До понедельника. Спасибо за все.

Лещ проводил Андрея до дверей и вернулся ко мне совершенно озадаченный.

— Никогда его таким не видел, — ни к кому не обращаясь, сказал он. — Похоже, вы сотворили чудо, Анна.

— Это произошло бы... Рано или поздно. Душа не может вечно жить на пепелище. Рано или поздно она строит дом и заново обживает землю. Или я не права?

— Наверное... Наверное, вы правы, Анна, — он смотрел на меня, как будто видел впервые.

Молодец, Анюта, молодец, молодец, и парень пришелся кстати, и тирада вышла что надо, коротко и емко, продолжай в том же стиле, и Лещу ничего не останется, как положить свою умную крепкую голову тебе на колени...

Лещ устроился за столом, он еще около часа работал с бумагами, куда-то звонил, сам отвечал на звонки.

Но все это время он искоса поглядывал на меня. Я тоже смотрела на него сквозь неплотно прикрытые веки, я была в выигрышном положении: в моем углу не было света, а Лещ был ярко освещен, он сидел за своим огромным столом, как на краю гигантской сцены, отрабатывая прием «публичное одиночество». Кровать, на которой спала раненая секретарша, притягивала его, как магнитом, он боролся с собой, но ничего не мог поделать. Пора и сжалиться, Анна, не век же бедняжке Лещу исподтишка вытягивать шею.

— Михаил, — позвала я.

— Вы не спите, Анна? — с готовностью откликнулся он.

— Я хочу попросить вас... — я замялась.

— Я слушаю, — ободрил меня он.

— У меня есть маленькие сбережения... Совсем немного, боюсь, что их не хватит на похороны. Я хочу, чтобы Егора достойно похоронили... Дело в том, что у него никого нет. Никого, кто бы приехал за телом. Я...

— Не волнуйтесь, Анна, — мягко сказал Лещ. — Компания уже взяла его похороны на себя. Его похоронят достойно, обещаю вам.

— Спасибо. Спасибо... Я хочу, чтобы эти деньги тоже были..

— Этого не нужно. Я же сказал, компания все взяла на себя.

— Вы не понимаете. Для меня это важно. Последний долг. Я не сумела спасти его.

— Вы не могли бы спасти его, даже если бы захотели.

Он легко поднялся из-за стола, подошел к кровати и присел на самый краешек. И, так же как утром, пожал мне руку, вот только чуть дольше задержал в своей ладони мои пальцы. Некоторое время мы молчали. Отлично, скорбные приличия соблюдены, можно перейти к какой-нибудь другой, менее тяжелой теме.

— Вы спите когда-нибудь, Михаил? — спросила я.

— Иногда. Слишком много работы, нужно все успеть. Жалко тратить время на сон.

— Я, наверное, сильно сломала ваш быт, чужой малознакомый человек, я понимаю... Вы не волнуйтесь...

— Вы не сломали мой быт. Никакого быта нет. Сплошное бытие.

Вот тут-то, Лещ, ты лукавишь, тут я тебя поймала. Ну зачем быть больше аскетом, чем ты есть на самом деле? Дизайн на пятьдесят тонн баков, какое уж тут бытие?

— Заняла вашу постель.

— Да нет, что вы... Вы хоть ели сегодня?

— Да. Андрей готовил. Кажется, мы действительно что-то ели...

— Не хотите поужинать со мной?

— Хочу, — я сказала это так просто, что Лещ даже рассмеялся от удовольствия.

— Тогда я приготовлю что-нибудь. У меня есть отлично вино... Коллекционное.

Я даже присвистнула в душе от удивления. Неужели я так хорошо, так искренне сработала, что Лещ решил угостить меня коллекционным винишком, купленным на аукционе «Кристи» по пять тысяч долларов за бутылку? С ума сойти!

— Какую кухню вы предпочитаете?

— Не знаю. У меня нет гастрономических предпочтений. Разве что сырокопченая колбаса. У меня никогда не хватает денег, чтобы купить ее. — Почему нет, скромная секретарша турфирмы может позволить себе милое плебейство, это выглядит пикантно и — главное — достоверно.

— Хорошо, — Лещ рассмеялся. — Сырокопченую

колбасу тоже внесем в список смертников... Как насчет французской кухни? Что скажет секретарша из фирмы «Круазетт»?

— Она скажет, что это было бы очень мило, если вычеркнуть из меню луковый суп.

— Заметано.

Через минуту он уже позвонил в какой-то ресторан и сделал заказ. Еще через двадцать минут еда уже стояла на маленьком столике перед кроватью. Лещ достал бутылку вина — я не ошиблась, это было вино, купленное на «Кристи», черт бы побрал театральные жесты! Но нужно отдать должное широкой сибирской душе Леща, он ни словом не обмолвился о происхождении вина. Разлив его в высокие узкие бокалы, он протянул один из бокалов мне, а второй взял сам.

— За то, что вы остались живы, — тихо сказал он.

— Да.

Мы выпили. «Перье»1886 года выпуска обладало божественным вкусом, прожитые годы облагородили простую столовую водичку. Я долго держала жидкость во рту, боясь расстаться с ней. Еще дольше держалось послевкусие.

— Ну, как?

— Никогда не пила ничего подобного. Это очень старое вино?

— Очень старое и очень мудрое.

— Наверное. Но сейчас мне хотелось бы водки. Только один стакан. За Егора, который остался мертв.

Не говоря ни слова, Лещ встал, — я слышала, как мягко хлопнула дверца холодильника, — и спустя несколько секунд вернулся с початой бутылкой водки и двумя стаканам. Мы выпили в полном молчании.

— За тебя, Егор, — сказала я, — прости, пожалуйста...

И снова ладонь Леща накрыла мои пальцы.

— Все в порядке.

— Я думаю, — медленно сказал Лещ, — он бы мог вами гордиться.

— Лучше бы он не гордился мной и остался жив.

— Вы любили его?

Невинный вопрос, утром я уже пыталась предотвратить его возникновение, но он всплыл снова. Это означало только то, что Лещ всерьез заинтересовался мной. Эй, Костик Лапицкий, должно быть ты сейчас валяешься в своей узкой койке и пытаешься сообразить, что происходит в пентхаузе этого потрясающего мужика, который ни в какое сравнение не идет с твоей убогой берлогой. Перестань беспокоиться, радость моя, повернись на бок и усни, ситуация под контролем. И контролирую ее я.

— Да, я любила его. Но это не любовь в узком смысле, если иметь в виду взаимоотношение полов. Это совсем другое. Мы очень много пережили вместе, а это рождает совсем другие отношения. Они гораздо прочнее, потому что в них нет страсти... Есть только ощущение, что ты не один, что кто-то другой очень близко. Не нужно быть лучше, чем ты есть на самом деле. А ведь страсть — это всегда лукавство... Это стремление завоевать. А когда хочешь завоевать — все средства хороши. Просто макиавеллизм какой-то. И это нечестно. Простите, я не умею излагать то, что чувствую...

— Да нет. Похоже, вы умеете излагать то, что чувствуете, Анна.

— А можно еще вина?

— Да, конечно.

Мы снова выпили. Мешать водку и вино в моем положении не очень-то здорово, но когда еще я выпью вино по пять тысяч за бутылку?..

— Я думаю, вы не правы насчет страсти, — задумчиво сказал Лещ, вертя в руках бокал. — Я попытаюсь доказать вам...

...Доказательства были перенесены на неопределенное будущее, в котором Лещ и я выглядели вполне пасторально, если все пойдет в направлении, заданном сегодняшним вечером. Перед тем, как заснуть в холостяцкой постели Леща, я подумала о том, что совсем недолго буду находиться в ней одна. Похоже, он попал во *все* ловушки, расставленные мной, хотя и одной было бы достаточно, чтобы подцепить его: мужественная маленькая женщина, настоящий друг всех покойных отважных журналистов, приятная собеседница, покорительница собак и спецназовцев, всем изысканным ресторанным блюдам предпочитающая кусок сырокопченой колбасы... То ли еще будет, милый Лещарик! Стоит только открыться заплывшему фиолетовому глазу и прийти в норму разбитым губам — уверяю, ты оценишь меня по достоинству. Ты ведь уже сейчас решаешь для себя не такую уж трудную проблему: как оставить меня в этом твоем роскошном пентхаузе еще на несколько дней сверх положенных хирургом Эдиком Перевозчиковым. Это видно невооруженным глазом, да и выпитая бутылка «Перье» за пять тысяч на это прозрачно намекает. Что ж, дебют оказался вполне удачным, даже случайно набранные статисты вплелись в драматургическую канву очень органично. Теперь ты можешь отдохнуть, Анна. Во всяком случае — до завтрашнего воскресного утра...

Я проснулась среди ночи и сразу же поняла, что Леща нет ни в одной части ангара. Поднявшись с постели и сразу почувствовав головокружение, я направилась к ванной, расположение которой уже знала: не стоило мешать водку с вином, но красивый жест был необходим для поминальной молитвы. Теперь за это придется расплачиваться.

Дверь была приоткрыта, узкая полоска света падала на пол. Значит, Лещ там, и, если мне повезет, я застану врасплох его крепкое тело. А там есть на что посмотреть, в этом я нисколько не сомневалась. Натянув на лицо самое сонное выражение из всех возможных, я заглянула в дверную щель. То, что я увидела, показалось мне странным: Лещ стоял у маленького столика, уставленного дорогой парфюмерией, и что-то колол себе в руку. Рядом с ним, на столике, между одеколоном и пеной для бритья валялись осколки маленькой ампулы.

Я сразу же отпрянула от двери, посчитав нужным ретироваться. Тошноту как рукой сняло. Быстро в кровать, закрой глазки и обдумай увиденное: быстрее, быстрее, пока он не вернулся.

Я юркнула под одеяло и натянула его до подбородка.

Разбитая ампула, новый поворот, интересно, что она значит? Да ровным счетом ничего.

Ничего страшного не произошло, но лучше не быть случайной свидетельницей. Свидетельницей чего? Еще вчера утром тот же Эдик ставил тебе общеукрепляющий укол, и в этом не было ничего сверхъестественного. Может быть, манипуляции Лещарика из той же области небес? Я мысленно перелистала страницы досье на Михаила Меньших: отменное здоровье, если не считать туберкулезного казуса в ранней юности, никакого диабета, никакой склонности к наркотикам — ни к легким, ни к тяжелым. Даже в забубенные университетские годы Лещ чурался анаши, не говоря уже о наполненной тяжкими трудами зрелости. Не паникуй, просто запомни это — и все.

Все-таки рука болит, за всеми событиями сегодняшнего дня я почти забыла о своем ранении, а теперь оно напомнило о себе снова. Это был отчаянный поступок, Анна, нужно отдать тебе должное. Видимо, заснуть не удастся...

...Когда я открыла глаза, было раннее утро. Лещ отстегивал поводок от ошейника Старика. Старик молча выпростал тяжелую лохматую морду, затрусил к моей постели и ткнулся холодным носом мне в руку. Я потрепала его за уши, испытывая искреннюю признательность за такое доверие, и в то же время мысленно укорила его: плохо же ты охраняешь своего хозяина, псина, меня даже за километр нельзя было подпускать к нему. Поведение собаки, ее удивительная расположенность ко мне не поддавались никакому анализу и потому немного раздражали меня.

Лещ, склонив набок массивную голову, наблюдал за нами. Наконец, дернув себя за мочку уха, он произнес:

— Доброе утро, Анна. Я сварю вам кофе, но только при одном условии.

— Каком же?

— Вы должны объяснить мне, чем вы приворожили мою собаку.

— Боюсь, что тогда я останусь без кофе на всю оставшуюся жизнь.

— Не останетесь. Это я вам обещаю.

Он сказал это очень серьезно. Слишком серьезно для чашки крепко заваренного кофе. «Я вам обещаю» относилось ко всему. Неужели ты так быстро купился, Лещ? Неужели в твоей богатой людьми и событиями жизни никогда не возникало женщины, подобной мне? Конечно, не бывало, подумала я. Не бывало такой откровенной стервы, которая окучивает тебя с холодным носом, так похожим на нос твоей старой преданной собаки. Я даже не ожидала, что все будет так легко, я готовилась к более серьезной схватке, а сейчас получается не схватка, а избиение младенцев.

— Я думаю, вы в безопасности, Анна, — прервал ход моих мыслей Лещ. — Во всяком случае, у вас появился еще один добровольный защитник.

— Еще один?

— Еще один, кроме меня. — Это прозвучало как признание. — Знаете, кто торчит во дворе, в машине?

— Кто? — спросила я, хотя уже догадывалась, кто может занять боевой пост с самого раннего утра.

— Андрей, — не сразу ответил Лещ, и в его голосе проскользнули ревнивые нотки. — Я не стал подходить к нему, чтобы не смущать парня. Таким, как вчера, я не видел его никогда. Вы как будто вдохнули в него жизнь. Кто вы, Анна?

Хороший вопрос, Лещарик. Думаю, ты никогда не узнаешь, кто я. Да и лучше тебе не знать, так можно потерять веру во все, ради чего ты жил. Подсадная утка, троянская кобыла, хладнокровная убийца, провокаторша из охранки, действующая не по принуждению, а по собственному извращенному вдохновению. Я даже надеюсь получить за это неплохие деньги и обещанную Костиком поездку куда-нибудь в экзотическое место, где можно ходить без одежды. Но деньги не главное, уверяю тебя, они ничего не значат. Экзотика — это власть над тобой. Над тобой и над всеми остальными. Как тебе такая характеристика, Лещарик? Если бы ты только смог заглянуть в мою душу...

...Это было удивительное воскресенье, которое не мог испортить мой подбитый глаз. Лещ, казалось, совсем не замечал его. И я старалась не замечать: так нужно, Анна, пусть он думает, что ты прямодушна, что тебе плевать на собственную внешность, что ты не дешевая кокетка из турфирмы, которой выпало счастье провести несколько дней рядом с очень влиятельным человеком... Похоже, я превзошла самое себя: история с Андреем повторилась, но на более высоком уровне. Вчерашний фарс с духовным совращением спецназовца можно считать легкой разминкой, разогревом мышц. Даже раненая рука этому не мешает, наоборот, придает дополнительную пикантность ситуации.

Самым поразительным было то, что Лещ отключил телефоны и свою дурацкую телевизионную стену. Я понимала, что это беспрецедентный случай, что я удостоилась высочайшей аудиенции. И старалась сохранять приличествующий случаю уровень. Мне это удалось вполне. Лещ же бросился в наши едва уловимые отношения с головой, похоже, это было в его натуре: я никогда не открываюсь, но если уж открываюсь, то до конца. Я была для него закрытой книгой, которую ему хотелось прочитать, максимально оттягивая финальную часть. Он же был для меня конспектом с многочисленными пометками, таблицами и диаграммами: не до конца изученным, но вполне понятным.

Многое, из того, что мне рассказывал Лещ, я уже знала из его досье: скелет его жизни был собран достаточно скрупулезно. Но сейчас он обрастал мышцами, кожей, плотью, в его оживших венах струилась настоящая горячая кровь: невозможно было не подпасть под обаяние этого человека. Мне с трудом удавалось сохранить отстраненный взгляд на Михаила Меньших, здесь уже приходилось бороться не с ним, а с собой. В конце концов я только женщина, черт возьми... Язык Леща оставался таким же терпким и образным, как язык его университетских рассказов, разве что за прошедшие годы приобрел известную лаконичность.

Наверное, он пытался понравиться мне, наверное, но в этом не было и следа от дешевого обольщения, от тетеревиных токовищ. Он просто стал собой, он даже мог позволить себе маленькие слабости, те слабости, которые задвигаются в дальний угол сильной души и без которых человек обязательно что-то теряет.

Анна, Анна, если бы не твоя сучья натура, если бы не

весь этот кошмар с Егором, благодаря которому ты проникла в дом Леща, — ты вполне могла бы встать рядом с ним. И попробуй сказать, что это не понравилось бы тебе...

Я все еще боролась с собой, хотя понимала, что ничего нельзя изменить. Дверь в мир Леща закрыта для тебя навсегда, ты остаешься в гнусном хлеву Лапицкого...

Хотя он не такой уж гнусный, этот хлев, если разобраться.

Если абстрагироваться от обстоятельств.

Если абстрагироваться от обстоятельств — это лучшее воскресенье в моей жизни. В той части жизни, которую я помню. Я чувствовала себя достаточно хорошо, и это немного, в самой глубине души, огорчало Леща — у него больше не было повода накрыть мою руку своей. А ему смертельно хотелось этого, я видела, каких сил ему стоит не поддаться минутному порыву. Ты ко всему и деликатен, Лещарик, ты слишком хорошо помнишь обстоятельства нашего знакомства, рана только-только начала затягиваться, тело Егора еще не предано земле. Потерпи, милый, я вознагражу тебя, но и от тебя потребуется награда: докажи мне, что ты не так хорош, как кажешься, и я буду почти счастлива...

Лещ снова заказал еду в ресторане: теперь это был не ужин, а обед. И не французская кухня, а мексиканская. Само по себе неплохо, только очень много перца и пряностей.

— Может быть, позвать Андрея? — невинно спросила я. — Он, должно быть, голоден?

— Он не придет, — помолчав, сказал Лещ, и снова я услышала в его голосе нотки плохо скрытой ревности: в вашем-то возрасте, Лещарик, с вашим-то положением и ревновать к несчастному спецназовцу? Просто несолидно, даже если учесть, что ревность — совершенно мальчишеское чувство.

— Почему?

— Я его хорошо знаю. Он придет в понедельник, потому что ему сказано прийти в понедельник. Он никого не будет обременять.

— Тогда, может быть, хотя бы вынести еды?

— Нет. Скорее всего, он просто не хочет, чтобы его видели здесь, иначе он бы поднялся. Пусть все остается, как остается.

И снова — ревность, которую он даже не пытается скрыть. Пожалуй, мне хватит понедельника и вторника, чтобы ты, добрейшей души Лещ, сильно пожалел, что вывез Андрея из Югославии. Почему нет?

— Что ж, вы знаете его лучше.

— Теперь я в этом сомневаюсь. Во всяком случае, вы тоже теперь знаете его едва ли не лучше, чем я. Да и он сам. Или я ошибаюсь?

— Ошибаетесь, Миша. — Зафиксируй момент, Анюта: ты назвала его совершенно бесхитростным, кротким как овца, именем, и он потянулся навстречу ему; теперь главное — не злоупотреблять этим. — Я не знаю. Я просто чувствую.

— Это одно и то же.

— Это разные вещи.

— Все-таки скажите мне, как такая женщина как вы... Такой тонкий человек, такая умница... — А ведь я еще и красавица, Лещ, тебя ожидает большой сюрприз, когда пройдет глаз и сойдут синяки с лица. Но пока спасибо и на этом. — ...как вы можете работать секретаршей в каком-то заштатном агентстве?

Лещ слово в слово повторил реплику, которую я придумала за Егора. Самое время о нем вспомнить.

— Егор тоже так говорил...

— Простите.

— Ничего. И я тоже не могла дать ему внятного ответа.

— Вы бы могли всего достичь.

— Я и так достигла всего, чего хотела. Я ничего не измеряю ни деньгами, ни положением. Это глупо, я понимаю. Но нужно как-то выживать...

— Вы были замужем?

— Вопрос не в вашем стиле. Звучит пошловато. Нет, я не была замужем.

— Убежденная феминистка, понятно.

Ты просто дразнишь меня, Лещ, ты прекрасно видишь, что никакая я не феминистка, я просто слабая женщина, которая пытается держаться достойно в тяжелых жизненных обстоятельствах. И ты хочешь, чтобы я доказала тебе обратное здесь и сейчас.

— У меня просто нет сил с вами спорить. Скажем, я еще не встретила человека.

— Но надежды не теряете.

— Я просто не думаю об этом. Он или будет, или нет, только и всего.

— А если... Если такой человек появится... Вы узнаете его? Вы не пройдете мимо? — Прекрасно, Лещ, прекрасно, и этот бархатный голос, — должно быть именно так ты обольщал всех своих карманных красавиц в промежутках между Свазилендом и дружеской попойкой. Будем надеяться, что сейчас ты говоришь серьезно, что тебе не нужен легкий флирт.

— Я думаю, он сам узнает меня. Подойдет и возьмет за руку. — Вот тебе, Лещарик, я снимаю с себя всякую ответственность.

— Так просто?

— Да.

* * *

...Егора Самарина хоронили во вторник.

Накануне почти по всем каналам прошли сообщения об убийстве журналиста. Компания Меньших посвятила этому репортаж, заявив, что начинает журналистское расследование, и дала анонс большой передачи о военной афере в городе N. Уже в репортаже были расставлены некоторые акценты. Не обошлось и без намеков на конкретные имена вдохновителей дела с техникой и конкретных его исполнителей. Лещ действительно имел бульдожью хватку, но время сейчас работало на меня. Он будет отрабатывать московский след, вести сложные переговоры и торги (не так-то просто зацепить высокопоставленного чинушу), даже если его решили сдать. А я в это же время займусь непосредственно самим Лещом.

Я сама настояла на том, чтобы ехать на кладбище, — в противном случае это выглядело бы подозрительно. Я должна, я просто обязана проститься с близким человеком. Лещ отговаривал меня, но не очень в этом усердствовал: он понимал ситуацию и в то же время хотел защитить меня от лишних потрясений.

Одеться мне было не во что: секретарский костюмчик был безнадежно испорчен (Лещ просто выбросил его, даже не спрашивая моего согласия), и три дня я провела в его рубахе. Лещ сам принес мне простое темное платье с еще не оторванными магазинными ценниками. Секретарские туфли на низких каблуках остались в силе.

— Платье должно вам подойти, — как будто извиняясь, сказал Лещ.

— Спасибо.

— И вот еще что. — Он достал маленькую скромную шляпку с вуалью. — Так будет лучше. Чтобы никто не видел вашего лица.

— Моего избитого лица... Еще раз спасибо, Миша.

Платье действительно пришлось впору. Но сейчас это было не важно. Впервые за три дня я почувствовала испуг. Маленький, еще не оформившийся, он точил меня как червь. Только когда мы, сопровождаемые Андреем, сели в «Лендровер» Леща, чтобы ехать на кладбище, я поняла его причину: я боялась встречи с мертвым Егором. Нужно собрать все свое мужество, чтобы не провалить дело.

...На кладбище было полно народу. Телекамеры, суровые молодые лица журналистов из компании Леща: никогда еще я не видела таких суровых, таких молодых и таких открытых лиц — мальчики и девочки, превыше всего ценящие цеховую солидарность. Егор, Егор, при своей маленькой жизни ты, наверное, даже и представить себе не мог, с какими почестями тебя будут хоронить, каким героем и мучеником тебя сделают. Ради одного этого я не отказалась бы умереть. Но это не твой случай, я понимаю.

У раскрытой могилы стоял очень дорогой гроб, — компания Леща действительно все взяла на себя, — и весь маленький пятачок перед могилой был завален цветами и венками. Тут же произошло что-то вроде импровизированного митинга. Егора здесь не знал никто, но для всех он был еще одним — другом, братом, коллегой, который погиб за торжество справедливости и торжество информации. Слова, которые в компании Меньших были синонимами. Вспоминали десятки других имен журналистов, убитых так же, как и Егор Самарин.

Это было похоже на братство, такое искреннее и настоящее, что я прокляла себя за то, что настояла на поездке. Настояла на том, чтобы попрощаться с человеком, которого сама же и убила, — верх цинизма, верх фарисейства, верх подлости. На моих глазах стояли слезы, и я уже не знала, кого же по-настоящему оплакиваю — Егора Самарина или себя саму, которой никогда не быть похожей на всех этих открытых и честных людей.

Так-то уж и честных? Анна, Анна, ты как всегда иезуитски мудра! Я взяла себя в руки, и, после минутной слабости, ко мне снова вернулась способность трезво оценивать ситуацию. А разве все эти люди не прибегают к запрещенным приемам, только для того, чтобы набить свои информационные блоки? Что она сотворила с горем Марго, вся эта журналистская шатия, которая дышит сейчас гневом и пафосом? Затравленная актриса была вынуждена уехать в Прагу, подальше от корыта прессы, в котором до сих пор полощется ее белье...

Я слышала за спиной чье-то спокойное тихое дыхание. Конечно же, это Андрей, мой добровольный телохранитель, можно даже не оборачиваться. Я вдруг подумала о том, что если бы Лапицкому было необходимо убрать Леща, то лучшей кандидатуры в киллеры и придумать было невозможно. Я бы так обработала несчастного парня, что он спустил бы курок, веря, что служит интересам высшей справедливости. А высшей справедливостью могу стать для него я, вот твои мечты и сбываются, Анюта.

Лещ не отходил от меня. И когда началось прощание, он сам подвел меня к открытому гробу. Я подняла вуаль и наклонилась ко лбу Егора. Человека, которого не видела никогда прежде и который был самым близким мне другом, если верить легенде, сочиненной для Леща.

Так вот ты каков, Егор Самарин.

Егора убили двумя выстрелами в голову, но над его простреленным черепом хорошо потрудились гримеры. Спокойное, ничем не привлекательное, маловыразительное лицо, которое не стало более значительным даже за порогом смерти. Трудно представить, что такой человек добровольно отдал жизнь за абстрактные идеалы. Но в предлагаемые обстоятельства нужно верить, и я поцеловала Егора в лоб, ледяной и ясный. Никаких истерик, никаких слез, полная достоинства скорбь, здесь главное не переиграть...

Когда прощание закончилось и на закрытый гроб полетели первые комья жирной апрельской земли, я отошла и прислонилась лбом к ограде соседней могилы, краем глаза наблюдая за Лещом. Андрей тенью последовал за мной, он перекрывал обзор, но это и к лучшему. Я буду стоять здесь до тех пор, пока Лещ сам не подойдет ко мне.

Лещ подошел ко мне не один. С ним была женщина лет сорока пяти. Скорее всего, это и есть его секретарша, верная, как собака, сокурсница, старая грымза, синий чулок, иначе и быть не может.

— Как вы, Анна? —мягко спросил у меня Лещ и, пользуясь случаем, взял меня за руку.

Я ответила на прикосновение легким пожатием и ничего не сказала.

— Пойдемте.

— Да, сейчас.

Пока мы шли к выходу, я искоса наблюдала за секретаршей, которая в свою очередь не спускала глаз с руки Леща, поддерживающей меня за локоть. Да ты влюблена, линялая университетская кошка, подумала я, причем влюблена много лет и влюблена безнадежно, только у безнадежно влюбленных старых дев бывают такие заострившиеся от страсти черты лица.

У «Лендровера» грымза разлепила лезвия губ и с глухим отчаянием сказала:

— Лещ, ребята собираются. Помянуть.

Лещ вопросительно посмотрел на меня. «Поедешь ли, детка, помянуть своего друга в кругу незнакомых людей? Я понимаю, это выглядит не совсем уместным, но, может быть...», — говорило все его подобравшееся лицо. «Нет, я никуда не поеду, это, действительно, выглядит неуместным», — также, одними глазами, ответила я Лещу.

— Нет, Зоя. Я отвезу Анну. Я позвоню. Проследи за всем.

Что, получила, старая грымза? У тебя и до этого не было никаких шансов, но теперь ты меня возненавидишь вдвойне, втройне — только потому, что он поддерживал меня за локоть и разговаривал со мной одними глазами.

— Хорошо, Лещ. Я прослежу.

Уже открывая дверцу машины, Лещ понял, что забыл нас представить. Представление вышло скомканным:

— Анна, это Зоя Терехова, второй в компании человек после меня. Зоя, это Анна...

Зоя Терехова быстро и с ненавистью пожала мне руку. Я с трудом перенесла это пожатие: как будто бы в мою ладонь, подрагивая раздвоенным языком, на секунду заползла змея.

Бедный Лещ, ты столько лет бегаешь от испепеляющей страсти своей некрасивой, но преданной секретарши, что готов присвоить ей любой титул, даже титул второго человека в компании. Шито белыми нитками, Лещарик, второй человек в компании носит совсем другую фамилию, но и без этой гюрзы ты обходиться не можешь...

Всю обратную дорогу мы молчали. Лещ сосредоточенно вел машину, я сосредоточенно смотрела перед собой. Сейчас мы приедем в его роскошный пентхауз и выпьем дешевой водки. Я выпью совсем немного, я еще слаба, поездка на кладбище отняла у меня много сил. Я буду молчать целый вечер, буду рассеянно гладить голову Старика, который по-прежнему выказывает мне расположение. Лишь ближе к ночи я смогу ожить и поговорить с Лещом, о чем-то в миноре, может быть, о смерти. Нет, лучше по-другому. Покойный Егор так любил жизнь, значит можно ограничиться несколькими веселыми историями из жизни альпинистского бивуака (таких полуанекдотов у меня заготовлено несколько, и все они действительно смешны, за несколько дней до операции я целый вечер провела с настоящим альпинистом, который успел наследить даже в Гималаях). И плавно выйти из вод скорби в нейтральные воды, а потом — направиться к родным берегам наших с Лещом отношений.

Приняв план за основу, я целый вечер внедряю его в жизнь. Все получается именно так, как задумано: безысходный минор, переходящий в истеричный мажор. Потом мажор становится осмысленным, потом накал страстей стихает. Мы снова предоставлены друг другу, если не считать торчащего во дворе, в своем стареньком «москвичке» Андрея.

Сойди к нам, тихий вечер.

— Почему вы не женитесь на Зое?

Вопрос застает Леща врасплох. Он смешно морщит лоб (движение лица, которое мне ужасно нравится) и касается носа кончиками пальцев.

— С чего вы взяли, что я должен жениться на Зое?

— Мужчины должны жениться на преданных и беззаветно влюбленных женщинах.

— Мужчины никогда не женятся на преданных женщинах.

— Я понимаю, преданность выглядит пресной по сравнению с оголтелой стервозностью. На вашем месте я женилась бы на Зое.

— Когда вы будете на моем месте, вы сможете жениться на ком угодно.

— Вы давно знаете ее?

— Мы учились в одной группе в университете.

— Она выглядит старше.

— Это я выгляжу моложе, — улыбается Лещ.

— Думаю, что страсть всегда очень старит людей. Особенно такая долгая и такая безответная...

— А вы? Вы могли бы любить так долго и так безответно?

Ого, Лещарик, ты открываешь сезон прихотливых брачных игр, ты решил меня прощупать. Ну что ж, пожалуй, я разрешу тебе это сделать. Я даже пойду навстречу.

— Я никогда не любила бы безответно. Это унизило бы меня и заставило страдать человека, который не может меня полюбить. Вы ведь страдаете оттого, что близкий вам человек... А она ведь вам близка, правда?

— Даже слишком близка, — говорит Лещ и тут же некрасиво сдает несчастную Зою с потрохами. — Мне бы хотелось увеличить дистанцию.

— Это жестоко.

— Нелюбовь всегда жестока. Но это честная жестокость. Черт возьми, с вами я впадаю в философские обобщения. Я не делал этого лет двадцать.

— Может быть, стоит этим заняться? Бросить вашу продажную профессию и стать писателем. У вас бы получилось.

Я цепляю Леща за живое, еще бы, короткие университетские рассказы были просто великолепны. Трудно отказаться от того, чем ты владел раньше. Он смотрит на меня почти влюбленными глазами, но это, скорее, относится к моим словам, чем ко мне самой.

— У меня и получилось. Я писал. Но сейчас это не кажется важным.

— Думаю, вы когда-нибудь пожалеете об этом.

— Уже жалею. Еще я жалею, что не встретил вас раньше. — Он сидит слишком близко, и это позволяет мне положить пальцы ему на губы:

— Не нужно.

— Хорошо. — Это дается ему с трудом, он всегда получал то, что хотел получить. — Хорошо. Я не буду.

— Почему у вас такая странная кличка — Лещ?

— Это старая история, еще университетская. — Общими усилиями мы отошли от края любовной пропасти. — Я был очень бойким провинциальным мальчиком.

— Не сомневаюсь.

— Борцом за справедливость и вообще неблагонадежным человеком. Я клепал самиздат в самых крамольных его вариантах. И ни разу не попался. Словом, проходил самые узкие месте. Даже кэгэбэшники не могли меня ущучить, а уж они шерстили универ почем зря. И тогдашний мой дружок Дюха Мишин дал мне это прозвище — Лещ. Поскольку был я скользок и изворотлив, как настоящий лещ. Дюха давно перекочевал в Америку, отсидел в тюрьме за кражу сумочки и сейчас фермерствует где-то в Мичигане. А прозвище осталось.

— А Зоя — она уже тогда любила юного Лещарика?

Лещ даже засмеялся от удовольствия:

— Вы очень здорово, очень вкусно это сказали: «юный Лещарик». Знаете, мне очень хорошо с вами, Анна. Правда, хорошо. Мне кажется, вы были здесь всегда.

— Думаю, вы преувеличиваете. У вас никогда не жила здесь женщина с разбитым лицом и заплывшим глазом. — Я коснулась своего лица: теперь можно попытаться понравиться ему, первый шаг сделан.

— У меня действительно никогда не жили женщины. Это правда. — Лещ подобрался и сразу стал серьезным. Уж не предложение ли ты мне собираешься сделать, Лещарик?

— Я хотела сказать вам. Я хотела поблагодарить вас за все.

— Вы говорите так, как будто собираетесь уйти отсюда.

— Да. Я собираюсь уйти. Мне не хотелось бы ставить вас в двусмысленное положение. — Отлично, Анна, самое время взбодрить наши слишком уж пасторальные отношения.

— О чем вы говорите? — лицо Леща сморщилось, как от боли. — Какая двусмысленность? Вам нужен уход. Вам нужно лежать. Не забывайте, что врач прописал вам постельный режим. Я никуда вас не отпущу. И потом, после того что с вами произошло... Это просто соображения безопасности. Только здесь вы можете чувствовать себя спокойно.

— Теперь это не очень убедительный аргумент. Ведь делу дан ход, если я правильно понимаю?

— Да. Делу дан ход, — сказал Лещ, и в его глазах запрыгали искорки гордости: он был бескомпромиссен и профессионален, а за это можно себя любить и можно собой гордиться.

— Видите. Значит, как объект преследования я больше не представляю ни для кого интереса.

Лещ поднялся, подошел к стеклянной стене. За ней была Москва, город, который был для него всего лишь крупной картой в телевизионном пасьянсе, персонажем новостей, фоном ток-шоу, главным действующим лицом аналитических программ... Не поворачиваясь ко мне, он сказал достаточно тихо, чтобы быть услышанным:

— Знаете, Анна... Вы представляете интерес. Вы представляете очень большой интерес. Для меня.

Есть! Есть, есть.

Ты попала, Анна! Эй, Константин Лапицкий, поздравьте выкормыша вашего змеиного гнезда, никто не обработал бы Леща лучше. Готовьте дырку в погонах, готовьте фуршет, готовьте штраф за «суку», готовьте самолет на Сейшелы (интересно, была ли я когда-нибудь за границей?). Нет, лучше в Париж, я смотаюсь туда вместо Фигаро... Начало оказалось феерическим, никогда бы не подумала, что игра в жизнь может быть такой увлекательной, такой возбуждающей, такой сексуальной. Несколько недель, и я доберусь до скелета в шкафу, я вытяну из Леща так любимую мною темную сторону души... А теперь возьми себя в руки, Анна, и постарайся отреагировать на его признание адекватно. Тем более есть еще один человек, для которого я представляю интерес. Очень большой интерес.

Андрей.

— Вы... Вы тоже безумно мне интересны. Но я не могу. Я воспитана по-другому. — Отлично, немного реликтового целомудрия не помешает. — И потом, Андрей. Если вы не возражаете, Андрей может присмотреть за мной. Если это не отразится на его основном месте работы.

— Отразится. — Лещ даже не посчитал нужным погасить пожар ревности в глазах. — У него есть свои обязанности в компании.

— Тогда я справлюсь сама. — Вот так, девочка, безжалостно и в самое сердце!

— Хорошо. Я буду откровенен. Я не хочу, чтобы вы уходили. Во всяком случае, сейчас. Это просьба, Анна. Она ни к чему вас не обязывает, поймите... Я могу попросить вас об этом?

Не обязывает, как же! Мужчина и женщина, которые нравятся друг другу, не могут безнаказанно долго находиться вместе на одной территории, даже такой огромной, как ангар Леща. Рано или поздно... Он ждет этого и надеется, что это произойдет рано. Теперь нужно выдержать паузу, чтобы решение не выглядело скоропалительным. Лещ смотрел на меня почти с ненавистью: если сейчас я скажу «нет», он не будет удерживать меня, не тот темперамент, слишком самолюбив и слишком капризен, слишком развращен привычкой добиваться всего немедленно. Но тогда я буду вынуждена исчезнуть из его жизни навсегда.

— Да. Думаю, вы можете попросить меня об этом. Только вот что, Михаил... Мне нужно заехать домой, взять хотя бы что-то из вещей. Я же не могу всю оставшуюся жизнь проходить в вашей рубахе.

— Я дам вам другую. — На висках Леща блестят капельки пота, но глаза сияют. — У меня их полно...

* * *

...Я остаюсь у Леща.

Это происходит самым естественным образом. Рана заживает, что с удовлетворением констатирует Эдик Перевозчиков. Синяки постепенно сходят. Теперь, в отсутствие Леща, я долго стою перед зеркалом в ванной и готовлю себя к последнему штурму. Он сам привез коечто из моих вещей. Их немного, но те, что есть выдают вкус и подчеркивают кредо стильной, но бедной женщины: вещь может быть одна, но дорогая. Косметика тоже должна быть дорогая (гей Стасик обязательно послал бы мне воздушный поцелуй, это как раз в его манере. «Манерке», как говорит сам Стасик). Лещ по-прежнему целыми днями пропадает у себя в компании. Дело с техникой продолжает раскручиваться, в верхах назревает крупный скандал: мальчик для битья выбран людьми, стоящими за Лапицким, удачно — публичной порки не избежать. Генеральной прокуратурой возбуждено уголовное дело, почти беспрецедентное для госслужащего такого масштаба. Сошки из города N уже загорают в СИЗО.

Андрей по-прежнему торчит во дворе, не решаясь подняться: возможно, он ждет приглашения с моей стороны. Я не делаю этого, сейчас мне нужен только Лещ. Хотя... Бывший спецназовец без башни вполне устроил бы Лапицкого в качестве исполнителя каких-нибудь грязных поручений. Но эта мысль мелькает только на периферии сознания, мне некогда заниматься Андреем.

Пока Лещ отсутствует, я изучаю его жилище. Обыск вполне профессионален, этому меня тоже обучали. Ничего криминального, вполне устойчивый коктейль из смеси бывшего плейбоя и трудоголика. В моих передвижениях по квартире меня иногда сопровождает Старик — единственное существо, которое смущает меня. Пес не чувствует во мне опасности, иногда мне даже хочется ударить его за это: раскрой свои старые слезящиеся глаза, вы пустили в дом врага. Он действительно старик, он часто впадает в полудрему и тогда долго лежит на своем любимом месте у стола Леща. Он совсем мало ест. Пища для Старика — это единственное, что Лещ готовит сам, иногда среди ночи, после напряженного дня. Даже мне он не доверяет этого.

В мусорном ведре я регулярно нахожу тщательно завернутые в ничего не значащие бумажки осколки ампул: они всегда одни и те же, никаких надписей. Похоже, что Лещ сам не хочет иметь с ними ничего общего и прячет их даже от себя. Передать осколки ампул людям Лапицкого для анализа пока невозможно. Держать их при себе — тоже. Остается надеяться, что ампулы будут появляться в ведре и дальше, во всяком случае, в ближайшее время. Что ж, у Леща есть маленькая тайна, в которую я пока не могу проникнуть. По вечерам его одолевают звонки, но после часу этот телефонный водопад прекращается. Если не происходит ничего неординарного. За все время, что я нахожусь у него, было пять таких звонков. И два раза Лещ звонил сам. Я всегда настороже, даже когда сплю: впрочем, сном мою полудрему-полубодрствование назвать нельзя.

Я боюсь себя выдать. Я должна всегда следить и за собой. Будь проклята работа, в которой в числе главных объектов слежки оказываешься и ты сама...

Один из звонков Леща касается работы лондонского бюро компании. В одном из английских банков вроде обнаружены следы счетов аферы с военной техникой. Другой — сугубо частный, я понимаю это по тому, *как* Лещ разговаривает с собеседником на другом конце провода. Ничего не значащий дружеский треп, как раз в стиле Лещарика, но только одна фраза настораживает меня: «Нет, теперь я чувствую себя прекрасно, совсем иначе, чем в Дубровнике».

Я просто фиксирую эту фразу, складываю на полку сознания, где уже лежат мелко разбитые кусочки ампул.

Кстати, почему он не спускает их в унитаз? Быстрее и надежнее. Жаль, что я не могу спросить его об этом. Это единственная вещь, о которой я не могу спросить...

Мы проводим короткие, но упоительные утра и вечера вместе. Теперь уже я завариваю ему кофе по утрам — это получилось само собой, колоссальная занятость Леща оправдывает эту заботу.

Кофе я завариваю отменно, гораздо лучше, чем сам Лещ. Меня в свое время научил этому Виталик, старинный африканский рецепт (прежде чем попасть в цепкие лапы капитана Лапицкого, сесть за баранку и нянчиться с типами, подобными мне, Виталик на заре туманной оперативной юности несколько лет проработал военным консультантом в Анголе). Кофе пользуется большой популярностью у Леща. Еще большей популярностью пользуюсь я. А с кофе мы составляем просто восхитительный альянс.

— Никогда не пил ничего подобного, — говорит он мне.

— Возьмите меня буфетчицей в вашу компанию, и к вам побегут люди отовсюду. И сманивать кадры не придется, — смеюсь я.

— Я возьму вас в свою компанию, — совершенно серьезно говорит Лещ.

Последнее время я замечаю, что он действительно думает о том, чтобы предложить мне какую-нибудь хорошо оплачиваемую должность. Это, по его мнению, может дать мне независимость и избавить от двусмысленности ситуации. Это может удержать меня рядом с ним на вполне законных основаниях.

— В качестве кого? Я действительно согласна на роль барменши, у вас наверняка приличный журналистский бар, да?

— В лучших традициях салунов Дикого Запада. Но я не могу себе этого позволить.

— Почему? У вас нет вакантных мест?

— Для вас я бы нашел вакантное место. Только, боюсь, что вся работа встанет. Все будут ошиваться в баре и соблазнять вас журналистскими байками. Вы сломаете мне оперативную работу и уведете лучших сотрудников.

— Вы думаете? — Я улыбаюсь и поглаживаю лохматую голову Старика, который, кажется, прописался у моей кровати.

— Я собственник. Я сам хочу соблазнять вас журналистскими байками. — Лещ смотрит прямо на меня.

Нужно поощрить тебя, Лещарик. Все это время ты

был удивительно корректен, удивительно предупредителен, ты устроил женщине римские каникулы, ты все взял на себя и возьмешь еще больше.

— Только ли журналистскими байками? — Я смотрю прямо ему в глаза.

— Вы правы. Не только. — Он наконец-то решается: — Я хочу соблазнять вас без всяких журналистских баек. Я хочу вас соблазнить. Это звучит пошло?

— Это звучит вполне естественно.

— Что вы скажете на это?

Сейчас нужно выбрать точную фразу, Анна. Женщина, пережившая такой стресс, не может очертя голову броситься в любовное приключение. Женщина, потерявшая близкого человека, не может пойти на скоропалительную связь. Но если мужчина привлекает ее, она должна дать ему понять это...

— Я скажу — мне не будет это неприятно. Более того... — я замолкаю.

Лещ, теперь уже откровенно и без всякого повода, берет меня за руку: теперь в этом жесте нет ни ободрения, ни поддержки, ничего того, что было во всех его прошлых прикосновениях. Только откровенное желание.

— Помните, Анна, вы говорили... Что если появится ваш человек... Он просто подойдет к вам и возьмет за руку. Я беру вас за руку, видите...

— Да. Ваша рука похожа на руку, которую я всегда ждала. Но не сейчас, Миша. Поймите меня. Я еще не готова.

— Хорошо. Я подожду, когда вы будете готовы...

Да. Пока я не готова.

Пока нет возможности встретиться с Костей и отчитаться за проделанную работу, пока нет возможности передать остатки ампул. Пока нет возможности выяснить, что же произошло в богоспасаемом Дубровнике. Остается много таких «пока». И, наконец, самое главное: пока я не смогу копаться в душе Леща так же, как в его мусорном ведре...

Теперь я выгляжу на все сто, но не спешу сдавать главные козыри. Он увидит меня во всем блеске только через три дня, на семилетнем юбилее компании, куда я официально приглашена. Как новая сотрудница аналитического отдела и штатный психолог. Это недопустимое совмещение должностей, но Лещ пошел на это. Я сильно подозреваю, что штатного психолога навязали мне после психоаналитических экзерсисов с Андреем, они произвели на Леща сильное впечатление. А расплывчатый термин «сотрудница аналитического отдела» был придуман специально для меня.

Я согласилась на предложение Леща со сдержанной радостью — совсем никак не реагировать было бы глупо, а откровенный щенячий восторг несколько бы снизил мой образ, который за последнюю неделю поднялся в глазах Леща на недосягаемую высоту. Решающее наступление на Леща было назначено мною на послефуршетный вечер. Мы немного выпьем на банкете, я постараюсь обаять его ближайших сотрудников (чуть-чуть ревности ему не повредит), а потом я предложу ему сбежать с праздника в лучших традициях фильмов из «Тысячи и одной ночи кино» — программы, которую крутят лещовские ребята из кинoредакции. Дома мы извинимся перед Стариком, еще немного выпьем, теперь уже на брудершафт. Я позволю ему поцеловать себя. А потом... Потом будет ночь, и утром я проснусь не одна, а с прирученным Лещом рядом с собой.

Целый день перед банкетом я привожу себя в порядок. Синяки сошли, и лицо очистилось, из зеркала на меня смотрят вдохновенные глаза победительницы, умело подкрашенные по технологии Стасика (милый гомосек, волшебник Изумрудного города, когда все кончится, обязательно приглашу его в какой-нибудь навороченный гей-клуб). Из зеркала на меня смотрит вдохновенное лицо записной хорошенькой сучки Анны. Ты чертовски хороша, ты чертовски хороша, ты чертовски хороша, покойный хирург-пластик Николай Станиславович действительно был классным специалистом, царствие ему небесное. Ты другая, не такая, какая была до убийства банкира и его жены. Но ты не хуже. Во всяком случае, куда более опытна и куда более умна. Спасибо всем за мою подретушированную шкуру и обновленный цинизм души. Аплодисменты!

...Когда Лещ в семь вечера заехал за мной, я была во всеоружии, стильная штучка, та самая, которая соблазнила Эрика в подсобке ресторана, которая соблазняла все остальных во всех других местах. Еще неизвестно, кому придется быть соблазненным, Лещ.

Он стоял у дверей и не мог сказать ни слова.

— Едемте, Миша, — мягко напомнила я ему о своих прямых обязанностях. — Я уже выгуляла Старика. Едемте.

— Вы. Это вы...

— Без синяков я выгляжу лучше, правда?

— Вы очень красивы.

— Я просто пришла в себя. Не вижу в этом ничего выдающегося.

— Ничего выдающегося, кроме вас самой. — Он не очень-то разнообразен в комплиментах.

— Как вы меня представите? Или представляться не обязательно?

— Теперь и я думаю, что представляться не обязательно. Как бы я вас не представил, все равно все подумают: вот чертяга Лещ, любимчик судьбы, который отхватил самую красивую женщину, — он испуганно смотрит на меня, — хотя бы на вечер. Я отхватил вас на вечер?

— Пожалуй, да. Едемте, я готова.

* * *

...Семилетний юбилей, некруглая библейская дата, праздновался с большим размахом в ресторане Дома кино, арендованном на целый вечер. В качестве места празднования выдвигались куда более престижные места, включая «Рэдиссон-Славянскую» и несколько богатых ночных клубов, но коммерческий директор компании, сам бывший киношник, закончивший карьеру в должности директора картины, предпочел патриархальный Дом кино. Собрать всех не получилось, — ресторан просто не вместил бы большинство техперсонала компании, — присутствовал только тележурналистский костяк, творческие кадры и отцы-основатели.

Было довольно весело и вполне традиционно: раздача слонов, импровизированный капустник, сочиненный на скорую руку разными подразделениями компании, здравицы в честь руководства и себя любимых. Тост за процветание компании и тост за погибших товарищей, произнесенный в полной тишине. Общество тихо набиралось водки и пива только отечественных производителей (рекламодатели щедро спонсировали акцию), становилось все более отвязным и раскованным, начинало подтрунивать над собой, своей профессией, своими боссами, своей страной. Среди гостей я увидела несколько знакомых лиц. Даже очень знакомых, растиражированных телевидением до рвотного рефлекса: актеры со вставными номерами (Фигаро смотрелся бы здесь органично, если бы дожил до этого дня), политические деятели средней руки, спортсмены (из числа предпочтений спортивной редакции), поп-звезды и прочий бомонд.

Маленький домашний зверинец.

И среди этого маленького зверинца я увидела неприметного грызуна, такого неприметного, что он казался приглашенным по ошибке: никакой экзотики, всегдашняя унылая живность средней полосы. Это был человек Кости, я знала это, я была к этому готова. Мне хватило тридцати секунд, чтобы перебросится с ним парой фраз, ощутить вежливо-влажное прикосновение губ на своей руке, отдать осколки ампул и проворковать интимно-медицински:

— Нужно сделать химический анализ.

Отчаянная бабенка, я сделала это очень вовремя.

Лещ почти не отходил от меня.

Он не соврал — он официально ввел меня в компанию не только как своего человека, но и как свою женщину. Я была к этому готова. Я умела производить впечатление — и на это меня натаскали. К середине вечера никто не был разочарован в выборе Леща: именно такая женщина ему нужна, читала я в преданных полупьяных и добрых глазах подчиненных. Некоторые из особенно приближенных уже знали историю моего появления в доме Меньших; некоторые из наиболее смелых и наиболее пьяных почтительно целовали мне руку, следя за тем, чтобы Лещ не воспринял их невинные жесты как личное оскорбление: авторитет босса был непререкаем, а местом здесь дорожили все. Я легко завоевала коммерческого директора, бывшего киношника (он так же, как и я, обожал Хичкока), шеф-редактора службы информации (он собирал рецепты нетрадиционного приготовления кофе), заведующего отделом расследований (он оказался старым альпинистом).

Я была в ударе, но в то же время не могла избавиться от чувства странного беспокойства: целый вечер за мной наблюдали. И это были не глаза Леща, это были глаза совсем другого человека — глаза, исполненные откровенной ненависти.

Зоя. Зоя Терехова. Несчастная влюбленная секретарша.

Когда я поняла это, то сразу успокоилась: борьба самок за самца отменяется ввиду моего неоспоримого преимущества. В отличие от всех остальных Зоя моментально и страшно надралась, она мешала водку с пивом с таким усердием, как будто бы хотела побыстрее впасть в беспамятство. В конце концов, ей это удалось, и я потеряла к ней всякий интерес.

И оказалось — напрасно.

Когда, ошалев от доброжелательного гула, от комплиментов, от телевизионных камер, я вышла в туалет, чтобы поправить макияж, она с бутылкой водки увязалась за мной. Я даже не успела заметить, как она просочилась следом, закрыв дверь и отрезав мне все пути к отступлению.

Усевшись на край умывальника рядом со мной, она начала пристально рассматривать меня. Под этим тусклым, остекленевшим от выпитого, змеиным взглядом мне сразу же стало неуютно, но не поддаваться же панике, в самом деле.

— Выпьем? — с вызовом спросила она. — За здоровье моего любимого человека?

— Я не знаю вашего любимого человека.

— Брось, детка. Все ты прекрасно знаешь. Метишь на место рядом с ним.

Она сделала большой глоток и даже не поморщилась. Потом протянула бутылку мне.

— Давай.

Я взяла бутылку из ее рук и тоже сделала большой глоток. И тоже не поморщилась.

— Горазда! — сказала Зоя то ли с одобрением, то ли с ненавистью. — Что еще можешь?

— Все, — коротко сказала я. Не хватало мне только сцен ревности в туалете.

— Не сомневаюсь. Перевидала я таких шлюх рядом с ним. Они долго не задерживались.

— Я задержусь. — Ситуация начинала меня злить, мне захотелось сделать Зое больно. Очень больно.

— Трахаешься с ним?

— Не твое дело. — Пора переходить на ее язык. Как аукнется, так и откликнется.

— Значит, трахаешься. И как ты это делаешь?

— Научить?

Мне показалось, что она сейчас ударит меня. Но она не сделала этого, а снова приложилась к бутылке.

— Научи, — наконец сказала она, переводя дух.

— Будет время научить. Я ведь теперь работаю у вас. Вы в курсе?

— А как же. Сама приказ печатала.

— Что тебе нужно?

— Чтобы ты оставила его в покое. Убралась отсюда подобру-поздорову. Устраивает такой вариант?

— Прежде всего он не устроит господина Меньших. И ты это прекрасно знаешь. Знаешь, как никто. Ты ведь его изучила за столько лет. Лучше любой жены.

— Сечешь поляну, детка. Я знаю его, как никто.

— Ну и что скажешь? Отпустит он меня только потому, что его старой преданной Христовой невесте пришла в голову такая блажь?

— Выпей еще. — Ей стоило больших трудов пропустить мое замечание мимо ушей.

Я снова взяла бутылку и снова выпила.

— Ты маленькая сопливая сучка, — с наслаждением сказала Зоя. — Ты думаешь, что все сейчас выиграла. Ты ошибаешься. Он тебя бросит через три месяца. Нет, через месяц. Его койкой не удержишь.

— А ты пыталась? — Это был удар ниже пояса. Я видела, как исказилось и без того некрасивое лицо Зои. Я поняла, что она никогда не спала с Лещом, и все эти годы хранила ему собачью верность. Рано постаревшее, сухое, стерильное лицо девственницы, острый нос, скошенный подбородок, впалые щеки — бедная Зоя! — Может быть, наплюешь на свою девственность и купишь какого-нибудь мальчика? Ты ведь хорошо получаешь. Он ведь кладет тебе большой оклад. Или я не права?

— Заткнись!

— Почему же? Многолетняя преданность стоит больших денег. Но твой уход он не купил бы ни за что, даже если бы пустил имущество компании с молотка. Ты ведь не уйдешь сама. Будешь смотреть на него собачьими глазами из всех подворотен. Только у него уже есть собака, ты и здесь не вписалась.

Мне хотелось спровоцировать ее на истерику, хотелось уничтожить, сломить, заставить сорваться и бежать с поля боя.

— Имущество компании с молотка, — неожиданно хихикнула Зоя. — Это хорошая мысль.

— Предложи ее Лещу.

— Не смей называть его Лещом. Ты его знаешь без году неделя....

— Ты его знаешь двадцать пять лет — и что толку? Езжай домой, проспись.

— Я поеду, когда захочу. Еще какая-то подстилка будет мне указывать...

Она допила водку и пристально посмотрела на меня:

— Ты очень не нравишься мне.

— Не могу сказать, чтобы и я была от тебя в восторге, — не осталась в долгу я. — Так что здесь мы квиты.

— Ты не нравишься мне так сильно, как еще не нравилась ни одна из его шлюх-однодневок.

— Я не однодневка.

— Не однодневка. Это точно. Но не в этом дело. Ты подошла к нему слишком близко. Я это чувствую. Так близко к нему еще никто не подходил. Я не знаю, чем ты его купила.

— А как ты думаешь? — Я откровенно издевалась над Зоей, но даже и поверженная, она не вызвала во мне чувства жалости.

— Я не знаю. Всегда знала, а теперь не знаю.

— А ты подумай...

— Что-то не так. — Пьяная задумчивость Зои насторожила меня: неужели безответная любовь женщины может быть более проницательной, чем безответная любовь собаки? Вздор, Лещ любит своего Старика гораздо больше, чем эту несчастную секретаршу. — Я не могу понять что, но что-то не так... Ты влезла в его жизнь, и неизвестно что ты принесла в его дом...

Спокойнее, Анна, это всего лишь пьяный бред смертельно оскорбленной женщины, не больше...

— Если ты попытаешься навредить ему, — сказала Зоя, близко придвинувшись, — если ты только попытаешься... Если хотя бы один волос упадет с его головы... Я убью тебя. Я достану тебя из-под земли и разрежу на мелкие куски. Разорву зубами. Я хочу, чтобы ты это знала.

— Я приму к сведению, — мне с трудом удалось удержать иронический тон. — Но и ты знай. Тебе не стоит зарываться. Особенно сейчас. Освободи его на время от своей удушающей преданности — и всем сразу станет лучше. Купи себе мужика, за большие деньги с тобой еще можно лечь в постель, не сомневайся.

Мои слова хлестнули ее как плеть.

Это жестоко. Жесточе не придумаешь.

Но почему эта женщина вызывает во мне такое сильное беспокойство? Между ней и Лещом существует еще что-то, кроме ее навязчивой безответной любви, иначе он давно бы избавился от нее. Лещ не из тех людей, которые будут держать пылких университетских поклонниц из жалости. Она чересчур уверена в своей власти над ним, так было всегда, вот только я не вписалась в ее стройную схему, я, парвенюшка и выскочка, я увела Лещарика прямо из-под носа. Пожалуй, она уже не надеется на секс с Лещом. Да он и не нужен ей, она боится его, она даже не знала бы, что с ним делать; в таком возрасте у старых дев тот же мандраж перед плотью, что и мандраж перед пациентами у мало практикующих врачей. Но ее мало интересовали мои беглые психологические выкладки. Она бесстыже повернулась ко мне и бесстыже спросила:

— Расскажи, какой он в постели?

— Зачем расстраивать тебя. Ты ведь никогда его не получишь.

Отлично, вполне по-бабски, пусть думает, что я похожа на всех его телок. Может быть, хоть ненавидеть будет меньше. Это только на первый неискушенный взгляд кажется, что ненависть ослепляет. Напротив, ненависть укрепляет зоркость сердца и изощренность разума. А с этим нужно быть осторожной.

— Тебе только кажется, что я никогда его не получу. *Я уже получила его. И я буду с ним до конца.*

Звучит интригующе. Интересно, какой конец она имеет в виду, этот жалкий, потрепанный, полуистлевший синий чулок? Впрочем, насчет откровенной некрасивости я чуть-чуть погорячилась: испепеляющая ненависть ко мне заставила блестеть ее тусклые глаза, окрасила пергаментные щеки нежным румянцем и подчеркнула чувственность маловыразительных губ. Метаморфозы, происходящие с лицом Зои, так увлекают меня, что я не могу удержаться:

— А знаешь, тебе идет ненависть. В тебе даже появляется некий шарм. Мой тебе совет: хочешь заполучить Леща — возненавидь его. Ты станешь неотразимой, и он не устоит.

Мои слова произвели на Зою странное впечатление — она сползла вниз, на пол, закрыла некрасивое лицо руками и неожиданно зарыдала:

— Я не могу... Я не могу ненавидеть его. Я столько раз могла его уничтожить... Но я не могу... Не могу.

Интересный поворот, вяло думаю я, рассматривая руки Зои. Хуже не придумаешь: истерзанные ранним артритом пальцы с вызывающе коротко постриженными ногтями. Никакого маникюра; единственная робкая попытка облагородить их — дорогое кольцо. Очень дорогое. Женщины никогда не покупают такие кольца сами. Покупать их — прерогатива мужчин. Интересно, за что она удостоилась этого шикарного бриллианта?..

— Занятные брюлики, — цинично говорю я. — У Леща отменный вкус. Удостоилась за выслугу лет? Или за мелкие поручения интимного свойства?

Она резко поднимает голову. Пожалуй, сейчас она по-настоящему красива. Но всю эту робкую красоту накрывает волна страха, такого непритворного страха, что я начинаю бояться, как бы она не потеряла сознание.

— О чем ты говоришь? Какие поручения интимного свойства?

Кажется, я попала в точку. Теперь тему можно закрыть, чтобы не испугать несчастную секретаршу до смерти. Но закрыть не удается. Сидящая на полу Зоя бросает тщедушное тело вперед и обхватывает меня под коленями. Не удержав равновесия, я падаю на пол (черт бы побрал эту влюбленную кошку, о прическе можно забыть!) и вижу прямо перед собой ее перекошенное от страха лицо:

— Кто ты такая? Откуда ты взялась? У Леща крыша поехала от страсти, но меня не проведешь. Кто ты?

Я не успеваю ответить: чьи-то сильные руки отрывают Зою от меня, и я наконец-то получаю желанную свободу.

Лещ. Конечно же, это Лещ.

Быстрее встать, он не должен видеть меня униженной. Но Лещ, кажется, не обращает на меня внимания. Он трясет Зою за плечи. Я вижу, как ему хочется ударить ее, но он сдерживается.

— Опять напилась как свинья? — тихо говорит он.

— У меня праздник. Имею право. — Зоей овладевает пьяный кураж. Или это что-то еще?

— Я так и знал, что ты увяжешься за ней и попытаешься устроить сцену. Я даже знал, где вас искать. — Все еще придерживая Зою одной рукой, он открывает кран, набирает пригоршню воды и умывает ее лицо. По лицу его пробегает тень усталой брезгливости.

— Конечно. Мы ведь одной крови. Ты и я, — вызывающе громко говорит Зоя. Скорее для меня, чем для Леща. — И где же еще встретиться женщинам, как не в женском ватерклозете?

— Не болтай чепухи. Что вы здесь делали?

— А ты опять шпионишь, милый? Я же говорила, ты можешь ничего не бояться.

— Замолчи. Ты пьяна.

— Ты ведь знаешь, почему я пью.

— Простите ее, Анна. — Он наконец-то замечает меня. — Простите, пожалуйста... Я даже не знаю, как оправдаться...

— Вот еще... — Зоя надрывно смеется. — Оправдываться перед этой сучкой. Да ты с ума сошел, гордый Лещ!

И тогда Лещ наконец-то дает волю гневу и ударяет Зою по лицу. Видимо, такие сцены происходили не раз, и именно этого она ждала.

— Отлично, Лещарик, покажи девушке, на что ты способен.

— Я скажу кому-нибудь из ребят, тебя отвезут домой.

— А сам ты не хочешь отвезти меня домой? — Это провокационный вопрос, и Зоя намеренно задает его.

— Зоя, я прошу тебя...

— Меня не надо просить, если речь о тебе, Лещ. Я хочу, чтобы ты знал. Я никогда, никогда не предам тебя. Можешь не волноваться. Даже если для этого тебе понадобится меня убить. Ты понимаешь меня?

Это становится интересным. Но дослушать мне не дают. Лещ закрывает ей рот рукой, и она обмякает в его объятьях.

— Я прошу тебя, Зоя... Я прошу. Идем.

— Ладно, театр закрывается, нас всех тошнит... Идем. Извини за дикую сцену. — Она уже пришла в себя. — Попроси Лешика, чтобы он отвез меня. Я сама не доеду.

— Да, конечно. — Лещ уводит Зою, бросив на меня полный отчаяния взгляд: «Прости, прости меня...»

Я так же молча киваю ему головой: «Все в порядке».

А лицо нужно привести в порядок в любом случае. Оставшись наедине со своим отражением, я аккуратно подкрашиваю губы и размышляю о словах Зои: если это не пьяный бред (а это не пьяный бред, я уверена!), между Лещом и Зоей существует какая-то тайна. И пусть Лещ не боится — Зоя никогда не воспользуется ей, чтобы приручить его, она никогда не будет шантажировать, для этого она чересчур экзальтированна и чересчур преданна. Только сохранение тайны гарантирует Зое место рядом с Лещом. Это должно быть что-то серьезное, иначе Лещ с его силой и темпераментом, давно бы послал ее подальше: он ничего не боится, а мелкие пороки только придают пикантность людям такого масштаба... Да и саму Зою устраивает эта садомазохистская игра.

Зоя, Зоя... Нужно намекнуть о ней Костику. Странно, что в досье Леща, которое так усердно составляли люди Лапицкого и которое очень точно живописует Леща и его окружение, секретарше отведен всего лишь один абзац. Хотя их можно понять: непривлекательная стареющая секретарша, морская свинка на телефонах, лабораторный кролик за перепечаткой приказов — нет более несовместимых людей, чем монументальный Лещ и его стертая секретарша.

Тень.

«Тень воина». Откуда это? Кажется, у Хичкока не было такого фильма.

Я выхожу в холл и вынимаю пачку «Житана». Возвращаться в ресторан не хочется. Тебе надо подумать, Анюта. Еще немного — и скелет из шкафа Леща выпадет тебе прямо на руки...

* * *

...Весь обратный путь мы молчали. Чудесно начавшийся вечер был безнадежно испорчен: именно так все представлялось Лещу. Именно эти чувства выражал его сосредоточенный профиль, его извинительно опущенные уголки губ; даже складка на лбу негодовала.

— По-дурацки все получилось, — он не выдержал молчания первым. — Я так хотел, чтобы праздник получился.

— Праздник получился, — я успокаивающе тронула его плечо. — Праздник получился, все было восхитительно. В конце концов, это ведь день рождения компании, а не мой собственный день ангела.

— Все настроение псу под хвост.

— У вас замечательная команда. Я буду счастлива, если они примут меня.

— Они уже приняли вас. — Лещ приободрился. — А ребята и правда потрясающие. Один Аркаша Юнкеров чего стоит.

И он, пытаясь загладить вину за единственную паршивую овцу Зою, принялся рассказывать мне о своих журналистах. Я не перебивала его: пусть говорит, пока я обдумываю сцену в туалете. Сегодняшний день был самым важным — тут наши позиции сходились. Пьяный прокол Зои стал для меня настоящим подарком судьбы, теперь я знала, в каком направлении действовать, — и уже не мне, а Костику: он вцепится в малейший намек на развязку, я знаю его хватку. А то, что развязка наступит очень быстро, я не сомневалась: они не слезут с Зои, пока не докопаются до истины, какой бы она ни была. Что ж, Анна, ты подтвердила класс, интересно, кто будет следующим после Леща?..

— Вы не слушаете меня, — вдруг сказал Лещ.

— Простите.

Будь осторожнее, не зарывайся, ты позволила себе отпустить поводья, а делать этого нельзя, дело еще не закончено, поменьше спеси, девочка.

— Вы все еще обижены на Зою?

Конечно. Конечно, я обижена, как иначе: не очень-то приятно валяться на полу туалета, слегка придушенной безумной секретаршей; я отыграла глубоко запрятанную обиду:

— Нет.

— Я вижу, что обижены.

— Я стараюсь держать себя в руках. Думаю, это пройдет. Не обращайте внимания. Я ведь мудрая женщина.

Глаза Леща снова вспыхнули раскаянием и надеждой на благополучное разрешение инцидента:

— Слишком красивая, чтобы быть мудрой. Или наоборот?

— Не знаю. Не хочу об этом думать.

— Я могу как-то загладить вину?

— Думаю, да.

Я положила ладонь на руку Леща, я сделала это впервые. Я вложила в этот жест максимум того, что можно вытянуть из горячих от предвкушения близкой ночи пальцев: ты же видишь, Лещ, я с тобой, я хочу быть с тобой, я хочу быть с тобой сегодня, я хочу проснуться рядом, я хочу проснуться в твоих руках, я так долго искала, я так долго не решалась, я так долго думала, я так боялась ошибиться, я так ничего не боялась, что мне пришлось подгонять страх палкой, как шелудивую собаку, — только он мог защитить меня от твоего обаяния, от привычки не спать по ночам и самому готовить еду для собаки, я только одна из многих. Но теперь мне не нужен страх ни перед собой, ни перед тобой. Ты взял меня за руку, а теперь я беру за руку тебя.

Этой ночью я хочу быть с тобой.

Лещ остановился и бросил руль. Я все еще не выпускала его руки, я чувствовала, как она напряглась под моей ладонью, как она испугалась что-то делать и чего-то не сделать. Хорошо, пусть будет так, первый шаг за тобой, но это должен быть маленький шаг, самое начало долгого пути. Я наклонилась к Лещу и поцеловала его в твердую, гладко выбритую щеку, у самых кончиков губ:

я готова двинуться вперед, но оставляю себе пути для отступления. Все будет зависеть от тебя, Лещ.

Он понял это.

Он лишь слегка повернул голову, — движение, почти ускользнувшее от меня, — и его губы накрыли мои. Они были осторожными, чересчур осторожными. Но это не могло обмануть меня: за ненадежной плотиной я почувствовала глухое и яростное ворочание страсти. Нужно лишь немного подождать, и мощный поток пробьет проржавевшие, истончившиеся от времени шлюзы и снесет нас обоих — и меня, и его.

По мере того, как губы Леща привыкали к моим губам, обживали их, как обживают еще неоткрытые земли, они становились все более требовательными: отвечай на мой поцелуй, отвечай же!.. Но я и сама хотела быть призванной к ответу. Я поняла это слишком поздно, когда больше неоткуда было ждать спасения. Крепость моих подленьких логических построений выбросила белый флаг. И я не знала, чего сейчас во мне было больше: памяти о всех поцелуях, на которые я когда-то отвечала, или памяти об этом, еще не закончившемся поцелуе. Боже мой, это сладко и горько, от этого кружится голова, совсем не так, как при сотрясении мозга, мне есть с чем сравнить... И это болит, но совсем не так, как раненая рука, мне есть с чем сравнить. Этого я еще не испытывала, зачем я появилась в его доме так преступно, волоча за собой кровавый след смерти, как волочит за собой облезшее боа подгулявшая прима провинциального театрика. Ведь все могло быть иначе, и мы могли бы встретиться при любых других обстоятельствах... При любых других обстоятельствах в любой другой жизни, где я была бы не связана с Лапицким, где я не связана была с Фигаро, Эриком, самой собой. В любой другой жизни, свободной от двойного дна. В любой другой, где мне не пришлось бы менять душу и лицо. В любой другой, где от меня не требовали бы принять сторону зла. А я не пошла бы на это добровольно, я была бы другой.

Я была бы другой.

Но он точно так же поцеловал бы меня, потому что только поцелуи всегда остаются неизменными, не поддающимися времени, — как скелет, свободный от остатков сгнившей плоти чувства.

Скелет. Скелет в шкафу.

Если бы Лещ задержался в моих губах чуть дольше, хотя бы еще несколько секунд, я бы осталась в них навсегда — мне так хотелось остаться в них навсегда, обустроить там дом и варить кофе по утрам. Но он не задержался.

Наваждение прошло. Ты просто очень давно по-настоящему не целовалась, Анна. Наверное, это было в прошлой жизни, но прошлая жизнь не в счет. Открывай все заново и учись справляться с собой, иначе ты никогда не достигнешь того, чего хочешь достигнуть. А все поцелуи и вправду похожи друг на друга, задействованы одни и те же центры, как синхронно сказали бы Александр и Александра. А вот тайны у всех разные. Не стоит забывать об этом. Не стоит забывать, зачем ты сейчас сидишь в машине Леща.

— Едем домой, — закрыв глаза прошептала я.

— Да. — Лещ так сорвал «Лендровер» с места, что меня откинуло на спинку сиденья.

Тебе не терпится получить все и сразу, милый Лещарик. Не волнуйся, ты все получишь. Ты это заслужил.

...Он не включал света: за стеклянной стеной была Москва — напольный ночник, миллионы свечей, воткнутые прямо в сердцевину страсти, этого вполне хватит. У самой двери, наплевав на приковылявшего Старика, мы стали срывать друг с друга одежду. Желание, волнами шедшее от Леща, испугало меня, но только в самом начале. Я снова почувствовала, что теряю контроль над собой. Его поцелуи становились все более настойчивыми, а руки на моем теле — все более беспорядочными. И я подчинилась, я позволила лепить из себя образ идеальной возлюбленной. Еще немного — и все свершится, все получится совсем не так, как я предполагала, и никакие эротические выкладки двух Саш не помогут, все будет банально и прекрасно в своей банальности, нужно только довериться ему. Я готова. Я готова ему довериться...

— Идем... Идем в постель, — задыхаясь, сказала я и вдруг почувствовала, что хочу этого больше всего на свете. — Идем, милый. Я хочу быть с тобой... Я хочу чувствовать тебя в себе.

Может быть, это именно те слова, которые я хотела сказать ему еще тогда, когда увидела его в первый раз в телефонной будке?.. Те слова, которые все женщины говорят всем мужчинам?.. Те слова, которые все мужчины ждут от женщин?..

Но, видимо, я выбрала не те слова.

Руки Леща неожиданно разжались, и я, потеряв опору, потеряв защиту, чуть не упала. Лещ, цепляясь безвольными раскрытыми ладонями за мое платье, сполз на пол и уронил голову в колени. Во всей его позе было такое страдание, что мне даже в голову не пришло обидеться, хотя именно сейчас я имела на это все основания. И я сделала то, что и должна была сделать любая мудрая женщина на моем месте.

— Что-то не так, милый?

Он глухо молчал, и, чтобы не захлебнуться в этом его молчании, я вздохнула, набирая в легкие воздух.

— Я что-то сделала не так?

— Так, все так... Прости, прости меня. — Он снова

обнял меня и прижал к себе: теперь в этом не было всепоглощающей страсти, только всепоглощающее отчаяние, он как будто искал у меня защиты. — Прости, пожалуйста.

Я молчала. Я даже не знала, как реагировать на это. Но он расценил это молчание по-своему.

— Ненавижу себя. Ненавижу... Я знал, что придется платить... Но не знал, что плата будет такой высокой... Хочешь выпить?

— Хочу быть с тобой, — упрямо сказала я. — Мне все равно, что будет завтра. Но сегодня я хочу быть с тобой. Я никогда и никому этого не говорила.

Он застонал и еще крепче прижал меня к себе: поджившее плечо дало о себе знать.

— Больно, — сдерживаясь, вздохнула я. И непонятно, к чему это относилось — к ране или к нелепой ситуации у двери.

Его как будто ударило током:

— Прости меня... — Лещ принялся покрывать лихорадочными поцелуями мои руки и платье.

Пора заканчивать это надругательство над плотью. Я осторожно отняла его лицо и выскользнула из объятий.

— Куда ты? — Еще секунда, и отчаяние разнесет ему голову, как удачный пистолетный выстрел. Наблюдать за этим невыносимо.

— Принесу выпить. Ты же хотел выпить.

— Боже мой, боже мой.

Я принесла вина и бокал.

— А ты? — с надеждой спросил Лещ.

— Я не хочу.

И тогда он сжал хрупкое стекло бокала в пальцах. Оно с жалобным писком треснуло. В пальцах Леща забилась струйка крови. Он запрокинул голову и махом выпил полбутылки. Чтобы чем-то занять себя, я взяла его изрезанную ладонь и попыталась губами коснуться его крови, податливой и теплой на вид, совсем не похожей на высеченного из камня Леща. Но этот невинный жест, не выражающий ничего, кроме робкой любви, вдруг отбросил его от меня. Он вырвал руку с такой поспешностью, что почти ударил меня по лицу.

— Нет! Нет, только не это... Нет, нет, нет... Не трогай меня!

— Хорошо, — я сжала виски пальцами. — Хорошо. Что происходит? Ты хочешь, чтобы я ушла?

Его уже трясло мелкой дрожью. В любом другом случае, в любой другой ситуации это выглядело бы смешно: огромный мужик, дрожащий, как осиновый лист. Но сейчас мне было не до смеха: я не могла оторваться от его побелевшего лица, от его лихорадочно горящих глаз, от судорог, которые били его тело.

— Я не хочу, чтобы ты ушла... Я не могу тебя задерживать, я понимаю. Если ты уйдешь — ты будешь права. Но если ты уйдешь, все будет бессмысленным... Все потеряет для меня всякую цену.

— Объясни, что происходит. Только и всего. Объясни, и я пойму. Я же умная девочка.

— Умная девочка. Красивая девочка. Самая лучшая девочка. Никого нет лучше тебя... Никого я не хотел так, как тебя... Боже мой, что за пошлые слова... Не так, все не так. Никто мне не был нужен так, как ты... Я никогда и никому этого не говорил. Ты первая, кому я это говорю.

— Так в чем же дело? Я здесь и я жду тебя.

— Если ты узнаешь все... Ты уйдешь.

— Ты плохо знаешь меня. — О, как ты плохо знаешь меня, Лещ! Уйти сейчас, когда я уже приоткрыла двери в твою душу, в твою тайну, что, в общем-то, одно и то же? Нет, я никуда не уйду... — Я никуда не уйду. Я хочу остаться с тобой. Я хочу быть с тобой...

Боже мой, неужели это я, неужели это с моих губ слетают эти полные страсти слова? Чуть заглушаемые дыханием, но все же такие понятные, способные соблазнить кого угодно, способные взломать любые запоры и вынести любые двери. Почему я произношу их так легко? Потому что ничего не чувствую к этому человеку, который сделал все, чтобы я чувствовала? Неужели во мне не осталось ничего человеческого, даже сострадания? Неужели Костя так вычистил, так вылизал мою и без того стерильную душу?.. Актриса, актриса, ты всего лишь жалкая актриса, которой покойный Эрик дарил розы по пятницам за удачное исполнение главных ролей в гиньоле...

— Все еще можно исправить, — несвязно говорил Лещ, обнимая меня одной рукой и пряча далеко за спину другую, изрезанную стеклом. — Мне сказали, что все будет в порядке... Нужно только подождать.

— О чем ты говоришь?

— Не сейчас. Я обязательно скажу тебе, ты мудрая, ты самая лучшая, ты все поймешь. Но не сейчас, только не сейчас. Я скажу. *Я не хочу, чтобы это стояло между нами.*

— Ничто не может стоять между нами. Ничто и никогда не встанет, разве что смерть. — Боже мой, пафос как в чахоточных любовных романах, я даже на секунду начинаю ненавидеть себя за этот пафос, не переигрывай, Анюта.

Но Лещ не услышал его: он вдруг бесшабашно, совсем по-мальчишески улыбнулся:

— Ну, смерти не будет. Уже не будет. Ты подождешь меня?

— Я подожду.

— Ты даже не спрашиваешь — сколько?

— Мне все равно сколько.

— Родная моя... Я смогу дать тебе все.

— Мне ничего не нужно. Ничего не нужно кроме тебя. — Все правильно, Анюта, ты выбрала точную фразу, внезапно вспыхнувшее чувство оперирует только этими категориями. — Неужели ты до сих пор не понял?

— Я понял... Я все понял. Но лучше тебе сейчас не касаться меня. Иначе я с собой не справлюсь.

— Не нужно с собой справляться.

— Ты не понимаешь, — его лицо снова исказила мука.

— Хорошо, пусть все будет так, как ты хочешь.

Он наконец-то отпустил меня, поднялся и, снося по пути все выпирающие составные части лос-анджелесского дизайна, побрел в ванную. Я так и осталась сидеть возле двери, хотя и понимала, что необходимо подняться и привести в порядок одежду: сейчас бессмысленно строить из себя оскорбленную невинность, лучше всего подойдет роль безропотной тупоголовой всепрощающей наседки Сольвейг. Остается надеяться, что мой Пер Гюнт одумается и покинет меня ненадолго. Что я не только не успею состариться, но и даже застегнуть бюстгальтер.

Но бретельку от лифчика он все-таки порвал, горячий эстонский парень. И ворот платья тоже.

Я не чувствовала угрызений совести. В конце концов, это только его право — не спать со мной или спать со мной. Теперь меня устроит любой вариант, хотя и печально, что я так и не распробовала Леща на вкус: сегодня он оказался лещом холодного копчения, устоял, не поддался, не решился, хотя и очень хотел не устоять, поддаться, решиться, — я это видела. Я понимала, что дело не во мне: я была целомудренно-сексапильна, а этот коктейль всегда нравится мужчинам, если они подкатывают к женщине не с предложением банального пересыпа, а с самыми серьезными намерениями. Все дело было в самом Леще. Ну что ж, пришей оторванную бретельку, распрощайся с безнадежно испорченным платьем и жди объяснений. А они последуют. Лещ не может не понимать, что возникшая между нами недоговоренность убьет только зародившееся чувство.

А сейчас будь паинькой, не надувай губки и вообще делай вид, что ничего не произошло.

...Когда Лещ вышел из ванной, я уже переоделась в его рубаху и расстилала постель. Сегодня я не увижу в ней ни войны Алой и Белой роз, ни падения Порт-Артура, ни утра Стрелецкой казни. Но я знала главное: я проведу восхитительную ночь с тайной Леща. Мне нужно соблазнить ее, заставить раскрыться, заставить не бояться меня.

Лещ снял поводок и тихонько свистнул Старику.

— Ты надолго? — независимо спросила я, как будто не было этой тягостной сцены у двери.

— Выгуляю пса и вернусь. — Почти семейная идиллия, подразумевающая «не жди меня, ложись в постельку, девочка, я должен о многом подумать».

Он вернулся только через три часа, на самом излете ночи, когда я уже устала ждать его. И нашел меня такой, какой и должен был найти: свернувшаяся калачиком, застигнутая сном врасплох, любимая женщина. Сквозь полуприкрытые веки я видела, как он, стараясь не производить лишнего шума, тяжело сел в кресло против кровати. Уж не мои ли сны ты хочешь подсмотреть, милый?

Знай, я не вижу снов.

Лещ в узких зеркалах моих век выглядел несчастным, подавленным и бесконечно влюбленным. Такого можно брать голыми руками, никакой интриги, никакой борьбы полов, ничего, что придает любовным отношениям остроту непостоянства. Десять к одному, что как только ему надоест глазеть на меня, Лещ осторожно приблизится к кровати, к моему лицу, к моим губам и тихонько их поцелует. Можно делать ставки, господа!..

Несколько раз я проваливалась в полудрему, а Лещ все сторожил и сторожил мой чуткий сон. Наконец не выдержав, он действительно подошел к кровати, опустился перед ней на колени и осторожно обшарил мягкими губами мое лицо. Э-э, голубчик, а щетина-то у тебя уже пробилась! Если ты хочешь, чтобы женщине было комфортно с тобой, — брейся, пожалуйста, на ночь...

— Который час, милый? — спросила я максимально сонным голосом.

— Около шести. Спи, девочка.

— Ты не ляжешь?

— Нет, мне еще нужно поработать, — сказал Лещ и погладил меня аккуратно забинтованной рукой.

Я поймала руку губами: теперь Лещ не отнял ее, а только покачал в ней мое лицо как в колыбели.

— Сварить тебе кофе? — Боже мой, и откуда во мне эти нотки образцово-показательной домохозяйки, любительницы витых свечей, ликера «Старый Таллинн», макраме и дорогого мыла?

— Не стоит, я сам. Спи. — Звучит очень убедительно, только ты врешь, Лещ. Даже если ты сейчас уткнешься в свои бумаги, все равно в твоей лохматой башке стаями буду бродить мысли о том, уйду ли я сегодня от тебя или нет. Что ж, пожалуй, тебя стоит подержать на коротком поводке...

...Лещ ушел очень рано. Он собирался тихо, даже кофейная ложечка ни разу не звякнула о стенки чашки, даже замок дорогого портфеля ни разу не щелкнул. Он собирался тихо, хотя и знал, что я не сплю. И я знала, что он знает, — невинный обман, дающий выигрыш во времени; уточнение правил игры, в которую мы оба стали играть со вчерашнего вечера. Я встала только тогда, когда за ним захлопнулась дверь. Семь часов. Через четыре часа я встречаюсь с Костей на Тверской. Еще есть время, чтобы привести в порядок бессонные, измотанные за ночь мысли: у меня нет четко выстроенной версии, но как бы ни обернулось дело, я приду к своему иезуиту не с пустыми руками.

* * *

...Мы сидели в летнем кафе и потягивали пиво. Пиво не нравилось мне, но сейчас именно оно как нельзя лучше соответствовало обстоятельствам: женщина чуть моложе и мужчина чуть старше, случайно оказавшиеся за одним столиком; ничего общего, кроме пепельницы, стоящей между нами. Я взяла к пиву соленые орешки, а капитан копался в вяленой рыбе. Он мастерски разделывал сочащуюся жиром янтарную тушку, раскладывая ее куски на ритуальные кучки: плавники, ребра, части хребта...

Над рыбой вились осы, но капитан, казалось, не замечал их.

— Прекрасно выглядишь, Анна. — Капитан впился жесткими зубами в спинку рыбы. — Краше прежнего. Увечья пошли тебе на пользу. Подлецу все к лицу. Клиент повержен в прах, бряцает доспехами и добивается оборки с кринолинов прекрасной дамы?

— Что-то вроде того. На большее он пока не претендует, — самодовольно произнесла я и выложила перед капитаном дубликаты ключей от квартиры Леща.

— Ты смотри, какой скромник. Кто бы мог подумать! А я думал, вы уже там трахаетесь так, что кровать развалили. — Капитан, не глядя, сгреб ключи со стола и сунул их себе в карман.

— Не говори пошлостей.

— Какое целомудрие! Не можешь выйти из роли? Или влюбилась в этого коня с яйцами, не приведи господи?

— Это очень породистый конь, так что приготовьте ему стойло получше, я проконсультирую. А ты ревнуешь, капитан?

— Есть немного. Ну и как тебе в логове врага?

— Дышится легко. Хотя квартира у него и закрывается как сейф. Так что оцени мои мелкие услуги, капитан. Что с ампулами? Надеюсь, в них была не аскорбиновая кислота?

— Нет. И даже не пенициллин. Откуда ты их взяла?

— Из мусорного ведра.

— Он колется?

— Через каждые три дня.

— Забавная штука с этими ампулами.

— Что ты имеешь в виду?

— Химический состав. Все компоненты узнаваемы. Но их комбинация... Наши яппи из химлаборатории до сих пор чешут репы.

— Наберите новых, зачем вам бездари. Пригласите какого-нибудь плешивого лауреата из Гарварда, он быстро разберется.

— Вопросов пока больше, чем ответов.

— Подкину вам еще один. Его секретарша.

— А что его секретарша? Жалкая личность. Непонятно, что между ними общего, кроме конспектов по истории журналистики двадцатилетней давности.

— Она в него влюблена. Еще с университета.

— Есть же еще вечные ценности, — задумчиво сказал капитан, обсасывая перышко плавника.

— Влюблена — это не то слово. Она предана ему, как собака.

— У него уже есть собака. Кстати, как она тебе?

— Секретарша?

— Да нет, собака.

— Милый песик. А секретарша из тех фанатичек, которые кончают с собой на могиле кумиров. Засовывают дуло пистолета прямо в глотку, не испытывая при этом чувства тошноты.

— Без лирических отступлений, пожалуйста.

— Хорошо. Мне кажется, за ней нужно установить наблюдение. Так, для очистки совести.

— Чтобы она не засунула дуло пистолета себе в глотку?

— Почти. Я могу ошибаться, но между ними существует некая связь.

— Ты тоже, я смотрю, ревнуешь.

— Это не та связь, о которой ты думаешь. Секс ей не нужен...

— Счастливица!

— Она получает нечто большее, во всяком случае, именно так мне показалось. Секс ей заменяет что-то, что заставляет мириться с существующим положением вещей. Какая-то тайна, в которую она посвящена. И в которой принимает самое деятельное участие.

— Она шепнула об этом тебе на ухо?

— Она шепнула об этом на ухо ему.

— А ты слышала?

— Всеми силами старалась не слышать.

— Это связано с тем химическим недоразумением, которое мы до сих пор расхлебываем по твоей милости?

— Не знаю. Может быть. Может быть, и нет.

Капитан, выглядевший до этого полусонным любителем баночного пива, неожиданно резко дернул рукой и поймал особенно надоедливую осу в кулак. Ничего не боится, сволочь, даже жала, впившегося в ладонь.

— Удивительная штука. Осы любят вяленую рыбу. Ты не находишь это извращением?

— Я уже ничего не нахожу извращением.

— И правильно. — Он распахнул кулак: оса, гудела в его пальцах. Капитан поднес насекомое к глазам, и так же обстоятельно, как ел рыбу, оторвал ей крылья: сначала одно, потом другое. Я поморщилась. — Хорошо. Что еще?

— Не знаю. Пока все.

Положив беспомощную, но все еще живую осу на липкую поверхность стола, он надавил на голову насекомого ногтем большого пальца. Раздался легкий хруст.

— Хорошо. Пока все идет хорошо. Даже лучше, чем мы могли ожидать. Ты молодец. Почему же все-таки они так жрут вяленую рыбу? Непонятно...

— Спроси у нее. — Я сложила пальцы колечком и сбросила мертвое насекомое со стола.

— А она уже ничего не скажет. Подохла. Никто ничего не скажет, если скоропостижно скончался. Чем меньше людей, тем меньше тайн. Ненавижу тайны...

— Неужели? А мне нравится.

— Ты просто не наигралась, Анна.

— Не думаю, что когда-нибудь наиграюсь.

— Не увлекайся. Игру могут закончить, а ты так этого и не заметишь. И придется тебе торчать в шкафу, когда все хорошие дети, не такие, как ты... Когда все хорошие дети уже закончили прятки и перешли к раздаче фантов. А это опасно, в шкафу можно задохнуться...

— Я учту.

— Я займусь секретаршей. А ты пробивай этого коня. Или пусть он тебя пробьет до самых потрохов. Важно лишь то, что ты о нем узнаешь.

* * *

...Вернувшись в квартиру Леща, я приняла душ и переоделась в его рубашку. После бессонной ночи самое время отоспаться, чтобы быть готовой к сегодняшним вечерним показательным выступлениям. А в том, что они состоятся, я не сомневалась. Если, конечно, Лещ не струсит и не прикроется, как потрепанным и видавшим виды щитом, служебной командировкой куда-нибудь в страны Европейского союза.

Телефон звонил непрерывно, но только раз я решилась снять трубку. И сразу же нарвалась на Леща. Его мягкий баритон, чуть искаженный помехами, я узнала бы из тысячи.

— Здравствуй. Я звонил несколько раз. Тебя не было. — И добавил после паузы чуть севшим от долгого ожидания голосом: — Я думал, ты ушла.

— Я не ушла бы, не простившись.

— Ты ждешь меня, чтобы проститься?

— Нет.

— Ты ждешь меня, чтобы остаться?

— Нет, я просто жду. — Я мягко напомнила ему о вчерашней сцене. Нельзя давать ему расслабиться, нужно бить в одну точку: средневековая китайская пытка каплями воды, пробивающими беззащитное, заросшее мягкими волосами темя лещовой тайны, вполне подойдет. Тайна свихнется, ее уставший мозг выползет наружу, и тогда я смогу как следует рассмотреть его...

— Я думал, ты ушла, — снова тупо повторил Лещ, и я вдруг поняла, что не знаю, чего в этих словах больше: страстного желания моего ухода или страстного желания моего возвращения.

— А я думала, что ты уехал в командировку. — Я не осталась в долгу. — Иногда такое решение вопросов практикуется. У сильных и уверенных в себе мужчин. Ты как думаешь?

— Я не думаю так. Хорошо, что ты не ушла. Ты не уйдешь?

— Ну, если я до сих пор этого не сделала...

— Ты не сердишься на меня?

— Нет, милый. — Сейчас его нужно гладить по лоснящейся ухоженной шерсти, сейчас нужно дать понять ему, что я его никогда не оставлю. — Я не сержусь на тебя.

— Ты умница. Я говорил тебе об этом?

— Имел неосторожность.

— Сегодня я задержусь. Много дел в компании.

Нисколько не сомневаюсь, что ты задержишься, благо, должность позволяет тебе почти не врать, Лещарик. Ты снова дождешься расстеленной кровати в самой сердцевине ночи и моего спящего тела в ней. И снова будешь смотреть на меня из окопа своего любимого кресла напротив. У тебя не такой уж большой выбор, влюбленный Лещ: или снова попытаться взять меня, оборвав по ходу пьесы вторую бретельку от лифчика, или снова на время отказаться от этого и уйти в глухую оборону. Но рано или поздно я потребую ответа, и ты это знаешь.

...И все-таки он приехал гораздо раньше, чем я предполагала, — с черной орхидеей в маленькой прозрачной коробочке (из досье я знала, что всем своим женщинам Лещ дарит провинциально пышные букеты роз), бутылкой легкого французского вина (из досье я знала, что всех своих женщин Лещ спаивает банальным полусладким шампанским) и предложением отужинать в маленьком кафе на Сретенке (из досье я знала, что всех своих женщин Лещ водит на нерест в «Метрополь»). Орхидею я взяла, даже не заглянув вовнутрь, а от ужина отказалась. Куда забавнее остаться дома наедине, чем вести ничего не значащие светские разговоры под присмотром вышколенных официантов. Голенький, одинокий, не задрапированный людьми Лещ мне куда более интересен.

Он не ожидал отказа, но воспринял его мужественно. Та недоговоренность, которая возникла между нами, требовала от него кардинальных решений: должно быть, он проклинал себя за вчерашнюю несдержанность у дверей квартиры и — еще раньше — в машине. Но ничего уже нельзя было изменить.

— Знаешь, — мягко сказала я ему, — я, пожалуй, все-таки уеду к себе.

— Ты же сказала...

— Какая разница, где тебя ждать? Место и время не имеют значения.

— Имеют. — Он по-прежнему ненавидел проигрывать. — Я должен видеть тебя всегда.

— Ты не сможешь видеть меня всегда. Хотя бы в силу твоей работы.

— Я должен знать, что могу увидеть тебя всегда.

— Милый, — я не подходила к нему, все это время мы держались поодаль друг от друга, — милый, я не хочу просто видеть тебя. Мне этого недостаточно. Я... Я хочу любить тебя. Я хочу быть с тобой.

Я подошла к окну и прижалась к нему лбом. И сказала, выдержав паузу, которой позавидовала бы безногая Сара Бернар на закате карьеры:

— Я хочу спать с тобой. Прости, это звучит пошло. Но я хочу спать с тобой. Я ничего не могу с этим поделать. — Как раз сейчас немного бесстыдства не помешает, это подогреет прохладную кровь Леща.

— Это звучит божественно. — Он встал за моей спиной, и каждым позвонком я почувствовала, как ему хочется прикоснуться ко мне. Еще секунда, и его губы заблудятся в моих волосах.

Но он не прикоснулся.

— Тебе нравятся орхидеи?

— Не знаю. Мне никто никогда не дарил никаких экзотических цветов. Если не считать помятых эдельвейсов, которые наши одичавшие альпинисты подбросили мне в палатку на день рождения...

— А когда у тебя день рождения?

— В июле. А что?

— Просто принимаю к сведению.

— Только не вздумай купить мне тур в европейский Диснейленд. Круиз по Средней Волге меня тоже мало вдохновляет. Учти, я женщина дикая. Похожая на всех одичавших альпинистов сразу.

— Самая очаровательная дикарка из всех, кого я знал... Я придумаю что-нибудь более впечатляющее, обещаю тебе. Ты взглянешь на цветок?

— Да, конечно. Прости.

Я открыла коробочку с орхидеей. На сюрприз в стиле шикарного бриллиантового кольца Зои Тереховой я рассчитывать не могу, после вчерашнего афронта это выглядело бы двусмысленно. Но милую безделушку за все страдания вполне заслужила.

В коробочке с цветком лежал флакон. Прежде чем открыть плотно притертую пробку, я спросила у Леща:

— Это духи?

— Это больше, чем духи. Это то, что я думаю о тебе. Это то, что я чувствую в тебе. Это то, как я чувствую тебя.

Что ж, Лещ, очень мило. Мой собственный запах ускользал от меня, он был стерилен, в его отсутствии, как в зеркале, отражалась такая же стерильная душа. Оставаться без камуфляжа всегда опасно, я понимала это, но так и не подобрала себе духов: Костин «унисекс» и жеманно-обманчивые запахи стилиста Стасика, похожие на профессиональный пот проститутки со стажем, мало привлекали меня. Может быть, третья попытка удастся. У тебя есть шанс, Лещарик.

— Вот как?

— Именно так, девочка.

— А скольких женщин ты чувствуешь так же, как меня?

— Другие женщины здесь ни при чем. Эти духи сделаны на заказ. В единственном экземпляре. У меня есть приятель, парфюмер... Он составляет букеты запахов. Ты знаешь, что я сделал? Я рассказал ему, что встретил женщину своей жизни... — Лещ испуганно посмотрел на меня, но я выслушала признание благосклонно, и ни один мускул не дрогнул на моем хорошо тренированном лице. — Я попытался описать тебя... Приблизительно, потому что постичь тебя до конца невозможно... Какая ты — когда спишь, когда улыбаешься, когда говоришь со мной, когда завариваешь кофе... Когда молчишь со мной, когда ничего не боишься и боишься всего. Какая ты хрупкая и сильная одновременно.

Оригинальный способ признания в любви, Лещ. Да ты всегда и был большим оригиналом.

— Я попросил его создать духи для тебя. Совершенно новые.

— Разве это не требует времени? Большого количества времени?

— Нет. Любовь тоже не требует времени. Она либо возникает сразу, либо не возникает никогда.

— Может быть, — задумчиво произнесла я: мне ничего не было известно о любви.

— Открой их. Они должны тебе понравиться.

Не спуская с Леща глаз, я медленно открыла пробку и поднесла флакон к лицу. Чтобы лучше почувствовать запах, я опустила веки. Тонкий аромат духов робко вошел в ноздри, но, спустя минуту, уже заполнил все клеточки моего тела, добираясь до самых потаенных, скрытых от меня самой уголков. Происхождение запаха мне было неизвестно, как было неизвестно свое собственное происхождение, и в этом заключалось наше единственное сходство. А во всем остальном... Это был аромат незнакомой, неизвестной мне женщины, вместившей в себя целый, такой далекий от меня мир: мир нежного шелкового белья, нежных полусонных объятий, нежных египетских кошек на руках, нежных песчинок на загорелой коже, нежного покалывания в пальцах от прикосновений, нежных поцелуев в острые края ключиц, нежных спинок крабов на отмелях, нежного дыхания у самых створок губ, нежного легкого вина, нежного низкого солнца, нежных теней от сплетенных тел...

Этот запах почти оскорбил меня.

Он не имел со мной ничего общего. Только теперь я поняла, как глубоко, как безнадежно Лещ ошибся во мне, как он сам загнал себя в угол призрачной страсти, из которого нет выхода. Жалкие представления о жалкой любви жалкого человека. Черт бы побрал тебя, Лещ, точно так же ты ошибся в Егоре Самарине, таком же жалком, как и ты, которого я — только я! — да еще профессиональные убийцы из команды Лапицкого сделали страстотерпцем и мучеником. Точно так же ты ошибся в своей старой собаке, такой же жалкой, как и ты, которая не смогла разглядеть во мне врага — серьезного врага, опасного врага, безжалостного врага, циничного врага. Врага, который пришел погубить все то, что тебе так дорого. Врага, который пришел разрушить твою жизнь.

— Что с тобой? — тихо спросил Лещ. — Ты плачешь?

Только теперь я с ужасом почувствовала, что по щекам моим катятся тихие слезы. Только этого не хватало. Хотя... Хотя, по здравому размышлению, это самая пикантная, самая точная реакция, будем считать, что импровизация удалась.

— Нет. Нет. Я не плачу. Это по-другому называется.

— Тебе понравилось?

— Кажется, я люблю тебя.

— Кажется? — он все еще боялся подойти ко мне.

— Я люблю тебя.

— Тебе правда понравилось?

— Я не знала, что я такая.

— Ты лучше. Ты много лучше. Ничто не может...

Тогда уже я сама подошла к Лещу и, прежде чем он успел испугаться этого, положила ладонь ему на губы.

— Знаешь что, милый? Поедем ужинать.

...Мы отправились в то самое маленькое кафе на Сретенке, о котором говорил Лещ. Сегодня вечером в нем не было никого, кроме нас и официантов, незаметных и предупредительных. Я не могла ни на чем сосредоточиться. Капли духов, навязанных мне Лещом, жгли запястья и мочки ушей, как клейма, как стигмы, они вносили сумятицу в мою бедную, запрограммированную на уничтожение Леща голову, и мне с трудом удавалось сохранять контроль над собой.

Так, чего доброго, ты можешь переметнуться на другую сторону, Анна, но из этого ничего не получится. Слишком далеко все зашло. Сейчас ты уже не сможешь полюбить его, не потеряв навсегда, — так стоит ли стараться? Сейчас ты уже не сможешь рассказать господину Меньших всей правды без того, чтобы он не отшатнулся от тебя, — так стоит ли стараться? Одно неверное слово, одно неверное движение — и ты останешься на нейтральной полосе, не нужная ни Лещу, ни Лапицкому. И в таком случае пуля в твою надменную голову будет лучшим исходом.

Нет, пулю в голову я не хочу.

Вечеру, казалось, не будет конца. Но это уже мало заботило меня. Мы почти все время молчали, как люди, преодолевшие тяжелый подъем. Все было ясно. После первых признаний всегда возникает чувство неловкости, Анна, учти это и запомни на будущее. Как будто ты достала самыми кончиками пальцев самого дна чувств. А теперь нужно набрать в легкие воздуха и выбрать направление.

Лещ что-то вывел «паркером» на салфетке и пододвинул ее мне.

«Почему ты молчишь?» — было написано на ней.

«Перевожу дух и осматриваю окрестности наших отношений», — забрав у него ручку, написала я.

«И как тебе этот ландшафт?»

«Мне хочется в нем остаться».

Скоро место на салфетке кончилось, и Лещ взял другую. Эта невинная игра в расплывающиеся на тонкой бумаге чернильные реплики так увлекла нас, что мы писали весь вечер, ни произнося ни слова.

«Я люблю тебя», — подвел итог Лещ и подчеркнул написанное двумя энергичными, не допускающими никаких возражений линиями.

И мне захотелось смять салфетку с признанием и вытереть ею испачканные десертом губы.

...Когда мы вернулись домой, Лещ сразу же замер, как будто почувствовал что-то неладное. Несколько секунд мы простояли в темноте, к чему-то прислушиваясь.

— Что происходит? — наконец не выдержала я. — Ты что-то слышишь?

Не хватало еще, чтобы нерасторопные людишки Лапицкого в чине ниже лейтенантского, застряли здесь с обыском или забыли традиционный «Сезам, откройся».

— В том то и дело, что ничего. Мертвая тишина.

— Это что-то значит?

— Не знаю. Старик, — тихо произнес он, а потом приказал: — Старик, иди сюда!

Пес, который обычно ждал своего хозяина поблизости от дверей, не появлялся.

— Старик, — уже громче позвал Лещ. — Иди сюда, хороший пес!

Никакого движения, никакого постукивания собачьих когтей по полу.

Я поднесла руку к выключателю, но Лещ перехватил мою ладонь.

— Подожди...

— Нужно включить свет. Глупо оставаться в темноте.

— Сейчас... Старик, иди сюда, я тебе говорю.

Сжав зубы, я все-таки вырвала руку из цепких пальцев Леща и повернула выключатель. Над импровизированной кухней зажегся зеленый успокаивающий свет лампы. А почти рядом с нами, вытянув седую морду к двери, лежал Старик.

Он был мертв.

Он был мертв, я поняла это сразу: по беспомощно раскинувшимся лапам, по страшно застывшему боку, по тусклой полоске глаз, подернутой пленкой. Стойкий запах старой псины, который исходил от Старика при жизни, теперь сгладился и перестал быть резким. Но Лещ — Лещ не увидел ничего, не захотел увидеть. Он присел на корточки перед мертвым псом и осторожно потрепал его по загривку:

— Вставай, парень. Пойдем погуляем... Там твои любимые вороны...

Господи, какие вороны среди ночи, он с ума сошел, Лещ... Неужели он не видит, что собака мертва?..

— Я куплю тебе завтра твою любимую баночную ветчину... Помнишь, когда мы переехали сюда и не могли найти открывашки... Она лежала в ящике с книгами, кто только ее туда засунул... Я открыл банку ножом, ты влез в нее всей мордой и чуть не порезался... Вставай парень. Завтра...

— Завтра ничего не будет, — я тронула Леща за напрягшееся и такое же омертвевшее, как бок собаки, плечо. — Никакой баночной ветчины. Он умер.

— Идем гулять, — Лещ все теребил ощетинившийся от смерти загривок Старика.

Видеть это было невыносимо.

— Прекрати, — почти с ненавистью сказала я. — Старик мертв. Разве ты не видишь?

— Мертв? — глупо переспросил Лещ. — Почему мертв?

Он сел на пол, положил к себе на колени голову собаки и теперь тихонько поглаживал ее.

— Он был старым. Ты же сам назвал его Стариком.

— Это была просто кличка. Просто кличка, не больше. «Почему бы нам вместе не погонять ворон, старичок...» Это была просто кличка. Почему он не дождался меня?

— Он умер от старости.

— Почему он не дождался меня?..

Лещ прижался лицом к голове Старика, и плечи его глухо затряслись. Мать твою, зло подумала я, что за странная сцена: здоровый мужик, переживший в этой жизни все, видевший не одну смерть и сам заглянувший ей в глаза, сидит на полу и как ребенок неумело оплакивает кончину своей дворняги, годной только на то, чтобы жрать баночную ветчину и смотреть на черно-белый мир слезящимися глазами... Мать твою, мать твою, мать твою... Мне захотелось ударить его — и только потому, что сама я никогда не испытывала таких чувств. Никогда не испытывала и никогда не испытаю.

Надеюсь, что не испытаю.

Я вдруг подумала о том, что у меня самой тоже была собака. В той прошлой жизни, которую я отказалась вспоминать. Ротвейлер, кажется, его звали Мик.

Микушка.

Если верить покойному Эрику, ротвейлер был предан мне. Ротвейлер был похож на меня: злобная, хорошо тренированная тварь, которая способна перегрызть глотку и порвать сухожилия кому угодно. А никчемный Старик был похож на Леща. На этом и остановимся.

Я налила полный стакан водки и принесла его Лещу:

— Выпей. Станет легче.

— Да, — он взял стакан и выпил его содержимое, как воду.

Нельзя ничего говорить, сейчас это может только больнее ранить Леща. Поняв это, я оставила их, тихонько забралась вглубь кровати и свернулась клубком. Я почти теряла счет времени, то проваливаясь в сон, то снова просыпаясь, а Лещ все сидел и сидел в той же позе, покачивая мертвое тело собаки.

Потом он поднялся, как будто бы принял какое-то решение.

Я слышала, как он гремит ящиками за кухонной перегородкой, а затем послышался грохот: видимо, потеряв терпение, он вывалил содержимое ящиков на пол. Потом он подошел ко мне и несколько минут прислушивался к моему дыханию.

— Ты не спишь? — спросил он.

— Нет, — ответила я.

Он аккуратно снял с кровати плед — шикарная мягкая шотландка, мечта семейной пары средней руки — и расстелил его на полу. Потом перенес на шотландку тело Старика и укутал его. Туда же полетел огромный, устрашающего вида тесак. Ничего более подходящего Лещ в своем доме, абсолютно не готовом к смерти собаки, не нашел.

— Я поеду. Похороню его. — Больше он ничего не стал объяснять.

— Да. Мне очень жаль... Я...

— Нет, — он понимал меня с полуслова, — не нужно. Я сам.

Я нашла его руку и крепко сжала ее. Лещ не ответил на пожатие, отошел от кровати и поднял Старика. Спустя несколько секунд дверь за ним захлопнулась, и я осталась одна.

Странно, но смерть Старика принесла мне некоторое облегчение: я так до конца и не поняла его хорошего расположения ко мне, привязанность собаки раздражала меня, как будто бы она знала обо мне что-то такое, чего не знала я сама. Отогнав от себя эти навязчивые мысли, я вытянулась, забросила руки за голову и уже вполне трезво подумала: ну что ж, Лещ, будем рассматривать покойную псину как неожиданный подарок судьбы — уж сейчас ты точно сломаешься. У тебя такое мягкое, такое хрупкое, такое нежное сердце — кто бы мог подумать! Ты сентиментален, как член нацистской партии с тысяча девятьсот тридцать третьего года, ты веришь в то, что ставшие над твоей лохматой головой звезды что-то значат, ты даже обрядил своего пса в саван из очень дорогого пледа. Достойный жест.

А сейчас у тебя, Лещарик, есть только я.

Я лениво смотрела на сразу же ставшие бесполезными миски Старика. Должно быть, у Леща не хватит мужества сразу выбросить их на помойку, так они и будут кочевать с места на место, случайно находиться в самый неподходящий момент и вызывать чувство подзабытой жалости. А вот от тебя, Анна, даже собственных мисок не останется, у тебя нет *ничего своего*, есть только то, что внушил тебе Лапицкий, внушил Эрик, внушил шофер Виталик, внушил телохранитель Витек с простреленным плечом и его гнусный хозяин Илья Авраменко. И самое страшное, что ты, подобно сдохшей дворняге, уже привыкла есть из навязанных тебе мисок. И попробуй сказать, что это тебе не нравится.

Нравится, нравится, успокоила я себя. Конечно, нравится. А со временем я вообще собираюсь переходить с этих рабских пластмассовых мисок на саксонский фарфор и богемское стекло.

И никто меня не остановит.

...Я проснулась оттого, что Лещ молча и отчаянно прижимал меня к себе. Его руки были перепачканы землей, от которой шел острый возбуждающий запах. Он был мертвецки пьян («в сиську», как сказал бы инструктор Игнат, «в три женских передка», как сказал бы шофер Виталик, «в гроба душу мать и дочь Монтесумы», как сказал бы сам капитан Лапицкий).

Сейчас изгадит всю постель, вдруг с острой неприязнью подумала я, а ведь тебе надо отвечать на его объятия, иначе упустишь момент. Даже в волосах Леща запутались комья земли. От него шел удушающий запах псины, напрасно я решила, что смерть облагородила несчастное животное... Сжав зубы, я притянула голову Леща к себе и обвила руками его затылок.

— Ну, успокойся, успокойся, милый...

— Я в порядке, — выдохнул он. — Я похоронил его. За кольцевой.

— Успокойся. Я с тобой.

— Ты никуда не уйдешь?

— Никуда.

— Даже если узнаешь то, о чем я хочу рассказать тебе?

Тем более не уйду, голубчик, ты меня никакими кнутами не выгонишь, развязывай свой пьяный язык, заклинала я, надо же, какой симпатичный случай подвернулся... Все-таки вы нарезались, ваше благородие, никогда вас таким не видела. Но это даже на руку.

— Ты хочешь что-то рассказать мне? — Я боялась, я все еще боялась вспугнуть удачу.

— Да. Если я не скажу сейчас...

— Я слушаю.

— Еще осталась водка?

— Кажется, да. — Я молила бога, чтобы водка осталась. — Но, может быть, перенесем до утра? Ты в таком состоянии...

— Я в нормальном состоянии. Просто... Просто, если я сейчас не скажу, я не смогу сказать потом. Я хочу, чтобы ты знала обо мне все. Чтобы ты верила мне.

— Я верю. Я знаю о тебе все...

— Нет, не все. Я болен. — Он сжал мои руки еще крепче.

— Надеюсь, не очень серьезно? — глупо сказала я. Вот они, ампулы в ванной!.. Он болен, но почему такая простая мысль не пришла мне в голову раньше? Я даже тряхнула головой от досады.

— Серьезно. Очень серьезно. Но сейчас у меня появился шанс. Я очень на это надеюсь. Иначе все бессмысленно. Я был в Свазиленде. Ты знаешь, где находится Свазиленд, девочка?

Я понятия не имела, где находится Свазиленд.

— Не знаю... Кажется, в Африке.

— Да. Крошечный прыщ на юге Африки. Я сам организовал для себя эту сопливую служебную командировку, идиот, только потому, что мало кто из русских бывал там. Тогда мне нравилась саванна и плантации сахарного тростника, как у Николаса Гильена, плевать, что это на другом конце земли. Тогда мне нравились негритянки... Нет, не то, прости, я говорю чушь, я полный кретин. Еще в университете у меня была знакомая мулатка, что-то вроде первой любви с большой натяжкой. Ее звали Наташа, можешь себе представить, Наташа, цветок международного фестиваля, феерическая связь ее матери с каким-то делегатом из Ганы, Наташа из Замоскворечья. Но она так пила водку и так ругалась матом, что я даже не решился переспать с ней. Я безумно хотел ее, когда она мелькала где-то на заднем фоне, но как только она приближалась, то становилась обыкновенной московской халдой. Обыкновенной московской халдой, только цвет кожи другой... Что за хреновину я несу... Ты не должна слушать меня...

— Я слушаю тебя, милый.

— Но это быстро прошло. И точеная фигурка быстро прошла. Она была младше на два курса, вышла замуж за парня с мехмата, родила двойню и ее страшно разбомбило, ничего не осталось от экзотического цветка, только цвет кожи...

Интересно, он будет рассказывать мне о каждом своем намеке на связь? Тогда мы не разгребемся и за двое суток...

— И когда я приехал в эту чертову... И не выговорить... — Он действительно не мог выговорить, количество выпитого давало о себе знать. — Хрен повторишь... Мбабане... Так, что ли? Первое, что я сделал, — я переспал с местной проституткой. Я никогда не спал с проститутками. Это был первый и последний раз... Это был первый и последний раз. Я и думать об этом забыл, ничего особенного, только мускатный запах, который очень долго меня преследовал. Я и думать об этом забыл, прошла прорва времени...

Только теперь до меня стал доходить смысл сказанного. Он был так банален, что я с трудом сдержалась, чтобы не рассмеяться. Кровь на руке, которую он не дал мне даже рассмотреть, а теперь вот эта гаденькая, но вполне понятная история с проституткой из города с непроизносимым названием. Уж не тривиальным ли СПИДом ты болен, гордый, независимый Лещ, гроза коррупционеров и нечистых на руку политических деятелей, владелец телеканала, с которым нельзя не считаться, великий кормчий своей телекомпании, кумир провинциальных журналистов и старых крокодилиц-секретарш?..

— Все как-то забылось, у любого мужика бывают такие моменты, им не стоит придавать значения. А потом началась эта хреновина со здоровьем. Я не обращал внимания, старался не обращать...

Еще бы, туберкулезного детства тебе вполне хватило на всю оставшуюся жизнь и ненависти к любым болезням тоже. В гробу ты их видел, Лещарик, одного усилия воли хватало, чтобы послать их трехэтажным матом новосибирской окраины...

— А потом все рухнуло. — Лещ держался руками за мое лицо, чтобы окончательно не свалиться в пропасть тягостных воспоминаний. Земля на его руках пахла так остро, так жирно, так удушливо, что я едва не теряла сознание, но и оттолкнуть его не было сил. — Все всплыло в Югославии, в Вуковаре, когда меня свалил первый приступ... А потом это ураганное воспаление легких.

Воспаление легких, как же иначе. Ну вот и все. Пасьянс сложился. Последним в стопке оказался трефовый король, страдающий саркомой Капоши.

Давай, Лещарик, произнеси это слово, это название, — или ты хочешь, чтобы я произнесла его вместо тебя? Конечно, это не благородная чахотка, и не рафинированный порок сердца, и даже не полузабытая инфлюэнца. И даже не амнезия, которая преследует меня с декабря. Но от СПИДа умирали и более значительные люди, чем ты. Так что на Судном дне ты окажешься в милой компании...

— Я должен был умереть. Я и хотел умереть. Но Марко, мой друг, начальник полевого госпиталя, тогда шли боевые действия в Хорватии, ты знаешь...

Слышала краем уха, не отвлекайся на мелочи, Лещ.

— ...он вытащил меня. Он провел интенсивный курс антибиотиков. А до этого сделал все анализы. У меня СПИД, Анна.

Ему стоило большого труда произнести это. Но когда слово было произнесено, он обмяк, и даже пальцы разжались. Очень кстати. Но, пересилив себя, я снова притянула его руки к себе.

— Да. Я поняла.

— Ты поняла? И что...

— Ничего. Это ничего не меняет. — Игра почти сделана, теперь важно не лажануться в финале.

— Правда? Девочка...

Я поощрительно поцеловала его в переносицу. Только так и должна поступить верная самоотверженная женщина, эталон всех самоотверженных женщин, почти декабристка.

— Но это еще не конец истории. Я вернулся в Москву... Мне оставалось не так много времени, но больше всего я боялся не смерти, нет, я ее перевидал. Больше всего я боялся, что кто-то узнает о болезни. Компания только набирала силу, у нее было много конкурентов, много недоброжелателей, сотни людей верили мне, сотни людей готовы были сожрать меня с дерьмом. Я не имел права умереть, бросить дело... Но и в одиночку справиться было невозможно.

— И тогда ты рассказал все Зое, — задумчиво произнесла я.

Лещ потрясенно смотрел на меня.

— Да. Я рассказал все Зое. Откуда ты знаешь?

— Ты же сам пригласил меня на должность психолога. Да и не надо быть психологом, чтобы понять, что между вами существует что-то, что связывает крепче любой постели.

— Я последний подонок, — запоздало покаялся Лещ. — Я просто использовал ее. Я доверил ее свою тайну, заранее зная, что она умрет, но никогда не оставит меня. Что, если бы она могла, она бы приняла в себя эту болезнь. Только бы со мной было все в порядке.

— Такая верность не может остаться неоцененной.

— Да. Я никогда не любил ее, не мог полюбить. Не мог полюбить, даже если бы хотел. В институте мы были близкими друзьями, два хороших парня. Лыжи, спортзал по средам и пятницам, водка с кильками по воскресеньям, не больше. Она объяснилась со мной только раз в жизни, напившись после защиты диплома. Она сказала, что любит меня, что будет любить меня всю жизнь.

— А ты залудил ей что-то вроде: «Я тоже люблю тебя, детка». И поцеловал в узкий лоб мокрыми губами, ведь так?

— Анна, Анна, я начинаю тебя бояться, — только и смог сказать Лещ после долгой паузы. — Тогда я засмеялся, я действительно поцеловал ее, но только в щеку и сказал: «А я тебя, Зойка, просто обожаю!»

— И больше...

— Больше ничего не было. За все двадцать пять лет, что мы знаем друг друга, она больше ни разу не потребовала моей любви. Ей достаточно было своей жертвенности. Когда я рассказал ей о... О своей болезни... Знаешь, я предложил ей выйти замуж за меня. Я никогда и никому не предлагал выйти замуж.

— Вот как? — Здесь Лещ не врал, он ни разу не был женат. — Смелое предложение. И, главное, своевременное.

Черт, черт, я даже прикусила губу: ты прокололась, Анна, что за цинизм и туповатая ирония, не соответствующая моменту? Побереги свои шпильки для Лапицкого. Но, Лещ, казалось, не заметил злой иронии, он отнес ее к ревности, влюбленный дурачок. У тебя и без того шансы невелики, Лещарик, а теперь они и вовсе упали до нуля.

— Ты не счет. Ты — совсем другое... И ты не поняла. Я ведь не предлагал ей спать с собой. Она была бы моей женой. Она бы ни в чем не нуждалась. Но если бы я подох, ее бы выкинули на улицу, ты понимаешь?

Да уж, трудно не понять, страшная, как сама смерть, секретарша, основной работой которой все эти годы было тихо обожать Леща. Никто из современных богатеньких любителей сладкой жизни не потерпит рядом с собой такую уродину. Если она осенит своим присутствием любую презентацию, то никакая тартинка, никакой бутерброд с икрой не полезут в горло. А добряк Лещ имел неосторожность предложить ей роль фиктивной женушки, чтобы хоть как-то отплатить за преданность. Это выглядело еще муторнее, еще фальшивее, чем бриллиантовое кольцо на пальце у Зои...

Лещ медленно трезвел. И по мере того, как он трезвел, в глазах его появлялось горькое сожаление оттого, что он все-таки не выдержал, сломался и все рассказал мне. Но отступать было некуда, мы благополучно перевалили кульминацию, и сейчас я ждала только развязки.

— А потом случилась совершенно невероятная вещь. Зоя приехала ко мне. Она никогда не приезжала ко мне домой, это табу, так решила она сама... Но один-единственный раз она изменила себе. Она приехала, чтобы сказать, что можно все исправить. Что можно вылечиться. Что есть средство...

— Уж не она ли сама создала его на своей малометражной кухне? — снова подколола я Леща, понимая, что говорю совсем не то. Но удержаться было невозможно.

— У тебя нет оснований ненавидеть ее. — Лещ опять все понял по своему. — Ты — это другое... А тогда, полтора года назад, она приехала ко мне и рассказала о своем брате, Владлене. У нее есть брат, он врач, но занимается какими-то химическими исследованиями. Так вот, он и его люди разработали какой-то уникальный препарат, не имеющий аналогов в мировой медицине. Он тормозит воспалительные процессы в пораженном СПИДом организме. И в перспективе полностью излечивает. Я не поверил. Но Зоя уговорила меня принять небольшую дозу. Это было прошлой зимой, тринадцатого декабря, я хорошо запомнил дату... Я вообще очень хорошо запоминаю даты... Как раз было обострение. Я потерял десять килограммов, не вылезал из ангин и неделю почти не вставал.... Ты знаешь, что такое не вставать с постели при моей профессии и при моем положении в компании?.. Так вот, она все-таки уговорила меня — хуже все равно не было бы.

— И чудо произошло, — без тени иронии сказала я.

— Да. Чудо произошло. Я почувствовал себя лучше, значительно лучше. Я уже не надеялся на ремиссию... Но когда я на следующий день встал с постели... Я чуть с ума не сошел. Ведь подобные исследования тянули как минимум на Нобелевскую премию. Ты понимаешь? Я передал этому Владлену через Зою, что готов взять на себя вопрос полноценных клинических испытаний, выйти на самый верх, — у меня достаточно большое число влиятельных друзей. Исследованиям могли бы придать статус национальной программы. И мы имели бы приоритет в исследовании и лечении СПИДа...

Господи, Лещ, что за пафос, ты все-таки безнадежно ушиблен своим дрянным телевидением...

— Но Зоя... Зоя сказала мне... Она всегда была откровенна. Она сказала, что никакой огласки не нужно. Что это чисто коммерческое предприятие. Что одна ампула препарата стоит около тридцати тысяч долларов...

Тридцать тысяч долларов! Я даже присвистнула. Тридцать тысяч долларов, в неделю нужно как минимум три ампулы. В результате несложных арифметических подсчетов получаем девяносто. Девяносто в неделю и триста шестьдесят в месяц. Сумма кругленькая, это тебе не с понравившейся телкой раздавить одноразовую бутылочку «Перье» за пять кусков... А если он принимает препарат полтора года? Господи, даже голова кружится от такой суммы... Лещ, конечно, богатый человек, но и он не шейх Брунея... Или в силу братско-сестринской привязанности Лещу скостили часть суммы?

Лещ как будто читал мои мысли.

— За вторую ампулу мне пришлось заплатить вдвое больше — с учетом первой. Я передал деньги самому Владлену. Это был единственный раз, когда я увидел его. Потом мы общались только через Зою.

— Почему? Ты даже не попытался стать другом своего спасителя? У тебя ведь все друзья — выдающиеся... А этот парень, наверное, был самым выдающимся из всех.

— Да, выдающимся... Он гений, Анна. Но если бы я мог, я бы убил его.

Звучит вполне искренне, час от часу не легче.

отреагировал на звонок. Взяв трубку, он притянул меня к себе и поцеловал в затылок.

— Доброе утро, ты чертовски хороша, — прошептал он мне и тут же рявкнул в мембрану: — Нет, Костяныч, это не тебе, и не надейся. Ну, что еще произошло?..

Я старалась не прислушиваться к разговору, но из отрывистых реплик Леща поняла, что случилось что-то непредвиденное, что-то требующее его немедленного отъезда из Москвы. Птичка решила упорхнуть, ехидно подумала я, — вернее, рыбка решила уплыть, чиркнуть скользкими мужественными плавниками по илистому дну...

Так оно и оказалось: его собкор по Средней Азии влип в неприятную историю с наркотиками и сейчас куковал в каком-то глинобитном СИЗО на окраине узбекского городишки Шахрисабза. Лещ сообщил мне об этом с плохо скрываемой яростью:

— Ах ты, сукин сын, ах ты гад ползучий, надрать бы тебе узкую восточную задницу за такие дела... А ведь я его из дерьма вытащил, мальчишку, когда он подыхал в Оше, в конце восьмидесятых, и интеллигентные лощеные киргизы собирались приспособить его язык под «колумбийский галстук». Теперь разбирайся со всей этой падалью...

— Ты ведь можешь не лететь туда, — участливо сказала я, моля всех падших ангелов сразу, чтобы Лещ убрался из Москвы. Что делать с ним и с его внезапно вспыхнувшей ко мне страстью *сейчас, когда я добилась своего,* я не знала.

— Нет, — Лещ снова притянул мою голову, — я обязан лететь. Это мой человек, а за своих людей, будь они уроды, последние скоты или наркодилеры в потертых кожаных куртках, я глотку перегрызу.

— Ну что ж, милый (сведенные к переносице брови

выражают сдержанное неудовольствие), если нужно ехать (опущенные уголки губ выражают сдержанную печаль), тогда, конечно, поезжай (опущенные ресницы выражают уже ничем не сдерживаемое чувство)... Я только помогу тебе собраться.

Он сделал еще несколько звонков, ловко бросив на кнопки трубки еще не вымытые с ночи пальцы, деловито поинтересовался о рейсе, о машине в аэропорт. Он снова стал прежним, уверенным в себе владельцем крупной телекомпании. Телекомпании, странно напоминающей мафиозный клан, где посвященные целуют руку крестному отцу.

— Постараюсь вернуться завтра, — сказал Лещ на прощание. — На большее, боюсь, меня не хватит.

— Не хватит? — переспросила я, хотя уже знала, что он имеет в виду.

— Хочу тебя видеть. И заранее скучаю. Я оставлю тебе свой сотовый.

— Зачем?

— Хочу, чтобы ты всегда была рядом, если мне придет в голову с тобой связаться. А мне обязательно придет это в голову.

Перед самым выходом он бросил тоскливый взгляд на пустые миски Старика, а потом решительно сгреб их и прихватил с собой. Выбросит на помойку, не иначе. Ничего не поделаешь, я ошиблась: если с физической болью он как-то научился справляться, то душевная вызывает в нем такое чувство отторжения, что он никогда не будет мириться с ней, вычеркнет из списка дел на сегодня, только и всего. Теперь этот человек был мне ясен до конца. И как только за Лещом захлопнулась дверь, я сразу же выкинула его из головы.

Альфафэтапротеин, вот что меня волновало по-настоящему. Это по-дурацки длинное название гвоздем засело в моем мозгу и ни на секунду не отпускало. Я где-то слышала его, я уловила это химическое сочетание букв у самой кромки сознания... Может быть, еще в клинике?.. Последние два месяца я и думать забыла о ней, новая жизнь так увлекла меня, что пребывание там, полная беспомощность, стираный халат и амнезия казались постыдной тайной. Чтобы хоть как-то избавиться от всех этих навязчивых мыслей, я сняла трубку и набрала номер Лапицкого. Это был один из телефонов, который он дал мне в последнюю нашу встречу на Тверской. Только бы он оказался на месте, не объяснять же все его мальчикам...

Мне повезло. Лапицкий сам снял трубку.

— У меня для тебя новости, — с ходу начала я.

— У меня тоже, — не остался в долгу капитан.

— Это касается нашего друга, — уточнила я. — А у тебя?

— Ты умница. — Костик нашел нужным похвалить меня, вот так, с ходу. Значит, я сделала отличную подачу в дальний угол поля. — Ты просто умница.

— Это и есть твои новости? — мне неожиданно стало весело.

— Почти. У нашего друга есть подруга. А у подруги есть хвост. И этот хвост мы сейчас собираемся прищемить.

— Оперативно! — я даже присвистнула. — Нужно встретиться.

— Откуда ты говоришь? — наконец-то догадался спросить Костик.

— Из дому.

— Из дому? — Он озадачился.

— Только не вздумай сказать, что мой дом тюрьма.

— Именно это и собирался. — Он помолчал, а потом спросил осторожно: — А где надзиратель?

— Отбыл по делам.

— И оставил козлицу в огороде? Отчаянный мужик.

— Лиса в курятнике меня устраивает больше...

— Встречаемся через полтора часа у меня. Только будь осторожна, за тобой приглядывает один тип из близкого окружения нашего приятеля. Пасет не очень профессионально, зато вдохновенно.

— А-а, — я улыбнулась в трубку, видел бы сейчас Лещ мое самодовольное лицо, — это Андрей. Что-то вроде карманного телохранителя. Любопытный мужичок, бывший спецназовец, прими к сведению. Да и еще верный Руслан по совместительству. Кажется, привязался ко мне, как собака.

— Скорее пристал, как банный лист к заднице... Чувствую, что у нашей девочки есть одна маленькая штучка, заставляющая серьезных мужчин делать серьезные глупости. Ну-ка, скажи, что у тебя за штучка?...

— Тебе скажу по секрету, друг мой. Сия штучка называется скребок: вычесываю им шерстку, вытаскиваю репейники и насекомых. Вот они и благодарны...

Интересно, как оценил бы со стороны наш необязательный треп уехавший Лещ?

* * *

...Я снова сидела на маленькой кухне Лапицкого, на той же пластиковой табуретке и даже с той стороны стола, с которой в феврале пыталась выстрелить в него. Сейчас ситуация кардинально поменялась: за немытыми окнами логова капитана уютно расположился московский май, а мы уже знали, что нам ждать друг от друга.

Лицо капитана сияло: а может быть, это было только слабое, прихотливое отражение моего собственного сияющего лица?

— Ну, что ты там нарыла, Мария Медичи? — весело спросил капитан.

— Кое-что, что должно вас порадовать, герр капитан. Вы оказались правы — никто не может поручиться за свою безупречную репутацию. А тем более за нее не может поручиться господин Меньших.

— Неужели она так сильно пострадала с тех пор, как ты поселилась в его апартаментах?

— Она пострадала еще раньше. В Свазиленде. Свазиленд, кажется, фигурировал в вашем досье...

— Что-то припоминаю. Действительно, фигурировал. Вместе с еще полусотней стран и населенных пунктов, включая Тринидад и Тобаго и город Харцызск Донецкой области.

— Лещ кое-что привез оттуда. Кое-что, что позволит тебе взять его за скользкие жабры. Он серьезно болен.

Капитан хмыкнул.

— Если это правда, то ты заставишь меня усомниться в профпригодности моих людей. Они изучили этот типа вдоль и поперек. Никакого намека на нездоровье, за три последних года только недельная ангина и растяжение связок на внутреннем чемпионате компании по волейболу.

— Ты смотри, а я даже не знала, что он увлекается таким демократичным видом спорта. А как же гольф и виндсерфинг?

— Это тоже имеет место быть... Ну, и чем же болен наш влиятельный друг?

— СПИД, — коротко сказала я.

— Что? — Он лениво не поверил мне и на некоторое время затих. — Какой такой СПИД? Что-то ты заговариваешься, душа моя. Признайся, сама это придумала?

— Нет. *Он* рассказал мне об этом.

— Сам?

— Представь себе.

— Ты, я смотрю, очень специфически действуешь на людей. Притягиваешь их пороки как магнит. Только это как-то выглядит... Уж больно опереточно. Неужели ты думаешь, что такую вещь, как СПИД, такому человеку, как Михаил Меньших, удалось бы скрыть от бдительного ока широкой общественности?

— Было, по крайней мере, два места, ущучить в которых Леща практически невозможно: Свазиленд и Югославия. Свазиленд — начало истории, а Югославия — ее трагическая кульминация. Его протестировали и поставили диагноз именно в Югославии, в каком-то полевом госпитале возле Вуковара. Его приятель юг, кажется, его звали Марко. При том, что тогда творилось, отследить проблемы Леща было практически невозможно, так что твои птенчики не виноваты.

— Ну хорошо. Допустим. Но по приезде домой он должен был как-то поддерживать себя, он должен был засветиться в каком-нибудь специализированном центре, ведь это же не геморрой, в конце концов...

— В том-то все и дело. Его секретарша вывела его на людей, которые занимаются проблемой СПИДа, как бы это поточнее выразиться... В частном порядке, что ли.

— Кружок юных любителей Авиценны?

— Что-то вроде того. Одним словом, уже существует препарат... — название «альфафэтапротеин» чуть не сорвалось с моего языка, но, по зрелому размышлению, я решила оставить его при себе, — уже существует препарат, который позволяет решить проблему СПИДа в принципе.

— Какое облегчение! Жаль, Фредди Меркьюри не дожил, — не удержался капитан. — А современная медицина в курсе? И не те ли это ампулки, которые ты передала нам на анализ?

— Именно те. И знаешь, сколько стоит одна такая ампула?

— В долларах по курсу?

— В долларах это будет порядка тридцати тысяч. Доставай калькулятор и высчитывай. Почти сто тысяч в неделю, почти четыреста в месяц. Курс лечения три года. Как тебе такая арифметика?

— Четыре миллиона триста двадцать в год, — мгновенно сосчитал в уме капитан. — И это только на утилитарные шкурнические нужды по поддержанию пошатнувшегося здоровья... Не говоря уже о виндсерфинге и прочих прелестях жизни.

— Включая коллекционное «Перье», которое мы с ним раздавили за знакомство. Он попался. — Я почти с любовью смотрела на Лапицкого, пусть попробует не оценить по достоинству мой каторжный труд по очистке чешуи несчастного Лещарика. — Он попался. Ты понимаешь это? И дело даже не в суммах, которые он ухлопал и еще ухлопает на лечение. В конце концов, это его личное дело, на что тратить состояние: на покупку недвижимости в районе Большого Кораллового рифа, на запуск спутника или на свое драгоценное здоровье. Речь идет о моральном аспекте. Если информация о препарате против СПИДа действительно верна... А она верна... Так вот, если все это правда, то Лещ скрыл от общественного мнения, рупором которого он все эти годы являлся, очень важные данные. Данные, от которых зависит судьба множества людей... Множества больных людей. В своих личных пошленьких интересах он нарушил главную журналистскую заповедь — общество имеет право на информацию. И скрыть подобную информацию, да еще такого глобального значения, от этого самого общества — уже само по себе преступление. Если эту историю раздуть — от репутации Леща и камня на камне не останется. Можешь себе представить заголовки и экспресс-выпуски конкурирующих фирм? Ты как думаешь?

Капитан долго молчал и с интересом смотрел на меня. Потом, постучав костяшками пальцев по столу, медленно произнес:

— Думаю, ты умница, детка. Я не ошибся в тебе. Да... Я в тебе не ошибся. Отличная работа. Но у меня для тебя еще один сюрприз.

— Сюрприз?

— Ма-аленький такой сюрпризик. Мы начали шерстить эту секретутку. Зою Терехову. Любопытная личность, стоит только приглядеться повнимательнее. Похоже, у них не все в порядке не только с моральным аспектом. Эта повязанная СПИДом парочка обкрадывает свою же собственную компанию: в ее рамках существует сомнительный фондик по поддержке семей погибших журналистов с неучтенными средствами. Не так давно, между прочим, организованный. Как мы его просмотрели, ума не приложу... Минимум документации... А ведь этот фонд курирует именно Зоинька, поскольку работа на первый взгляд кажется чисто исполнительской. Видимо, у Леща подошли к концу личные сбережения, вот они и решили подсуетиться. Думаю, если копнуть глубже, то окажется, что и с рекламными бабками не все в порядке в последнее время. Как тебе такая безупречная репутация столпа отечественного телевидения?

— Это достоверная информация?

— Мы только начинаем связывать концы с концами... Что скажешь?

Я молчала. Что сказал бы паренек из Кохтла-Ярве, в свое время защитивший Леща собственным телом? Что сказали бы его ребята, такие одинаковые в своем праведном гневе у раскрытой могилы Егора Самарина? Праведник, умница, отчаянный парень Лещ оказался замешан в дурнопахнущей истории, стал на сторону циничных дельцов, которых так ненавидел и которых так страстно обличал. Плевать, какими высшими или низшими соображениями он руководствовался. Скорее всего, выкачивание денег из компании для личных нужд — инициатива его верной крокодилицы, он только малодушно согласился. Бог знает, как он уговорил себя самого пойти на это... Я вспомнила исполненные муки глаза загнанного Леща: «Я не могу оставить дело, которое развалится без меня, я не могу оставить людей, которые доверились мне...» Интересно, Лещарик, как все эти люди посмотрят на тебя, если эта история всплывет?

Тебе конец. Тебе конец, Лещарик.

Тебе конец, подумала я, захлопывая за Лещом дверь своей жизни. Он больше не интересовал меня, отработанный человеческий материал, пешка, так и не вышедшая в ферзи. Партия оказалась несложной, вот что значит иметь прирожденный талант играть на слабостях людей, как на детской скрипочке со сбитыми колками. А в том, что у меня есть этот прирожденный талант, я нисколько не сомневалась. Многие, включая Эрика и супругов Дамскеров, могли бы порассказать об этом.

Но все они были мертвы.

А я жива. И собираюсь прожить еще долго...

Очень долго, если учесть, что мне всего лишь полгода от роду. Даже четырех месяцев нет, если не считать внутриутробного развития в клинике...

Стоп!

Догадка, осенившая меня, пришла неожиданно. Так неожиданно, что я с трудом смогла скрыть волнение от Лапицкого. Но он был так поглощен рассуждениями о наживке, которую собирается забросить Лещу, что даже не заметил моего состояния. Ночные лабиринты клиники, два санитара, мрачноватые, но вполне узнаваемые ангелы смерти. Операционная, голубовато-зеленая униформа, бахилы, анестезиолог Павлик, холеная стерва по имени Лариса («В Париж нужно ездить только с человеком, которого любишь, это город для двоих», — примерно так она сказала, нужно принять это к сведению). Аборт, лицо хирурга, наркоз. Кажется, кто-то из них поставил Майлза Дэвиса.

«Осталось шесть часов, а альфафэтапротеин — штука серьезная. Очень серьезная штука. И клиенты — штука серьезная...»

Хирурга звали Владлен.

Владлен. Теперь я явственно вспомнила это. Брата Зои тоже зовут Владлен. Похоже, что круг замкнулся, и я оказалась в самой его середине... Есть над чем подумать. Во всяком случае, не стоит сдавать альфафэтапротеин и его папочку сейчас, пока я не знаю, как распорядиться этим знанием. А Костику сейчас и так за глаза хватит сладкой телевизионной парочки...

— Кстати, как называется этот препаратец? — невинно спросил капитан. — Наш приятель не уточнил?

— Нет, — вдохновенно соврала я. — Он и так сказал слишком много для первого раза. Но, думаю, одного факта болезни достаточно, чтобы поддеть его на крючок.

— Что ж, попробуем.

— Дело почти беспроигрышное. Он панически боится огласки. Он пойдет на ваши условия. Он слишком дорожит своей репутацией.

— Не слишком, как оказалось, — поправил меня Лапицкий.

— Сейчас это не имеет никакого значения. Я выхожу из игры?

— Не хочешь присутствовать при заключительном

акте трагедии? — Он искушал меня, это было видно невооруженным взглядом, он хотел окончательно сделать меня частью беспощадного, сокрушающего все на своем пути механизма.

Но капитан не дурак, он уже знает, что все искушения напрасны, я никогда не буду *частью* механизма, не для этого он кормил меня с руки, не для этого превратил в почти совершенное орудие и отправил в автономное плавание. Да я и сама вдруг поняла, что отказываюсь от почетного места в партере не потому, что мне жалко несчастного Мишу Меньших, так по-мальчишески глупо влюбившегося в меня, нет. Он стал мне неинтересен, как только перестал быть достойным противником. Как и когда сложился во мне этот стройный порядок вещей, эта удивительная гармония с миром, я не знала. Но четко знала, что все люди в моем мире делятся на две неравнозначные категории: человеческий перегной, не стоящий особого внимания, и достойные противники, лучшие враги, прекрасные враги, удивительные враги, наличие которых и придает жизни так необходимую ей остроту и восхитительную прелесть.

Лещ сразу же перестал быть достойным противником и был моментально переведен мной в первую категорию — категорию человеческого перегноя. А сам Костя Лапицкий удержался в почетной второй только потому, что благоразумно не вступал со мной в схватку и придерживался вооруженного нейтралитета. Хотя, с другой стороны, не слишком ли ты возомнила о себе, дитя мое? Я поерзала на Костиной пластиковой табуретке и решила, что буду думать именно так.

Пока кто-то не докажет мне обратного.

— Значит, отказываешься? — все еще вяло настаивал капитан. — Не хочешь насладиться плодами своей победы?

— Уволь меня от этого.

— Ну что ж, сдала парня, молодец. А ведь он был искренен с тобой, впустил в свою жизнь и даже доверил то, что и самому близкому человеку не доверишь... Разве что вокзальной девочке на ночь... Не жалко? И вообще — как ощущения?

— Нет никаких особых ощущений, — ушла от ответа я. — Обычная работа.

— Хорошо сделанная работа. Молодец. — Он решил не углубляться в пустыню моих почти полностью атрофировавшихся чувств, он только побродил по кромке барханов и поспешно затрусил обратно.

— Что теперь? — спросила я.

— В смысле? — не понял Костя.

— Что мне делать теперь?

— Ты была когда-нибудь в Инсбруке? — неожиданно спросил Костя.

— Ты спрашиваешь о прошлой жизни или о нынешней?

— Прости, прости... Совсем из головы вон. Кстати, ты принимаешь таблетки?

— Какие? — Я совсем выпустила из головы приданое Виталика, те самые белые шарики, которые должны были стимулировать угасшую память. Память, к которой я не хотела возвращаться. — А-а... Принимаю, конечно.

— И как?

— Ты же видишь — как. Все больше становлюсь собой. Так почему ты упомянул Инсбрук?

— Так просто. Милый городишко в Тироле, церковь Хофкирхе, шикарные трассы для слалома, тупые австрияки с маленькими задницами, как раз в твоем вкусе. Не хочешь смотаться?

— Вербуешь сторонников горнолыжного спорта?

— Именно. — Костя ласково посмотрел на меня. — Могу устроить поездку и даже лыжи выдам. Во всяком случае, десять свободных дней у тебя будет.

— А что потом?

— Не наигралась? — участливо спросил Костя.

— Нет, — честно призналась я.

— По-моему, я вырастил гомункулуса.

— Именно. Носферату — призрак ночи.

— С таким умом ты в девках не засидишься, — подвел итог Костя.

Мы просидели с ним еще несколько часов, обдумывая технические детали окончания операции с Лещом. И о том русле беседы, которую можно навязать чрезмерно впечатлительному телемагнату. Игра в предполагаемые вопросы и ответы, где мы поочередно были то Михаилом Юрьевичем Меньших, то демонами, плотно обсевшими его душу, так увлекла меня, что я даже не заметила настойчивого попискивания сотового телефона.

— Кажется, тебе звонят, — подсказал мне Костя.

Я вытащила телефон из кармана, и несколько секунд мы оба смотрели на него.

— Кто это тебя беспокоит?

— Сам. — Я подмигнула капитану. — На ловца и зверь бежит.

Наконец я решилась ответить:

— Девочка, это я, — раздался близкий голос Леща. Такой близкий, что я даже испугалась. — Где ты?

— Дома, — соврала я. — Как ты дозвонился?

— Ребята перебросили звонок.

— Как у тебя дела?

— Отлично. Здесь жарко и много черешни. А все остальное решится завтра, и, думаю, в нашу пользу. Во всяком случае, мне дали понять это. Сопляк не так уж виноват, он просто попал под горячую руку местной Фемиды, только и всего... Надеюсь вернуться к завтрашнему вечеру. Как насчет ужина при свечах?

— Отличная мысль.

— Тогда жду тебя завтра в «Подкове». В двадцать один ноль-ноль московского. Не будет никого, только ты и я.

«Подковой» называлось кафе, где мы провели вечер. Похоже, оно тоже находилось под покровительством Леща.

— Ты не заедешь домой?

— Нет. Я назначаю тебе свидание. И ты можешь опоздать.

— На сколько?

— Как знаешь. Я буду ждать тебя, сколько понадобится...

— Меня хватит только на пятнадцать минут...

Лещ помолчал. Потом тихо и неуверенно сказал:

— Я говорил тебе, что люблю тебя?

— Нет, — прошептала я чуть прерывающимся голосом влюбленной зануды, готовой сутками выслушивать ничего не значащие признания своего бойфренда.

— Я люблю тебя. Что ты думаешь по этому поводу?

Я думаю, что ты просто дурак, Лещ. Слепенький дурачок, круглый идиот со своим пентхаузом, мертвой собакой, нашкодившими спецкорами и не в меру ретивой секретаршей.

— Думаю, я тоже люблю тебя.

— Так нечестно. Я первый сказал. — Помехи стали невыносимыми, но его голос все равно пробился ко мне.

— А я первая подумала.

— Я жду тебя завтра в двадцать один ноль-ноль. Отключаюсь...

Капитан, с интересом прислушивающийся к нашему

разговору, шумно зааплодировал и полез в карман за мелочью:

— Браво, детка! Ты все-таки фантастическая сука. С меня штраф за два раза. — Он вытащил несколько монет и аккуратно сложил их столбиком.

— Можешь заплатить и за несколько раз вперед. — Я бесцеремонно взяла монеты и подбросила их на руке.

— Ты собираешься меня удивлять постоянно?

— Похоже на то. Завтра в двадцать один ноль-ноль он будет в баре «Подкова». Знакомо тебе сие злачное место?

— Теоретически.

— Отправляйтесь туда, там вполне приличная кухня. Заодно и поговорите с будущей жертвой шантажа.

— Так как насчет Инсбрука?

— Я подумаю...

* * *

...Инсбрук.

Инсбрук — это отличная мысль. Капитан знает, как развлечь личный состав. Снег в мае, шезлонги на открытой террасе, альпийские луга, эдельвейсы — те самые, которые одичавшие альпинисты подбрасывали мне в палатку... Те самые, только с австрийским акцентом... Стоп-стоп, Анна, я даже тряхнула головой, чтобы избавиться от наваждения, ведь альпинисты и эдельвейсы — они не имеют ничего общего с тобой. Это всего лишь легенда, сусальная сказочка, которую ты рассказала Лещарику на ночь. Не стоит так вживаться в образ влюбленной женщины, иначе ты рискуешь не выйти из него...

Впервые за несколько недель мне захотелось вусмерть надраться, чтобы заглушить пустоту, которая поселилась во мне и завладела моей душой. Пожалуй, стоит поехать к себе, купить можжевеловой водки и соленых огурцов и выпить за здоровье всех будущих врагов. Ты хорошо поработала, ты сделала все, как нужно, ты сдала человека, доверившегося тебе, и даже не чувствуешь сейчас угрызений совести. Но что-то мешало окончательно расстаться с Лещом, окончательно похоронить его.

Духи. Дурацкие духи, которые он подарил мне.

Дурацкие духи, которые внесли секундное замешательство в мою душу. Они не принадлежат мне, они должны принадлежать совсем другой женщине: чуткой, ранимой, трепетной и нежной. Ничего похожего на меня.

Я вдруг вспомнила о давно забытой медсестре из клиники, кажется, ее звали Настя. Настя Бондаренко.

Единственная, кто отнесся ко мне с состраданием, маленькая медсестра, птичка на жердочке, — именно так я подумала о ней, когда увидела впервые. Трогательная клептоманка, тянущая почем зря сигареты и медицинские карты больных... Тогда она проявила во мне участие, она утерла мне разбитое лицо в туалете, она даже погладила меня по волосам. И эта книга — «Тайна имени»... Она что-то говорила мне о моем аборте, она даже собиралась выяснить все подробности у анестезиолога Павлика. Отличный повод, чтобы позвонить ей и по-бабски посплетничать. А заодно и узнать кое-что о Павлике и — если повезет — о Владлене. Пригласить ее в свою скромную девичью светелку на Кропоткинской, рассказать что-нибудь жизнеутверждающее из своей новой жизни — я ведь могу придумать про себя какую угодно историю, и все они будут выглядеть правдой. Подарить духи, порасспросить о грузине-хирурге, устроить симпатичные девичьи посиделки, почему нет?

Я без усилий вспомнила ее номер телефона и прямо на улице, едва выйдя от Лапицкого, позвонила ей по сотовому Леща. Если опять будут долгие гудки, остается только повеситься или признать, что Бог все-таки существует, если хранит таких милых девушек, как Настя, от таких порочных девушек, как я.

Долго ждать не пришлось. На том конце взяли трубку, и мрачный мужской голос произнес:

— Да. Слушаю вас.

— Попросите, пожалуйста, к телефону Настю, — невинным голоском близкой подруги произнесла я.

Воцарилось долгое молчание. На секунду мне даже показалось, что связь прервалась.

— Алло! Настю, пожалуйста.

— Ее нет, — наконец ответили мне.

— Она в клинике, на дежурстве? — Мой голосок стал еще более невинным, ни дать ни взять наперсница по любовным игрищам и забавам.

— Она умерла, — резанул голос. Трубку бросили.

Умерла, повторила я про себя. Как просто. Умерла.

Может быть, я не туда попала, а на другом конце телефонного провода жила другая Настя Бондаренко, другая девушка с таким же именем, смерть которой не выглядела такой несправедливой. Не птичка на жердочке, а вульгарная девица, замеченная в связях с азербайджанскими торговцами зеленью и первыми грунтовыми огурцами? Совсем другая Настя Бондаренко, не такая милая, не такая трогательная в своем безнадежном желании помочь. Интересно, отчего она умерла, она не производила впечатления больного человека? Впрочем, это легко выяснить, тем более теперь, когда я знаю адрес клиники, в которой лежала. Вот только, зачем тебе это нужно, Анна? Она умерла — это следствие, а кого могут волновать причины, когда ничего невозможно исправить.

Я сидела на скамейке в каком-то случайном дворе недалеко от дома капитана. Совсем рядом катались на сломанной карусели дети, а я мрачно курила «Житан» и размышляла.

Известие о смерти девушки, которую я даже и узнать-то толком не успела, вдруг отозвалось во мне неожиданной и почти неприличной болью. Что-то здесь не так, подсказывало мне чутье, взлелеянное первоклассным фокстерьером Костей Лапицким. К смерти всегда нужно относиться подозрительно, она не заслуживает доверия, тем более такая — телефонная, отрывочная, так толком ничего и не сказавшая о себе. Я вытащила из сумки духи, подаренные Лещом. Им не повезло так же, как и Михаилу Юрьевичу Меньших, бывшему охотнику, а ныне — объекту промысла. Они никогда не обретут хозяйки. Я меланхолично откупорила пробку и вылила содержимое флакона на грязный песок — прощайте, мечты о голубых лагунах и нежных спинках крабов на отмелях. И только теперь заметила, что какая-то девочка лет пяти в спущенных гольфах и развязанных бантах в косицах неотрывно смотрит на меня.

Вернее — на флакончик в моих руках, центр детской Вселенной, предмет вожделений, источник радостей и украшение кукольного уголка. Я улыбнулась ей самой настоящей улыбкой (так искренне я не улыбалась за последнее время никому). Она тоже ответила мне улыбкой, на секунду мелькнули маленькие, не очень хорошие молочные зубы.

— Возьми, — сказала я девочке и протянула ей пустой флакон.

Он робко подошла, но за стеклянную бутылочку ухватилась цепко. И сразу же поднесла ее к носу.

— Что нужно сказать тете? — все так же улыбаясь, спросила я.

Немного помявшись, девочка ответила тихим «спасибо» и убежала к горке, сверкая спущенные гольфиками и запачканным травой платьем. Я затушила сигарету, поднялась со скамейки и поехала в клинику.

...Мне повезло — у самого входа в отделение нейрохирургии я наткнулась на Эллочку Геллер, любительницу серьезной литературы и ночных дежурств с заложенной страницей Бэл Кауфман. Сейчас классицистка Эллочка изменила себе: остановившись на ступеньках, она доедала сомнительного вида пирожок и дочитывала довольно пухлую книгу. На глянцевом переплете я прочла название — «ТВИН ПИКС».

«Твин Пикс» — это уже кое-что, милая тема для разговора, если учесть, что и я в свое время, сходя с ума от безделья в квартире на Кропоткинской, прочла такую же книгу в таком же глянцевом переплете.

Я подошла к Эллочке и заглянула ей через плечо.

— Так какая же сука убила Лору Палмер? — заинтересованно спросила я.

Эллочка вздрогнула и подняла милую курчавую голову. Нет, она не узнала меня, она никогда не запоминала лица, только нумерацию книжных страниц и имена всех персонажей — от главных до эпизодических. Но даже если бы она была хорошей физиономисткой, — она и тогда не узнала бы меня. Ничего общего у роскошной, ослепительной телки, какой я была сейчас, и амнезийного существа в больничном халате, какой я была тогда, не наблюдалось.

— Поговаривают, что отец, — в тон мне ответила она, с уважением относясь к моей осведомленности о несчастьях, постигших злосчастный американский городишко Твин Пикс. — Но это тоже спорный тезис... Вы читали?

— Имела счастье. Вы бы не могли мне помочь, девушка?

— С удовольствием. — Эллочка подслеповато прищурилась.

— Я ищу одного человека. Медсестру. Она здесь работает. Или, во всяком случае, работала. Я только сегодня приехала, вот выбрала время, чтобы навестить старинную подругу. Настю. Настю Бондаренко.

Лицо Эллочки сморщилось.

— А-а... Вы разве не знаете?

— Что?

— Мы ведь работаем вместе... Работали. Настя погибла.

Я точно отыграла драму узнавания о смерти близкого человека, так точно, что лицо Эллочки сморщилось еще больше.

— Мне очень жаль, девушка... Она погибла еще в марте.

— Когда?

— Числа я не помню. Кажется, это было перед самыми праздниками. Точно! Перед восьмым числом. Ее и хоронили восьмого, а мы с девчонками собирались девичник закатить. Вместо этого поминки получились.

— Как это произошло?

— Ее сбила машина. Возле самого дома. Она возвращалась с ночного дежурства. Даже странно — там такой тихий переулочек, никакого намека на эти дурацкие шоссе... Там и машин-то никогда не бывает...

— Водитель был пьян?

— Я не знаю. Машину ведь не нашли. А ее... Настю насмерть. Ужасно. Говорят, машина волочила ее за собой... Ее даже хоронили в закрытом гробу. Мы так плакали... Знаете, что говорят наши врачи? — Эллочка страшно понизила голос, и глаза ее округлились. — Они осматривали тело, ее ведь привезли сюда. Ее голову изуродовали, как будто специально тащили... Они говорят, что это похоже на убийство...

Эллочка пожала мне руку возле локтя милой теплой лапкой, как бы выражая соболезнования.

— Мне так жаль, — снова повторила она. — Простите ради бога. Что еще я могу для вас сделать?

«Разбуди для меня кота» — не к месту вспомнила я шутку какого-то матерого поэта, но вслух произнести ее не решилась.

— Ничего. Простите. Я пойду...

— Постойте, девушка. — Эллочка бросилась за мной, семеня крошечными японскими ножками. — Вам есть, где остановиться в Москве? Вы бы могли у меня, если у вас проблемы... Настенька была моей подругой...

— Нет, нет, спасибо, нет. Я пойду.

Чем больше я удалялась от клиники, тем больше вся история с Настей казалась мне ловко подстроенным ходом. Когда же я вернулась к себе на Кропоткинскую и погрузила тело в теплую ванную, у меня не осталось никаких сомнений — Настю убили. Только идиот не связал бы здесь концы с концами: маленький тихий переулок, раннее промозглое утро, машина, возникшая непонятно откуда и протянувшая тело Насти за собой: ни один случайно влипший в историю, даже пьяный водитель не повел бы себя так. Может быть, все дело в том февральском обещании Насти помочь мне разобраться с записями в моей больничной карточке? Или в страстном желании поговорить с анестезиологом Павликом о моем аборте. Настя всегда отличалась повышенным любопытством и кипучей сострадательной энергией — это были мои собственные ощущения от птички на жердочке, и я хорошо помнила их. Должно быть, она слишком рьяно принялась за дело. В любом случае, если связать это с Владленом, его упоминанием об альфафэтапротеине и моим неожиданном абортом, — получается довольно стройная картина. Павлик допустил прокол, Владлен допустил прокол, но какое отношение имеет средство против СПИДа к моему аборту?

Я все время повторяла про себя слова Владлена: «Осталось шесть часов, а альфафэтапротеин — штука серьезная». Может быть, это как-то связано с компонентами препарата? Нет, тут ловить нечего, ни в химии, ни в медицине я не сильна. А вот что касается смерти Насти... Или ее убийства. На крохотную, мизерную часть тех денег, которые получают Владлен и его коллеги от производства препарата, можно убить целый резервный полк ничего не значащих медсестер, подобных Насте. Да и половину Академии медицинских наук замочить без всякого ущерба для здоровья.

Нужно только аккуратно попросить данные об этом деле у капитана: я не сомневалась, что его связи помогут мне выйти на материалы следствия, даже если оно благополучно прикрылось по классификации «несчастный случай».

Но не сейчас.

Сейчас я приму ванную и, пожалуй, соглашусь с предложением Лапицкого сгонять проветриться в Инсбрук. А по возвращении, загоревшая и отдохнувшая, вполне могу приняться за сумасшедшего гения Владлена Терехова. Чем-чем, а сумасшествием и полным отсутствием эмоций мы всегда можем помериться. Я помнила его глаза — застывшие глаза человека, который познал абсолютную истину и абсолютную власть. А это познание необходимо и мне самой. Может быть, мы многому научим друг друга... Все еще лежа в ванной, я откупорила бутылку водки и, как могла, помянула несчастную медсестру, единственного человека, который вызывал хоть какие-то теплые чувства в моей зачумленной злом душе.

Но покой так и не пришел, черт бы побрал рудименты сострадания: ты должна успокоиться, в конце концов, ты совсем не знала ее. Несколько недель, проведенных в милой компании простушки-медсестры, еще не повод так убиваться...

Водка сделала свое дело: я погрузилась в легкий необязательный сон и проснулась в совершенно остывшей воде. Оцепенение, владевшее мной несколько последних часов, отпустило. В конце концов, не я же виновата в смерти Насти. Мне хватает своих собственных смертей... Лениво рассуждая об этом, я свесилась на край и притянула к себе один из многочисленных безмозглых дамских журнальчиков, валявшихся на полу. Такие журнальчики, названные неприхотливыми женскими именами, я скупала пачками исключительно из-за скандинавских кроссвордов (чертов Виталик заразил меня этой болезнью еще на даче, где мы сидели под домашним арестом вместе с покойным Фигаро). Но три кроссворда оказались почти разгаданными, и, вписав в клеточки только два слова — «фронда» и «горельеф», я рассеянно углубилась в забрызганную водой светскую хронику.

И почти сразу же наткнулась на имя Ильи Авраменко. Господина Авраменко, как было сказано в газете. На неважно состряпанной фотографии господин Авраменко, владелец казино «Монте-Кассино», передавал ключи от новехонького джипа счастливому клиенту, победителю какого-то долгоиграющего казиношного мероприятия. Он выглядел точно таким же, каким покинул меня в той злополучной квартире, оставив на попечение похотливого телохранителя Витька. Как только я увидела его лоснящуюся рожу и очки в тонкой золотой оправе, у меня сразу же засаднил подбородок: он не хотел забывать пушечные удары телохранителя. И вся история моей прошлой жизни, рассказанная разными людьми, всплыла передо мной так отчетливо, как будто бы это случилось вчера.

Лапицкий не сдержал обещания, сукин сын. Не сдержал, хотя и обещал мне уладить все дела с теми, кто потенциально может угрожать мне. Я посмотрела дату выхода журнала: почти недельной давности, а Илья жив, здоров, и, судя по не очень хорошей полиграфии журнала, процветает.

Он наверняка не отказался от попыток найти меня, от попыток найти документы из сейфа Юлика Дамскера. Документы, о которых я и думать забыла и похищением которых подписала себе смертный приговор. А ведь этот смертный приговор никто не отменял. И даже Лапицкий не сможет тебя защитить. Я бесцельно листала журнал , снова и снова возвращаясь к фотографии Ильи и уже жалела, что из глупой гордости отказалась принимать таблетки. Возможно, уже сейчас память вернулась бы ко мне, и я вполне могла бы стать обладательницей фантастического состояния. А если прибавить к этому незасеянное поле для шантажа, то картина и вовсе выглядит впечатляющей. Из всей книги амнезии, на которую время от времени я тупо натыкалась, самой неприятной, самой несправедливой казалась мне глава об утерянных документах Юлика Дамскера. Рискнуть жизнью, внешностью и относительным покоем и в результате все потерять, получив взамен только беспамятство, — от этого можно сойти с ума.

Но даже и не это волновало меня: Илья. Вездесущий очкарик Илья, который наверняка кое-что разнюхал о моей нынешней жизни, представлял для меня реальную угрозу. Вряд ли он успокоится и будет сидеть на пороховой бочке, ожидая, пока запал из этих документов рванет так, что разнесет его тщедушное тельце на куски.

Мне не нравился Илья Авраменко.

Мне очень сильно не нравился Илья: стоит только вспомнить, какому унижению и какому ужасу подверглось бедное растение, вынутое из тепличной земли клиники и перенесенное на суровую почву криминальной действительности. И к тому же оставалась не отомщенная, развалившаяся на куски голова Эрика Моргенштерна, и она тоже взывала к возмездию. Я так углубилась в свои мысли по поводу владельца казино «Монте-Кассино», что через полчаса случайно найденная в журнале фотография уже казалась мне перстом судьбы.

Ты должна разделаться со своим врагом, поразмять косточки перед грядущими испытаниями, это будет в твоем стиле. В стиле равнодушной мстительницы Анны Александровой. Никто не может задеть и унизить тебя и остаться безнаказанным. И за эту работу я заплачу тебе сама...

План созрел на следующий день, в ванной, стоило мне только включить контрастный душ; с водой ко мне приходило странное вдохновение — вдохновение, сродни вдохновению поэта или писателя. Вдохновение, связанное с убийством. Я уберу этого типа, и поможет мне в этом пока не задействованный ни в одной моей комбинации (если не считать легкого шалашика ревности, построенного специально для Леща) спецназовец Андрей. А чертовому Костику не останется ничего другого, кроме как восхититься изяществу и красоте моего плана.

Не выходя из квартиры, я набрала телефон Андрея, еще у Леща он сунул мне мятую бумажку с номером — на всякий случай.

И случай представился.

Но, пробив шесть цифр из семи, я решительно нажала на рычаг. Слишком рано для взволнованной и преследуемой женщины, нужно подождать до ночи, такие дела хорошо решать именно ночью, когда в окнах мужких квартир висит луна и любая женщина, обратившаяся за помощью, кажется особенно беззащитной.

Дожидаясь назначенного часа, я просмотрела три хичкоковских фильма, в очередной раз восхитившись изяществу выстраиваемых сюжетных ходов: вот она, твоя энциклопедия, твоя настольная книга, Анна, даже некая широкополая наивность и отсутствие рек крови ее не портят, классический вариант.

Я позвонила ему в час ночи. Время вполне пограничное, в это время может случиться все, что угодно.

Он снял трубку сразу же, как будто ждал звонка.

— Андрей, это Анна, — прерывающимся голосом сказала я.

— Здравствуйте, Анна, — его голос звучал удивленно, и в то же время бывший спецназовец не мог скрыть своей радости. Он все еще продолжал опекать меня и делал это по своей собственной инициативе. Возможно, он даже не признавался себе в том, что я интересую его не только как беспечный объект наблюдения, но дела это не меняло. Вот и сегодня утром я легко отвязалась от его старенького автомобиля, за рулем которого он пас меня. Я делала это не всегда, а лишь периодически, чтобы профессиональный уход от слежки выглядел бы милой случайностью: я чересчур свободна, чтобы обращать внимание на добровольных телохранителей.

— Можно я приеду к вам?

— Что-то случилось?

— Да. Случилось. А Меньших нет в городе. — Я нарочно назвала Леща по фамилии, чтобы сохранить дистанцию в наших отношениях и не сильно напугать Андрея: мало ли чем может обернуться дело.

— Вы ведь не у него. Я вернулся оттуда полчаса назад.

— Я не у него. Мне нужна ваша помощь.

— Где вы находитесь?

— На Кропоткинской, у подруги. — Конечно же, никаких адюльтеров, никаких квартир приятелей с моими зубными щетками на полках. Целомудрие и простота, узкая девичья кровать и подруга в качестве приятной собеседницы больше соответствуют моменту.

— Адрес? — отрывисто пролаял Андрей. Стоило мне заикнуться о том, что я нуждаюсь в помощи, как он моментально ощутил себя хозяином положения.

Я продиктовала адрес.

— Буду через двадцать минут. Ждите меня.

...Он появился через восемнадцать с половиной. Я уже стояла у подъезда и ждала его. Он открыл дверцу машины, и я плюхнулась на сиденье рядом с ним.

— Отвезти вас на Курскую? — настороженно спросил Андрей, имея в виду пентхауз Леща.

— Если можно... Если можно — к вам. Я боюсь остаться одна.

Он благодарно посмотрел на меня и рванул с места.

Через те же восемнадцать с половиной минут мы уже входили в подъезд его дома. Только здесь Андрей сбросил с себя маску сдержанной суровости и немного смутился.

— Только знаете что? У меня не убрано, Анна. Я не ждал гостей.

— Можно я не буду гостем? — Я проследила за тем, чтобы моя реплика не выглядела двусмысленной: девушке просто очень хочется, чтобы кто-то защитил ее, только и всего.

— Хорошо. — Он смягчился и даже повеселел.

На пятом этаже унылой хрущобы он сунул ключ в замок и толкнул дверь.

— Входите.

Это была крошечная однокомнатная квартирка, небрежная и запущенная. Включив маленький свет, Андрей на ходу прибрал какие-то вещи и освободил для меня старое вытертое кресло. Я села в него и осмотрелась: вся обстановка, если не считать смонтированной телевизионной стены (о ней мне уже говорил Лещ), была похожа на алтарь, возведенный в честь единственного бога — его покойной возлюбленной. Фотографии юной женщины, мастерски сделанные и увеличенные, ее портреты, из тех, что старательно срисовывают уличные художники с тех же фотографий. Цветные стандартные снимки — Андрей и его возлюбленная на фоне Белграда, на фоне площадей, на фоне маленьких кафе, на фоне голубей, на фоне брусчатки, на фоне газетного киоска.

Возлюбленную звали Марией. Я помнила это.

Мария спящая; Мария, Андрей и автомат; Мария, Андрей и камуфляжная форма; Мария, Андрей и устрашающего вида краска, которой расписаны их лица; Мария, Мария, Мария.

— Это ваша невеста? — тихо спросила я.

Андрей напряженно кивнул.

— Она очень красивая. — Я отделалась этой фразой, хотя вовсе не считала красивой покойную любовь спецназовца: чересчур густые волосы, чересчур волевой подбородок, чересчур резкая линия рта: ни дать ни взять соратница по борьбе. Только глаза были хороши — большие и мечтательные, совсем не похожие на камуфляж, в который она облачена.

— Да. Она очень красивая.

Некоторое время мы молчали. Нужно избавиться от чрезмерного присутствия мертвой сербиянки, чтобы начать разговор. Кроме фотографий маленькая комната была уставлена самодельными книжными полками: от нечего делать я пробежалась глазами по корешкам книг и с удивлением обнаружила, что знакомые буквы не складываются слова.

Книги не на русском. Ни одной русской книги. Ни единой.

— Странный язык, — я кивнула на книги. — Это ведь не русские книги.

— Это сербский.

— Вы читаете по-сербски?

— Нет. Немного понимаю, на уровне разговорного языка. В сербском нет ничего трудного. Братья-славяне.

Если ты не читаешь по-сербски — тогда зачем тебе такая прорва книг, ни одну из которых ты не можешь понять?

— Тогда зачем...

— Это такой пунктик. — По прошествии времени он научился относиться к своим слабостям довольно здраво, я это видела. — Каждый вечер, перед сном, я беру одну из книг и листаю. Пока не усну. Я уже почти все перелистал.

— А когда они закончатся?

— Начну по новой, — упрямо сказал Андрей. — Это язык женщины, которую я любил. Она понимала его. Она на нем говорила. Я, когда вижу эти слова, из которых мало что понимаю, — я как будто бы разговариваю с ней.

Я протянула руку и погладила Андрея по щеке — жест вполне уместный, невинный и сострадательный. Но он произвел на Андрея странное впечатление: он перехватил мою руку, крепко сжал пальцы (так крепко, что они моментально заныли) и, не выпуская их, отрывисто сказал:

— Что случилось, Анна?

— Я видела тех, кто тогда избил меня. Тех, кто меня мучил. Вы понимаете, Андрей.

— Кто они? — хмуро спросил Андрей.

— Я не знаю... Дело в том, что моя подруга Настя (прости меня, Настя!), она довольно состоятельная женщина. А со всеми эти страшными делами... Словом, я позвонила ей, и она предложила мне снять стресс. У нее очень специфические представления о снятии стрессов. И она потащила меня в казино — в «Монте-Кассино», это недалеко от Центрального дома художника...

Название казино ни о чем не говорило Андрею, я это видела.

— Настя там делает маленькие женские ставки. Так вот, когда Настя выиграла триста долларов — ей сегодня везло — и мы пошли обменивать фишки на деньги, я увидела этого типа. Вернее — сразу двух. Один такой заматеревший, груда мяса. А второй — тот, кого я приняла за интеллигента. Самое удивительное, Настя сказала мне, что он владелец казино. Она ведь там завсегдатай...

С владельцем казино, участвующем в жестоком избиении женщины я, кажется, несколько перегнула палку: ситуация не выглядела правдоподобной. Но я понимала, что несчастный спецназовец верит каждому моему слову, ему и в голову не придет усомниться: он видел меня избитой и раненой, так что здесь прокола быть не может.

— Я подумала о том, что нужно обратиться в милицию.

— Милиция ни хрена не сделает, — грубо прервал меня Андрей, знакомый с реалиями современной Москвы.

— Не знаю... Но есть еще другое. Если все-таки этому делу дали бы ход...

— Никогда бы не дали, — припечатал Андрей, все так же, не выпуская моей руки; только теперь его забытая в моих пальцах ладонь выглядела мягче.

— Но если все-таки... Я бы все равно не смогла бы пройти через этот кошмар дознавания... Я ведь не сказала никому... Я не сказала даже Михаилу...

Я надолго замолчала. Теперь я скажу самое главное. Самое главное, что должно пронять спецназовца до самых потрохов, истерзанных поруганной любовью. Нужно только все четко рассчитать.

Я закрыла глаза и прижалась лицом к закаменевшей руке Андрея. Меня даже начало трясти. Не очень сильно, но именно это отсутствие силы должно выдать колоссальное внутреннее напряжение.

— И вам тоже. В тот день я была потрясена вашей историей, Андрей. Но они — эти люди, которые ворвались ко мне в квартиру, которые избили меня. Они ведь не только били... Они *насиловали меня*. Все трое. Несколько часов подряд. Это было так страшно... И так хотелось умереть... И теперь я увидела двоих из них...

Но Андрей не дал мне договорить. То, что произошло с ним в следующую секунду, повергло меня в шок. Он обхватил голову руками, — как будто она должна была взорваться, — упал на пол и стал страшно, сухо кричать. Это было похоже на припадок эпилепсии: все тело его били судороги, оно изгибалось, и, казалось, это будет продолжаться вечно. Я на секунду возненавидела себя за то, что использовала запрещенный прием: я знала историю его возлюбленной и теперь решила зеркально повторить ее, чтобы заставить Андрея защитить меня, чтобы сделать его послушным орудием в моих руках. Но я не учла одного: малейшего упоминания, малейшего намека на сходные обстоятельства достаточно, чтобы его и без того нездоровая психика снова дала сбой. Уже не думая ни о чем, я упала рядом с Андреем на пыльный ковер и крепко прижала его к себе.

Будь ты проклята, Анна. Будь ты проклята.

Будь ты проклята.

Не зная, что делать с судорогами, я начала быстро покрывать его искаженное лицо поцелуями: сначала быстрыми и нервными, а затем долгими и успокаивающими:

— Ну что ты, что ты... Ну, успокойся, миленький... Пожалуйста...

И он затих. Он лежал, как мертвый, я видела заострившиеся черты его лица, мгновенно постаревшие губы и ставшие тусклыми волосы.

И я заплакала: отчаянно, навзрыд, первый раз так отчаянно и так навзрыд.

Будь ты проклята, Анна. Будь ты проклята. Но уже ничего невозможно изменить. В этом безостановочном потоке слез утонула единственная человеческая мысль: если бы я знала, что все закончится именно так, я бы отдала полжизни, только бы не приходить сюда и не устраивать этот страшный спектакль перед полубезумным спецназовцем.

Мои страшные рыдания на время привели Андрея в чувство: теперь уже он крепко прижимал меня к себе, покрывая мое лицо поцелуями. Легкие вначале, они тяжелели, становились невыносимо долгими, но я не мешала ему, я понимала, что сейчас он целует свою Марию и просит прощения у нас обеих...

— Мария, — прошептал Андрей, зарывшись губами в моих волосах.

Ну что ж, Мария так Мария, мертво подумала я. Это имя мне тоже бы подошло.

Я ждала. Я не знала, что он предпримет дальше. Если я сама отвечу на его поцелуи — это может оскорбить его. Я закрыла глаза и предоставила ему делать со мной все. Что угодно. Все, что угодно. Так похожее на любовь.

...Это действительно было похоже на любовь. Он аккуратно и бережно расстегивал пуговицы у меня на блузке — одну за другой. И когда я осталась лежать обнаженной, не замечая ни корешков сербских книг, ни пыльного ковра, он все еще целовал меня, сжав руки замком за спиной.

Пытка поцелуями продолжалась почти всю ночь: моего тела касались только его губы. Они изучили, выцеловали каждый сантиметр моей кожи: это были странные и разные поцелуи, иногда они приобретали тяжесть желания, но тут же снова становились нежными. Как будто Андрей стегал кнутом свою собственную плоть, как будто бы он ненавидел мужское естество за то, что сотворили мужчины с его возлюбленной. Как будто он просил прощения каждым своим прикосновением. Я уже не прислушивалась к себе, я то впадала в какое-то забытье, то снова приходила в сознание, но его губы, как два верных пса все время были рядом со мной. И когда в темных углах его захламленного любовного алтаря стала таять тьма, он наконец-то оставил мое истерзанное нежностью тело. Он упал рядом, совершенно обессиленный и едва разжал распухшие губы:

— Прости меня, Мария, — услышала я его прерывистый шепот, — простите меня, Анна...

Ему не понадобилось мое прощение. Через несколько секунд он уже спал.

А когда проснулся — я была рядом. Я сидела на ковре уже одетая и держала его голову на коленях. Он резко поднялся и ткнулся затылком в мой подбородок. Я увидела его потухшие, затянутые пеплом глаза и испугалась.

— Доброе утро, Андрей. — Очень сомнительно, что оно будет добрым. — Вы заснули, а я не стала вас будить...

Он молчал и пристально смотрел на меня.

— Мне нужен адрес этого казино, — сказал он.

— Что вы собираетесь делать? — взволнованно

спросила я. Я действительно была взволнована, даже наигрывать не пришлось.

— Это уже мои проблемы. — Никакого света в глазах, только легкий дымок безумия.

— Я... Я не знаю точно... Я могу показать визуально. Нет. Я не позволю вам идти туда... Вы наделаете глупостей.

— Возле ЦДХ? — он не слушал меня.

— Я не хочу, чтобы вы ехали... Я хочу, чтобы вы забыли все то, что я вам вчера рассказала.

— Забыл? — он почти с ненавистью посмотрел на меня. — Не получится забыть. Вот что, я сам все найду.

— Я никуда не пущу вас... — я вцепилась в его плечи руками, я была полна решимости остановить его.

Но он отстранил меня — мягко и жестко одновременно: я только успела почувствовать страшную силу в его напряженных пальцах. И, как бы поняв это, он смягчился и прижался губами к моему лбу. В них не было ничего от его собственных ночных губ, разве что нежность и желание защитить.

— Я никуда не пущу вас, Андрей...

— Езжайте домой, Анна. Езжайте и ни о чем не беспокойтесь. Все будет хорошо. Вы слышите? Никто не уйдет от ответа... Никто не уйдет, как ушли тогда, в Осиеке... Никто. Я обещаю вам.

— Нет, Андрей, пожалуйста...

— Ничего страшного не случится. Езжайте домой. Я вам позвоню, можно? — Он коснулся пальцами моей щеки. — Вы все-таки очень похожи на Марию, Анна...

* * *

...Только на улице я сообразила, что он не взял у меня номер телефона. Он не взял, а я не сказала ему. Ну, в конце концов, он мог иметь в виду и телефон Леща, ведь все последнее время я жила на Курской. Да, именно так он и решил, соврала я себе. Он позвонит вечером. Он обязательно позвонит вечером. Иначе и быть не может.

Ночные поцелуи Андрея что-то перевернули в моей окаменевшей душе; я понимала, что ночью он целовал не меня, а свою погибшую невесту. Но это ничего не меняло. Вся моя ненависть к миру, весь мой холодный расчет в отношениях с ним подтачивала волна грустной нежности, которая шла от Андрея. Все мои жестокие игры оказались ничем по сравнению с одним-единственным его поцелуем. Я была опустошена, как будто бы всю ночь занималась тяжкой бессмысленной работой. Представления о жизни рушились, и я боялась быть заживо похороненной под их руинами.

Я даже остановилась и пару раз стукнулась горячим лбом о прозрачную стеклянную стену автобусной остановки: «Кока-кола, твой ответ солнцу», гласил плакат на ее модернизированном ребре. Нельзя распускаться, скоро ты увидишь Лапицкого, скоро ты поедешь в Альпы, — и все станет на свои места...

...У подъезда своего дома я увидела капитана и сразу же успокоилась. Абсолютное зло мирно сидело на скамеечке, поджав под себя ноги в стоптанных кроссовках, и ждало меня. Ничего не изменилось. От этого мне стало отчаянно-весело.

Увидев меня, капитан приветственно поднял руку:

— Поздновато возвращаешься. К тебе последние восемь часов не дозвониться, не достучаться. Ну, признавайся, всю ночь блудила?

— Был грех, — лаконично ответила я.

— Что за хрен?

— Извини, имени спросить не удосужилась.

— Ты не очень-то шали. А то закончишь, как господин Меньших.

Черт возьми, за всеми этими перипетиями с Андреем я совсем выпустила из головы то, что вчера вечером несчастный Лещарик предстал перед судом инквизиции: охота на ведьм благополучно завершилась

— Поднимемся? — спросила я у капитана.

— Да нет, на воздушке посидим. Шикарное утро. Природа шепчет: «Займи, но выпей». Не хочешь выпить за успех операции?

— Где? В саду, где детские грибочки?

— Зачем? Пойдем куда-нибудь, я угощаю.

— Спасибо. Вчера пила.

— Как знаешь. Кстати, это для тебя. Подарок под елочку. — Он вынул из кармана туго стянутую пачку долларов сотенными бумажками, яркий авиационный билет, несколько проспектов и какие-то бумаги. На деньги я даже не взглянула. — Как и обещал, богоспасаемый Инсбрук, моя вторая родина. В Вену вылетаешь послезавтра. Отдохнешь. В бумажонках все сказано. Ну, мы еще не раз с тобой увидимся, я тебя собственноручно в самолет посажу.

Я равнодушно выбила из пачки сигарету и закурила.

— Что-то я тебя не узнаю. — Лапицкий забеспокоился.

— Все в порядке. Просто немного устала.

— Даже не спросишь о финальном аккорде операции. Отличный, между прочим, кабачишко, эта «Подкова». Да и Лещ подгадал: пусто было в кабачишке, как в супружеской кровати в первую брачную ночь. Видно с тобой хотел посидеть в тишине, при салатиках. А пришлось с нами. Незадача...

— И что?

— Как по маслу. Сломали Лещарика. Как сухую ветку. Не сразу, конечно. Он поначалу слегка ополоумел от нашей осведомленности. Ты бы видела его фи-

— Это просто сумасшествие какое-то, наваждение... Я совсем не знаю тебя... Но я хочу, чтобы ты осталась со мной навсегда.

— Да. — Не очень-то я разнообразна в ответах, но ничего другого он сейчас не примет, измочаленный признаниями Лещ.

...Он успокоился только в моих объятиях и через десять минут уже спал: здоровая реакция здорового мужчины на сложившуюся ситуацию.

Стоп-стоп, Анна, он нездоров, он болен. Лучшего подарка для тебя и капитана и придумать невозможно. Пока он спит, у тебя есть время обдумать все сказанное Лещом. Запах земли все еще мешал мне, и, чтобы избавиться от него, я молча высвободилась от объятий спящего, такого далекого от меня мужчины, встала и подошла к широкой панели окна. Москва действительно великолепна, жаль, что я не помню ее по прошлой жизни. Город, лежащий у ног, это выглядит почти символично, добро пожаловать, Анна!.. Стоит все-таки подсчитать, сколько же денег потратил на лечение господин Меньших. Но подсчитывать не хотелось, пусть лучше этим займутся ретивые аналитики Лапицкого. Что-то другое из рассказанного Лещом смутно беспокоило меня: что-то, что я уже когда-то слышала и выбросила в чулан задней стенки черепа за ненадобностью. А спустя несколько минут я уже знала причину беспокойства: название препарата — *альфафэтапротеин* — не показалось мне незнакомым. Я слышала его, только вот где и когда? Оно было упомянуто вскользь и совсем не связано со мной.

Мои размышления прервал телефонный звонок. Я поморщилась: от этих звонков невозможно отделаться, другая сторона успеха и популярности, ничего не поделаешь. Но будить Леща не понадобилось, он и сам чутко

— Своего спасителя? Звучит не очень-то благородно, ты не находишь?

— Да... Да... Он сделал меня подонком. Он сделал меня рабом этого своего средства. Он связал меня этой своей коммерческой тайной. Я подозреваю, что являюсь не единственным его клиентом. Я так и не смог, не сумел предать создание альфафэтапротеина огласке. Это было единственное условие Владлена. Это — и еще деньги. Листок из тетрадки в клеточку с номером счета в одном из банков в Берне. А ведь даже упоминание о разработке этого препарата могло бы стать настоящей сенсацией... Я уж молчу о гражданском долге.

Гражданский долг ты оценил в тридцать тысяч за ампулу, ай да Лещарик!

— Но у меня было единственное оправдание: я не мог бросить дела. Дела, в котором заключается смысл моей жизни. Я не мог бросить людей, которые доверились мне... Я уже объяснял тебе... — Тут Лещ снова стал путаться в словах. — Этот Владлен. Он представляет собой редкостно концентрированный тип подлеца. Но он гениален. И его изобретение гениально. Я принимаю препарат полтора года. Весь курс был рассчитан на три. Но теперь появились обнадеживающие данные. Еще полгода — и я буду полностью здоров. Ты понимаешь? Кончится этот кошмар.

— Бедный мой... — это прозвучало формально обтекаемо, но ничего другого мне на ум не пришло, нужно тренироваться в реакциях, Анна, иначе мозги, выпестованные Лапицким, вполне могут превратиться в гашеную известь.

— А когда он кончится — ты останешься со мной? — От напряжения на лбу Леща вздулись вены, не так-то ты и красив, друг мой.

— Да, — наконец сказала я.

зиономию... Ну, посмотришь еще, мы на скрытую камеру засняли.

— Не имею ни малейшего желания.

— А зря. Полюбовалась бы на свое детище, на дело рук своих. Отличная работа, детка. Я тобой горжусь. И фильмец занятный получился, его в учебных целях показывать надо — как вербовать агентов.

— Он что, согласился работать на вас?

— Ну, так уж сразу и согласился... Это фигура крупного калибра. Ему покорячиться нужно, прийти в равновесие со своей нечистой совестью и только потом браться за многотрудное дело. Но, судя по всему, канал у нас в кармане. И Лещарик при ведомстве, самый независимый из независимых. Видишь, и овцы сыты, и волки целы.

— Волки всегда целы. Ты за них не переживай. Он упоминал обо мне? — Мне было совершенно все равно, упоминал обо мне Лещ или нет. Я спросила скорее по инерции.

— Нет. Но, скорее всего, он все понял

Еще бы не понять, с усталой ненавистью подумала я, вся подноготная, которую знали только два человека (я не сомневалась, что Костик воспроизвел историю Леща во всех подробностях, которые я выложила ему накануне), кафе, где он хотел найти меня, но нашел совсем других людей...

— Особенно его подкосил моральный аспект, как ты и говорила. У него даже слезы на глазах появились. Но что делать — любишь кататься, люби и саночки возить. Я, конечно, успокоил его. Никаких диктатов, только мягкое руководство, и то на время выборов, а фильмы и развлекаловку пусть какие угодно гоняет. И даже «Эммануэль-5» после двенадцати ночи...

— А он что?

— Сказал, что должен подумать. Но сломался, сломался... Решил проиграть красиво. Что ж, любителям красивых жестов мы всегда идем навстречу. Так что с первым успехом тебя, детка.

— Я пойду, — сказала я, поднимаясь со скамейки. — Устала, знаешь.

— Ладно, ладно, иди отсыпайся. Я позвоню тебе. Тут еще одно дельце намечается, очень крутое, как раз в твоем возрожденном вкусе...

Я уже не слушала капитана. Поднявшись к себе, я, не раздеваясь, бросилась в кровать и забылась тяжелым сном.

...Разбудил меня настойчивый, как зуммер, телефонный звонок. Не открывая глаз, я нащупала трубку:

— Да, — и только тут сообразила, что звонят не по моему телефону: его трубка ответила ровным успокаивающим гулом.

Звонил сотовый Леща.

Это мог быть только он.

Я долго смотрела на маленькую опасную коробочку, а потом сунула ее под подушку. Звонки не прекращались, они болью отдавались в моей голове, они требовали, они искушали меня. А почему, собственно, это должен быть Лещ, трусливо подумала я. Это может быть кто угодно, тот же Андрей, который обещал позвонить.

Андрей.

Не выдержав, я достала телефон. И через секунду на том конце раздалось тяжелое прерывистое дыхание. Я сразу же узнала его. Я ни с кем не могла его спутать.

— Я знал, что ты отзовешься, — сказал Лещ странно пустым голосом, — ты не сможешь не отозваться.

— Да, — таким же пустым голосом ответила я. — Здравствуй, милый.

Лещ издал что-то похожее на сдавленный стон.

— Ты уже все знаешь. Ты знала с самого начала.

— Да, милый...

Мы с Лещом как будто находились в огромной пустой сфере, и наши замерзшие слова отскакивали от ее поверхности: ни эмоций, ни страсти, ни ненависти, ни отчаяния. Ненужные оболочки наших душ слились в одну, и я почувствовала, что никогда не подходила к Лещу так близко. Возможно, я полюбила бы его... Если бы у меня было чуть-чуть больше времени. Если бы это время осталось у Леща...

— Я не спрашиваю тебя, зачем ты это сделала.

— Я бы и не смогла ответить.

— Меня интересует только одно: почему к тебе так привязался мой пес.

— Меня тоже это интересует. И это единственный вопрос, на который я не могу получить ответа, милый.

— Все остальное тебе ясно.

— Похоже на то.

— И ты даже знаешь, что я собираюсь сделать?

Да. Теперь я знала это. Я поняла это, когда услышала его голос. И еще раньше — когда сунула телефон под подушку.

— Да. Я знаю, что ты собираешься сделать. Это лучший выход. — Я плыла в безвоздушном пространстве сферы, отдельная от своих собственных слов и от себя самой, суки, суки, суки... — Это лучший выход. Только так можно ускользнуть от *них*. *Им* это не понравится, но тебе уже будет все равно. Ведь правда?

— Похоже на то. Я все потерял. Все бессмысленно.

— Да, милый. — Я была ласкова с Лещом, я даже полюбила его: через несколько минут он обведет вокруг пальца капитана Лапицкого и снова станет достойным ускользающим врагом. — Думаю, твой Старик не успеет соскучиться.

— Ты права. Я совершил ошибку. Совершил уже давно, когда согласился платить и молчать. Я предал себя. Я предал все, что было мне дорого.

— Помнишь мальчика из Кохтла-Ярве, который закрыл тебя собой? — Лещ снова страшно застонал, но я успокоила его: — Теперь ты ее исправишь.

— Похоже на то. Никто не понимал меня так, как ты...

— Мне жаль, милый...

— Я говорил тебе, что люблю тебя?

— Да.

— Теперь это не имеет значения.

— Какой у тебя пистолет?

— «Беретта», — помолчав, тихо ответил Лещ.

— Серьезное оружие. Разносит голову в куски.

— Я знаю.

— На твоем месте я выбрала бы сердце. У тебя очень красивая, очень гордая голова, милый... Очень гордая.

— Ты думаешь?

— Да.

— Так я и поступлю. Прощай, Анна.

— Прощай.

Но он не отключился. Я вытянулась на кровати, прижав трубку к уху, и слушала тишину на том конце: одинокий раздавленный Лещ, сидящий на полу у стола в своем пентхаузе. Он собирался прожить там долго, он даже пригласил модного архитектора из Лос-Анджелеса, он нанял лучших дизайнеров.... И все оказалось ненужным — ни спасение собственной жизни, ни преданная секретарша, ни работа, ни друзья... Даже собака оставила его... И он наверняка не побрился после бессонной ночи... Самой длинной в его жизни. Сейчас я была в этом уверена.

...Когда раздался глухой выстрел, я закрыла глаза и

сжала виски пальцами: «Прощай, Лещ, Лещарик, Михаил Юрьевич Меньших, телемагнат, отчаянный человек, маленький туберкулезный мальчик... Прощай и удачи тебе...»

Я не могла подняться весь остаток дня: я так и не нашла в себе мужества отключиться от дома Леща; там царила зловещая тишина, даже его знаменитая телевизионная стена не фонила. Если подождать час, другой, третий, можно будет услышать, как в квартире Леща появятся люди, много людей... Как они будут осматривать тело господина Меньших и делать заключения о самоубийстве. Хотела бы я видеть лицо капитана Лапицкого.

Тишина на другом конце провода и тишина в моем собственном доме угнетали меня, и, взяв пульт, я включила телевизор. Бесцельно попрыгав по каналам, я услышала нечто такое, что заставило меня позабыть о Леще.

В одной из новостийных программ, хвост которой я застала, молоденький корреспондент бесстрастным голосом поведал о преступлении в центре Москвы. Я с каким-то болезненным интересом рассматривала его яркую футболку «Рибок», стараясь не вдумываться в слова. Не то чтобы они напугали меня: скорее всего, я ждала их, но не подозревала, что развязка будет такой скорой. «Час назад, — жизнеутверждающе начал корреспондент, — произошла бессмысленная бойня почти в самом центре Москвы. Вооруженный АКМ и одетый в камуфляжную форму человек, предварительно выбив оконное стекло, ворвался в кабинет владельца казино «Монте-Кассино» господина Авраменко. В это время в кабинете находились сам господин Авраменко и один из его телохранителей. Оба они были расстреляны на месте. Еще одному телохранителю удалось скрыться в игровом зале. Но и он был расстрелян неизвестным в камуфляжной форме. К месту происшествия были стянуты силы ОМОН, и в ходе завязавшейся перестрелки преступник был убит. При нем был найден медальон, принадлежавший бывшему бойцу московского спецназа Андрею Баширову. Как удалось выяснить, напавший на владельца казино Андрей Баширов действительно долгое время служил в спецназе, откуда уволился в тысяча девятьсот девяносто третьем году, после чего воевал добровольцем в Югославии. По данным, полученным на этот час, Баширов страдал серьезным психическим расстройством и долгое время лечился в одной из закрытых психиатрических клиник. Причины, побудившие бывшего спецназовца так жестоко расправиться с владельцем казино и его телохранителями, попытается выяснить следствие...»

Баширов, надо же. Я даже не знала, что его фамилия — Баширов.

Вот и все. Я даже не смотрела на картинку, мне достаточно было убаюкивающего голоса корреспондента. Вот и все, Анна. Ты отомщена. И ты, Эрик, отомщен. Теперь я найду кого-нибудь, кто отомстит за бывшего спецназовца Андрея Баширова. И эта цепочка смертей не прервется никогда.

Никогда.

Я больше не могла оставаться в квартире — теперь она казалась мне склепом. Выйти на воздух, чтобы не задохнуться в смрадном смертном запахе себя самой. Выйти на воздух, выйти на воздух...

Я почти бежала из квартиры, прихватив сотовый телефон Леща. Даже лежащие на столе деньги и билет в Вену не остановили меня. Сотовый я выбросила в ближайший мусорный контейнер и до самого вечера слонялась по московским улицам. Они казались мне пустыми, хотя и были запружены людьми. Я даже не помнила, как оказалась в этом маленьком магазине английской парфюмерии, может быть, я все еще искала свой собственный, безвозвратно утерянный запах, а может быть, меня привлекали все эти сдержанно-яркие, элегантные вещицы, созданные для других женщин.

А почему, собственно, для других?

Я вдруг почувствовала прилив сил и, протиснувшись к прилавку, запустила пальцы в тонкие бумажные палочки с наклеенными на них кусочками поролона. Первые три не произвели на меня никакого впечатления. Зато четвертая...

«Черт возьми, это же любимые духи Алены, — машинально подумала я. — Ну да, именно этими духами я ее соблазняла. “OUTRAGE”, вот как они назывались. “ИЗНАСИЛОВАНИЕ”. Алена предпочитала “НАДРУГАТЕЛЬСТВО”».

Алена.

* * *

...Алена. Алена Гончарова, погибшая в болоте под Питером.

Я вспомнила. Я вспомнила все.

Волна воспоминаний о прошлой жизни накрыла меня с головой. Я помнила. Я все помнила. Сумерки, в которых пребывало мое сознание последние полгода, рассеялись, поток людей, которых я знала, и событий, в которых я участвовала, захлестнул меня, перехватил дыхание. Кажется, я даже на секунду потеряла сознание; опершись на прилавок, я медленно сползла вниз, потянув за собой запах духов «Изнасилование».

— Аккуратнее, девушка! — Недовольный голос продавщицы вернул мне ясность мысли и снова бросил в водоворот прошлого.

По моему лицу текли слезы, я перескакивала с имени на имя, жадно повторяя их про себя: белый ангел Иван, погибший во ВГИКе; белый ангел Нимотси, убитый в моей квартире на Бибирево; Венька, ее мальчики, Фарик и Марик; Грек, Влас, Володя Туманов; Серьга, художник Серьга, маленький марийский гений... Дан...

Дан. Дан Сикора. Он предал меня. Он предал, но дальше к концу списка я не должна никого не пропустить... Собаки на даче Кудрявцева — ротвейлеры, да, ротвейлеры, закрытые в комнате, Олег Марилов, ну, конечно, как я могла забыть, как я могла не вспомнить долгое тело ласки или хорька, Костя же мне показывал...

Костя. Костя — моя нынешняя жизнь. В этой жизни меня зовут Анной.

Почему меня зовут Анной?

Ведь я же *Ева*.

Я сама выбрала это имя для себя. Это мое настоящее имя.

Мое настоящее имя. Мое поддельное, дважды обманутое лицо. Моя поддельная, дважды обманутая жизнь. Пластическая операция — я делала пластическую операцию... Но я не убивала Юлика Дамскера и его жену. Я даже никогда не слышала про них... В моей жизни был Иван, но никогда не было Эрика. Никогда не было Ильи Авраменко. Никаких документов из сейфа банкира, я — Ева, я так мало похожа на алчную тварь. Я любила Дана Сикору, преступника, который предал меня... Олег убил его... Мы возвращались с дачи Кудрявцева. Именно возле Бронниц (ну, конечно же, я была в Бронницах, как я могла забыть!) мы подобрали эту девочку, голосовавшую на обочине: короткая черная стрижка, умоляющее лицо, слишком красивое, чтобы оставаться на краю дороги... Она сказала, что она из общины по реабилитации наркоманов, что у нее украли деньги и документы. Что ей нужно в Москву. Она даже сказала, как ее зовут... Я вдруг испугалась, что не вспомню этого случайного имени, — и почти тотчас же вспомнила его.

Елизавета.

Имя слишком громоздкое для такой миниатюрной девушки. Тогда я подумала именно так. А Олег все рассказывал мне про своего друга Костю Лапицкого. Костю, рядом с которым все умирают. Его единственный друг Костя Лапицкий приносит в его жизнь ощущение опасности, Костя — это русская рулетка во плоти. Он так и сказал тогда, спасший меня от бесславного самоубийства Олег, — «русская рулетка во плоти»... Он улыбнулся, я помню эту искушающую судьбу улыбку, он повернулся ко мне, Еве, и тут машину потащило. Он не справился с управлением, и мы врезались в эстакаду. Последнее, что я помню, — отчаянный крик Елизаветы...

Я — Ева. Я никогда не была Анной. Я никогда не курила сигареты «Житан», только один раз, когда Иван привез мне их в подарок из Франции... Я никогда не пила можжевеловой водки. И слово «жиголо» никогда не значилось в моем лексиконе... Как меня смогли убедить в обратном? Как? Как?!

Голова, казалось, сейчас взорвется. Но я отчаянно повторяла про себя все имена, я боялась хоть что-то пропустить... Теперь большинство этих имен никому не принадлежало, их обладатели были мертвы. Вокруг моей прошлой жизни только кладбище. Старое, полуразрушенное кладбище. А через почти обвалившуюся стену — новые могилы...

Руки мои похолодели, я снова оказалась близка к обмороку: в прошлой жизни я никого не хотела убивать, я просто защищалась. История с порносценариями, в которую я влипла, заставила меня изменить внешность и потянула за собой кровавый след смертей. Но я никого не хотела убивать, я только защищалась. А в этой, новой жизни, — я сама вела людей в мышеловку убийства. Что же сотворили со мной, как меня могли превратить в бездушную машину, как я сама могла стать ею... И ничего нс шевельнулось во мне, когда Лещ пускал себе пулю в сердце, когда убили Егора Самарина, когда изрешетили автоматными очередями тело Андрея, посланного мною на верную смерть...

Я упала на колени посреди улицы и подняла к равнодушному московскому небу заплаканное лицо:

— Анна! Ты слышишь! Я ненавижу тебя, Анна!.. Я ненавижу тебя!

Волосы лезли мне в глаза — не мои, *ее волосы*, тушь растекалась по щекам — не моя, *ее тушь*. Ее маска так приросла к моему собственному лицу, что я в отчаянии попыталась сорвать его, я беспорядочно била себя кулаками по этой маске — до тех пор, пока на губах не закипела кровь.

Чушь. Подлое вранье. Ты все равно оставалась собой, значит, ты во всем виновата. Ты, а не Анна.

Нет больше никакой Анны. Меня зовут Ева.

Ева.

«Ну, ты даешь, — всплыл из неизведанных глубин Иван. — Что ж сразу в панику впадать? Еще успеешь ужаснуться тому, что наваяла без нашего присмотра. А пока поздоровалась бы для приличия с лучшими своими корешами, вольными стрелками царствия небесного».

«Точно-точно, — поддержал Ивана Нимотси. — Успокойся, приди в себя. Мы тут о тебе часто вспоминаем, но не подумай чего дурного, в гости не зовем. Просто ждем терпеливо, вот и все. Вгиковское братство и вгиковская водка, это тебе не пес поссал, скучаешь, поди, лишенка?»

Боже мой, такие далекие, такие родные голоса, как же я могла не вспомнить их, как же я могла не вспомнить свою собственную жизнь?..

* * *

...Я с трудом добралась до своей квартиры на Кропоткинской. Нет, это не моя квартира. Она принадлежит другой женщине, чью оболочку я носила... И с чьей оболочкой я расстанусь, чего бы мне это не стоило. Даже жизни.

...В ванной из всех зеркал на меня смотрела Анна. Та женщина, с которой я привыкла ассоциировать себя все последние месяцы. Чтобы больше не видеть ее, я запустила тяжелыми туфлями в равнодушное стекло, и лицо Анны, исказившись в мелких осколках, перестало для меня существовать.

«Кардинально», — похвалил меня Иван.

«А теперь еще и амальгаму с каждого осколка зубами выгрызи. Для верности», — посоветовал Нимотси.

Проклятые светлые длинные волосы мешали мне. Волосы Анны. Я взяла ножницы и неровно и яростно обрезала их под корень. Ножницы были тупыми, они рвали клочья стильной прически беспощадно, я даже содрала себе кожу в нескольких местах, но все еще не могла остановиться.

«Браво! — снова похвалил меня Иван. — Шесть ноль за артистизм. С техникой чуть похуже, но это дело наживное».

«Именно, — вылез с оценками Нимотси. — Следующим номером показательных выступлений будет свежевание тушки маленькой злодейки».

Слизывая языком кровь, стекающую с израненной головы, я разорвала в клочья билет на Вену и вместе с ним бумаги и проспекты. Точно так же я решила поступить и с деньгами, когда раздался требовательный звонок в дверь.

Так мог звонить только Костя Лапицкий.

Я открыла дверь, и он с порога ударил меня в лицо. Не удержавшись, я упала, восприняв этот удар, как самую высшую, самую заслуженную награду.

— Ну что, сука, «Монте-Кассино» твоих рук дело? Лучшего агента нам загубила, сволочь! — Он ударил меня ногой по почкам. И снова я испытала облегчение. — Надрочила своего гниду-спецназовца, я знаю, как ты умеешь это делать...

— Нет, Костя. Боюсь, ты ошибаешься. Это не я надрочила Андрея. Это твоя отпетая сука Анна, которую ты так лелеял.

Только теперь он сообразил, что со мной происходит что-то неладное: вся голова была покрыта клочьями плохо выстриженных волос.

— Что это с тобой? — От неожиданности он даже опешил. — Готовишься к отдыху и решила выглядеть поэкзотичнее?

— Готовиться к отдыху тоже будет Анна. — Я подняла с пола рваные клочки билета и проспектов. — Думаю, она уже в пути. К альпийским заоблачным высотам.

Лапицкий тяжело молчал, он даже забыл на время про своего лучшего агента, владельца казино «Монте-Кассино». Нет, все-таки лучшим агентом была Анна Александрова, самая отчаянная, самая обаятельная дрянь. Или стала, если бы не очнувшаяся от амнезии Ева. Я провела прием так четко, как проводила его на тренировках Игната. Неожидавший этого Лапицкий рухнул на пол, и я мгновенно подмяла его под себя. Я готова была биться насмерть. Кто-то из нас не выйдет отсюда живым. Я знала это точно.

— Кстати, по поводу казино... Не хочешь сыграть в рулетку? Ты ведь и сам русская рулетка во плоти.

Я знала, куда бить и что сказать именно в этом случае, — Анна не прошла для меня бесследно: лицо Лапицкого осенило мертвое крыло догадки. Он даже не попытался сопротивляться.

— Так называл меня только Олег... Ты... Ты все вспомнила?

— Себя во всяком случае

— Таблетки... Ты принимала таблетки? — Он все еще не мог прийти в себя и совершал ошибку за ошибкой.

— Таблетки. Вот как. — Все происходящее стало выстраиваться для меня в прочную логическую цепь. — Таблетки для стимуляции деятельности головного мозга и активизации центров памяти... Или они имеют прямо противоположное назначение?

Капитан закусил губу. Мной двигала ненависть, которая может убить, капитан понимал это, он сам учил меня ненавидеть. Так что наши силы примерно равны, ни у кого нет более предпочтительного шанса.

— Как тебя зовут по-настоящему? — Он все еще тянул время, пытаясь выбраться из ситуации. Мой цепкий локоть надежно перекрывал ему путь к кислороду, он не давал ему времени на раздумья. — Как тебя зовут по-настоящему?

— Помнишь записную книжку Олега? Имя, заключенное в пирамиду с жуками скарабеями по бокам.

— Ева! — Он прикрыл глаза. — Ева, я должен был предположить... Что произошло с Олегом? Кто вторая женщина?

— Кто такая Анна? Почему ты навязал ее мне? Почему я поверила всему этому блефу?

Я чуть-чуть ослабила хватку, и Лапицкий сразу же

воспользовался этим. Он вывернулся из-под руки, сбросил мое тело и снова оказался свободным. Теперь мы двигались по квартире как два дзюдоиста на татами....

— Как погиб Олег? — снова спросил Костя.

— Кто такая Анна? — Я метнула тело в сторону капитана, попыталась сделать захват — неудачно. Он снова вывернулся и снова закружил передо мной в фантастическом ритуальном танце.

— Как он погиб? Что ты делала в его жизни?

— Как вы заставили поверить меня в то, что я Анна. Кто эта женщина?

— Сначала ты расскажешь мне о смерти Олега.

— Кто такая Анна?

— Ну, хорошо, — он сдался и перевел дух. — Это совершенно реальный человек. Она погибла за две недели до того, как ты пришла в себя... Погибла примерно так же, как должна была погибнуть ты: мы просто скалькировали схему ее убийства, вот и все. Все, что рассказал тебе об Анне этот немец... Эрик... Все это — чистая правда. С той лишь разницей, что вывезти документы ей не удалось. Она переоценила свои возможности, и ее убрали. Тот же тип, твой любимец, Илья. Только тогда все было серьезно, а в твоем случае имела место инсценировка... Илья с удовольствием согласился в ней участвовать, он так ненавидел настоящую Анну, что решил унизить, раздавить ее еще раз. Он вообще любит шумные спецэффекты... Вот только никто не ожидал такой прыти от тебя — я имею в виду ранение Витька. Ты с ним ловко обошлась, нужно отдать тебе должное. Я уже тогда понял, что не ошибся в тебе... Тебя вели все время...

— И деньги в подкладке шубы?

— Конечно. — Я была почти парализована его признаниями, и он воспользовался этим, пригвоздил меня к полу. Он и сам уже почувствовал азарт разоблачения, добротный фокстерьер, ему больше незачем было валять передо мной ваньку. — С твоим психологическим типом работало несколько человек. Они просчитали примерные модели поведения.

— А показательная казнь Эрика?

— Эта гнусная проститутка действительно был подельником настоящей Анны. Неудавшийся актер, между прочим. Полное дерьмо, шлак, пустая порода... Когда мы прищучили его, он согласился подыграть в обмен на жизнь, он очень сильно ею дорожил. Такого финала он, конечно, не ожидал. Но его все равно убили бы, рано или поздно. После случая с Дамскерами, после убийства настоящей Анны, когда рухнула вся эта ее затея с документами, — он ведь к нам прибежал, так что все равно не жилец был. Прихлопнули бы как муху. А мы с такими отбросами не возимся...

Бедный Эрик, такой милый, такой трогательный, с прихотливыми бесстыжими губами, с настоящей преданностью настоящей Анне...

Я извернулась и совсем не по правилам поддала Косте в пах. Он скрючился, но сдержал стон.

— Значит, вы решили пожертвовать этой пешкой, чтобы заполучить более значительную фигуру?

— Именно, любовь моя, — все еще корчась, придушенно произнес Лапицкий. — Вспомни, не таким ли был дебют в партии с Лещом? Ты сама выбрала Егора Самарина...

— Значит, подставлять — это ваша всегдашняя практика? И хирурга-пластика тоже убили?

— Ну, этого понарошку... Этот сделает для нас все, что угодно...

Все, что угодно... Я вспомнила гомосексуалиста Стасика — того тоже держали на коротком поводке.

— Значит, шантажируете паршивых овец? Играете на их пороках?

— Честному человеку ничего не угрожает. Живи спокойно, ложись спать вовремя и не занимайся противозаконными вещами. Умрешь в своей постели. Мы единственные, кто может защитить государство от подонков и хоть немного вытащить его из дерьма...

— И для этого вы прибегаете к услугам этого самого дерьма? Этот полумафоизи Илья был вашим агентом? Ничего не скажешь, бесконечно длящаяся операция «Чистые руки»...

— Цель оправдывает средства, ты должна это понять. Мы имеем дело только с подонками, по которым давно плачет преисподняя... И чем раньше они попадут туда, успев при этом оказать нам несколько услуг, — тем лучше. И вообще — кто это говорит, что это за целка отозвалась? А не ты ли с таким энтузиазмом готовила те же варианты против Меньших, человека, который ничего дурного тебе не сделал...

Я закрыла глаза, и в этот момент капитан ударил меня в солнечное сплетение — это был ответ на мой предыдущий удар.

— Я ведь не ошибся в тебе. Ты была для меня всем, я лепил тебя по своему образу и подобию. Анна, настоящая Анна, тебе и в подметки не годилась... Не так умна, хотя и изворотлива. На своей внешности она играла как на органе, всеми десятью пальцами, виртуоз Москвы одним словом... А ты... Я сразу почувствовал, что ты за человек, даже когда ты ничего не могла вспомнить о себе. Умница, сильный характер, парадоксальная личность... Олег не стал бы возиться с дерьмом.

— Я действительно была не в его вкусе? — Непонятно почему я задала этот вопрос: Олег, спасший меня от смерти, Олег, никогда не выкуривший ни одной сигареты...

— Я не знаю. Но ты много значила для него... Почему же я не догадался, что ты и есть Ева?

— Ты сделал все, чтобы превратить меня в Анну.

— Не очень-то ты этому и сопротивлялась.

Он был прав. Бессмысленно сейчас сражаться с ним. Бессмысленно сражаться с ветряными мельницами. Андрей Баширов погиб ни за что. Погиб только потому, что темная сторона моей души послала его на верную гибель... А через секунду он снова ударил меня — мой демон-хранитель, мой капитан, — теперь уже по лицу. Он умел читать мои мысли, нужно отдать ему должное.

— Из-за тебя убили моего лучшего агента, а я Илюшу обрабатывал несколько лет... Но ты это сделала мастерски, слов нет, — сказал Лапицкий уже без злобы. — Как тебе только удалось так настропалить этого беднягу-спецназовца? Я должен был предвидеть это... Ты никому не прощаешь, Анна... Ты похожа на меня...

— Не смей называть меня Анной, — прошептала я.

— Ты можешь иметь какое угодно имя. Теперь это ничего не меняет. Теперь ты принадлежишь нашему клану. Ты понимаешь это или нет?

— Нет. Я больше никогда не буду принадлежать вашему клану. Слишком много смертей.

— Именно... Неужели после всего, что ты сделала, будешь продолжать жить, как ни в чем не бывало, заведешь себе волнистого попугая и честного менеджера из фирмы стиральных порошков?

— Замолчи! — Я с новой силой набросилась на него, но теперь он почувствовал фарт, он отражал мои атаки играючи и сам наносил ощутимые удары.

— Совестишка-то замучает... Да и любая честная жизненка покажется тебе преснятиной... Ты же хотела власти... — он осекся, а потом осторожно выговорил: — Ты же хотела власти, Ева.

— Нет. Нет. Теперь я не хочу.

— К нам трудно попасть, а выйти и совсем уж невозможно. Слишком дорого придется заплатить...

— Альфафэтапротеин, — вдруг сказала я. — Это средство против СПИДа... Оно называется альфафэтапротеин. Клиника, в которой я лежала. Врач Владлен Терехов, брат Зои... Именно он стоит у истоков всего... Это бешеные деньги, это влиятельные клиенты. Вы можете взять под колпак почти всех...

— Что, решила продать информацию? Ты меня восхищаешь! — Он почти влюбленно смотрел на меня. — И как быстро подсуетилась... Тебя ждет большое будущее, не сомневайся. Только этой информацией мы уже обладаем. Зубы у нас пока мягковаты ухватить такой кусок, но контролировать кое-что мы сможем... Тебе ведь делали аборт в клинике, правда?

Аборт в клинике. Я была беременна. От Дана, теперь я знала это точно... Я была беременна от Дана, человека, который предал меня.

— Так вот, — уже спокойно продолжил капитан, — мы прищучили анестезиолога.

— Павлик, — машинально сказала я.

— Именно. Некий Павлик. Пара методов устрашения... Он держался недолго. Ты тоже послужила благим целям, как это не цинично звучит... Этот препаратец изготавливается из абортивной ткани, грубо говоря. Из плаценты... Он даже что-то нам нашептал о химико-физическом процессе разбитыми губешками... Что эта самая плацента пропускается через какой-то там хроматограф... Ну и прочие утомительные подробности, многие из которых он не знает. На всей этой груде компонентов покоится мощная задница Владлена Терехова.

А этот орешек не всякому по зубам. Слишком много покровителей. Слишком много заинтересованных лиц. С Павликом придется расстаться, чтобы не мешать работать нашему гению. А за ним уж мы присмотрим. Может, и ты присмотришь. Как тебе, а?

Лапицкий глыбой возвышался надо мной. Но теперь мне было все равно. Я знала, что никогда не буду стоять с ним рядом.

— Я никогда не буду делать то, что делала.

— Жаль, — он нежно посмотрел на меня, — жаль.

— Ты можешь убить меня... Ты можешь убить меня сейчас, ты можешь забить меня до смерти потом. Но я больше никогда не буду Анной. Я не буду участвовать в ваших грязных играх.

— А ведь я люблю тебя, детка. — Он подошел ко мне и провел рукой по моим изуродованным волосам. — Я очень тебя люблю. Ты — мое самое лучшее творение.

Мы стояли друг против друга, избитые, опустошенные признаниями. И никогда еще мы не были так далеко друг от друга.

— Это была катастрофа. Просто несчастный случай, вот и все. Перед самой смертью Олег рассказывал мне о тебе, о том, что именно ты являешься его русской рулеткой, именно ты даешь ему ощущение опасности. А потом он не справился с управлением, и мы врезались в эстакаду. Не было никакой погони. Просто несчастный случай. Просто пуля выскользнула из барабана в ствол... Русская рулетка, ты понимаешь... Я не буду работать на вас, даже если вы меня убьете...

— Ну что ж, — Лапицкий был поразительно спокоен, — если не хочешь остаться — можешь уйти.

— Прямо сейчас?

— Да.

— И ты вот так отпустишь меня?

— Да. — Он принял решение, я видела, чего ему это стоило, даже лицо обмякло, стало нежным и старым. — Я люблю тебя, детка. Ты никуда не денешься. Но пусть тебя убьет кто-нибудь другой, не я. И держи язык за зубами. Может быть, проживешь чуть дольше. На пару недель. Так что и тебе придется сыграть в русскую рулетку

Он подошел ко мне и коснулся губами моего лба. Долгий поцелуй, холодный поцелуй, поцелуй у раскрытой могилы. Он прощался со мной.

Я никак не отреагировала. Я открыла дверь, чтобы тотчас же закрыть ее за собой, чтобы хотя бы на несколько часов, на несколько минут стать свободной.

* * *

...Я брела по ночной Москве в полной тишине. Даже мои голоса притихли. Я не знала, куда иду. Я заблудилась на своем кладбище. Мне было плевать, когда мне разнесут голову — сейчас или день спустя. Никого живого, никого живого вокруг меня.

А потом...

Потом я вдруг подумала об одном-единственном человеке. Может быть, он тоже мертв. Может быть. Но...

...Я приехала на Пражскую с последним поездом метро. И долго шла к дому — несколько автобусных остановок, которые показались мне опустевшей вечностью.

И остановившись у самой двери, я подняла руку и, прежде чем позвонить, увидела всю свою жизнь — прошлую и нынешнюю...

Еще не поздно было уйти. Но я не хотела уходить. Боясь передумать, я нажала на кнопку звонка.

Тишина. Тишина. Еще одна потерянная жизнь.

Я прижалась горячим лбом к ободранной обивке, и тут раздался слабый, приглушенный голос:

— Кого несет? Ты, что ли, Колян? Я тебя со вчерашнего вечера жду, сволочь ты... Открыто, вползай. Водки принес?..

Этот голос я узнала бы из тысячи.

Я с силой толкнула ободранную дверь и переступила порог.

Прямо передо мной, в плохо освещенной прихожей сидел на инвалидной коляске Серьга Каныгин.

Маленький художник, единственное, что у меня осталось. Я только переночую здесь и уйду. И пусть меня убьют.

Серьга не двигался. И глаза его смотрели прямо на меня.

— Кто это? — наконец спросил он ничего не боящимся голосом.

— Это я... Ева. Ты помнишь меня, Серьга?

— Ева... — Он ринулся ко мне на своей коляске. — Ева, куда же ты пропала, Ева... А у меня вот... Видишь, неприятности. Сижу типа самовара на персональном инвалидном кресле. А о бабах думаю все сильнее, что печально.

Я опустилась перед ним на колени, обхватила исхудавшее тело и подняла лицо к подбородку, покрытому мелкой неровной щетиной.

— Ты все такая же красивая, Ева? — спросил он и ощупал пальцами мое лицо. Что-то новое появилось в них, как будто бы они с трудом выполняли несвойственную для себя роль. Они хотели видеть.

— Что с тобой, Серьга? — Я все еще боялась поверить.

— Старая история... Еще в декабре. Отметелили ни за хрен собачий. Вот — ни ног, ни глаз... А о картинах думаю все сильнее, что печально.

В том, что произошло с Серьгой, — в этом тоже виновата я... Я еще сильнее прижалась к нему.

— Ты надолго? Ко мне? — с надеждой спросил Серьга. — Ты останешься?..

— Да.

— Останешься? Надолго?

— Навсегда. Если ты... Если ты не прогонишь меня.

— Ева... — Его пальцы замерли на моих ресницах.

— Навсегда, — снова повторила я.

Навсегда.

Какое отличное слово — навсегда...

Литературно-художественное издание

Платова Виктория Евгеньевна

КУКОЛКА ДЛЯ МОНСТРА

Роман

Издано в авторской редакции

Ответственный редактор *Л. Захарова*
Художник *И. Сальникова*
Технический редактор *Т. Тимошина*
Корректор *И. Мокина*
Компьютерная верстка *К. Парсадиняна*

ООО «Издательство Астрель»
129085, г. Москва, пр-д Ольминского, д. 3а

ООО «Издательство АСТ»
170002, Россия, г. Тверь, пр-т Чайковского, д. 27/32

Наши электронные адреса: www.ast.ru
E-mail: astpub@aha.ru

Заказ книг по почте:
123022, г. Москва, а/я 71,
«Книга-почтой», или на сайте shop.avanta.ru

Отпечатано в ОАО «ЧПК»
Сайт: www.chpk.ru E—mail:marketing@chpk.ru
факс 8(49672) 6—25—36, факс 8(499) 270—73—00
отдел продаж услуг многоканальный: 8(499) 270—73—59

По вопросам оптовой покупки книг
«Издательской группы АСТ» обращаться по адресу:
г. Москва, Звездный бульвар, д. 21, 7-й этаж
Тел. 615-43-38, 615-01-01, 615-55-13